Frank hat in den letzten sechs Monaten nicht mehr mit seiner Frau gesprochen. Kein Wort. In diesem halben Jahr haben sie unter demselben Dach gelebt, im selben Bett geschlafen und jede Mahlzeit zusammen eingenommen, in einer zunehmend belastender werdenden Stille. Eigentlich verläuft ihr Zusammenleben genauso liebevoll, wie es immer war - nur dass es sich jetzt lautlos abspielt.

Doch eines Tages findet Frank seine Frau Maggie bewusstlos vor. Ihr Zustand ist kritisch, im Krankenhaus wird sie in ein künstliches Koma versetzt. Jetzt würde es helfen, mit ihr zu sprechen. Frank muss buchstäblich um ihr Leben reden. Er erzählt Maggie an ihrem Krankenbett, wie ihre Liebe begann - und von all den ungesagten Dingen in ihrer Ehe.

Abbie Greaves, geboren in Oxford, hat an der Cambridge University studiert und mehrere Jahre in einer Literaturagentur gearbeitet. Ihr Lebenstraum ist es jedoch, Romane über die Liebe zu schreiben und darüber, wie sie den Funken des Außergewöhnlichen in scheinbar ganz normalen Leben entzündet.

Pauline Kurbasik, geboren 1982 in Landau, studierte Romanistik, Anglistik und Linguistik sowie Literaturübersetzen. Sie übersetzt Bücher aus dem Englischen und Französischen und lebt in Köln.

Weitere Informationen finden Sie auf www.fischerverlage.de

Abbie Greaves

HÖR MIR ZU, AUCH WENN ICH SCHWEIGE

Roman

Aus dem Englischen
von Pauline Kurbasik

FISCHER Taschenbuch

Aus Verantwortung für die Umwelt hat sich der S. Fischer Verlag
zu einer nachhaltigen Buchproduktion verpflichtet.
Der bewusste Umgang mit unseren Ressourcen,
der Schutz unseres Klimas und der Natur gehören
zu unseren obersten Unternehmenszielen.

Gemeinsam mit unseren Partnern und Lieferanten
setzen wir uns für eine klimaneutrale Buchproduktion ein,
die den Erwerb von Klimazertifikaten zur Kompensation
des CO_2-Ausstoßes einschließt.

Weitere Informationen finden Sie unter:
www.klimaneutralerverlag.de

Erschienen bei FISCHER Taschenbuch
Frankfurt am Main, September 2021

Die englische Originalausgabe erschien unter dem Titel
»The Silent Treatment« bei Century, einem Verlag der
Penguin Random House Gruppe, London.
Abbie Greaves 2020.

Für die deutschsprachige Ausgabe:
2020 S. Fischer Verlag GmbH, Hedderichstr. 114,
D-60596 Frankfurt am Main
Redaktion: Inge Seelig

Satz: Pinkuin Satz und Datentechnik, Berlin
Druck und Bindung: GGP Media GmbH, Pößneck
Printed in Germany
ISBN 978-3-596-70510-8

*Für Robert Walls, meinen Großvater,
der mir das Lesen beibrachte.
Wirklich das größte Geschenk von allen.*

Prolog

Von oben betrachtet sieht es aus, als hätte Maggie alles im Griff. Sie legt die Tabletten mit der für sie typischen Sorgfalt auf den Teller, drückt dabei die Kapseln noch sorgsamer als sonst aus der Folie und genießt das harte Klacken, mit dem jede einzelne auf dem Porzellan aufschlägt. Hauptsache, die Stille durchbrechen.

Als sie schließlich acht Tabletten vor sich liegen hat, holt sie ihr Wasserglas vom Sideboard, wo es seit dem Mittagessen unberührt steht, und kontrolliert ein letztes Mal die Einstellung am Herd. Hähnchen-Pie zum Aufbacken, noch fünfundzwanzig Minuten. Genug Zeit, um hier fertig zu werden. Sie nimmt sich einen Stuhl und setzt sich mit dem Rücken zur Tür an den Küchentisch. Vor ihr liegen Rechnungen, alle bezahlt, aber unordentlich aufeinandergestapelt. Maggie greift in ihre Tasche und fischt ihren kostbarsten Schatz heraus, einen Briefbeschwerer aus Stein, extra für sie bemalt, und legt ihn auf die Papiere.

Nachdem dieses Chaos geordnet ist, drückt sie auf ihren Stift, einen Tintenroller, der mühelos über das Papier gleitet, ohne Gefahr, den Krampf in ihrer Hand von einer Woche mit dem Kugelschreiber wieder auszulösen. Ihre Schrift ist so ordentlich und gestochen wie immer, als sie den letzten Satz an Frank schreibt. Sollte in ihrem Kopf noch ein allerletzter Zweifel umherschwirren, gibt es dafür kaum Anzeichen. Vielleicht taumelt das Komma ein wenig, wenn man ganz genau hinschaut.

Maggie klappt das Notizbuch mit dem roten Ledereinband zu, sammelt kurzerhand die Tabletten mit einer Hand auf und lässt sie sich auf die Zunge fallen, dann trinkt sie einen kleinen Schluck Wasser und legt den Kopf mit jener extravaganten Schluckbewegung zurück, die sie sich in ihrer Teenagerzeit angewöhnt hat und der sie auch ein halbes Jahrhundert später nicht entwachsen ist.

Anfangs geschieht gar nichts. Sie bleibt auf dem Stuhl sitzen, putzt die Bohnen weiter und schiebt die Strünke und faserigen Enden zum Rand des Schneidebretts. Nach etwa einer Minute spürt sie erste Wellen der Entspannung. Ihre Bewegungen werden langsamer, ihre rechte Hand, die das Messer hält, zittert.

Sekunden später sackt sie über dem Tisch zusammen. Glücklicherweise passiert alles ganz schnell. Ihr Kopf fällt zur Seite, wie bei diesen französischen Filmmarathons, die Frank immer an regnerischen Sonntagnachmittagen veranstaltete. Schade, dass er dieses Mal nicht hier ist, um sie aufzufangen.

Und dieses Mal wird sie nicht wieder aufschrecken.

In seinem Arbeitszimmer starrt Frank auf den Bildschirm. Das Ende ist in Sicht, ein Springer, ein Pferd und ein Bauer, alle vom Computer gesteuert, immerhin auf Anfängereinstellung, und die letzte Bastion der Hoffnung: seine Königin. Trotz seiner wissenschaftlichen Karriere tut er sich hier schwer mit dem Schwierigkeitsgrad zwei. Damit erhält sein Lieblingssatz eine ganz neue Bedeutung: *Beharrlichkeit ist Trumpf.*

Wenn Maggie ihn sonst zum Abendessen rief, war er stets dermaßen in seine Strategie vertieft, dass er ihre Stimme überhörte und sein Spiel nicht beendete. Sobald alles auf dem Tisch stand, kam sie ihn höchstpersönlich holen, legte ihm die Hände auf die Schultern und massierte ihn mit ihren Daumen zwischen den Schulterblättern, bis zwangsläufig das Wort *Schachmatt* auf dem Bildschirm erschien. »Nächstes Mal«, sagte sie immer, um Frank aufzumuntern. Die Algorithmen mochten sich gegen ihn verschworen haben, aber Maggie hatte seine Enttäuschung noch nie ertragen können.

Heute rütteln ihn allerdings keine lieben Worte auf. Als der Rauchmelder in sein Bewusstsein dringt, ist er vor allem überrascht, dass er noch funktioniert. Maggie war noch nie eine besonders aufmerksame Köchin, aber das bedeutet zumindest auch, sie müssen nicht alle drei Monate umständlich mit einem Besenstiel gegen das Ding pochen, um zu testen, ob die Batterie noch ausreichend geladen ist. Außerdem war der Beginn ihrer Beziehung geprägt von einer ganzen Reihe inzwischen berühmt-berüchtigter kulinarischer Katastrophen: der Gebirgige Gugelhupf von '78 (bei einer ihrer ersten Verabredungen); Panzer-Panna-Cotta von '79 (der Titel hatte ihm eine Nacht im Gästezimmer eingebracht) sowie die Salmonellen-Sahneschnitten bei einer Geburtstagsfeier, die sie in ihrem verwilderten Garten ausrichteten (glücklicherweise waren nur nachsichtige enge Freunde anwesend). Sobald die Nachwirkungen abgeklungen waren, hatte er sich jedes Mal ein bisschen mehr in Maggie verliebt.

Der Alarm schrillt inzwischen so penetrant, dass er sein Spiel beendet und – nachdem er sich kurz gefragt hat, ob sich Maggie schon darum kümmert – aufsteht, um die Sache selbst in die Hand zu nehmen. Er riecht den Rauch, bevor er ihn sieht. Im Ofen ist anscheinend etwas verbrannt, vielleicht macht Maggie ein Nickerchen, wie so oft in letzter Zeit. Er schaltet den Alarm aus und greift nach dem Geschirrtuch an der Türklinke – ein Urlaubssouvenir –, um den Rauch wegzuwedeln. Der Qualm ist dicker als vermutet, und selbst die besten Geschirrtücher aus Cornwall schaffen keine Abhilfe. Frische Luft. Er braucht frische Luft. Erst als er die Tür öffnet, sieht er Maggie.

Es ist nicht die leere Tablettenschachtel neben ihr, die ihm verrät, was los ist. Auch nicht das umgekippte Wasserglas, nicht der Gemüseabfall neben ihren Handgelenken. Sondern der Schmerz in seiner Brust. Der Boden, der unter seinen Füßen wankt, die nachgebenden Wände, die einstürzende Decke – sämtliche grauenvollen Gebäudeanalogien kommen ihm in den Sinn, als ihm klarwird, was Maggie getan hat.

Er berührt ihr Handgelenk und hofft auf ein Flattern, ein Zucken, irgendetwas. Vielleicht ist es noch nicht zu spät.

Er tastet nach dem Telefon. Er hat nie sonderlich gern telefoniert, und einen Augenblick lang scheint er zu zögern.

»Hallo, Notrufzentrale hier, brauchen Sie den Rettungsdienst, die Polizei oder die Küstenwache?«

Schweigen.

»Hallo, Notrufzentrale hier, brauchen Sie den Rettungsdienst, die Polizei oder die Küstenwache?«

Schweigen.

»Darf ich Sie daran erinnern, dass Telefonstreiche und ähnliche Scherze beim Notruf eine Straftat sind, die Leben gefährdet.«

»Einen ... einen Rettungswagen«, ringt sich Frank ab, gerade noch rechtzeitig, die Vokale rumpelten schon in seiner Kehle und purzeln in einer kaum wahrnehmbaren Sturzflut hinaus.

»Sir, mit dem Rettungssanitäter müssen Sie lauter sprechen – ich verbinde Sie jetzt.«

»Rettungsdienst. Wie ist die Adresse des Notfalls?«

»43 Digby Crescent, Oxford OX2 6TA.« Frank klingt heiser, fremd, ganz anders, als sich seine Stimme in den letzten Monaten für ihn selbst angehört hat.

»Können Sie mir sagen, was genau passiert ist?«

»Meine Frau, Maggie. Sie ... sie hat zu viele Tabletten genommen, ihre Schlaftabletten.«

»Wir schicken jetzt jemanden. Ist sie bei Bewusstsein, Sir? Können Sie nachschauen, ob sie noch Puls hat? Sehen Sie, ob sie atmet?«

»Ich ... ich weiß es nicht. Ich kann es nicht sicher sagen.«

»Sir, haben Sie eine Vermutung, ob es Absicht war?«

Schweigen.

»Jede zusätzliche Information, die Sie uns in diesem Stadium mitteilen, kann für uns von großer Bedeutung sein. Hat Ihre Frau angekündigt, dass sie sich etwas antun will? Hatte sie zuvor schon depressive Phasen?«

»Also ... wir ... äh ... haben eine Zeitlang nicht miteinander gesprochen. Ich meine, ich habe eine Weile nicht mit ihr gesprochen ... Inzwischen ... fast sechs Monate.«

Ihr Schweigen

1

Es gibt nichts Schlimmeres als den Wartebereich eines Krankenhauses. Die abgewetzten Plastikstühle, das leise Brummen des Getränkeautomaten, das kollektive Luftanhalten, sobald eine Pflegekraft von der Intensivstation mit Neuigkeiten hereinkommt – als wäre jedes Detail nur dazu da, einen an den Rand des Nervenzusammenbruchs zu bringen. Und das alles, bevor man überhaupt realisiert, warum man dort ist.

Maggie sagte immer, Geduld sei *meine* Stärke, als würden gute Eigenschaften in einer Ehe aufgeteilt – wie der Haushalt. Ich sehe sie förmlich vor mir, wie sie auf dem Sofa sitzt und auf eine SMS oder eine E-Mail wartet, ein Bein wippt rastlos auf und ab, auf dem anderen Knie liegt meine Hand, die sie beruhigen will. So viel Energie in so einem kleinen Menschen. Ich habe mich oft gewundert, dass sie nicht selbst völlig ausbrannte, so wie sie sich um alles und jeden sorgte. Verändern wollte ich sie nie, ich wollte nur sicherstellen, dass diese ganze nervöse Energie sie nicht so zusammenschnürte, dass nicht einmal ich diesen Knoten wieder lösen konnte. Vierzig Jahre lang habe ich damit Erfolg gehabt, und nun das. Dinge können sich auch nach langer Zeit noch ändern.

Die Zeiger der Uhr über meinem Kopf schieben sich mit einem besonders lauten Ticken auf die nächste volle Stunde. Diese lange Wartezeit kann nichts Gutes bedeuten. Maggie weiß das am besten. Sie hat in vier Jahrzehnten als Krankenschwester so viel miterlebt, dass sie sicherlich qualifiziert wäre, um eine Prognose für sich selbst abzugeben. Außerdem hat sie Unmengen an Arztserien gesehen. »Furchtbare Tachykardie«, sagte sie beispielsweise äußerst selbstsicher, als wir eines Samstagabends vor der neuesten Folge nebeneinander auf dem Sofa saßen. Sie griff nach der Fernbedienung und stellte den Fernseher leiser, um die Dialoge zu übertönen. »Aber es ist eine Schande, so ein junger Mann ... Es scheint immer diese Großstadttrottel zu treffen, oder? Viel zu viel Stress und das jeden Tag ...«

»Professor Hobbs?«, fragt der Arzt und streckt mir die Hand entgegen.

»Ja, das bin ich«, antworte ich und stehe langsam auf. Dieser Arzt wirkt sehr effizient, vom geleckten, akkuraten Scheitel bis zu den glänzenden Schuhen. Selbst sein Namensschild ist exakt parallel zur Naht seiner Hemdtasche angesteckt. Mir wird plötzlich mein eigenes Erscheinungsbild bewusst, und ich fahre mir unbeholfen mit der Hand durchs Haar.

»Ich bin Dr. Singh, der behandelnde Arzt Ihrer Frau. Würden Sie bitte mitkommen?«

Ich folge ihm durch die Flügeltüren und stelle mir einen hoffnungsvollen Augenblick lang vor, er würde mich zu Maggie bringen. Stattdessen werde ich in ein kleines Sprechzimmer geführt, und die letzten Reste meines Wunschdenkens verfliegen. Der Doktor setzt sich an seinen Computer und bedeutet mir, auf dem anderen Stuhl Platz zu nehmen, während er den

Rechner anschaltet und einige Unterlagen auf dem Schreibtisch durchblättert. Ein freistehender Ventilator hinter ihm kitzelt die Ecken der losen Blätter.

»Tut mir leid. Ein bisschen heiß heute, nicht wahr? Wer weiß, wann es wieder abkühlt.«

Eine glatte Untertreibung, das spüre ich am Schweiß, der sich in meinen Achselhöhlen sammelt. Ich bringe noch nicht einmal eine halbherzige Bemerkung über das Wetter heraus und schaue stattdessen zu Boden.

Sein Computer fährt grummelnd hoch und übertönt meine Unbeholfenheit. Nach etwa einer Minute höre ich, wie der Arzt ausatmet. »Professor Hobbs, ich komme gleich zur Sache. Die Prognose ist nicht gut. Als Ihre Frau gestern Nacht eingeliefert wurde, war ihr zentrales Nervensystem gerade dabei auszusetzen. Glücklicherweise konnten die Sanitäter ihre Atemwege sichern, eine Heldentat, wenn man bedenkt, wie lange sie beim Auffinden vielleicht schon bewusstlos war. Es ist jedoch immer noch zu früh, um die Auswirkungen des Sauerstoffmangels abschätzen zu können. Im Augenblick liegt sie im künstlichen Koma. Sobald wir genauer über das Ausmaß der Schäden Bescheid wissen, können wir alle Optionen durchgehen, da werden wir Sie natürlich mit einbeziehen …«

Das ist mein Stichwort. Nun muss ich etwas sagen. Ich habe diese Momente im letzten Jahr so häufig verpasst, aber ich erkenne die üblichen Anzeichen noch: die hochgezogene Augenbraue, der geneigte Kopf, das ungeduldige Räuspern. Der Arzt entscheidet sich für Letzteres.

»Ähm, Professor Hobbs, ich weiß, wie schwierig das für Sie sein muss, aber bitte glauben Sie uns, dass wir alles Menschenmögliche für Ihre Frau tun. In der Zwischenzeit stehen

Ihnen die Experten unseres psychologischen Dienstes zur Verfügung. Dort bekommen Sie ...«

»Ich brauche keine psychologische Betreuung«, unterbreche ich ihn. Meine Stimme ist heiserer, als ich erwartet hätte – und leiser klingt sie auch.

»Ja, Professor, ich verstehe, das ist nicht jedermanns Sache. Ich sehe in Ihrer Akte, dass Sie schon einmal eine ärztliche Empfehlung für eine psychologische Betreuung hatten? Der Sie nicht nachgekommen sind ...«

Er blickt vom Bildschirm auf, und ich nehme meine Brille ab und wische mit dem Hemdzipfel auf den fleckigen Gläsern herum, was die Sache kaum besser macht. »Vermeidungstaktik«, hat Maggie es immer genannt. Damit hatte sie recht.

»Schauen Sie, ich kann Ihnen nicht vorschreiben, was Sie tun sollen, das ist auch nicht meine Aufgabe. Ich kann Sie nicht zu einem Gespräch mit unseren Psychologen zwingen. Aber denken Sie einfach daran, dass Ihnen diese Leute rund um die Uhr zur Verfügung stehen. Wir haben solche Situationen häufiger, als man denkt, und das Team ist speziell dafür ausgebildet ... Am wichtigsten ist, dass Sie wissen: Sie sind nicht allein.«

Wie ironisch. Denn genau so ist es doch. Ich bin allein. Ich war noch nie so allein. Ich war nicht einmal vor Maggie so allein, denn wie kann man wirklich wissen, was Alleinsein bedeutet, bevor man seine andere Hälfte gefunden hat?

»Wie gesagt, wir können in diesem Stadium nicht viel tun, außer Mrs Hobbs' Fortschritte zu beobachten, deswegen würden wir Ihnen raten, nach Hause zu fahren, zu schlafen und etwas zu essen. Zunächst aber können wir Sie zu Ihrer Frau bringen, falls Sie sie sehen möchten.«

»Ja«, murmele ich, »ja, ja, ich muss sie sehen.«

»Professor, ich bin mir sicher, dass ich es nicht wiederholen muss, aber wir sagen es allen Angehörigen: Ihre Frau befindet sich in einem äußerst kritischen Zustand. Bitte erschrecken Sie nicht über ihr Aussehen, und wenn Sie sich Sorgen machen, sagen Sie mir oder den Schwestern Bescheid. Ihre Frau liegt in einem Einzelzimmer, aber es sind genügend Pflegekräfte in der Nähe, falls es ein Problem gibt.«

Der Arzt steht auf, und ich tue es ihm gleich, weil ich nur zu gut weiß, dass es in letzter Zeit ein wenig länger dauert und ich seine Aufmerksamkeit nicht auf meine siebenundsechzig Jahre lenken will. Geben sie einen früher auf, wenn sie einen für zu alt halten? Wenn nicht genügend trauernde Kinder am Bett stehen? Maggie zuliebe hoffe ich, dass dem nicht so ist.

Ich verlasse das Zimmer mit dem Arzt, wir gehen einen Flur mit ausrangierten Rollstühlen entlang, vorbei an vielen Kranken und an gehetztem, genervtem Personal, das jeden Augenkontakt mit Angehörigen vermeidet. Ich frage mich, welche andere Familie heute ihren schlimmsten Albtraum erlebt. Bald haben wir die mit Vorhängen abgetrennten Bereiche hinter uns gelassen, und der Arzt lässt uns durch den Eingang zur Intensivstation hindurch. Nun stehen wir vor einer Reihe von einzelnen Türen mit Metallklinken.

Hinter einer dieser Türen liegt Maggie. Ich erkenne es daran, dass der Arzt langsamer wird, nach seinem Pager sucht und sich nach links und rechts umschaut. Ich will »Nein« sagen, ihm die Arme an die Seite pressen und ihn festhalten, bis er stocksteif dasteht. Aber was würde das langfristig ändern? Ich kann es nicht ewig vermeiden, mich dem zu stellen, was ich getan habe. Ich stecke mein Hemd, so gut es geht, in die

Hose und vergrabe die Hände in den Taschen, damit sie nicht mehr zittern.

Es ertönt ein leises Klicken, während der Arzt mit beiden Händen die Tür aufstößt. Er geht hindurch und hält sie mir auf, nur sind meine Schultern breiter, als er angenommen hat, und es gibt einen seltsamen Moment, wo ich mich zur Seite drehen muss. Dabei beuge ich den Kopf und stoße dennoch oben gegen den Türrahmen. Ich habe mich nie richtig daran gewöhnt, dass ich immer und überall der größte Mensch bin.

In dem Dämmerlicht ist es zunächst schwierig, Maggie zu erkennen. Das Bett ist erhöht und von einem ganzen Arsenal an piepsenden Maschinen umgeben. Es ist schwer zu glauben, dass ihr Leben nun von Maschinen abhängt, die dem Entfeuchter nicht unähnlich sehen, den ich auf Maggies Geheiß jedes Jahr vom Dachboden in den Keller geschleppt habe, damit er seine Winterschicht ableisten konnte. Ich trete näher an sie heran, und als sich meine Augen an das Halbdunkel gewöhnen, merke ich, dass sich ein Atemzug in meiner Kehle verkeilt hat. Er kommt als tiefes Ächzen heraus, das dem Arzt eindeutig Sorgen macht.

»Professor, es tut mir wirklich sehr leid ...«

»Darf ich sie anfassen?« Ich ignoriere seine Mitleidsbekundungen und rücke näher an Maggies Bett.

»Ja, das ist schon in Ordnung. Gleich kommt eine Krankenschwester, die Ihnen mehr über die Abläufe hier auf Station erzählt. Sie wird Ihnen Genaueres zu Mrs Hobbs' Pflege sagen. Ich lasse Sie nun allein mit Ihrer Frau.«

Eine Sekunde lang fühlt es sich wieder an, als wären wir frisch verheiratet, wie damals, als die Besitzer des B&B hastig den Rückzug antraten, falls wir übereinander herfallen sollten, noch bevor die Tür zufiel. Ich würde alles dafür geben, jetzt wieder dort zu sein – Maggie so wild und impulsiv, ich prüde und unbeholfen, und dennoch war das irgendwie immer genug für sie.

Sie ist auf diesen furchtbaren Krankenhauskissen hochgelagert und wirkt kleiner als sonst. Ihre Hände liegen auf dem Laken, zierlich wie eh und je, die Kanüle führt flach in die hervorstehenden Adern und ihre pergamentene Haut. Neben dem Bett steht kein Stuhl. Ich soll ganz eindeutig nicht lange bleiben. Wie kann ich sie hier zurücklassen? Sie wird Angst haben, wenn sie aufwacht. Angst vor dem Krankenhaus, sicher, doch noch mehr Angst, weil sie mit niemandem reden kann, niemandem ihre Beobachtungen und jeden anderen aufkeimenden Gedanken mitteilen kann. Ich weiß, dass ich Maggie im Stich gelassen habe. Ich weiß, dass sie in den vergangenen Monaten mehr als einen schweigenden Resonanzkörper gebraucht hätte.

Als ich sie nun berühre, langsam, wie bei dem Versuch, eine scheue Nachbarskatze nicht zu erschrecken, fühlen sich ihre Hände warm an. Das ist so schrecklich unnatürlich. Selbst an den wärmsten Sommerabenden konnte ich mich immer darauf verlassen, dass Maggie mir ihre kühlen Hände auf die Stirn legte, wenn ich nach Hause geradelt war. Mein ganzes Leben lang musste ich als menschlicher Handschuh dienen und wieder Wärme in ihre Handflächen rubbeln. Und nun das? Wir brauchten uns. Aber viel wichtiger: Wir haben einander ausgesucht, wir wollten uns – man weiß nie, wie großartig sich das anfühlt, ehe es einem weggenommen wird.

Hinter mir ein Schlurfen. Ich drehe mich behutsam um, ohne Maggie loszulassen. Die Schwester steht da, ihre blauen Plastiküberschuhe rascheln auf dem Linoleum, während sie die Monitore abliest. Ich weiß nicht, wie lange sie schon hier ist, sie bemerkt meinen Blick, und ich habe das Gefühl, sie wurde hergeschickt, um mich im Auge zu behalten.

»Ich kann Ihnen einen Stuhl bringen, wenn Sie möchten«, bietet sie mit ihrem warmen und beruhigenden Yorkshire-Akzent an. »Diese Steherei tut Ihnen doch nicht gut.« Sie ist ganz eindeutig jung. Nicht älter als vielleicht fünfundzwanzig. Sie hat diesen natürlichen Charme, den Maggie auch immer hatte, sie strahlt und erhellt dabei den ganzen Raum. Ich werde vierzig Jahre zurückkatapultiert, zu einem Tag mit Nieselregen, Straßenlaternen und dem betrunkenen Gesang von *Good King Wenceslas*, Hintergrundmusik unserer ersten Begegnung.

»Soll ich?«, fragt sie erneut und unterbricht meine Reise in die Vergangenheit. »Das ist gar kein Problem, wirklich, versprochen.«

»Vielen Dank, das wäre sehr freundlich.«

In den vergangenen Stunden habe ich mich zusammengerissen, aber bei dieser liebevollen Geste verliere ich fast die Fassung. Die Schwester kommt kurz darauf zurück und klappt den Stuhl sogar noch für mich auf. Ich fühle mich plötzlich wie der Ehrengast beim scheußlichsten Picknick meines Lebens.

»Wie heißen Sie?« Bei dieser schummrigen Beleuchtung versuche ich gar nicht erst, ihr Namensschild zu entziffern und womöglich noch am Krankenbett meiner Frau einer anderen Frau auf die Brust zu starren.

»Daisy«, sagt sie. »Auch wenn ich nicht ganz so zierlich bin wie mein Namenspatron, das Gänseblümchen.«

Ich versuche zu lächeln. Die ganze untere Hälfte meines Gesichts fühlt sich dabei an, als würde sie einen Sprung bekommen.

»Es tut mir von Herzen leid«, sagt Daisy, als sie meine Mundwinkel sinken sieht. Eine Minute lang, vielleicht auch länger, beobachten wir beide Maggie. Ihre Brust hebt und senkt sich in geregelter Effizienz, ihre Lippen sind leicht geöffnet, als hätte sie definitiv aufgegeben. Das alles ist nicht sie. Die Disziplin, die Stille, die aufgeregten Schwestern, die sie mit einer Freundlichkeit behandeln, die auch Maggie ihr Leben lang verschenkt hat und für die sie schließlich bestraft wurde.

»Sie können mit ihr reden, wissen Sie«, sagt Daisy. »Es ist so ruhig hier, die Menschen haben häufig Angst, laut zu reden. Aber da müssen Sie durch. Lassen Sie Ihre Frau Ihre Stimme hören.«

Ich schlucke. Und frage mich, was Daisy sagen würde, wenn sie Bescheid wüsste. Sie wirkt so viel weiser als andere Menschen in ihrem Alter, und ich bin mir sicher, dass sie in ihrem Beruf schon viel Leid gesehen hat. Dennoch, würde sie es verstehen?

Ich denke zurück an den Tag, als mich meine Stimme zum ersten Mal im Stich gelassen hat. Ich war ganz kurz davor, zu beichten, was ich getan hatte. Die Konsequenzen waren nicht zu übersehen und das Schuldgefühl so intensiv, so überwältigend, dass ich wusste, ich musste es Maggie sagen. Die Worte lagen mir schon auf der Zunge, zumindest dachte ich das. Ich hatte mich dafür gerüstet, während ich auf Zehenspitzen die Treppe zu unserem Schlafzimmer hochschlich.

Dann kam ich um die Ecke und sah sie im Halbdunkel, wie sie sich mühevoll aufrichtete, um ihr Wasserglas vom Nachttisch zu nehmen, sie war nur noch ein Schatten ihrer selbst, und ich wusste, ich konnte ihr in all dem Schmerz nicht noch weitere Verletzungen zufügen. Sie hatte schon genug durchgemacht. Sie hielt sich sowieso schon nur mit letzter Kraft aufrecht, ich konnte ihr nicht noch mehr zumuten. Ich konnte ihr nicht das sagen, was ich ihr sagen musste, wenn es bedeutete, dass sie mich verlassen würde. Und jeden Tag, an dem ich nicht sprechen konnte, spürte ich dieselbe schweigende Schuld, dieselbe brennende Scham. Ich war dabei, mich selbst zu ersticken, aber auch das war besser als der Gedanke, Maggie alles zu beichten und sie für immer zu verlieren.

Daisy räuspert sich leise, und ich bin wieder im Krankenzimmer. »Ähm, Frank, ich bin kein Arzt, also verstehen Sie mich nicht falsch, aber ich spreche aus Erfahrung, manchmal wirkt eine bekannte Stimme Wunder, mehr als diese Infusionen. Die Patienten hören einen. Es erinnert sie an alles Schöne, für das sich das Aufwachen lohnt. Es treibt die Genesung voran, wissen Sie?«

Ich weiß es nicht, dennoch nicke ich. Ich sehe, wie sehr sie sich um Maggie sorgt, obwohl sie nur eine auf einer umfangreichen Liste von Patienten ist. Daisy hat große Hände, lange und kräftige Finger, aber sie bewegen sich ganz sanft, als sie das Nachthemd an Maggies Ausschnitt glattstreicht, das sich unter den Schläuchen zusammengebauscht hat. Ich weiß, dass Maggie solch eine Geste zu schätzen wüsste.

»Sie könnten ihr erzählen, wie es Ihnen geht«, schlägt Daisy vor. »Nach diesem Tag haben Sie wahrscheinlich viel zu berichten. Oder vielleicht haben Sie etwas auf dem Herzen, das Sie ihr gern sagen würden?«

»Ja, das habe ich allerdings.« Mein Versuch, unbeschwert zu klingen, erweist sich ganz schnell als das, was er wirklich ist: kleinlaut und gekünstelt.

»Wie bitte? Ich habe Sie nicht verstanden. Sie nuscheln«,

sagt Daisy; sie liest die letzten Werte von einem Bildschirm neben Maggie ab und klappt ihren Block zu.

»Entschuldigung, also, ja. Ich muss ihr etwas sagen. Etwas Wichtiges. Ich weiß nicht, warum ich es ihr nicht schon früher gesagt habe.«

Allein diese Untertreibung erdrückt mich fast. Ich presse mir die Faust auf den Mund und zwinge mich, Maggie weiterhin direkt anzuschauen. Warum um alles in der Welt ist mir nicht aufgefallen, wie klein und zerbrechlich sie geworden ist? Sie ist immer schon winzig gewesen – gute dreißig Zentimeter kleiner als ich. In unserem ersten gemeinsamen Winter konnte ich kaum glauben, wie viele Pullover sie über ihren zierlichen Oberkörper ziehen musste, um in der Wohnung nicht zu frieren. Die wankelmütige Zentralheizung war nicht gerade hilfreich. Maggie hüpfte wie eine Aerobic-Lehrerin von einem Fuß auf den anderen, während ich auf den Knöpfen am Boiler herumdrückte – vergeblich. Ich habe schnell verstanden, dass sie ihre eigene Wärme überallhin mitnahm.

»Seien Sie nicht so streng mit sich selbst, nicht jetzt. Fangen Sie sanft an. Platzen Sie nicht einfach so heraus, Sie wollen Sie ja nicht verschrecken. Versuchen Sie, ihr etwas Schönes zu erzählen. Erinnern Sie sie daran, dass sie geliebt wird. Erzählen Sie ihr von all den Momenten, wo Sie ihr das gezeigt haben.«

In meinem Gesicht muss sich die blanke Panik spiegeln, weil mir Daisy eine Hand auf die Schulter legt, ein leichter Druck, unter dem die Falten in meinem Baumwollhemd sich glätten.

»Machen Sie sich nicht zu viele Sorgen. Sprechen Sie einfach mit ihr. Nutzen Sie die Zeit.«

2

Am ersten Tag bleibe ich nicht lange. Kaum ist Daisy weg, spüre ich trotz bester Absichten, wie sich meine gewohnte Zurückhaltung wieder breitmacht. Nur Maggie hat es irgendwie immer geschafft, diese professorale Unbeholfenheit zu durchbrechen – die wohlmeinenden Anmerkungen, die stets einen Tick zu spät kommen, meine Unfähigkeit, mich unbefangen auf neue Menschen einzulassen. In all unseren gemeinsamen Jahren ist Maggie mir nie so fremd gewesen wie hier, ein kleines, faltiges Gesicht, umgeben von einem Netzwerk straffer Schläuche, reduziert auf regelmäßige Piepstöne und getaktete Messungen.

Es gibt so viel zu sagen, dass ich nicht weiß, wo ich anfangen soll. Ich kann doch nicht gleich mit dem Grund für mein langes Schweigen herausplatzen. Daisy meinte ja, ich solle sanft beginnen, Maggie mit Worten zu mir zurücklocken. Reden war noch nie meine Stärke. »Kein Freund vieler Worte«, schrieb mein Oberstufentutor in seiner Empfehlung für die Uni. Meine eigene Mutter beschrieb mich Freunden und Verwandten gegenüber immer als »still«, sogar der Fußpflegerin wurde das mitgeteilt, wenn sie jeden vierten Samstag mit dem Bimsstein in der Hand zu uns nach Hause kam. Mir dämmert jetzt, dass ich hier in etwa so nützlich bin wie ein Regenschirm in einem Wirbelsturm. Ich bin mir nicht mehr sicher, ob ich das überhaupt schaffe.

Ich steige direkt vor dem Krankenhaus in den kleinen Bus. Mitleid auf Rädern. Alle vermeiden Augenkontakt, weil wir sonst durchdrehen würden – die Leidenden und die, die das Leid in all seinen grotesken, würdelosen Details anschauen mussten. Und was ist mit denen, die eigentlich für das Leid verantwortlich sind? Mich würde man wohl kaum willkommen heißen. Ich setze mich auf einen Fensterplatz und stelle meine Tasche neben mich.

Ein turtelndes Paar an der Ampel verpasst beinahe das grüne Männchen, weil sie engumschlungen nur Augen füreinander haben; hinter uns lädt eine Familie mit zwei Kindern und einem ausgelassenen Labrador einen ramponierten Kombi aus; Studenten fahren zu dritt nebeneinander Fahrrad, die wütenden, hupenden Autofahrer hinter ihnen interessieren sie nicht. Ich habe mich noch nie so allein gefühlt. Sollte eine Ehe – unsere Ehe – mich davor nicht bewahren?

Heute ist es glühend heiß, in Maggies heruntergekühltem Krankenhauszimmer habe ich es nicht gespürt. Als ich aus dem Bus steige und den kurzen Weg nach Hause stolpere, fühle ich mich, als bliesen mir hundert Föhne heiße Luft ins Gesicht. Nach einigen Fehlversuchen mit zittrigen Fingern landet der Schlüssel im Schloss. Die letzten Sonnenstrahlen dieses späten Augusttags erleuchten den Flur, ein Band aus Staub tanzt und wirbelt dem Tatort entgegen. *Ihrer oder meiner Tat?*, frage ich mich, als ich die Treppe hinaufgehe.

Ich schaffe es nicht, die Küche zu betreten, noch nicht. Ich gehe gleich in unser Schlafzimmer, ohne Licht anzuschalten.

Unser. Ich kann mich kaum noch an die Zeit erinnern, als ich noch nicht im Plural gesprochen habe. Was ich dafür geben würde, sie zurückzuhaben, hier, auf ihrer Seite. Eigentlich waren alle Seiten ihre Seiten. Ich hatte gar nicht gewusst, wie viel Platz so ein kleines Wesen in Anspruch nehmen konnte, sie wand sich die ganze Nacht lang wie ein Oktopus, bis sie mich an den Matratzenrand gedrängt und ich nur noch einen Zipfel der Decke für mich hatte. Gott, nie hätte ich gedacht, dass ich das vermissen könnte.

Mit den Fingern fahre ich über den Bücherstapel auf ihrem Nachttisch – Bücher aus Charity Shops, ein dünner Band mit dem Titel »Die Ehefrau«, den ich ihr vor Jahren zu Weihnachten geschenkt habe, eins mit dem Plastikumschlag der Bibliothek (Leihfrist bestimmt überzogen). Als sie vor drei Jahren in den Ruhestand ging, entschied sie sich, ehrenamtlich in der Bücherei in Summertown zu arbeiten, die geschlossen werden sollte. *Aus Solidarität!*, hatte sie gesagt, als sie mir davon erzählte. Ich wusste nicht, ob sie die Bücher meinte oder das überarbeitete Personal, das schon ohne die Sparmaßnahmen der Regierung genug Probleme hatte. Wie dem auch sei, so hatte sie eine Aufgabe, bis auch ich ein Jahr später in den Ruhestand ging. Ihr gefiel es dort – sie mochte die Menschen und das Gefühl, eine Zuflucht zu haben. Als das alles dann passierte, hat sie die Arbeit allerdings aufgegeben. Ich vermute, man kann anderen nur helfen, wenn man sich selbst hilft.

Sie schläft nicht so gut, seit ein paar Jahren. Sie versucht immer, noch zu lesen, aber wenn ich mich zu ihr beuge, um sie hinters Ohr zu küssen oder ihre Lieblingsstelle innen am Arm zu streicheln, sehe ich, dass sie noch gar nicht umgeblättert hat und benommen ins Leere schaut. Ich entscheide immer, wann wir das Licht ausschalten, und weiß ganz genau, dass keiner von uns dann einfach einschläft. Stattdessen zeichne ich Muster auf ihrer weichen Haut am Ansatz der Wirbelsäule, der von ihrem Pyjamaoberteil entblößt wird. Dabei fühle ich mich wieder wie bei unseren ersten Treffen, als ich Angst hatte, ihr zu sagen, dass ich sie liebte, und es stattdessen, ein feiger Kompromiss, mit zitternden Händen auf ihren Rücken schrieb.

Ich ziehe die Schuhe aus und lege mich auf die Decke. Ich möchte sie so gern wieder berühren, sie mit meiner Liebe umhüllen. Als ich wegdöse, sehe ich nur Maggie, die völlig eingehüllt ist und eine Hand herausstreckt, um mich zu sich hereinzuziehen.

Am nächsten Morgen im Krankenhaus spricht mich auf der Station eine Krankenschwester mit Vornamen an, die ich noch nie gesehen habe. Ich hoffe, das ist kein Hinweis, dass sie erwarten, mich hier noch lange herkommen zu sehen. Als ich Daisy nicht gleich finde, verspüre ich kurz Panik. Sie war so ruhig, so unvoreingenommen. Ich kann es mir nicht leisten, sie auch noch zu verlieren. Ich schaue mir den Empfangsbereich mit dem verwirrenden Aufgebot an Personal an und taxiere die Rücken, die Frisuren. Schließlich erblicke ich sie, sie sitzt an einem Computer in der Ecke mit dem Rücken zu mir, ihr Kittel spannt über den Hüften. Mein Herzschlag wird langsamer, nur ein klein wenig, und ich räuspere mich, gerade laut genug, dass es als Belästigung durchgeht. Laut genug, dass eine schwangere Frau, die anderthalb Meter von mir entfernt wartet, sich den Schal vor den Mund hält.

»Ah, Professor, guten Morgen.« Daisy strahlt, dreht sich auf dem Stuhl zu mir herum, stemmt die Hände auf die Oberschenkel und steht auf. Sie ist größer, als ich sie von gestern in Erinnerung habe, nur etwa zehn Zentimeter kleiner als ich. Sie hat den Körperbau, den Maggie liebevoll »stämmig« nennen würde.

»Soll ich Sie so anreden? Professor?«, fragt sie, während sie sich hinter dem Tresen hervorschlängelt und mich den Flur hinunterführt. Ihr dunkelbraunes Haar ist zu einem Zopf gebunden, der elegant im Takt ihrer Schritte wippt.

»Also, äh …«, setze ich an.

»Haben Sie die Sprache verloren? Wissen Sie Ihren eigenen Namen nicht mehr?« Daisys Lächeln stellt sofort diese natürliche Vertrautheit her, die ich mir immer für meine Familie gewünscht habe, von Fremden ganz zu schweigen.

»Frank«, sage ich bestimmt. »Nennen Sie mich bitte Frank, Daisy.«

Daisy dreht sich um und lächelt mich an, und eine Sekunde lang fühle ich mich, als hätte ich, wenn auch vielleicht nur einmal, ein winziges kleines bisschen richtig gemacht. Dann erreichen wir Maggies Tür, die immer noch geschlossen ist, und ich spüre das Gewicht meiner eigenen frustrierten Zuversicht wieder über mir zusammenstürzen. Die Rollos in ihrem Zimmer sind jetzt hochgezogen, und ich lasse den Raum auf mich wirken. Er ist karg, und ich bemerke plötzlich, dass ich mit leeren Händen gekommen bin.

»Wir müssen hier alles sehr sauber halten«, sagt Daisy, die meine Verlegenheit irgendwie spürt. »Aber Ihren Stuhl habe ich stehen lassen, Frank, damit Sie beide reden können.«

Daisy tritt hinter mich und zieht die Jalousien ein wenig herunter, damit ich nicht blinzeln muss.

»Wie ist es gestern gelaufen?«, fragt sie.

»Nicht gut«, gebe ich zu.

»Es ist schwer, das verstehe ich. Aber unsere Maggie wird wissen wollen, dass Sie hier sind.«

»Ich habe Angst.« Die Worte rutschen mir raus, bevor ich nachdenken kann.

»Ich weiß, aber glauben Sie mir, Sie werden noch mehr Angst haben, wenn Sie nicht mit ihr sprechen. Weil Sie dann Schuldgefühle kriegen werden. Und Schuldgefühle machen einem noch viel mehr Angst.«

Ich spüre, dass Daisy bald gehen wird, und werde von dem dringenden Wunsch überwältigt, sie hierzubehalten. Sie bedeutet Sicherheit – sie ist eine zuverlässige Verbindung zu Maggie.

»Daisy«, rufe ich, als sie zur Tür geht. »Was soll ich sagen?«

Daisys Gesichtsausdruck verändert sich kaum, ein leichtes Lächeln umspielt ihre Lippen. Ich bin wohl nicht der erste Besucher, der in Sachen Verhalten am Krankenbett Nachhilfe braucht.

»Das können Sie sich aussuchen, Frank. Wenn Sie Probleme haben, erzählen Sie ihr doch einfach Ihre Geschichte. Von Ihnen und ihr, wie wär's? Es heißt nicht ohne Grund, man soll mit dem Anfang beginnen. So ist es am einfachsten. Nur sollten Sie es dieses Mal richtig machen. Sagen Sie ihr alles, was Sie ihr schon längst hätten sagen sollen.«

Ich nicke.

»Und nicht alles auf einmal, denken Sie daran.«

Damit ist Daisy weg.

Ich ziehe meinen Stuhl ein wenig näher zu Maggies Bettkante und passe gut auf, dass ich nicht an die Kabel komme.

Die schiere Menge dessen, was es zu sagen gibt, was ich hätte sagen sollen, überwältigt mich – es kommt mir so unangemessen vor. Wie fängt man bloß wieder an zu reden, wenn man vor so langer Zeit damit aufgehört hat?

»Guten Morgen, Maggie«, krächze ich. »Was ich dir schon immer hätte sagen sollen, ja? Dann mach es dir am besten bequem.«

In der Stille erinnere ich mich an ihr Lachen, leicht wie eine Feder, mir zuliebe – bei meinen schlechten Witzen, den Papa-Witzen.

Ich sehe, wie sich die Haut um die Kanüle spannt, als ich ihre Hand nehme; schnell lege ich sie wieder hin, bevor einer der Apparate meine Störung anzeigt und ich kurzerhand rausgeworfen werde.

»Ich … ich … hörst du mich? Hast du gehört, was ich gerade gesagt habe? Nein? Oh. Hm … O Gott, Maggie, ich kann so was nicht gut …«

Eine Minute lang überlege ich zu gehen, die Nullnummer von gestern zu wiederholen. Dann denke ich an unser Haus, jeder Raum so schmerzhaft leer, die Erinnerung an Maggie eingebrannt in jedem einzelnen Stuhl und Lichtschalter, in jede Wand. Was wäre ich für ein Mann, wenn ich sie hier allein lassen würde? Kein besonders liebevoller, so viel steht fest. Ich habe in all den Jahren häufig versagt, aber nie in meiner Liebe zu Maggie.

Ich setze mich aufrechter hin, ich stelle mir vor, dass jeder Wirbel wieder an den richtigen Platz rutscht, und hänge nicht länger wie ein nasser Sack in meinem Stuhl.

»Schau mal, Mags, du musst damit zurechtkommen, dass ich das nicht so gut kann, denn ich werde hierbleiben. Ich werde so lange bleiben, wie du brauchst, um aufzuwachen. Siehst du, ich habe sogar einen Stuhl.«

Nichts.

»Du musst wissen, was passiert ist, Mags, warum ich auf Tauchstation gegangen bin.«

Fast erwarte ich, dass sie daraufhin die Augen aufreißt. Endlich – eine Antwort. Antworten, nach denen sie sechs Monate lang gesucht hat. Während mein Schweigen mir Maggie fast für immer entrissen hätte.

»Ich kann dich nicht gehen lassen, ohne dir das zu sagen.«

Wie ich einfach damit rausplatze, das hört sich so morbide an, ich könnte mich dafür ohrfeigen. Das hat Daisy nicht mit *schön* gemeint, eher das Gegenteil.

»Ich kann dich nicht gehen lassen, Maggie, Punkt. Ich kann nicht ohne dich sein. Wirklich, Maggie. Ich kann es nicht«, flüstere ich und greife nach ihrer Hand. »Es tut mir so leid. Es tut mir mehr leid, als du dir jemals vorstellen kannst. Erinnerst du dich noch an den ersten Satz, den ich zu dir gesagt habe, Mags? Erinnerst du dich? ›Es tut mir leid.‹ Und weißt du, dass ich seit über vierzig Jahren darüber nachdenke, was ich stattdessen hätte sagen können?«

Als du mir das erste Mal über den Weg gelaufen bist, habe ich nur deine Augen und die Nasenspitze gesehen, rubinrot, wie ein Leuchtfeuer in der Kälte. Du hattest dir einen dicken Wollschal um den Kopf gewickelt und bis zur Nase hochgezogen, nur ein paar Haarsträhnen lugten hervor. Schon damals war dein Erscheinen spektakulär: wie ein Wirbelwind, ausladende Geste und Luftküsse, hastige Umarmungen, jubelnde Ausrufe und eine Wärme, die jeder in deiner Nähe spüren konnte, selbst bei drei Grad unter null.

Ich hatte dich vorher noch nie gesehen, das wusste ich ganz sicher. Ich war damals schon seit fünf Jahren in Oxford und steckte mitten in meiner Doktorarbeit. Im Labor wimmelte es nicht gerade von Frauen, und auch in meiner Freizeit rannten sie mir nicht die Tür ein. Nein, ich hätte mich definitiv daran erinnert, wenn ich eine Frau wie dich schon einmal irgendwo gesehen hätte.

Mit seinem preiswerten Lagerbier und dem großen Wintergarten war The Rose & Crown ein Tummelplatz der Fakultät für Entwicklungsbiologie, sofern man von einer Gruppe Wissenschaftler, die kaum Tageslicht sieht, geschweige denn abends häufig ausgeht, so etwas behaupten konnte. Es war weit genug entfernt von der Universität, um den Touristen mit ihren Fotoapparaten auszuweichen, aber nah genug, um ins Wohnheim zurückzustolpern, falls man am Ende des Abends nicht allein nach Hause ging. Ich weiß, es hört sich klischeehaft an, wenn ich sage, du bist mir gleich aufgefallen, aber es ist dennoch wahr, auch wenn du nicht beinahe Piotrs Glas mit deinem Ellbogen umgestoßen hättest, als du dich an uns vorbei in die Arme deiner ebenso aufgedrehten Freunde gestürzt hast.

So kurz vor Weihnachten sah man viele neue Gesichter in unserer Stammkneipe. Einige dieser Leute waren rechtzeitig nach Hause gekommen, um die Woche mit der Familie zu verbringen. Wir Exilakademiker hingegen wohnten entweder zu weit weg, um die Festtage gemütlich im eigenen Wohnzimmer zu verbringen, oder schoben – wie in meinem Fall – das unvermeidliche Unbehagen eines solchen Familienbesuchs lieber auf – im Alter von sechsundzwanzig Jahren und ohne eine Braut im Schlepptau. So viel zu den gesellschaftlichen Umbrüchen der siebziger Jahre: Die liberalen Ideale dieser Zeit waren kaum bis in die Heimatlandkreise vorgedrungen – das Reihenhaus meiner Eltern in Guildford hatten sie völlig links liegenlassen.

Meine Freiheit war für mich wirklich eine Erleichterung, obwohl meine Familie es gut mit mir meinte. Ich liebte sie, und ich wusste, dass sie mich liebten, bloß fühlte sich zu Hause alles zu eng an. Wir redeten nicht, nicht über die wichtigen Dinge, die mich nachts nicht schlafen ließen. Nein, man war höflich, das war bequem. Es herrschte die unausgesprochene Annahme, ich würde in Dads Fußstapfen treten, die Autowerkstatt übernehmen und ihn unterstützen. In ihren Augen war nichts an der Wissenschaft auszusetzen, aber damit sollte man sich eher in der Schule beschäftigen, um anschließend eine mit Hypotheken belastbare Karriere anzustreben. Sie brauchten einige Zeit, um sich an meinen Entschluss zu gewöhnen, doch ich wusste: Sie waren stolz, zumindest auf ihre Art.

Und Oxford: Also, hier fühlte ich mich so zu Hause wie noch nie irgendwo zuvor. Ich hatte großartige Freunde gefunden, deren soziale Kompetenzen ebenso ausbaufähig waren wie meine, und niemand brüllte einen von hinten aus dem Hörsaal an, weil man in der ersten Reihe saß oder pausenlos mitschrieb. Ich machte mir allerdings Sorgen, dass ich meine Studentenzeit nicht genug genossen hatte. In meiner Vorstellung hätte ich auf Dachterrassen Zigarre rauchen oder mit Frauen namens Camilla oder Cordelia auf Partys gehen oder etwas ähnlich Exotisches unternehmen sollen, bis die Sonne durch die Vorhänge schien und uns alle überrumpelte. In Wahrheit machte ich nur an meinem Schreibtisch die Nächte durch. Das war meine Art, mir eine schöne Zeit zu machen. Bis du mir über den Weg gelaufen bist.

Ich hatte mich auf diesen Abend gefreut, eine Art Weihnachtsfeier, nur dass das Budget nicht für eine ordentliche Party gereicht hatte. Stattdessen waren die beiden Supervisoren gekommen und hatten eine Handvoll Scheine in ein Glas gesteckt, damit wir uns ein paar Runden genehmigen konnten. Ich frage mich, was wohl ohne den angetrunkenen Mut des ganzen Fachbereichs passiert wäre? Hätte ich einfach einen feucht-fröhlichen Abend verbracht, anstatt dich sehnsüchtig anzuschmachten und deine Mimik und verrückten Gesten zu analysieren, wie bei einer Pantomime-Vorstellung, nicht wie in einer Kneipe?

Du bist ganz selbstverständlich der Mittelpunkt, eine Gewohnheit, werde ich bald merken, du hältst Hof und ziehst alle Blicke auf dich. Zu deiner Linken steht ein Mann mit rotblondem Haar und einem Tweed-Jackett, er hängt an deinen Lippen, lacht ein wenig zu laut und immer einen winzigen Augenblick früher als die anderen. Es ist aber ein wenig Abstand zwischen euch, und ich schreibe ihn ab als einen von den Gefolgsmännern, die deinem Charme verfallen sind.

Die Jungs kapieren schnell, dass ich mit den Gedanken woanders bin. Piotr stößt mir in die Rippen und klopft seine vulgären Sprüche, so dass ich dankbar bin für seinen polnischen Akzent, den auch die vergangenen vier Jahre nicht abschwächen konnten. Jack, unser Labortechniker, ein Mann, der vierzig Stunden die Woche Molche züchtet, macht die einzige vernünftige Bemerkung des Abends.

»Was hast du denn zu verlieren, Frank, hm?«, fragt er. »Noch eine Nacht in einem kalten Einzelbett?«

Als ich aufstehe, um dir einen Drink zu spendieren, weiß ich, dass nun meine Chance gekommen ist und die Jungs nicht zulassen werden, dass ich sie verstreichen lasse. In dem Augenblick, als du von der Bank aufstehst, dich rausquetschst und dabei die leeren Gläser wackelig zwischen den Fingern balancierst, werde ich mit dem Rest aus unserem Spendierglas losgeschickt.

Im Pub ist es warm, und meine Brillengläser beschlagen schnell. Ich verfluche meine Augen und wünsche mir fast, ich hätte die Brille zu Hause gelassen. Das hatte ich schon einmal ausprobiert, bei dem einzigen Date, das ich in den vergangenen beiden Jahren ergattern konnte, mit einer wissenschaftlichen Mitarbeiterin aus Glasgow. Nur so viel: Fiona war nicht sonderlich angetan, als ich von der Toilette zurückkam und mich zu einer anderen Frau an den Tisch setzte.

Ich wische die Gläser an meinem Pulli ab – ein Meisterwerk meiner Mum mit einem Weihnachtsbaummotiv, die Glitzerfäden der gestrickten Christbaumkugeln bleiben immer an den Schrauben der Brille hängen. Schließlich schaffe ich es, die beschlagenen Gläser zu säubern, aber mein Entschluss scheint damit ebenfalls wie weggewischt. Plötzlich komme ich mir lächerlich vor; hatte ich wirklich gehofft, ein Mädchen wie du würde mich auch nur eines Blickes würdigen, geschweige denn einem Date zustimmen? Ich will mich gerade geschlagen geben und Jack die nächste Runde holen schicken, als Piotr auf dem Weg zum Klo an mir vorbeikommt; subtil wie immer haut er mir auf den Rücken, wodurch ich unfreiwillig eine Drehung mache und – mitten im dichten Gedränge an der Bar –

direkt gegen dich fliege. Eine Sekunde lang habe ich schreckliche Angst, dass deine leeren Gläser runterfallen, ich strecke aufs Geratewohl beide Hände aus und kann eins der Gläser und mich selbst gerade noch rechtzeitig fangen, um nicht völlig das Gesicht zu verlieren.

»Es tut mir leid.« Ich werde so rot, dass es zu meiner Haarfarbe passt, und gerate ins Stammeln. Glücklicherweise unterbrichst du mich.

»Danke!« Du übertönst mein Gestotter. »Ich nehme den Mund immer zu voll! Darf ich dir ein Getränk ausgeben, als Zeichen meiner Anerkennung und so?«

»Nein, aber vielen Dank. Ich meine, das ist sehr nett, aber ...«, als schwache Entschuldigung lasse ich die Münzen in meinem Glas klirren, »... ich muss meine Runde ausgeben!«

»Ich mag Männer mit Prinzipien.« Du lächelst. Ich weiß nicht, ob ich es mir einbilde oder ob du einen Schritt auf mich zu machst.

Bevor ich dich weiter studieren kann, drehst du dich um, bestellst und bezirzst erfolgreich den Barmann, der über eine Bemerkung von dir lacht, während du dir die verschiedenen Cidersorten vom Fass durchliest. Als deine Drinks vor dir stehen, will ich fragen, ob wir das Ganze verschieben können, auf einen anderen Abend, nach Weihnachten, nur wir beide?

Stattdessen wird mein Gesicht feuerrot. Ich versuche, meine brennende Haut zu beruhigen, indem ich an den Artikel über Evolution und Genmutation denke, der zusammengefaltet in meiner Hosentasche steckt. DNA-*Mutationen bei Xenopus-Fröschen*, so lautete wahrscheinlich der Titel. Aber kein Datensatz, kein Streudiagramm über adaptive Reaktion lenkt mich genügend von meiner lähmenden Verlegenheit ab. Nicht zum ersten Mal wird mir bewusst: Falls ich so weitermache, wäre es ein biologisches Wunder, wenn ich meine Zwanziger überleben und den Hauch einer Chance auf Fortpflanzung haben sollte.

Viel zu schnell bekommst du deine Drinks, und dieses Mal trägst du auch ein Tablett in der Hand. Du blickst zu mir auf und schiebst deine Locken hinter dein Ohr. »Also, dann vielen Dank noch mal ...«

»Frank«, sage ich. »Ich heiße Frank.«

»Ich bin Maggie«, antwortest du, »eigentlich Margot – herzlichen Dank, Mama. Viel zu altmodisch, außerdem bin ich weder Französin, noch lebe ich in dem Wahn, eine zu sein.«

»Das werde ich mir merken.«

»Was? Dass ich keine Französin bin oder dass ich nicht im Wahn lebe?«

»Beides«, antworte ich. Du lächelst.

»Und was merke ich mir von dir?«

Dieses Mal bilde ich es mir nicht ein. Du machst tatsächlich einen Schritt auf mich zu und stehst nun so nah bei mir, dass dein Tablett meine Brust streift.

»Frank, der Mann mit Prinzipien. Da ist es egal, dass der Pullover eine andere Sprache spricht.«

Die kitschigen metallischen Christbaumkugeln schillern im grellen Deckenlicht. Du lachst und wirfst dabei den Kopf in den Nacken, und für eine Sekunde scheint die Welt stillzustehen. Das lärmende Pub verstummt. Mein peripheres Blickfeld verschwimmt. Du bist mein Vordergrund, mein Hintergrund und alles andere. Hier ist meine Gelegenheit zu fragen, doch es kommt mir nahezu frevelhaft vor, diesen Augenblick zu unterbrechen.

Piotr kennt solche Skrupel nicht. »Frank! Frank! Mach mal zügig mit den Drinks, ne?«

»Nach dir wird verlangt«, rufst du über das Getöse von einigen betrunkenen Sternsingern hinweg, die gerade angekommen sind und auf die Bar hämmern. »Sieh lieber zu, dass du die Runde holst, sonst fragen sie sich noch, wo du bleibst.« Und dann, eher leise, als wäre es ein Geheimnis nur für uns beide: »Frohe Weihnachten, Frank.«

Und damit gingst du einfach so wieder in den Wintergarten. Ich hatte nicht nur meine Gelegenheit zum Bestellen, sondern auch meine Chance verpasst.

Was hätte ich sagen sollen, Mags? Klar, ich hätte dich fragen sollen, ob du dich mit mir treffen möchtest. Aber das hätte nicht gereicht. Andere Männer waren hinter dir her, das wusste ich ziemlich sicher. Ich wollte dir klarmachen, dass meine Gefühle für dich besonders waren. Dass ich – als meine Brille beschlug – genau wusste, wo du standst, weil du etwas an dir hattest, das sich anfühlte wie in mich hineinprogrammiert. Ich wusste in dem Moment, dass du die eine bist, mein Forever Girl. Ich hätte das damals allerdings nicht gesagt. Ich wollte dich nicht verschrecken. Doch ich wusste damals schon, was ich immer gewusst habe: Du bist und bleibst mein Forever Girl, Mags.

3

Nach unserem ersten Treffen im Pub vergingen keine fünf Minuten, in denen ich nicht an dich dachte. Dieses anziehende Lachen, dein natürlicher Charme. Und der Gedanke, dass nur ein Tablett zwischen uns war. Einen Tag danach hätte ich mir immer noch am liebsten selbst in den Hintern getreten, weil ich die Chance vergeigt hatte. Ich fuhr heim nach Guildford, zur Enttäuschung meiner Eltern allein, aber Chessie hatte ihren Verlobten mitgebracht, so dass ich nicht ständig im Mittelpunkt stand, auch wenn sie zwei Jahre jünger ist als ich.

Mit der Regelmäßigkeit eines Uhrwerks fragten alle Verwandten der Reihe nach: »Gibt es da jemanden? Eine Lady, für die du dich interessierst?« – doch ich beendete die Verhöre abrupt, tat so, als würde ich etwas für meine nächste Publikation lesen oder mich mit dem Kreuzworträtsel herumschlagen. Mein dauerhaftes Singledasein hatte hier schon immer für viel Heiterkeit gesorgt. Ich musste erst noch ein Mädchen mit nach Hause bringen, doch neben gelegentlicher Unruhe sorgte das Thema in meiner Familie vor allem für Amüsement – wenn sie mich nachmachten, wie ich Flirtmuster in einem Streudiagramm zu analysieren und sie mit begrenztem Erfolg auf meine eigenen chaotischen Anstrengungen anzuwenden versuchte.

Wie um alles in der Welt konnte ich ihnen erklären, dass ich das Mädchen meiner Träume getroffen – und sie in dem verrauchten Wintergarten eines Pubs hatte entwischen lassen, ohne sie um ein Date zu bitten? Ich stellte mir vor, du wärst dort, bei meinen Eltern, beim Spaziergang am zweiten Weihnachtstag, wie du in meinem Kinderbett schläfst und dir mit mir die kleine Decke teilst und wie wir unsere eigene Wärme erzeugen. An Silvester quälte ich mich beim Truthahn mit Bildern von dir mit einem anderen Mann, wie du das neue Jahr begrüßt mit deinem strahlenden ansteckenden Lachen und einem funkelnden Ring am Finger.

Egal, was ich auch anstellte, ich musste immer an dich denken. Auch die Jungs aus dem Labor in Oxford waren keine Hilfe, weil sie es nicht lassen konnten, über mein Scheitern zu lästern. Jener Januar war in jeder Hinsicht strapaziös: Ich schlief kaum, aß kaum (eigentlich quasi eine Voraussetzung für ein Forschungsstipendium) und war nicht sonderlich überrascht, als ich einen trockenen Husten entwickelte. Schließlich fuhr mich der Vater der Familie, bei der ich lebte, zum Arzt, eher aus Angst vor Ansteckung als aus Gutherzigkeit, glaube ich. Und so fand ich mich in einer ambulanten Klinik in Jericho wieder – im Sprechzimmer keuchte ich so nachdrücklich, dass ich ein Rezept für Antibiotika und eine strenge Ermahnung bekam, ich solle gut auf mich achten, damit daraus nichts Schlimmeres würde.

Aus dem Sprechzimmer wurde ich in den Empfangsbereich hinauskomplimentiert, der nun gerammelt voll war: Mütter, die ihre quengelnden Babys wiegten, ein Paar mit identischen

Gipsverbänden am Handgelenk, Teenager mit glasigen Augen, die rastlos von einem Bein aufs andere traten oder einen Fuß gegen die Wand stützten, wenn sie keinen Stuhl mehr abbekommen hatten. Als ich mich, Entschuldigungen murmelnd, an ihnen vorbeidrängte, hörte ich vorn im Schwesternzimmer eine Stimme, die ich überall wiedererkannt hätte.

»Liebe Leute!«, sagst du. »Wir nehmen alle einzeln dran, also machen Sie es sich bis dahin bequem. Ich bin auch noch nicht lange hier, seien Sie also bitte nachsichtig – ich warne Sie gleich schon mal vor.«

Urplötzlich bin ich wieder im The Rose & Crown. Dieselbe ausgeklügelte Respektlosigkeit, der selbstironische, einnehmende Charme, der jedes Publikum entwaffnet und bei mir Schwindel verursacht hatte.

Ich weiß: Jetzt oder nie. Ich werde nie herausfinden, wie ich den Mut aufgebracht habe, aber die Worte kamen heraus, bevor ich nachdenken konnte.

»Maggie ... Maggie!«

Du hältst inne, stellst dich auf die Zehenspitzen, um den Raum zu überblicken, zu schauen, wo die Stimme herkommt. Inzwischen bin ich bei dir angekommen. »Oder besser Schwester Marbury«, bringe ich nach einem kurzen Blick auf das Namensschild an deiner Brusttasche hervor und achte darauf, dass ich nicht zu lange hinstarre. Eine grausame Sekunde lang vermute ich, dass du mich nicht einordnen kannst. Dann atmest du aus und strahlst: »Frank! Der Mann mit Prinzipien. Was führt dich hierher?«

Mit tadellosem Timing beginnt das Rasseln in meiner Brust, und ich huste einen Klumpen Schleim in mein Taschentuch, das wegen der Überbeanspruchung und von Tagen in meiner

Hosentasche ganz zerknittert ist. Ich glaube nicht, dass ich jemals zuvor oder danach so dankbar für Husten war. Ich rede mir ein, es sei Schicksal, es sollte so kommen.

»Ah, nun verstehe ich.« Du lächelst und legst mir die Hand auf den Oberarm. Dort, wo ich deine Hand spüre, kribbelt es, und durch diese eine Geste wird mir klar, wie sehr ich nach einer Berührung gehungert habe – nach deiner Berührung.

Wir werden beobachtet, und du achtest darauf, nicht zu viel Aufmerksamkeit zu erregen. »Pass gut auf mit diesem Husten, Frank, heiße Brustwickel, stündlich Tee trinken …«

»Hör mal, Maggie, ich wollte dich etwas fragen. Hat nichts mit dem Husten zu tun.« Nach dem wochenlangen Gekeuche kann ich kaum noch sprechen, aber die paar Worte, die ich noch schaffe, kommen mit untypischer Entschlossenheit aus meinem Mund: »Maggie, würdest du mal mit mir ausgehen? Nur wir beide?«

Unsere Unterhaltung findet vor Publikum statt. Ich spüre, wie sich die Patienten hinter mir auf ihren Stühlen ein wenig vorrecken. In der gegenüberliegenden Zimmerecke lugt eine Arzthelferin misstrauisch in meine Richtung, in einer Minute wird sie auf ihre Uhr klopfen, wenn sie überhaupt noch so lange wartet.

»Ja. Ja, das fände ich schön.«

Ich habe nicht groß darüber nachgedacht, dass du mein Angebot annehmen könntest. Ich bin ziemlich aus dem Konzept gebracht, doch ich schaffe es, mein Gesicht zu einem Lächeln zu entspannen, das hoffentlich zeigt, wie sehr ich mich freue, ohne dich zu verschrecken. Es klappt. Du machst einen Vorschlag, als würdest du dein Leben lang schon Verabredungen organisieren.

»Morgen in einer Woche habe ich frei, dann solltest du deinen Husten los sein. Du kannst mich um halb drei vor der Klinik abholen. Alles andere überlasse ich dir.«

Und dann rufst du deinen nächsten Patienten auf.

Ich stolpere hinaus an die frische Luft, bin erleichtert, den abgestandenen Geruch menschlicher Körper und Desinfektionsmittel hinter mir zu lassen. Als ich nach Hause radele, bin ich beschwingt, ich habe dich wiedergefunden und mich mit dir verabredet. Ein Riesenzufall? Das war ganz sicher Schicksal. Und ausnahmsweise war das Schicksal mal auf meiner Seite! Erst als ich ins Bett gehe und mir die Decke bis zum Hals hochziehe, wird mir klar, dass wir beim schwierigen Teil noch gar nicht angekommen sind.

Die Zeit bis zu unserer ersten Verabredung vergeht rasch. Ich bin viel zu früh dran und tigere in der Gegend auf und ab, dabei hoffe ich, dass mich niemand heimlich hinter den Gardinen beobachtet und auf mein verdächtiges Umherstreifen anspricht. Du hältst Wort und bist absolut pünktlich. Aus hundert Metern Entfernung erkenne ich deinen leuchtend roten Rock. Das ist wohl kaum deine gewöhnliche Arbeitskleidung, der Rock ist eher geeignet, einen Herzinfarkt zu verursachen, als ihn zu heilen, denke ich und bemerke, wie mein Puls mit jedem deiner Schritte schneller wird.

»Hi, Frank«, sagst du, dein Gesicht ist gerötet, und ich frage mich, ob es an der Kälte liegt. »Was machen wir denn Schönes?«

»Ich dachte, wir könnten ins Ashmolean gehen? Dort soll es im Augenblick eine gute Ausstellung geben, japanische Leinwandbilder …« Ich spreche nicht weiter, bin mir plötzlich meines Sinns für Romantik oder meiner Fähigkeit, etwas auch nur im entferntesten »Witziges« zu planen, nicht mehr sicher. Ich höre mich dreißig Jahre älter an, als ich wirklich bin, und erschaudere, durchforste fieberhaft mein Gehirn nach Alternativen auf die letzte Minute.

»Sehr kosmopolitisch, Frank, das hört sich wunderbar an!«

Eine grausame Sekunde lang glaube ich, du machst dich über mich lustig. Dann hakst du dich wie aus dem Nichts bei mir ein – und plötzlich ist es mir egal. Ich weiß, ich habe etwas richtig gemacht, und die Wärme deiner Begeisterung durchflutet mich.

Im Museum fragst du mich zur Ausstellung aus, die zum Glück leer ist. Ich hatte die Vision von in Zweierreihen aufgestellten Schulkindern, die mich beobachten, wie ich ins Schwimmen gerate, oder – noch schlimmer – Studenten, die ich betreute und die ihren Studentenrabatt an einem Nachmittag in der Woche nutzten. Die Art und Weise, wie dein Gesicht aufleuchtet bei jedem Bruchteil an Information, die ich preisgebe, wie du den Kopf neigst und unter deinem Pony zu mir aufschaust, sorgt dafür, dass ich dich beeindrucken will.

Ich schieße übers Ziel hinaus. Bevor ich weiß, wie mir geschieht, bin ich Experte für die Edo-Periode. Ich biete verschiedenste Interpretationen von Kaiser Shintos liebster Porzellanvase und den aus der Schlacht von Osaka geretteten Bildern. Ich bete, dass du nicht genug über das Thema weißt, um meine Hirngespinste zu durchschauen, die immer haarsträubender werden, weil ich dich erheitern und den Glanz und das Leuchten auf deinem Gesicht nicht erlöschen sehen will. Zum ersten Mal im Leben fühle ich mich selbstsicher. Ruhig, gelassen, ohne das schmerzliche und überwältigende Verlangen, jemand anderes zu sein, egal wer. Du bist hier bei mir, freiwillig. Aus irgendeinem undurchschaubaren Grund wirkst du deswegen sehr glücklich. In der letzten Ausstellungsvitrine liegen verschiedene Fächer aus bemalter Seide mit Bambusgriffen, jeder einzelne ist kunstvoll verziert. Auf dem Tisch daneben stehen einige weniger antike Äquivalente für Schulkinder, die sich damit selbst einen Fächer basteln oder sich gegenseitig auf den Kopf hauen können, je nachdem, womit ihre Lehrer mehr Zeit schinden können. Ich nehme einen in die Hand, fächere den billigen Stoff über meiner Unterlippe auf und schaue mit einem Blick zu dir hinunter, der hoffentlich kokett ist.

»Wie hat der Kaiserin die Ausstellung gefallen?«, frage ich.

Du lachst mit zurückgelegtem Kopf, dein schöner nackter Hals. Das Risiko hat sich gelohnt. Du sammelst dich und machst einen Schritt auf mich zu.

»Oh, du bist ein seltsamer Typ, Frank«, sagst du. »Außerdem seltsam genial.« Du lässt deinen Blick nach links und rechts huschen, dann schiebst du den Fächer weg und drückst mir einen Kuss auf die Lippen.

In diesem Augenblick wusste ich, dass ich dich liebe, Mags. Ich habe dich seither jeden Moment und jede Minute geliebt. Ich hätte es dir da schon sagen sollen. Ich hatte die Sorge, dass es zu früh wäre. Wir hatten alle Zeit der Welt, um uns mit unseren Gefühlen auseinanderzusetzen, Zeit, in der ich mir klarwerden konnte, wie sehr ich mich dir verbunden fühlte. Erst jetzt, wo wir diese Zeit aufgebraucht haben, erkenne ich meinen Fehler. Ich erkenne alle Fehler. In den vergangenen sechs Monaten war ich weder dein Clown und ganz sicher nicht dein Samurai. Verzeihst du mir, Mags?

4

Ich muss immer daran denken, wie sehr Maggie all diese Aufregung missfallen würde. Sie konnte schon immer ein Getue sondergleichen veranstalten, wenn es um andere ging, aber bei sich selbst? Auf gar keinen Fall. Bei meiner Ankunft heute früh fing ich an, das Personal zu zählen, das hereinkommt, um die Monitore abzulesen, die Werte ihrer Vitalfunktionen und alles, was sonst noch schiefgehen könnte, zu kontrollieren, während Maggie daliegt, vollkommen ruhig, wie zuvor, und immer noch völlig teilnahmslos. Bei Schwester Nummer sechs habe ich aufgehört. Ich sollte meine Aufmerksamkeit besser auf anderes richten.

Zumindest habe ich mich bis zu einem gewissen Grad geöffnet. Ich rede. Langsam, ja. Erzähle von den guten Zeiten, ja. Aber ich rede immerhin. Solange es ein Krankenbett gibt, an dem ich sitzen muss, kann ich mich nirgendwo verstecken. Ich kann mich nicht in meine Forschung flüchten, in Artikeln vergraben oder in das komplizierte Kreuzworträtsel verbeißen, nur um mich nicht mit der Kluft zwischen uns beschäftigen zu müssen. Wie ist es so weit gekommen? Ich hätte nie gedacht, dass ich so etwas sagen würde – ich hätte all das schon in den letzten Monaten sagen sollen, verdammt, ich hätte es mein ganzes Leben lang schon sagen sollen, und nun spreche ich zu einem Gesicht, das in achtundvierzig Stunden nicht die kleinste Regung gezeigt hat.

»Also bleiben Sie hier?«, fragt Daisy, während sie einer Lernschwester, die ihr auf Schritt und Tritt zu folgen scheint, die neuen Beatmungsschläuche abnimmt.

»Wie bitte?«

»Ob Sie hierbleiben?«

»Ich kann nicht gehen, Daisy. Ich kann es nicht.«

»Ich habe ja auch nicht gesagt, dass Sie das müssen, oder? Einige Ärzte meinen, Besucher sollten sich an die Besuchszeiten halten, aber Sie haben Glück, weil Sie es mit Daisy zu tun haben. Was Daisy sagt, geht in Ordnung. Und Daisy sagt, wenn Sie bleiben wollen, lässt sich das einrichten. Ich kann Ihnen eine Liege besorgen, bevor ich heimgehe, wenn Sie möchten.«

Sie reibt sich mit dem Handgelenk, dort wo der Gummihandschuh endet, die Augen. Als sie sie wieder öffnet, wirken sie größer, taubenblaue Scheiben, die auf meine Antwort warten.

»Ja bitte, tun Sie das?«

»Sicher, Frank. Aber kleine Warnung: Denken Sie daran, dass es hier nicht glamourös zugeht. Denken Sie lieber an Camping – nur noch ungemütlicher. Aber Sie müssen nicht nach Hause. Das spart Zeit. Es sei denn, Sie müssen sowieso etwas holen?«

Zeit. Genau. Der ewige Feind. Wie lange bleibt mir noch? Bis sie versuchen, bei Maggie den Stecker zu ziehen? Aus »Mitgefühl«. Wegen des Budgets. Weil es doch vernünftig ist. Bei dem Gedanken steigt erneut Übelkeit in mir auf, und ich versuche, das Bild der Hand des Arztes zu verdrängen, der unschlüssig an der Steckdose unter dem Bett herumfummelt.

Daisy hält kurz bei der Arbeit inne, und wir blicken uns an. Ich schaue als Erster weg. Ihre Anwesenheit lädt zum Beichten ein, doch zu dieser einen Beichte bin ich noch nicht bereit, egal wie groß der erste Schritt war. Noch nicht. Irgendwann. Irgendwann werde ich so weit sein. Ich hoffe, ich habe genug Zeit.

Als Daisy rausgeht, um nach dem Zustellbett zu schauen, rücke ich ein wenig näher an Maggie heran. Dabei zieht sich mir der Magen ein bisschen zusammen, eine uralte Nervenreaktion. Ich habe mein Leben lang versucht, näher an sie heranzukommen. Nun habe ich Angst.

»Erkennst du diese Stimme noch?«, frage ich und streichle über Maggies weiche Wange. Als ich bei ihrem Kiefer ankomme, beben meine Finger. »Willst du sie dennoch hören? Bitte, Mags, wach einfach auf und sag mir, dass es nicht zu spät ist.«

Dank einer unglaublich glücklichen Fügung hast du einem zweiten Treffen zugestimmt. Ich war völlig fertig mit den Nerven. Es stand so viel auf dem Spiel. Ich frage mich, ob du meine schwitzigen Handflächen bemerktest, Mags, als wir uns begrüßten? Dieser schreckliche Augenblick, als du mir ein Küsschen links, ein Küsschen rechts geben wolltest – so unbekümmert, so natürlich – und ich stattdessen meine Hand ausstreckte, als würde ich mich für eine Stelle und nicht für eine Beziehung bewerben.

Wir trafen uns am Ende einer schmalen Gasse. Erinnerst du dich? Dort, wo Edie ein paar Jahre später hingezogen ist. Wie dem auch sei, die Straßenecke versprach weder besonders sicher noch romantisch zu sein. Am Anfang jener Woche hatte ich dir ein Kärtchen geschrieben und es am Empfang in der Chirurgie hinterlegt und war nun teils beunruhigt, ob meine Botschaft zu dir durchdringen würde, teils in Panik, du würdest nicht auftauchen, nachdem du es gelesen hattest. Aber wie ich noch herausfinden würde, lebtest du für diesen Nervenkitzel des Unvorhergesehenen. Das würdest du auch in mir zum Vorschein bringen. Ich habe immer gesagt, dass du eine Wundertäterin bist.

»Nun?«, fragst du.

»Was nun?«

»Was machen wir heute? Du siehst so aufgeregt aus.«

»Wir machen eine kleine Bootstour.« Ich probiere die Stimme aus, die ich diese Woche unter der Dusche einstudiert habe. Souverän. Bestimmt. Eine, die zum neuen Frank passte. Wenn ich ehrlich bin, war es ein Frank, von dem ich gar nicht wusste, dass es ihn geben könnte.

»Oh, das finde ich wunderbar!«

Gerade, als ich im Geiste auf meinen Triumph anstoßen will – *Zwei von zwei! Schaffe ich auch drei?* –, ertönt ein verhängnisvolles Grollen über unseren Köpfen. Wir blicken beide in den grauen Himmel, dort schweben nur ein oder zwei weiße Kringel in einem schiefergrauen Meer. Ich senke als Erster den Blick und sehe, dass ein Lächeln deine Lippen umspielt.

»Im Radio haben sie gesagt, es würde mild werden. Frühlingsanfang ...«, setze ich an. Es ist Ende Februar. Wir sind in Jacken und Schals eingepackt. Hätte ich dem zuversichtlichen Wettermann doch nur nicht getraut. »Doch nun befürchte ich, dass es vielleicht nicht das richtige Wetter dafür ist ...«

»Oder vielleicht ist es *gerade* das beste Wetter dafür?« Du schaust mich fest an, in deinem Blick liegt eindeutig Übermut. »Du hast mich so weit rausgelockt, wir werden auf jeden Fall in das Boot steigen.«

Mein Herz wummert vor Erleichterung – ich frage mich, ob du es hörst.

»Na gut, wollen wir dann?«

Logistisch wird alles immer schlimmer. Das Boot, das ich von einem »guten Freund« von Piotr (eine Floskel, auf die ich mich nie wieder verlassen würde) ausgeliehen habe, hat einen Riss, der horizontal unter einem Sitz verläuft, und die kürzesten Ruder, die ich je gesehen habe. In einem Anflug von Galanterie nehme ich den Sitz über dem Riss und biete an zu rudern. Du stößt uns ab und nimmst Anlauf, was uns viel weiter vom Ufer wegschnellen lässt, als wir beide vermutet hatten. Als du an Bord kommen willst, landest du halb im Fluss und reißt abrupt am Boot, so dass es von einer Seite zur anderen schaukelt. Als wir endlich beide sitzen, sind wir völlig hysterisch.

Du hast kaum verschnauft, da hast du schon deine Halbschuhe ausgezogen und schüttest das grünlich-braune Wasser aus. Du stehst auf und ziehst direkt deine Strumpfhose hinunter. Die erste Blöße, die zum Vorschein kommt, Oberschenkelmitte, ist voller Gänsehaut. Ich habe den Eindruck, ich würde dich unschicklich anstarren, und drehe mich mehrmals manisch nach hinten um, als würde ich nach dem Ufer Ausschau halten. Zu spät. Wir werden heftig durchgeschüttelt, du schießt nach vorne. Gerade noch rechtzeitig fange ich dich auf. Ich bekomme dich an der Schulter zu fassen und verhindere so eben, dass du gegen mein Gesicht prallst. Die Intimität erschüttert mich.

»Mein Retter.« Der spielerische Klang deiner Stimme rührt

mich an. Ich stelle mir vor, was passiert wäre, wenn ich dich nur ein kleines bisschen weiter hätte fallen lassen, bis sich unsere Körper berührt hätten …? Dann denke ich verzweifelt an meine Großmutter unten in Dorset, wie sie sich nach dem Essen mit den Fingernägeln Speisereste aus den Zähnen pulte und die größeren Stücke auf den Tellerrand legte. Ich denke an den schwarzen Schimmel in der Dusche, den verstopften Abfluss in der kleinen Küche bei der Arbeit … Alles, um mich von der Enge in meiner Hose abzulenken.

Kurz darauf sitzt du mir wieder gegenüber. Der Augenblick ist vorbei, und mein Atem wirkt zumindest wieder normal. In all der Aufregung ist das Boot einfach den Fluss hinuntergetrieben, und als ich schließlich die Ruder zur Hand nehme, wird mir klar, dass mir die schwere Arbeit wohl erspart bleibt. Wir befinden uns in einer kleinen Bucht, die Wasseroberfläche ist nahezu smaragdgrün mit lauter großen, einander überlappenden Seerosenblättern. Das Boot muss sich durch das Grün mühen, aber in deiner Gegenwart fühle ich ausnahmsweise einmal keinen Anlass, immer wieder die Spur zu wechseln, um auf der Straße des Lebens ein kleines bisschen schneller voranzukommen.

Am gegenüberliegenden Ufer führen zwei Stockenten, ein Männchen und ein Weibchen, eine ungeordnete Parade aus dem Wasser.

»Hättest du gern eine Familie, Frank?«

Weißt du, dass ich bis zu deiner Frage nie darüber nachgedacht habe? Ich hatte den Eindruck, das wäre unerreichbar für mich – allein jemanden zu finden, mit dem ich eine Nacht, geschweige denn Tage verbringen könnte, damit diese Frage überhaupt zur Debatte stünde.

Du warst die erste Frau, für die ich diese Gefühle hatte. Meine erste Liebe, zehn Jahre später als bei allen anderen. Ich hatte in den letzten Jahren gesehen, wie aus all meinen Freunden Paare wurden, während ich noch auf dem Startblock dahinvegetierte. Ich hatte schon genug Schwierigkeiten, die richtige Person zu finden, das Problem des richtigen Zeitpunkts kam noch erschwerend hinzu.

Ich habe mich häufig gefragt, warum ich nicht schon früher jemanden kennengelernt hatte. Seit Fiona hatte ich Schwierigkeiten, selbstbewusst um ein Treffen zu bitten, doch selbst die wenigen Male, als ich allen Mut zusammengenommen hatte, war ich immer abgeblitzt. Im Pub konnte ich darüber lachen, aber sobald ich daheim war und mich in meinem schmalen Bett zusammenrollte (es war zudem gute fünf Zentimeter zu kurz für mich, aber in der Not schmeckt bekanntlich jedes Brot), ging ich im Kopf durch, was schiefgelaufen war. Ich fragte mich, ob meine potentiellen Auserwählten das Beben in meiner Stimme bemerkt hatten? Dieses schauderhafte Zittern, das suggerierte, ich wäre kein Beschützer oder kein richtiger Mann oder was auch immer sie wollten. Hatte ich nicht genug Vorarbeit geleistet? Nach einigen gescheiterten Versuchen zog ich meine Schlussfolgerung: Ich war der liebe, zuverlässige Frank. Der gute Freund. Ich hatte nicht das Selbstbewusstsein, das gewisse Etwas, um die große Liebe im Leben eines anderen Menschen zu sein. Bis ich dich traf, Maggie. Du hattest jetzt schon etwas Neues aus mir hervorgezaubert.

Deine Frage hängt in der Luft.

»Ich bin mir nicht sicher. Vielleicht. Ja, ich glaube schon. Es tut mir leid, das ist keine gute Antwort, oder? Egal, wie sieht es denn bei dir aus?«

»Ja, ja. Ich hätte sehr gern Kinder.« Du antwortest wie aus der Pistole geschossen.

»Verstehst du dich gut mit deiner Familie?«, frage ich und lasse die rechte Hand durchs Wasser gleiten. Ich betrachte sie, wie sie wie eine Klinge die Oberfläche durchschneidet, dann blicke ich zu dir auf.

»Eigentlich nicht. Mein Dad ist vor zwei Jahren gestorben ...«

»Tut mir ...«

Du unterbrichst mich, als wolltest du meine Beileidsbekundung nicht hören. »Es ist alles in Ordnung. Zumindest inzwischen. Wir standen uns nicht sonderlich nahe, aber es ist trotzdem traurig, oder?«

Ich entdecke zum ersten Mal, seit ich dich kenne, eine andere Seite an dir. Die gesellige Betriebsnudel, die Witzemacherin und die Anekdotenerzählerin sind verschwunden. Du bist nachdenklich und wehmütig. Du kannst mir kaum in die Augen sehen, und ich spüre, dass in dir auch etwas Dunkles rumort. Du fummelst am Ärmel deiner Strickjacke herum, wickelst den weiten Stoff um dein Handgelenk und stülpst ihn dir dann wie eine winzige Baumwollmütze über den Daumen.

»Hast du Geschwister?«, frage ich.

»Zwei Brüder, beide älter. Einer ist in New York. Der andere ... Ich weiß es nicht so genau. Er ist Künstler. Das Letzte, was ich von ihm gehört habe, war, dass er in Schottland eine Ausstellung hatte.«

»Und deine Mum, ist sie ...?«

»Sie lebt noch. Ist nur nicht sonderlich präsent. Sie ist abgehauen, als ich dreizehn war. Hat wieder geheiratet.« Deine

Sätze klingen nicht bloß sachlich. Was schwingt noch mit? Resignation? Verzweiflung?

»Siehst du sie oft?«

»Ab und zu. Sie lebt im Ausland und reist viel mit ihrem neuen Ehemann. Es ist alles …« Du kreist mit den Händen in der Luft und öffnest dann deine Handflächen zum Himmel, als wolltest du sagen: Ich kann es nicht ändern.

»Kompliziert?«, schlage ich vor.

»Ja, schwierig. Aber so ist das halt mit der lieben Familie, nicht wahr?«

Gerade, als sich diese vertraute Sorge – *was soll ich als Nächstes sagen?* – in meinem Bauch ausbreitet, spüre ich einen kalten Platsch auf dem Unterarm. Ein Frosch hat mich mit einem Seerosenblatt verwechselt. Langsam, um ihn nicht zu erschrecken, stülpe ich geschickt die linke Hand über ihn. Kurz treten seine Augen panisch hervor, doch dann beruhigt er sich in meiner Hand.

»Wer bist du denn?« Du richtest deine Aufmerksamkeit wieder auf uns hier im Boot.

»Oh, dieser Kleine? Bloß ein Freund.«

»Du bist sehr lieb zu ihm, Frank.«

»Hurra! Ein Kompliment.« Dich zu necken fühlt sich ganz natürlich an, dennoch bin ich behutsam. »Ich arbeite mit Fröschen.«

»Tatsächlich?« Deine Ungläubigkeit ist fast ebenso kindlich wie die schnalzende Amphibie in meinen Händen.

»Sie sind toll. Ehrlich. An denen sieht man, wie weit wir uns entwickelt haben. Im Augenblick forschen wir zum sogenannten Gendrift, das sind die zufälligen Veränderungen in der Evolution. Also eben keine Auslese à la Darwin. Doch so kriegen zumindest diejenigen eine Chance, die normalerweise von den Stärkeren verdrängt werden.«

»Das würde mir auch zugutekommen.« Deine Wangen haben ein wenig Farbe bekommen, ein leichtes Rosa, das sich immer weiter ausbreitet. Ich wusste nicht, dass du ebenso schüchtern bist wie ich. Was hatte ich sonst noch falsch interpretiert?

»Wir alle haben stumme Gene, das sagt zumindest die derzeitige Forschung. Kleine Stücke von uns, die wir nicht sehen können, zumindest nicht eindeutig, und die Genmutationen verursachen können – gute und schlechte.«

»Das gefällt mir.« Deine Stimme ist kaum lauter als ein Flüstern. »Dinge, die niemand sieht und die für die größten Veränderungen überhaupt sorgen.«

Ich lehne mich zu dir und gleite mit einem Finger über die Gänsehaut auf deinem Knie, als wäre sie Blindenschrift. Welche stummen Geheimnisse werde ich dort entdecken?

Gerade, als ich mutiger werde und meine Hand weniger zittert, ertönt über uns ein Grollen.

»Mist«, sage ich und greife nach den Rudern. »Wir sollten besser wieder zurück.«

Glücklicherweise sind wir noch nicht weit gekommen. Erst, als ich unseren Kahn aus dem Wasser hieve und ihn unter dem Vordach des Bootshauses ablaufen lasse, fängt es an zu regnen. Du machst – im Gegensatz zu mir – keinerlei Anstalten, dich rasch unterzustellen. Nein, du bleibst wie angewurzelt stehen. Du wirfst mir deinen Mantel zu und bleibst in dem Wolkenbruch stehen, die Arme über den Kopf gehoben, während du die dicken schweren Tropfen auf dich herabprasseln lässt.

»Maggie, du bist verrückt – dir muss doch eiskalt sein!«, rufe ich.

»Schon, aber nur ein bisschen.« Du wirkst, als wäre dir die Kälte gerade erst aufgefallen. Du läufst auf mich zu, und ich renne dir mit dem Mantel in den ausgestreckten Armen entgegen.

»Wir müssen dich nach Hause bringen, bevor du dich erkältest.« Du findest nicht gleich in die von mir bereitgehaltenen Ärmel.

»Wessen Zuhause?«

Ich merke deutlich, dass ich getestet werde. Ich weiß, was ich will, doch ich möchte dich nicht unter Druck setzen. Außerdem wohne ich zur Untermiete, und die Art Gastfreundschaft, die mir vorschwebt, ist in einem Familienhaushalt mit zwei Kindern unter zehn eher unpassend.

»Wie wäre es mit meinem?«, bietest du an.

Schweigen.

»Jules und Edie werden da sein, aber die ziehen sich schon zurück, und ich bin mir sicher, dass ich noch was zu essen habe, was wegmuss.« Du bist erstaunlich fidel für eine zähneklappernde Frau.

»Ja.« Du scheinst mich nicht gehört zu haben, weil du anfängst, mir deinen gesamten Schrankinhalt und alle Essensoptionen aufzuzählen. »Ja, das fände ich schön«, sage ich diesmal ein wenig lauter als beabsichtigt und auf jeden Fall zu laut für die leere Flusspromenade, auf der wir uns befinden.

»Schön! Dann schnapp dir dein Rad!«

Anschließend bemerke ich, dass du – mit demselben Elan, mit dem du mündlich kommunizierst – wie ein Berserker Rad fährst und die gepflasterten Gassen und Hauptstraßen bis zu deiner WG hinunterrast. So viel also zu einer romantischen Radtour Seite an Seite: Ich strampele zehn Minuten hinter dir her, dann springst du vom Sattel und zückst deine Schlüssel.

»Trautes Heim, Glück allein!«

Ich brauche gut eine Minute, um zu Atem zu kommen.

Das Haus sieht ziemlich genauso aus, wie ich es mir vorgestellt habe, es ist klein und wirkt durch den vielen Kram, der überall herumsteht, noch kleiner: Die Teekanne dient als provisorischer Briefbeschwerer für einen Stapel Rechnungen, von denen nicht nur eine den roten Stempel »MAHNUNG« trägt; ein Plattenregal ist umgekippt, Scheiben und Cover liegen neben dem Plattenspieler auf dem Boden, ein Großteil des Geschirrs steht entweder auf den Armlehnen des Sofas oder ist dahinter eingekeilt. Von allem ein wenig zu viel, und vor allem unordentlich. Zweifellos, hier wohntest du, Mags, obwohl es witzig war, als du meintest, du wärst erst vor drei Monaten eingezogen. Du hast nie viel Zeit gebraucht, um einen Eindruck zu hinterlassen.

Und was deine Ankündigung betrifft: Jules und Edie machen keinerlei Anstalten, sich zu verdünnisieren. Ich erfahre eine ganze Menge. Über die Krankenpflegeausbildung in London, bei der ihr euch kennengelernt habt, über die Bude, die ihr euch in der Nähe vom Tooting Common geteilt habt, und dass ihr nach einem Vorfall mit einem Skelett, drei Metern Verband und einer besonders ausufernden Halloween-Party in Balham fast suspendiert worden wäret. Ich muss mir wegen meiner Konversationsfähigkeiten keine Sorgen machen: Ich komme in den folgenden Stunden ohnehin nie zu Wort.

»Gehst du zuerst ins Bad?«, fragt Jules Edie, die nach ihrem vierten Hot Toddy wie wild gähnt.

»Aus dem Weg!«, brüllt Edie und schiebt ihren Stuhl beim

Start für den Sprint mit solcher Kraft zurück, dass er mit einem Knall auf dem Boden landet.

»Das ist unfair!«, Jules springt auf, die beiden kreischen und fluchen bei ihrem Wettlauf nach oben.

»Kein Wunder, dass wir hier nicht die Lieblingsmieterinnen sind.«

Schließlich sind wir allein.

Ich habe die letzten Stunden damit verbracht, den Abstand zwischen uns voller Angst zu taxieren. Nun sind wir uns so nah wie noch nie zuvor, unsere Stühle stehen am eckigen Esstisch nebeneinander, unsere Knie berühren sich. Ich weiß, dass ich jetzt die Gelegenheit habe, dich vernünftig zu küssen. Ich bemerke, dass ich zittere.

Ich neige das Gesicht langsam zu dir und bin erleichtert, weil du dasselbe machst. In der Vorfreude lege ich die Hand wieder auf den Tisch, um mich abzustützen, und lande leider in einer Saucenpfütze. Mein Oberkörper fliegt viel zu schnell in deine Richtung, und meine Stirn schlägt gegen deine. Du lachst liebevoll. Ich wische meine Hand an meiner Hose ab und lege sie wieder neben mein Glas. Du streckst den Arm aus, und deine Hand auf meiner fühlt sich beruhigend kühl an, während ich vor Scham puterrot werde. Ich warte einige Augenblicke, damit die Farbe aus meinen Wangen weicht und sich mein Magen wieder entspannt.

»Möchtest du heute Nacht hierbleiben, Frank?«

Es gibt nichts, was ich mehr will, und es gibt nichts, wovor ich mehr Angst habe.

»Das fände ich schön«, bringe ich hervor. »Soll ich …?«, ich zeige auf das Chaos, das du und Jules bei der Zubereitung der Würstchen mit Kartoffelpüree veranstaltet habt.

»Ach, das? Nein, ich mach das morgen.«

Wir wissen beide, dass du da zu optimistisch bist. Wie zum Protest gibt der Berg aus Töpfen, Pfannen und Geschirr ein blechernes Ächzen von sich. Du eilst zur Spüle und formst mit den Armen ein behelfsmäßiges Gerüst. Ich schaffe es, einige Teller in das Spülbecken zu bugsieren, wir krümmen uns beide vor Lachen. Gerade, als ich das Wasser anstellen will, legst du deine Hand auf meine und ziehst mich weg, verschränkst unsere Finger ineinander.

Du schaltest das Küchenlicht aus und führst mich die Stufen hinauf. In deinem Zimmer machst du kein Licht. Eine Sekunde lang lässt du meine Hand los – habe ich etwas falsch gemacht, jetzt schon? Doch dann bist du wieder da, hast die Schuhe ausgezogen, und es ist so viel besser als erhofft, du setzt dich rittlings auf meinen Schoß und beugst dich vor, um meine Lippen zu berühren.

Rückblickend bin ich froh, dass du mir nicht genug Zeit gelassen hast, in mein zwanghaftes Grübeln zu verfallen: Vermutest du, es hätte andere Frauen gegeben? Würde meine Unerfahrenheit auffallen? Dich abschrecken?

Nein, nichts davon. Nur du, ich und unsere Körper, die wir uns in dem überwältigenden Gefühl einander hingaben, dass wir – egal, welche Umwege der Tag mit sich gebracht hatte – schließlich mit dem richtigen Menschen am richtigen Ort gelandet waren. Ich erinnere mich an unser erstes Mal, als wäre es gestern gewesen, Mags. Ich konnte nicht fassen, wie weich sich deine Haut anfühlte, wie perfekt wir zueinander zu passen schienen. Ich hatte nicht zu hoffen gewagt, dass es noch besser werden könnte, dass noch mehr folgen würde. Du hast mich immer eines Besseren belehrt.

Als wir fertig sind, ein bisschen abrupt, willst du keine meiner geflüsterten Entschuldigungen hören, legst mir den Zeigefinger auf die Lippen und bringst mich damit zum Schweigen. Du hast den Kopf in die Kuhle zwischen meiner linken Schulter und dem Arm gelegt, und ich wünschte, ich hätte dir gesagt, dass du mich zum glücklichsten Mann der Welt machst.

»Danke«, flüstere ich.

5

Ich glaube nicht, dass es in dieser ersten Nacht geschah, aber ich kann mich auch irren. Es gab einige Male kurz hintereinander, glückselige Nächte bei dir und gehetzte Morgen danach, wenn dein Wecker optimistisch knapp vor den Öffnungszeiten des OP-Saals klingelte. Noch im Halbschlaf, die Hände gegen den Weckerlärm auf die Ohren gepresst, wurde ich hochgescheucht, du musstest mich an den Handgelenken aus dem Bett zerren. Ich ähnelte einer Vogelscheuche, als du mich rauswarfst – keine Zeit zum Duschen, geschweige denn Frühstücken, dazu mein Haar, das zu Berge stand. Du hingegen sahst genauso makellos aus wie immer.

Ich denke, man kann getrost sagen, dass wir in diesen ersten Monaten nicht viel Schlaf bekamen – nicht, dass ich es lange bereute, wenn der Schrecken des Weckers verflogen war. Wir konnten bis in die frühen Morgenstunden wach bleiben und reden, auf der Seite liegend und auf die Ellbogen gestützt, bis sie taub wurden. Wenn ich jetzt daran denke, fällt es mir schwer, mich an besondere Themen zu erinnern. In einigen Nächten hast du einfach über Nichtigkeiten geplaudert, einen besonders witzigen Patienten nachgeahmt oder vom letzten Besuch des Vermieters erzählt. Ein andermal wolltest du tiefsinnigen Fragen nachgehen – *Glaubte ich an Gott? Wen hatte ich gewählt?* O nein, das wolltest du nicht fragen, aber es wäre wohlgemerkt hilfreich zu wissen, ob ich ein Konservativer sei oder nicht.

Einmal haben wir über Verhütung gesprochen, am ersten Abend. Du meintest, du hättest Vorkehrungen getroffen, du würdest diese Dinge problemlos bei der Arbeit bekommen, ich müsse mir keine Sorgen machen. Ich erwähnte das Thema daher nie wieder. Wozu auch? Außerdem verwunderte es mich immer, wie schnell du einschlummertest, wenn ich versuchte, das Gespräch wieder auf dich zu lenken. Wenn deine Augenlider dann leicht flatterten und ankündigten, dass du gleich wegdöst, malte ich Herzen auf die nahezu durchsichtige Haut deines Nackens und hielt dabei meinen Körper wie einen Fallschirm an deinen Rücken gepresst.

Es gab mit dir nie einen langweiligen Augenblick, und ich wusste, dass ich genau das bis zum Ende meines Lebens wollte. Mir gefiel, wer ich mit dir war, Mags. Ich konnte spontan sein! Und witzig. Ich erinnere mich an den Tag, als ich von Sam aus dem Physiologielabor ein Auto auslieh und wir spontan in die Cotswolds fuhren. Es war die perfekte Einstimmung auf einen richtigen Frühling – warm genug für ein T-Shirt, mit diesem befriedigenden Gefühl der Sonne im Nacken. Wir machten einen Spaziergang, der auf der Karte als Rundweg eingezeichnet war. Es war der seltsamste Kreis, den ich jemals gesehen habe. Sechs Stunden und verschiedene Irrwege später waren wir zurück bei dem Pub, wo ich das Auto geparkt hatte. Als die letzte Runde ausgerufen wurde, waren wir immer noch dabei, unseren Flüssigkeitspegel wieder aufzufüllen.

Im Auto bist du fast direkt eingeschlafen, eine Wange gegen

die Scheibe gedrückt, als wäre deine Haut dort zerschmolzen. Für ein Energiebündel wie dich war das nicht schlecht, so dass es fast dazu verleitete, die unheilvollen Geräusche zu ignorieren, die sich kaum zehn Kilometer hinter dem Dorf unter der Motorhaube bemerkbar machten. Ich fühlte, wie das Lenkrad unter meiner Hand vibrierte, kleine Erschütterungen, die stärker wurden, bis sie meinen ganzen Arm erfassten. Ich machte an der nächsten Tankstelle halt.

»Was ist los, Frank?«, fragst du, legst mir den rechten Arm aufs Knie und reibst dir mit dem anderen die Augen.

»Der Reifen muss gewechselt werden.«

»Ah. Rufst du jemanden an?« Es ist dunkel, doch der Hof ist beleuchtet, und ich erkenne die Telefonzelle auf der anderen Seite. Sie ist zugeklebt, und auf der Tür prangt ein Schild mit der hingekritzelten Aufschrift: DEFEKT.

»Nein«, antworte ich und überrasche mich mit meinem eigenen Entschluss. »Ich kümmere mich selbst darum. Geh du rein.« Ich nicke in Richtung der Tankstelle.

Das funktioniert natürlich nicht. Du hast noch nie gern Anweisungen befolgt und bestehst stattdessen darauf, hier draußen bei mir zu bleiben. Dir muss in deinem gepunkteten Sommerkleid eiskalt gewesen sein, aber das hast du dir nicht anmerken lassen, mir geduldig immer wieder den Radschraubenschlüssel gereicht, den Ersatzreifen festgehalten und zuletzt den Wagenheber weggeräumt.

»Tada!« Ich ziehe die letzte Schraube fest und stehe auf. Dabei stoßen wir mit den Köpfen zusammen. Ich hatte nicht gemerkt, dass du näher gekommen warst.

»Ah! Sorry, Mags, tut mir leid!«

Du hältst dir eine Hand unter die Nase, um die Blutung zu

stoppen, und winkst mit der anderen meine Entschuldigung ab. »Nein!« Jetzt zeigst du auf meine Nase. Doppeltes Nasenbluten.

Da war es um uns geschehen, nicht, Mags? Wir haben beide einen hysterischen Lachanfall bekommen, wie ich ihn seit meiner Kindheit nicht mehr erlebt hatte. Ich schaffe es, dich wieder ins Auto zu verfrachten, und erst dann wird mir die ganze Absurdität der Lage bewusst. Wir lachen beide so sehr, dass das ganze Auto schon wieder wackelt.

»Ich hätte dir gar nicht zugetraut, so praktisch veranlagt zu sein, Frank«, sagst du, als du wieder reden kannst. Du kneifst dir immer noch in den Nasenrücken, und deine Stimme klingt verzerrt wie bei einer Trickfilmfigur.

»Mein Dad ist Automechaniker – mir liegt so etwas also im Blut.« Ich blicke auf unsere verschmierten Hände. »Passt doch, oder?«

Du findest ein Taschentuch im Handschuhfach und zerteilst es in vier winzige Pfropfen. Ich versuche, nicht daran zu denken, wie lange es dort schon gelegen hat.

»Automechaniker also«, sagst du, als müsstest du die Richtigkeit meiner Aussage überdenken. Du schiebst mir sanft die Tamponade in die Nasenlöcher, dann kümmerst du dich um deine Blessuren. Du bist zufrieden mit deinem Werk, greifst über den Schaltknüppel hinweg und klopfst mir auf die Schläfe. »Versteckst du dort drinnen noch andere Talente?«

»Ganz viele. Du musst nur abwarten.«

»Ich bezweifele nicht, dass du viele Geheimnisse hast.«

»Ich liebe dich, Maggie.«

Die Worte haben meinen Mund verlassen, bevor ich es mir anders überlegen kann. Dieses Geheimnis, das ich schon seit

Wochen mit mir herumtrage. Ich habe es nie so stark gespürt wie jetzt, als du lachend auf dem Beifahrersitz sitzt und dir ein Stück Taschentuch aus der Nase ragt.

»Ich liebe dich auch«, sagst du. Es klingt so sachlich, du hättest ebenso gut eine Wegbeschreibung vorlesen können. Es gibt keine Zeremonie, wie man sie in Filmen sieht. Keine roten Rosen, Chöre oder irgend so etwas. Nur das.

»Wollen wir?« Du klopfst aufs Lenkrad und schaltest das Radio an. Du bist ganz eindeutig nicht mehr schläfrig. Den ganzen Nachhauseweg durfte ich deiner persönlichen Interpretation von Chart-Hits lauschen, nur ohne die hohen Töne, die du nicht annähernd trafst. Wenn du so warst, euphorisch und lebendig und so völlig im Augenblick, schien es, als ob du kaum Luft holen müsstest, du warst wie das Licht eines Leuchtturms. Dein heller Schein richtete sich direkt auf mich, und ich konnte mich nur bemühen, in deinem Glanz, der alles erleuchtete, was du berührtest, nicht zu erblinden. Es war ein Wunder, dass ich unsere Ausfahrt auf der Autobahn nicht verpasste.

Man kann guten Gewissens sagen, dass ich verzaubert war. Ich war dermaßen von dir in den Bann geschlagen, dass ich einen Monat oder zwei brauchte, um zu merken, dass etwas seltsam war. Wir sahen uns so häufig, wie wir konnten, und meistens warst du dein übersprudelndes Selbst. Doch das war nie das vollständige Bild. Ich hatte an dem Tag auf dem Fluss Indizien für etwas Dunkles bemerkt, und auch in Gesprächsfetzen. Nichts war unkompliziert an dir, Mags, das war es noch nie, und ich war wie hypnotisiert von deinen subtilen Widersprüchen, die ein überwältigendes Ganzes formten, das von mir nicht zu erschüttern war. Wie ein Bild aus Wasserfarben;

von weitem perfekt und bei näherer Betrachtung verschwommen, chaotisch, das Zusammenspiel unzähliger Farbtöne, von deren Existenz ich nie gewusst hatte. Ich liebte dich leidenschaftlich, Mags, aber noch mehr wollte ich dich verstehen.

Also begreifst du, warum ich in diesen Momenten anfing, dich zu studieren – wenn du dich zurückzogst, in meinen Armen liegend, dich hinter einen Vorhang drückender Stille kauertest, während Jules und Edie in der Küche plapperten. Wenn du neben mir im Bett lagst, versuchte ich, die leichte An- und Entspannung deiner Muskeln zu deuten. Warst du immer so? Oder steckte mehr dahinter?

Einmal wachte ich mitten in der Nacht auf, und du warst nicht da. Als ich ins Badezimmer ging, hörte ich Stimmen aus dem Wohnzimmer unten – Edie und noch jemand, Flüstern. Ich wollte nicht lauschen, Mags, aber ich machte mir Sorgen, echte Sorgen um dich. Ich schlich auf Zehenspitzen gerade weit genug die Stufen hinab, um zu sehen, wie du dich zitternd an Edies Brust drücktest.

Ich wollte, dass du mir vertrautest, Mags, aber wie du nur zu gut weißt, kann man jemanden nicht gegen seinen Willen zum Reden zwingen. Als du in jener Nacht wieder ins Bett kamst, nahm ich dich fest in die Arme. Normalerweise hättest du dich an mich gekuschelt und den Kopf auf deinen Lieblingsplatz unter meinem Schlüsselbein gelegt. In jener Nacht drehtest du mir den Rücken zu und verschränktest die Arme unter dem Kopf. Es machte den Anschein, als würdest du meine Anwesenheit kaum bemerken. Noch immer spüre ich deine eiskalten Füße, die zufällig meine Waden berührten.

In derselben Woche versuchte ich, auf unserem Nachhauseweg vom Krankenhaus mit dir zu reden. Wir schoben unsere

Fahrräder, die nervig klapperten, aber ich hatte ein riesiges Bohei darum gemacht, dass ich einen Platten hatte, und du warst zu beschäftigt, um die Geschichte zu hinterfragen. Nicht zum ersten Mal fiel mir auf, wie sehr du unsere Gespräche immer bestimmtest; du redetest wie ein Wasserfall, bis du nach Luft schnappen musstest und dich dann auf eine neue Beobachtung oder Anekdote stürztest.

»War es ein guter Tag, Maggie?«

»Ja, war okay, wie immer, aber Aoife war krank – also mehr Arbeit für uns alle.«

Für dich ist das geradezu einsilbig. Am liebsten würde ich das Fahrrad fallen lassen, dein Gesicht in beide Hände nehmen und es gesund küssen, bis ich wieder meinen normalen Strom an Maggiegeschichten höre, in deinem einzigartigen Elan.

»Mags, schau mal, ich hoffe, ich dränge dich nicht, aber ich habe das Gefühl, dass irgendetwas los ist. Stimmt was nicht mit dir?«

Schweigen.

»Du bist so still, so introvertiert. Es liegt doch nicht an mir, oder?«, flüstere ich.

Schweigen.

»Wenn es an mir liegt, kannst du einfach mit mir reden. Sag mir einfach, was ich tun muss, damit du wieder glücklich bist.« Ich schwatze nun vor mich hin, aber ich weiß, dass es an der aufsteigenden Angst liegt. Es würde mir nicht gutgehen, wenn du meinetwegen bedrückt wärest, wenn ich das Beste, was mir je passiert ist, verlieren würde …

»Es liegt nicht an dir, Frank.« Du schaust vom Bürgersteig auf und blickst mich an. Deine Augen sind feucht. Die grüngrauen Tümpel, in denen ich ertrinke, sind nun völlig überfüllt, wie vor einem Unwetter. Ich habe Angst, dich zum Schweigen zu bringen, wenn ich dir die Tränen trockne. »Ich will nicht, dass du mich hasst.«

»Mags, du weißt doch, dass das nie passieren könnte. Egal, was es ist, wir schaffen es gemeinsam.« Ich nehme eine Hand vom Lenker und drücke sie auf deine, ich hoffe, dass das beruhigend wirkt. Mein Gehirn übersteuert – hast du mich betrogen? Willst du dich von mir trennen?

»Ich … Ich bin schwanger, Frank. Mit unserem Baby.«

Ich weiß nicht, was ich erwartet habe. Ein Kind war es ganz sicher nicht.

»Ich kann es nicht wegmachen, Frank, ich kann es einfach nicht.« Damit wirfst du dein Rad so heftig auf den Gehweg, dass es meins mit sich zu Boden reißt. Eine Minute stehen wir da und blicken uns über den Metallhaufen hinweg an. Auf deinem Gesicht glänzen die Spuren frischer Tränen. Du hast niemals so schön oder so ängstlich ausgesehen. Behutsam, als wärst du ein wildes Pferd, das jeden Moment bocken könnte, gehe ich zu dir und nehme dich in die Arme. Ich drücke meinen Bauch fest gegen deinen.

»Es wird alles gut, Mags. Uns wird es gutgehen.« Ich habe keine Ahnung, ob es stimmt, aber ich weiß, dass du das hören musst, und ich werde alles Notwendige sagen, um dir zumindest einen kleinen Teil der Angst zu nehmen. Ich weiß nicht, wie lange wir so dastehen, bevor ich dich weiterführe, nach Hause.

Als du an diesem Abend deinen Pyjama anziehst, falle ich auf die Knie.

»Wir machen das besser offiziell, Mags. Willst du mich heiraten?«

Du bist ganz offensichtlich erstaunt, so sehr, wie das möglich ist, wenn man halb in seiner Bluse feststeckt, aber du nickst, bevor die Tränen wieder fließen. Ich fummele in meinen Taschen herum. Dort ist kein Ring, das war zu kurzfristig, aber ich finde einen alten Kassenzettel, rolle ihn der Länge nach und binde die Enden zu einem plumpen Knoten zusammen. Es klappt, du lachst. Zunächst nur ein bisschen, als würdest du es ausprobieren, dann ausdauernder und lauter. Mein Papiermonstrum lässt deinen winzigen Ringfinger noch kleiner aussehen, und es hat die lästige Eigenschaft, Kratzer auf meiner Brust zu hinterlassen, wo du nachts deine Hand liegen lässt, aber es hat uns ein wenig besänftigt, zumindest zeitweise.

Zum ersten Mal seit langem schläfst du vor mir ein. Ich schlafe gar nicht. Stattdessen genehmige ich mir acht Stunden, um darüber nachzudenken, wie sich unser Leben verändern wird. Inmitten meiner Panik verspüre ich größeres Glück als jemals zuvor. Ein Leben mit dir, Mags? Eine Familie? Das übertrifft meine kühnsten Erwartungen und Träume. Ich hatte mich nie in der Vaterrolle gesehen. Ich habe keine Ahnung, wie man ein Kind großzieht. Doch dann denke ich an meine eigenen Eltern – ihr stilles, zurückhaltendes Wesen, ihre Reserviertheit, ihre unheimliche Fähigkeit, allen heiklen Gesprächen auszuweichen, und ich weiß, dass ich es besser machen will, für das Baby und für dich. Ich würde mein Leben geben für jeden winzigen Zellhaufen, der deine unwiderstehliche Prägung trägt. Es wird uns gutgehen. Viel besser als gut sogar.

6

Ich sehe Daisy erst am nächsten Morgen wieder, als sie ins Zimmer kommt, um nach dem Rechten zu sehen. Anfangs sehe ich sie nur verschwommen. Ich hatte den Blick ins Leere gerichtet, meine Augen sind verquollen, die Brillengläser seit Tagen nicht geputzt und vom ständigen Augenreiben verschmiert. Wortlos stellt Daisy eine Schachtel mit Taschentüchern auf den Nachttisch neben dem Bett und beginnt mit ihrer morgendlichen Routine, indem sie Maggies Decke glattstreicht.

»Wissen Sie, dass Maggie merkt, wenn Sie hier sind?«

»Das bezweifele ich«, sage ich und hasse mich umgehend für meinen Zynismus.

»Wirklich, Frank.«

»Ich hoffe es«, sage ich. Diesmal versuche ich, mir ein Lächeln abzuringen, doch es gelingt mir nicht.

»Ich sehe es an den Daten, die über Nacht aufgezeichnet wurden, nachdem Sie eingeschlafen waren. Es hat sich alles ein wenig beruhigt, ihr Herzschlag, die Sauerstoffzufuhr. Sie will wieder bei Ihnen sein. Was Sie auch zu sagen haben, sie will es ganz eindeutig hören.«

»Es fällt mir schwer.« Ich versuche zu schlucken, und mir

wird klar, dass ich mich dem schwierigen Teil noch gar nicht genähert habe. Mit Mags war es immer so leicht, sich von positiven Dingen blenden zu lassen.

»Ich weiß. Niemand hat gesagt, dass es leicht sein wird.«
»Wie machen Sie das?«
»Was? Meine Arbeit?«
Ich nicke.
»Na ja, die fällt mir auch nicht immer leicht.«

Ich blicke Daisy kurz in die Augen, bevor sie aus dem Fenster sieht. Sie sieht erschöpft aus: Einige Haarsträhnen sind aus dem Stirnband gerutscht und kräuseln sich am Haaransatz; ihr zuvor einwandfrei gebügelter Kittel ist am Rücken zerknittert. »Man sieht schreckliche Dinge. Klar. Aber es gibt auch tolle Tage. Wenn jemand wieder gesund wird. In schlechten Zeiten muss man sich daran erinnern, sonst hält man es hier nicht lange aus.«

Ich traue mich nicht zu fragen, ob ich zu den Glücklichen zählen werde, die die Patientin wieder mit nach Hause nehmen und so tun können, als wäre alles einfach ein böser Traum gewesen.

»Danke«, sage ich leise, doch laut genug, dass Daisy auf dem Weg zur Tür stehenbleibt. »Für alles, Daisy. Und Sie hatten recht mit dem Reden. Ich meine, ich weiß nicht, ob sie mich hören kann, aber ich hoffe es. Es gibt so viel, was ich ihr schon längst hätte sagen sollen.«

»Das geht jedem so, Frank, aber Sie haben das Glück. Sie haben noch die Zeit zu sagen, was Sie sagen müssen.«

Aber wie viel Zeit noch? Genug, um ihr alles zu erklären? Bis Maggie versteht, dass mein Schweigen nichts mit ihr zu tun hatte? Dass es um mich ging, um meine Schwächen, ich hatte sie im Stich gelassen. Und um die Tatsache, dass sie mir das niemals vergeben würde.

»Geht es Ihnen gut?« Daisy reicht mir eine Nierenschale aus Pappe von dem Stapel auf ihrem Wagen und legt mir eine Hand zwischen die Schulterblätter.

»Es wird alles gut werden mit Ihnen, Frank. Mit Ihnen und mit Maggie. Geben Sie jetzt nicht auf.«

Die Pappe fühlt sich rau und körnig an, der holzige Geruch verursacht mir Übelkeit.

»Ich kann es nicht«, murmele ich.

»Sie können es, Frank. Wenn es jemand kann, dann Sie. Sie bekommen sie zurück und werden sie mit nach Hause nehmen und dort auf unsere Maggie gut aufpassen. Das weiß ich.«

Das war immer der Plan.

Du warst im dritten Monat, als du es mir gesagt hast. Du hattest etwas Schlechtes gegessen und dich eine Nacht lang übergeben, damit wirkte die Pille nicht mehr. Aus irgendeinem Grund hast du dennoch nicht für zusätzlichen Schutz gesorgt. Ich erinnere mich, dass ich mich wunderte, was man bei der Krankenschwesterausbildung lernte, aber den Mund hielt.

Wir entschieden, unseren Familien von der Verlobung zu erzählen, behielten die Neuigkeit von der Schwangerschaft aber für uns, als wir uns eine eigene Wohnung suchten und herausfanden, wie rasch wir einen Termin beim Standesamt bekommen würden. Du verliebtest dich in die erste Wohnung, die wir anschauten, wegen des Lichts und wie es ins Wohnzimmer fiel. Als der Immobilienmakler unter dem Vorwand hinausging, nach der Parkuhr schauen zu müssen, drehtest du dich mit weit ausgebreiteten Armen im Kreis und erklärtest sie zu unserem Zuhause. Ich hätte fast Einwände erhoben, als ich die Höhe der Kaution im Mietvertrag sah, doch dann erhaschte ich einen Blick auf dich, wie du in eben diesem Licht mit den Fingern über die Fensterbank fuhrst, und all meine Zweifel zerstreuten sich. Ich unterschrieb auf der gestrichelten Linie. Einen Monat später zogen wir ein.

Ganz ehrlich, ich war vor allem froh, aus meinem schäbigen kleinen Zimmer auszuziehen und in ein Leben mit dir katapultiert zu werden, Maggie. Ich werde immer daran denken, wie du mich einen Tag vor unserem Umzug auf der Suche nach den billigsten und farbenfrohsten Möbeln durch Oxfords Charity Shops scheuchtest. Wir nahmen ein Sofa, dem ein Rückenpolster fehlte, unter dem Vorbehalt, du würdest dich selbst darum kümmern, und einen alten Küchentisch, der wahrscheinlich schon die Industrielle Revolution miterlebt hatte. Sie wurden nie wie von dir versprochen aufgearbeitet, oder? Ich möchte hier einmal betonen, dass ich sie genau so, wie sie waren, liebgewonnen hatte.

Unsere erste Nacht in der Wohnung war perfekt. Zwei Sitzsäcke, eine große Pizza und ein Sixpack dieser fiesen Orangeade, nach der du in den letzten paar Wochen Gelüste entwickelt hattest. In der Ecke stand das Einzige, was wir bislang ausgepackt hatten: ein Kaktus mit winzigen rosa Blüten, den ich dir bei einem unserer ersten Dates im Botanischen Garten gekauft hatte. »Kurz und stachelig. Wie ich«, hattest du gesagt. Nach der Kistenschlepperei den ganzen Tag über waren wir so kaputt, dass du bei deinem Stück Pizza einschliefst, dabei hattest du eine Hand in Richtung der Stacheln ausgestreckt.

Ich legte deine übriggelassenen Ränder wieder in den Karton, machte ein wenig Platz und verschob meinen Sitzsack, damit wir gemeinsam unter der nicht bezogenen Decke einschlafen konnten. Ich könnte diese Nacht in Endlosschleife immer wieder durchleben, Mags, wirklich.

Am nächsten Morgen warst du wach und packtest aus, noch bevor ich mir den Schlaf aus den Augen gerieben hatte. Du warst in deinem Element, als du aus der Wohnung ein Zuhause machtest, und ich fand es am besten, dich machen zu lassen. Weißt du, Mags, dass ich das bis heute am meisten bereue? Dass ich dich einfach machen ließ? Gott weiß, dass du darin unschlagbar warst, aber in diesem Stadium? Ich hätte es besser wissen müssen.

Nachdem ich die schiefe Türklinke festgezogen hatte, spürte ich, dass ich dir mit meinem ziellosen Herumstehen im Weg war und auf die Nerven ging. Mit knurrendem Magen ging ich etwas einkaufen. Ich kann nicht lange weg gewesen sein. Aber lange genug. Wenn ich nun daran zurückdenke, frage ich mich, wann genau mir klarwurde, dass etwas nicht stimmte. Als du die Klingel nicht hörtest? Als ich dich nicht im Wohnzimmer fand? Was auch immer es war, die Stille wirkte bedrohlich.

»Mags! Mags! Ich bin wieder da. Ich habe etwas für Tee und Toast eingekauft – sollen wir das jetzt machen? Mags, wo bist du?« Ich gehe von Zimmer zu Zimmer, spähe durch Türrahmen. Oben ist die Badezimmertür verschlossen. Ich klopfe behutsam.

Schweigen.

»Mags, bist du da drin? Ist alles in Ordnung?«

Schweigen.

Ich war nie ein Mann, der gegen Türen polterte, und ich

werde in jenem Augenblick nicht damit beginnen, obwohl ich eine Heidenangst habe. Nach einigen Sekunden höre ich, wie der Riegel zurückgezogen wird. Behutsam drücke ich die Tür auf.

Du sitzt auf der Toilette, deine Strumpfhose und der Rock sind um deine Knie zusammengerafft, du hast den Kopf auf den Händen abgestützt. Du schaust mich nicht an. Ich folge deinem Blick. Purpurrot auf dem strahlenden Weiß der Bodenfliesen: eine Blutlache.

Du sagst nichts. Nicht in jenem Augenblick. Nicht in den nächsten drei Tagen. Dein Schweigen ist lauter als jeder Schrei.

Ich lasse dir ein Bad ein. Du wehrst dich nicht, als ich dich ausziehe und deine Kleidung auf dem Boden liegenlasse, wo sie dein Blut aufsaugt, eine Erinnerung an unseren Verlust. Dein nackter Körper ist so schlaff wie der einer Stoffpuppe, als ich dich hochhebe, eine Hand um deinen Oberkörper und die andere unter deine Oberschenkel gelegt, und dich wie ein Kind in die Badewanne setze. Eine grausame Schicksalsfügung, du bist zu meinem Baby geworden. Ich lasse nur wenig Wasser einlaufen, weil ich Angst habe, dass du den Kopf nicht hochhalten kannst oder willst und ertrinkst, wenn ich einmal kurz nicht hinschaue. Auf deinem Brustbein befindet sich immer noch ein kleiner orangefarbener Fleck, wo dir etwas Tomatensauce vom gestrigen Abendessen aus dem Mund getropft war. Ich muss mit dem Daumen fest rubbeln, um ihn zu entfernen, doch das bemerkst du gar nicht.

Ich bin überfordert. Soll ich einen Arzt rufen? Kann ich das ohne deine Erlaubnis? Mich beruhigt nur, dass du dich auf diesem Gebiet auskennst. Du musst bereits Frauen in solchen

Situationen gesehen haben und wissen, was getan werden muss.

Ich knie neben der Badewanne und schöpfe warmes Wasser über deinen Körper, beobachte, wie es in meinen Händen immer rosafarbener wird. Du hast noch keine Handtücher ausgepackt, und als sich das Wasser lauwarm anfühlt, hebe ich dich aus der Wanne und wickle dich in ein Laken aus dem Schlafzimmer. In dem abgewetzten weißen Baumwolltuch könntest du ein Kind sein, das Braut spielt, deine feinen Gesichtszüge wirken durch das Ereignis, das sich für uns viel zu erwachsen anfühlt, noch feiner.

Ich lege dich ins Bett und schließe die Vorhänge. In der Dunkelheit sehe ich, wie du dich in Embryohaltung mit dem Rücken zu mir zusammengerollt hast. Als ich mir sicher bin, dass du dich nicht mehr bewegst, schleiche ich wieder in den Flur und suche nach deiner Handtasche. Das Einzige, woran ich denke: Ich muss Edie kontaktieren. Ihre Nummer steht in deinem Adressbuch, das – wie ich gehofft hatte – in der Innentasche steckt. Wir haben die Nachbarn unter uns noch nicht kennengelernt, aber ich brauche ein Telefon, und meine Unbeholfenheit Fremden gegenüber ist unwichtig angesichts meiner Not.

Gott sei Dank sind sie zu Hause. Meine Verzweiflung steht mir wohl ins Gesicht geschrieben, denn das grantige Kind, das öffnet, winkt mich gleich durch in den Flur. Edie nimmt nicht beim ersten Klingeln ab. Ich spüre, wie sich mir der Magen zusammenkrampft. Ich habe keinen Plan B.

Endlich. »Hallo?«

»Edie, ich bin's Frank. Kannst du so schnell wie möglich herkommen?«

»Was ist los, Frank, was ist passiert?«

»Es geht um das Baby, Maggie, sie ...«

Ich weiß nicht, wie ich es ausdrücken soll, aber Edie weiß Bescheid.

»Ich mach mich jetzt auf den Weg, Frank, setz dich zu ihr und lass die Haustür offen.«

Als Edie ankommt, sitze ich auf der Matratze und streiche dir zaghaft übers Haar. Einige Strähnen sind inzwischen trocken und struppig. Edie legt sich neben deinen eingewickelten Körper ins Bett. Etwas an der Intimität des Augenblicks verschafft mir das Gefühl, ich wäre ein Eindringling, deswegen gehe ich wieder ins Badezimmer und tue so, als würde ich putzen. Sollte *ich* an Edies Stelle im Bett liegen? Habe ich dich im Stich gelassen? Es tut mir leid, wenn das so war.

Als Edie hereinkommt, kauere ich an der Seite der Badewanne und schrubbe halbherzig die rostroten Spuren entlang der Wasserlinie weg.

»Wir müssen mit Maggie in die Entbindungsstation. Ich habe eine Freundin, die gerade Dienst hat und sie bestimmt schnell drannehmen kann. Sie zieht sich gerade an, dann fahre ich uns alle hin.«

Ich weiß nicht, ob sie mich aus Freundlichkeit mitnimmt – vielleicht hat sie auch Mitleid. Aber es ist auch mein Verlust.

Noch ein Schreckensszenario für dich. Du wirst auf die Station gebracht, auf die du erst in einigen Monaten hättest eingewiesen werden sollen, und siehst dort all die jungen Mütter, die zu ihren Kindern geschoben werden, die Augen vor Erschöpfung tief in den Höhlen und dennoch vor Freude strahlend. Du starrst auf deine Schuhe, doch ich sehe, wie du beim Schrei jedes Neugeborenen zusammenzuckst.

Bei dem Eingriff willst du allein sein. Edie und ich warten draußen, zwischen uns ein leerer Platz, wo du vorhin gesessen hast.

»Du wirst trotzdem noch für sie da sein, oder, Frank?«
»Natürlich.«
»Die Hochzeit …«
»Ich will sie immer noch heiraten.«
»Ich weiß. Nur … Der Zeitpunkt. Es sind nur zehn Tage.«
Ich nicke. »Ich werde so lange warten, wie nötig.«
»Du bist ein guter Mann, Frank. Das weiß sie.«

Ich hoffe verzweifelt, dass Edies Worte wahr sind. Ich würde es nicht ertragen, dich auch noch zu verlieren.

Als du wieder herauskommst, siehst du aus wie geschrumpft. Dein Mantel hängt dir von einer Schulter, deine Wangen sind hohler als zuvor. Der Arzt winkt Edie zu sich, doch seltsamerweise bin ich nicht gekränkt. Ich will nur mit dir zusammen sein. Ich lege dir einen Arm um die Schultern und führe dich zurück zum Auto.

Ich merke erst beim Hauseingang, dass du weinst. Dein Körper rutscht aus meinem Arm, zusammengekrümmt und zitternd. Wir sind nur noch zu zweit.

Ich habe damals nichts gesagt. Nicht in jener Nacht, nicht in den Tagen danach. Hier ging es nicht um mich. Ich hatte große Angst, etwas falsch zu machen. Das hatte ich immer. Das ist lähmend, Mags, wirklich. Wenn ich die Zeit zurückdrehen könnte? Ja, dann würde ich es anders machen. Es gab so viel, was ich sagen wollte, so viel, das ich hätte sagen müssen. »Es ist nicht deine Schuld«, wäre ein sehr guter Anfang gewesen.

7

Unsere Ehe hätte keinen schlechteren Start haben können. Beinahe wäre es gar nicht dazu gekommen. Zwei Tage nach unserer Rückkehr aus dem Krankenhaus hattest du das Bett noch nicht verlassen und kein Wort gesagt. Ich brachte dir Tee und schüttete ihn eine Stunde später kalt weg, du hattest ihn nicht angerührt. Du versuchtest erst gar nicht, das Toastbrot zumindest anzubeißen. Ich war hin- und hergerissen, wollte dir zugleich nah sein und deine Privatsphäre respektieren. Ich versuchte, mich nützlich zu machen, die restlichen Umzugskartons auszupacken und die Schränke einzuräumen. Alles, damit sich dieser Ort nicht so leer anfühlte.

Am dritten Tag saß ich am Küchentisch und korrigierte gerade einen Stapel Prüfungsarbeiten, als du, eingewickelt in einen Frotteebademantel, nach unten kamst. Dein Haar stand nach allen Seiten ab, und du hattest noch den Kissenabdruck auf der Wange. Weißt du, Mags, dass ich dich nie schöner fand als in diesem Augenblick? Mein Mädchen, mein liebes Mädchen, kam zu mir zurück. Das hoffte ich zumindest.

»Hey.« Du setzt dich neben mich und streckst deine linke Hand zu mir aus. Der Papierring, den ich gebastelt hatte, ist schon lange verschwunden.

»Hallo Darling – wie geht es dir?«

Du nickst. Ich habe keine Ahnung, was das heißt, spreche aber trotzdem weiter.

»Mags, schau mal, ich will dich immer noch heiraten. Ich verstehe aber, wenn … wenn … du dich nicht so fühlst, dass …«

»Gott sei Dank«, unterbrichst du mich. »Ich ertrage es nicht, dich auch noch zu verlieren.« Deine Augen sind randvoll mit Tränen, die dich wieder ins Bett schicken werden, weg von mir. Ich will dir unbeholfen mit dem Daumen die Tränen wegwischen, das bringt dich zum Lachen.

»Du brauchst einen Ring, so langsam wird's Zeit, oder? Sollen wir heute Nachmittag losziehen?«

»Musst du nicht arbeiten?«, fragst du und beißt dir mit einem konzentrierten Blick auf die Lippen, der mir verrät, dass du nicht weißt, welcher Tag heute ist.

»Das ist egal, ich brauchte eine Auszeit …«, plappere ich ängstlich. Ich atme tief ein und versuche es erneut. »Du bist das Einzige, was mir wichtig ist, Mags.«

Nie habe ich etwas ehrlicher gemeint.

Ich biete an, die Hochzeitsgäste auszuladen, nur eine Hochzeit zu zweit, doch du bestehst darauf, dass wir eine normale Hochzeit feiern, »eine gute Show abliefern«, was immer das heißen mag. Die Vorbereitungen in letzter Minute scheinen dich abzulenken – zumindest soweit ich es beurteilen kann. Als der Hochzeitstag eine Woche später da ist, weist nichts mehr auf die Schwierigkeiten hin, die wir überwinden mussten.

Und wir hatten wunderbares Wetter bei unserer Hochzeit, oder, Mags? Anfangs war es kühl, aber klar, die Sonne strahlte über den Türmen der Stadt, deswegen haben auf einigen Gruppenbildern alle die Augen geschlossen oder zusammengekniffen. Unsere Entscheidung, die Schwangerschaft geheim zu halten, spielt uns nun in die Karten. Für unsere Familien, meine Kollegen und die Mädels von zu Hause bist du die sittsame, völlig sorgenfreie Braut.

Unseren Freunden gefällt dein Entschluss, allein zum Altar zu schreiten – eine moderne Frau! Ich war mir sicher, meinen Eltern würde das ein wenig unkonventionell vorkommen, doch sie erwähnen es vernünftigerweise nicht; du sagst nicht ausdrücklich, dass dir dein Vater bei der Trauung gefehlt hat, und ich entscheide mich, nicht nachzubohren. Weil ich nicht in ein Wespennest stechen will. Ich weiß bereits, dass ihr beide nie eine unkomplizierte Beziehung hattet, aber ich frage mich, wie sehr du ihn jetzt vermisst – nur mehr eine Erinnerung statt einer beruhigenden Hand auf dem Weg zum Altar.

Ich konzentriere mich lieber darauf, deine Mutter besser kennenzulernen. Ich treffe sie erst zum zweiten Mal, doch sie bleibt für sich, am Arm deines Bruders, des Künstlers, der andere ist wegen wichtiger geschäftlicher Angelegenheiten verhindert, das sagte er uns zumindest. Ich weiß nicht, ob ich bei ihr weiterkomme, und nach einer halben Stunde zunehmend dürftigerer Fragen (ich) und kurzer Antworten (sie), gehe ich wieder zu den anderen Gästen. Unsere Freunde hatten bisher kaum Gelegenheit, einander kennenzulernen, das Sozialexperiment ist in vollem Gange. Diese Menschen verschaffen dir zumindest ein wenig Raum, und du hast die Möglichkeit, alle Fragen abzuwenden, die zu persönlich sind. Nur Edie weicht dir während des Empfangs nicht von der Seite.

Flitterwochen sind finanziell schwierig, und wir haben

zudem beide schon wegen eines fiesen Magen-Darm-Virus eine Woche bei der Arbeit gefehlt. Wir holen später alles mit einem langen Wochenende am Meer nach. Der Ortswechsel bekommt uns beiden gut. Meine Eltern hatten uns eine Polaroid-Kamera geschenkt, und auf dem Bild, das ich von dir in meinem Portemonnaie habe, stehst du vor dem Brighton Pier. Du hast die Jeans hochgekrempelt und hältst deine Slipper in einer Hand, die andere hast du vor lauter Freude hoch in die Luft gestreckt. Der Mantel deines Trenchcoats berührt ganz leicht das Wasser. Wenn ich mir das Bild nun anschaue, erinnert es mich an alles, worin ich mich verliebt habe, die wilde Hemmungslosigkeit, die Wärme und die Freude. Es erinnert mich auch daran, wie schnell mir das alles genommen werden kann.

An jenem Abend in unserem B&B erlaubst du mir wieder, dass ich dich berühre. Wie immer bin ich zaghaft, will dich nicht an Stellen anfassen, wo ich noch nicht erwünscht bin, doch ich bin überrascht, wie sehr du dich mir hingibst, willst, dass ich mich schneller bewege, heftiger, bis die zwei Einzelbetten, die wir zusammengeschoben haben, auseinandergleiten und dein Körper in die Spalte rutscht. Du lachst atemlos, ziehst dich wieder nach oben und bringst mich damit vorzeitig zum Höhepunkt. An der Wand hinter unserem Kopfteil ertönt ein böses Klopfen. Und weißt du was, Mags? Es hätte mir nicht gleichgültiger sein können. Sie hätten uns nackt hinauswerfen können, es wäre mir egal gewesen. Mir warst nur du wichtig, wie du wieder lächeltest.

Bald schon waren wir zurück in Oxford, und unser Leben ging in ziemlich demselben Rhythmus weiter wie zuvor. In den ersten Monaten sprachen wir nicht über den Vorfall oder darüber, es erneut zu probieren. Ich weiß nicht, warum ich nicht versucht habe, mehr aus dir herauszubekommen, hinter die Maske aus guter Laune zu blicken, die du von morgens bis abends aufhattest. Ich glaube, ich war einfach zu glücklich. Gott, was ist das bloß für eine Entschuldigung? So war es aber. Ich liebte unser Leben als frisch verheiratetes Paar, wirklich.

Allein der Geruch nach feuchter Farbe katapultiert mich jedes Mal wieder zurück in die Zeit kurz nach der Hochzeit. Du warst im Dekorationsfieber und ich dein williger Gehilfe in einem gut fünf Zentimeter zu kurzen Blaumann, der mich am Schienbein kitzelte. Der Vermieter war lax, und das war noch milde ausgedrückt, deswegen konntest du dich richtig austoben. Wir hatten großen Spaß beim Streichen aller Zimmer (manche strichen wir sogar mehrmals, wenn es sich nach dem ersten Mal »nicht ganz stimmig« anfühlte), rissen zwei Teppiche heraus und hängten Hunderte gerahmter Bilder auf. Jede Minute unserer Freizeit war deinem Renovierungsrausch gewidmet, und ich spürte, dass du selbst in den Pausen darauf branntest, so rasch wie möglich weiterzumachen.

Wochenlang gingen wir abends von Kopf bis Fuß mit Farbe besprenkelt schlafen, egal, wie gründlich wir uns unter der Dusche abgeschrubbt hatten. In einigen Nächten versuchte ich, alle kleinen weißen Tröpfchen auf deiner Haut zu küssen, doch sie waren einfach überall, und ich musste schneller und schneller küssen, bis mir schwindelig wurde und ich auf deinen Lippen landete. Ich bin mir sicher, genau deswegen hast du am nächsten Tag noch mehr mit der Farbe herumgespritzt als nötig.

Wir arbeiteten die Wochenenden durch. Mittags aßen wir im Stehen, Brot mit Käse, während sich der Teekessel abkühlte.

Als wir keine sauberen Tassen mehr hatten, meintest du, ich solle Milch in den Kessel schütten, und wir tranken direkt aus der Tülle. Zu jenem Zeitpunkt hattest du die Vorhänge abgehängt, weiß Gott, was die Nachbarn gedacht haben müssen. Und ich? Mir war es ziemlich schnell egal. Meine Selbstzweifel waren mit den Farbdämpfen durch das offene Fenster entwichen. Du hattest immer schon diese unheimliche Begabung, mich den Rest der Welt vergessen zu lassen, Mags.

Wenn du mit einem Zimmer fertig warst, hängte ich eine Malerplane als Behelfsvorhang in den Türrahmen, damit du deinem dich verehrenden Einmannpublikum das Ergebnis angemessen präsentieren konntest. Ich spielte den Immobilienmakler in meinem Anorak und befragte dich zu allen möglichen winzigen Details. Wie viele Schichten Farbe? Wurde dieses Zimmer von einem bestimmten Künstler inspiriert? Bevor wir wegen der Absurdität des Ganzen einen heftigen Lachanfall bekamen, musste ich noch die Punktvergabe in Szene setzen. Bei mir hatte die Kandidatin nie weniger als neunundneunzig Punkte.

Ich glaube, Mags, ich will damit sagen, dass wir nach dem Verlust weitermachten. Wir haben es nicht vergessen, wir werden es niemals vergessen, aber wir hatten uns ein neues wohliges Reich geschaffen, das von nichts und niemandem abhängig war, außer von uns beiden. Ich hatte ein solches Glück zuvor nie für möglich gehalten. Ich hoffte, dass es dir ebenso ging.

Dann, einige Monate später, kam ich nach Hause, und du saßt weinend am Küchentisch.

»Alles in Ordnung, Mags?«, frage ich dich. Du hast mir den Rücken zugedreht, die Ellbogen auf den Tisch gestützt und fährst dir durchs Haar. Du stehst nicht auf, um mich zu begrüßen, hast meine Anwesenheit kaum registriert. Ich weiß, dass etwas nicht stimmt, aber ich habe keine Ahnung, was es ist.

»Ist bei der Arbeit alles in Ordnung?« Meine Hand liegt auf deiner Schulter, du bist nicht zurückgeschreckt.

»Hey, Mags, komm schon«, ich gehe um dich herum und schaue dir ins verheulte und verquollene Gesicht. »Du weißt, dass du mir alles, wirklich alles sagen kannst, versprochen. Was ist los?«

»Ich bin nicht schwanger«, flüsterst du rasch und ruhig. »Ich bin schon wieder nicht schwanger. Es tut mir leid.«

»Das muss dir doch nicht leidtun, Mags, daran bist du doch nicht schuld. Das ist doch erst ein paar Monate her.«

»Zehn.«

»Dann zehn.« Ein bleischweres Gewicht legt sich mir auf die Brust. Ich hatte kaum gemerkt, dass Zeit vergangen war. »Das ist doch nicht lange. Dein Körper muss sich erst richtig erholen. Mags, wir sind noch jung, wir versuchen es wieder. Noch ganz oft. Und wenn es nicht sein soll, soll es eben nicht sein.«

Ich wünschte, ich hätte das nie gesagt. Die platteste aller Platituden. Und was soll das eigentlich bedeuten? Wer hat entschieden, dass du so viel leiden sollst? Keine wohlwollende Gottheit, so viel ist sicher. Du, der beste aller Menschen, musstest den schlimmsten Albtraum durchleben. Wer mischte die Streichhölzer und ließ dich immer ein kurzes ziehen?

Ich weiß, ich habe das Falsche gesagt, weil du in dich zusammensackst, deine Schultern noch mehr hängen lässt. Ich würde mich am liebsten selbst ohrfeigen, weil ich eine Binsenweisheit ausgesprochen habe. Ich weiß, wie sehr dich die

Unsicherheit quält, wie sehr du dich immer nach dem Halt gesehnt hast, der dir als Kind fehlte. Ich will dir sagen, dass ein Sohn oder eine Tochter dir das nicht geben kann, aber ich, ich könnte es, und ich würde dir immer Halt geben, Maggie. Irgendwie war es für mich immer einfacher, dir das zu zeigen, als es zu sagen.

»Ich will es aber.« Du schiebst den Küchenstuhl zurück und stehst langsam auf. »Ich will es so sehr.« Ich habe Angst, dass du völlig zusammenbrichst. Ich habe sogar Angst, dich zu berühren, Angst, dass du vor mir zurückschreckst und ich dich nicht mehr erreichen kann. »Ich gehe ins Bett, Frank, es ist etwas zu essen im Kühlschrank.«

Ich beobachtete dich, wie du den Flur entlang- und an dem einzigen Zimmer vorbeigingst, in dem nie Plastikabdeckungen und verschmierte Farbdosen lagen – dem Kinderzimmer. Glücklicherweise hatten wir erst eine Sache gekauft, ein winziges Mobile aus kleinen, zarten Papiervögeln, das ich in weiser Voraussicht abgehängt und versteckt hatte. Aber ich habe dich dennoch nie in das Zimmer hineingehen sehen. Du hast einen Bogen um diese Tür gemacht, als wäre da drin ein Kraftfeld aktiv.

Erst als ich hörte, dass du nach oben gingst, wurde mir klar, was ich hätte sagen sollen. Jahrelang wälzte ich diesen Satz im Mund hin und her, dann schluckte ich ihn immer wieder hinunter – für morgen: Was wäre denn so schlimm, wenn wir zu zweit blieben, Maggie? Hatten wir uns nicht dafür entschieden, ein Leben zu zweit? Das ist doch die Ehe?

Es tut mir leid, Maggie, aber in Bezug auf dich bin ich egoistisch. Ich will dich, voll und ganz. Als ich dir den Antrag gemacht habe, dachten wir an uns zu dritt, doch als wir uns das Eheversprechen gegeben haben, waren wir nur zu zweit. Das hat mir immer gereicht. Und das wäre auch immer so geblieben.

8

»Ach, Professor Hobbs, gut, dass ich Sie erwische.« Der Arzt ist wieder da, ich habe mich lange genug vor ihm gedrückt, Umwege in Kauf genommen, um nicht an seinem Sprechzimmer vorbei zu müssen, in den Gängen den Blick starr auf den Boden gerichtet, wenn ich mich einmal kurz von Maggie wegtraute. Vielleicht hat er gesehen, wie ich gegen den Wasserspender in der Kantine trat, als der Behälter zum zweiten Mal am selben Tag leer gurgelte? Das hatten viele Leute mitbekommen.

Er drückt sich im Türrahmen herum. »Professor Hobbs – darf ich?« Er macht eine Kopfbewegung zum leeren Stuhl.

Ich kann wohl kaum nein sagen.

»Wie geht es Ihnen denn?«

»Ähm ... nicht gut.«

»Das ist verständlich.« Eine Pause entsteht, ich weiß, dass er wieder diesen psychologischen Dienst erwähnen will, das möchte ich um alles in der Welt vermeiden. Ich habe Hunderte wichtige Fragen für ihn, aber irgendwie sind mir die Wörter durcheinandergeraten, und ich kann sie nicht mehr in eine sinnvolle Reihenfolge bringen.

»Also ... Ihre Frau.«

»Wie geht es ihr?«

»Also, Herr Professor, Ihnen ist sicher bewusst, dass wir uns dem Ende der Zweiundsiebzig-Stunden-Phase nähern. Wir wollten sie eigentlich behutsam aufwecken. Aber ihre Werte sind nicht so konsistent wie erhofft, und wir glauben, dass wir ein Risiko eingehen, wenn wir sie wecken, bevor wir ein Muster in ihren Vitalwerten erkennen. Ich wollte Ihnen sagen, dass wir entschieden haben, sie zumindest noch für die nächsten vierundzwanzig Stunden in dem sedierten Zustand zu belassen.«

»Das sind dann wohl schlechte Neuigkeiten?«

»Natürlich sind es nicht die besten, wir fänden es alle gut, wenn Mrs Hobbs früher aus dem künstlichen Koma geholt werden könnte. Je länger sie nicht bei Bewusstsein ist, desto größer die potentiellen Schäden. Wir müssen auch noch die Ursache für die Schwankungen ihrer Werte herausfinden. Einige Organe zeigen schwache Aktivität. Das spricht für einen gewissen Überlebenswillen. Ihr Zustand ist nicht schlechter als bei ihrer Einlieferung, und wir tun alles für sie, was in unserer Macht steht ...«

Nun bin ich an der Reihe. Ich muss sagen, dass ich erleichtert bin. Und beruhigt. Doch ich will nur schreien.

»Vielen Dank«, bringe ich heraus. »Für alles, was Sie tun. Ich weiß, dass Maggie sehr dankbar wäre.«

»Haben Sie noch Fragen, Herr Professor? Es muss auch nicht gleich sein – falls Ihnen später noch etwas einfällt, wissen Sie ja, wo Sie mich finden.«

Kann sie mich hören? Wann geben Sie sie auf? Was mache ich, wenn ich sie verliere? Und was, wenn ich sie nicht verliere?

»Was geschieht nach den vierundzwanzig Stunden?«

Er hält inne. Ich habe die Kernfrage gestellt.

»Dann werden wir für wichtige Aspekte die nächste Pflegephase berücksichtigen müssen.«

Ich bitte den Arzt, das zu wiederholen, doch seine Aussage bleibt schwammig. Ich weiß aber, worauf er hinauswill. Die Zeit läuft ab. Ich muss mich ranhalten. Zum Punkt kommen.

»Wenn es sonst im Moment nichts mehr gibt, werde ich jetzt gehen.«

»Schon gut, vielen Dank. »

»Bis bald, Herr Professor.«

Als die Tür zufällt, wende ich mich wieder Maggie zu. Der Nachttisch ist leer, keine Trauben, Pralinen, Zeitschriften. Ich habe niemandem erzählt, dass du im Krankenhaus bist.

Ich fummele mein Handy aus der Jackentasche. Ich dachte, die Batterie wäre leer, jetzt, wo Maggie das Gerät nicht mehr abends neben ihrem an die Steckdose anschließt, doch bemerkenswerterweise hat es noch ein wenig Saft. Das ist der Vorteil eines alten Modells. Eine einzige SMS ist angekommen, von Edie. Sie habe Maggie nicht erreicht – ob alles in Ordnung sei? Ich tippe rasch eine Antwort: ›Maggie krank. Im Krankenhaus. Schreibe, wenn besser.‹ und drücke auf Senden, bevor ich es mir anders überlege oder sich Schuldgefühle breitmachen.

Nach alldem, was passiert ist, haben wir uns abgekapselt. Dabei haben wir verständlicherweise den Kontakt zu vielen Menschen verloren. Doch Edie hatte sich in den vergangenen Monaten nicht abwimmeln lassen. In ihrer Hartnäckigkeit war sie immer freundlich. Wir konnten dennoch einfach keinen Schritt auf sie zu machen. Ich frage mich, wie viel sie weiß. Habe ich durch mein Schweigen auch sie vor den Kopf gestoßen? Ich schalte mein Handy aus, bevor ich zu viel in meine eigene Antwort hineininterpretiere.

»Los jetzt, Frank«, sage ich laut zu mir selbst. »Genau, Maggie, ich muss mich verdammt sputen, damit ich alles loswerde. Auch das Schwierige. Wir haben wirklich nicht mehr viel Zeit.«

Ich war nie so naiv zu glauben, du hättest dich mit unserer Kinderlosigkeit abgefunden. Aber es war immer so schwer, etwas aus dir herauszubekommen. Manchmal schien deine Periode für dich genauso banal zu sein wie das Begleichen der Gasrechnung oder das Müllrunterbringen. Manchmal aber warst du untröstlich und hast dich in unserem Schlafzimmer eingeschlossen. Das waren die schlimmsten Tage, wenn du gar nicht aus dem Bett kamst und ich stundenlang auf jede Bewegung von dir lauschte. Mit jedem Knacken des Dielenbodens über mir schlug mein Herz hoffnungsvoll höher: War es nun vorüber, zogst du dir den Bademantel über und kamst runter zu mir in meine ausgebreiteten Arme? Wenn ich dann die Toilettenspülung und das Zuschlagen der Schlafzimmertür hörte, schmerzte mein ganzer Körper.

Doch als aus den Monaten Jahre wurden, wurden solche Tage immer seltener. Wir hatten uns unser Zusammenleben gut eingerichtet, und es wurde – zumindest in meinen Augen – von Tag zu Tag besser. Die Ehe war gut für uns, oder, Mags? Beim fünften, zehnten, fünfzehnten Hochzeitstag, den wir mit einem romantischen Restaurantbesuch bei Kerzenschein und nicht der zweitbilligsten Flasche Wein feierten, schwelgten wir in dem guten Leben, das wir uns aufgebaut hatten. Nach all den Jahren passten wir zueinander wie gut eingelaufene Schuhe, die so angegossen sitzen, dass man sich ein anderes Paar kaum noch vorstellen kann.

Ich konnte mit Zeigefinger und Daumen genau unsere Spaghettimenge abmessen. Nicht eine Nudel zu viel oder zu wenig. Wir genossen ausgedehnte Abendessen zu zweit und lange Wochenendausflüge, niemand hinderte uns am Ausschlafen sonntags. Ich sehe dich jetzt noch vor mir, wie du die Zeitung teilst: Technik und Sport für mich, das Magazin und Kunst für dich. Du warst die schnellere Leserin von uns beiden, und sobald du mit deinen Teilen fertig warst und dich langweiltest, bautest du mit dem Hauptteil der Zeitung eine Art Dach, indem du die Ecken hinter das Kopfende stecktest. Nach maximal zwei Minuten küsstest du mich vom Hals aus abwärts, bis ich den Sportteil weglegte. Erinnerst du dich daran, wie zerkrumpelt die Zeitung anschließend war? Wir müssen einen ganz schönen Radau veranstaltet haben.

Ich lebte, um dich glücklich zu machen, und es kränkt meine Männlichkeit gar nicht, wenn ich das zugebe. Ich habe dir Dinge mitgebracht, die dir ein Lächeln aufs Gesicht zauberten: am ersten sonnigen Tag des Jahres eine Flasche Mateus Rosé, die du kühltest und dann auf der Terrasse öffnetest. Bei Einbruch der Dämmerung kam ich raus und brachte dir deine Stola, weil ich wusste, dass du gern jeden warmen Sonnenstrahl bis zuletzt auskostetest. Ich zog dir sogar die Hausschuhe an, wie der billige Abklatsch eines heiteren Märchenprinzen. Dann betrachtete ich, bei zwanzig Grad Außentemperatur, meinen Eskimo und fand den Anblick so komisch, dass wir beide lachten, bis es schließlich dunkel war. Als ich dich beim Hineintragen der Gläser beobachtete, wusste ich, dass du mich zum glücklichsten Mann der Welt machtest.

Ich weiß noch genau, was ich machte, als du mir mitteiltest, dass sich unser ganzes Leben ändern würde. Ich war im Arbeitszimmer, lief vor dem Fenster auf und ab und hatte das letzte Wort aus dem Kreuzworträtsel der *Times* fast raus – es musste sich nur noch durch letzte Gehirnwindungen quälen, deswegen klopfte ich mir mit einem blauen Kugelschreiber gegen die Schneidezähne, um das Wort endlich hervorzulocken.

»O Frank, hör bitte mit dem Hin- und Herlaufen auf, das macht mich nervös.« Du tauchst in der Tür auf, die damals nie verschlossen war, in einer mehlbestäubten karierten Schürze.

»Du bist doch in der Küche, wie kann ich dich da nervös machen?« Ich tue entrüstet, setze mich jedoch, um dir einen Gefallen zu tun.

»Frank, bitte.«

»Schon gut, schon gut. Wenn dich die Gäste stressen, hättest du das sagen sollen. Wir hätten ihnen absagen können.«

»Darum geht es nicht, Frank. Das habe ich im Griff.«

»Worum geht es dann?«

»Hast du kurz fünf Minuten?«

Eine eigenartige Frage an den eigenen Ehemann. Ich hatte mich einem Leben voller »fünf Minuten« verschrieben. Mit dir waren es meistens eher fünf Stunden, bei all den Umwegen und unvermeidlichen Schnörkeln deiner Erzählungen.

»Gleich kommen Jack und Sarah zum Essen, deswegen will ich es dir lieber jetzt sagen ...«

Erst da bemerke ich deine Nervosität, weil du dir die Bänder der Schürze so fest um die Finger wickelst, dass sie bestimmt bald blau werden.

»Raus damit, Mags. Was ist los? Was hast du?«

Ich lege die Zeitung auf den Schreibtisch und gehe zu dir, wickele dir das inzwischen ganz zerknitterte Band von den Fingern und umfasse deine zitternden Hände.

»Egal, was es auch sein mag, Mags, wir werden damit zurechtkommen. Das weißt du.«

»Also im Grunde ist es nichts Schlimmes. Nur … unerwartet. Ja, auf jeden Fall unerwartet.« Du hast angefangen zu reden, und ich weiß, dass ich dich besser nicht unterbreche. »Es ist so, Frank, ich … ähm … Ich bin schwanger.«

Schweigen.

Inzwischen ist mir klar, dass man immer nur einmal auf etwas reagieren kann und dass ich das nie getan habe. Irgendwo zwischen Schock und Entsetzen bemerke ich, dass du mich erwartungsvoll anblickst. Ich halte dich immer noch bei den Händen und drücke sie fest.

»Schau mal, Frank, ich weiß, dass das überraschend …«

»Das ist genau das Wort, nachdem ich suchte«, murmele ich. Vor fünfzehn Jahren haben wir uns kennengelernt, fünfzehn Jahre sind seit der Fehlgeburt vergangen. Wir hätten inzwischen einen Teenager. »Überraschend« ist eine Untertreibung.

Du lachst behutsam. »Aber Frank, wir warten doch schon so lange darauf, und als wir nicht mehr darüber nachgedacht haben, ist es passiert. Die Natur hat ihren Lauf genommen – sie hat sich sehr viel Zeit gelassen, aber gut … Es ist wirklich ein Wunder.«

Ich mache noch einen Schritt auf dich zu und lege dir die Lippen auf die Stirn, wo ein wenig Mehl klebt. Ich denke wieder an eins unserer ersten Treffen, ein Picknick auf einer Decke auf einer Wiese im Port Meadow an einem der ersten Frühlingstage, wo du beim Essen immer wieder Blüten weggepustet hast.

»O Frank, du wirst ein toller Vater – du wirst schon sehen.«

In der Küche piepst eine Uhr aggressiv, und du bist mit den Gedanken beim Essen.

»Mein Gott, ist die Zeit schon um? Dann kommen sie gleich, Frank. Bitte erzähl nichts, okay? Wir sprechen weiter darüber, wenn sie wieder weg sind. Ich habe dir ein frisches Hemd oben an die Tür gehängt…« Du bist schon weg, deine Stimme hallt durch den Flur.

Ich wünschte, ich hätte etwas gesagt, die richtigen Worte gefunden und dich nicht nur mit offenem Mund angestarrt. Ich weiß, wie sehr du dich gefreut hast, Mags, und was gibt es Schlimmeres als jemanden, der dem Glück einen Dämpfer verpasst – wenn auch völlig unabsichtlich? Es tut mir leid. Wenn ich die Zeit zurückdrehen und die Szene noch mal durchleben könnte, würde ich alles viel besser machen. Ich würde in meinen vor Überraschung aufgerissenen Augen ehrlichen Enthusiasmus aufblitzen lassen. Ich weiß, dass ich das tun würde.

Unter anderen Umständen wäre das Abendessen harmonisch abgelaufen. Aber an jenem Abend? Meine Gedanken schwirrten in alle Richtungen, bloß an das Bœuf Bourguignon dachte ich nicht. *Wie war das passiert?* Irgendwann nach der Fehlgeburt bist du zum Arzt gegangen. Besser gesagt zu mehreren. Du hast dich etlichen Untersuchungen unterzogen. Nach einigen Wochen mussten wir beide in die Sprechstunde. Die Ärzte sagten, dass es unter Berücksichtigung der ersten Schwangerschaft unwahrscheinlich sei. *Unwahrscheinlich,* aber nicht unmöglich, erinnerte ich dich auf dem Heimweg von der Bushaltestelle. Du sahst nicht überzeugt aus. Und als die Jahre verstrichen, schien aus unwahrscheinlich tatsächlich unmöglich geworden zu sein.

Ein Aufprall katapultiert mich wieder in die Gegenwart; Sarah schlägt mit der Faust auf die Tischplatte, sie hat einen Lachkrampf, weil du etwas gesagt hast. Ich blicke dich kurz an, du bist gerade mitten in einer Erzählung, lehnst dich über die grünen Bohnen auf deinem Teller, und deine Gabel befindet sich gefährlich nah an Jacks Oberarm. Ich erinnere mich nicht, wann ich dich zum letzten Mal so unbekümmert gesehen habe. Zu hundert Prozent unbeschwert, nichts trübt deine Freude. Als wir uns anschauen, lächele ich dich an und sage dir damit, dass ich den Schock verarbeitet habe. Ich hoffe, du siehst daran auch, wie viel es mir bedeutet.

Als wir am nächsten Tag ausführlich miteinander reden, macht sich bei mir Begeisterung breit. Du warst zu jenem Zeitpunkt in der zwölften Woche. Wir sprachen über das Zimmer, das wir renovieren wollten, und das Kinderbettchen, das wir kaufen wollten, darüber, wie lange wir Erziehungsurlaub nehmen könnten. Im Restaurant betrachteten wir die Familien an den runden Extratischen und wussten: So würden wir auch bald hier sitzen. Ich bestand darauf, deine Handtasche zu tragen, und hob alles auf, was hinfiel. Ich wusste genau, wo ich dich nachts am Rücken massieren musste, damit du ein wenig schlafen konntest.

Ich gewöhnte mich an diesen neuen Normalzustand und vergaß fast, dass die Schwangerschaft irgendwann enden würde.

»Frank! Frank! Wir müssen los«, rufst du aus der ersten Etage.

Langsam tauche ich aus der Rezension auf, in die ich vertieft bin.

»Frank!«

Als ich in den Flur komme, sehe ich, dass du erst auf der zweiten Stufe bist, dich mit beiden Händen ans Geländer klammerst. Auf dem Absatz hinter dir ein dunkler Fleck auf dem Teppich, da, wo die Fruchtblase geplatzt ist. Ich bewege mich nicht. Organisatorisches war noch nie meine Stärke, nicht wahr, Mags?

»Das Telefon. Schnell.«

Ich suche so lange nach dem Telefon, das wie immer unter Zeitungen oder einem der überflüssigen Sofakissen, die du so liebst, vergraben ist, dass du inzwischen allein die Treppe hinabgestiegen bist. Du lehnst dich, soweit es mit dem Bauch möglich ist, über das Geländer und presst die Fäuste gegen die Wand. Ich reibe dir über den unteren Rücken, doch du windest dich weg.

»Wie lange?«, presst du heraus. Ich versuche, mir einzureden, es liege nicht an mir, das gelingt mir nicht sonderlich gut.

»Maximal zehn Minuten. Möchtest du etwas trinken? Tee? Wasser?«

Was rede ich da? Ich rechne damit, dass du mir den Kopf abreißt, doch du antwortest einfach nicht. Alle paar Sekunden atmest du so kräftig aus, dass ich mich frage, ob der Spuckeimer nicht eine gute Idee wäre.

»Tasche. Schuhe«, rufst du. Ich weiß, wo die Tasche steht, sie steht schon wochenlang da. Bei deinen Schuhen sieht die Sache anders aus. Ich finde Schuhe zum Reinschlüpfen in unserem Schlafzimmer, aber wie bekomme ich sie über deine angeschwollenen Füße?

»Wie lange dauert das noch, Frank!« Du trittst jetzt im Rhythmus deines Atems gegen die Wand.

»Ähm ...« Ich blicke auf die Uhr. Fünfzehn Minuten sind vergangen. Das behalte ich besser für mich.

»Nicht mehr lange, Darling. Hier.« Ich schiebe meine Hand unter deine, die fest gegen die Wand gepresst ist.

Dann kommt der Krankenwagen mit den richtigen Geräten und – einem von uns kommt das sehr gelegen – den richtigen Worten. Als wir im Krankenhaus ankommen, weiß ich nicht, ob ich bei dir im Zimmer bleiben soll. Überall sind Menschen, die medizinischen Rat anbieten und etwas unternehmen wollen. Ich kann dir nur die Hand halten, und selbst dabei bin ich im Weg. Ich tue so, als wollte ich mir ein Getränk am Münzautomaten ziehen, gehe aber nach draußen, um etwas frische Luft zu schnappen. Als ich zurückkomme, hast du ein kleines Bündel im Arm.

Ich habe es verpasst.

»Eleanor«, flüsterst du und starrst auf ihr winziges bläulich-lila gesprenkeltes Köpfchen. »Möchtest du sie auf den Arm nehmen?«

Ich nicke.

Du reichst sie mir, und plötzlich weint sie, und ich weine auch – rein gar nichts auf der Welt gleicht diesem Gefühl. Ich halte mir Eleanor gegen die Nase, ich schnuppere an ihr und betrachte die Falten ihrer kleinen Schlupflider. Ich wage nicht, sie fest drücken, um ihr nicht weh zu tun. Und diese Erleichterung. Sie ist in Sicherheit, und du bist in Sicherheit, und auf einmal weiß ich, dass alles, was ich je getan habe oder in Zukunft tun werde, nichtig ist. Wichtig ist nur noch, dass ich sie beschützen kann.

9

»Ich habe gehört, unsere Maggie ist noch nicht bereit aufzuwachen.« Daisy hat eine Schüssel und einen Schwamm in der Hand.

»Stimmt«, murmele ich. Ich schäme mich, als wäre das meine Schuld. Es ist meine Schuld. Medizinisch betrachtet vielleicht nicht, aber sie wäre nicht hier, wenn wir miteinander gesprochen hätten, wenn ich nicht dichtgemacht hätte. Dabei wollte ich Maggie doch nur beschützen, das ist gehörig schiefgegangen.

»Seien Sie nicht zu streng mit sich«, sagt Daisy und zieht leise die Tür hinter sich zu. »Und reden Sie weiter mit ihr, Frank. Jedes Mal, wenn ich vorbeigehe, sehe ich, wie Sie mit ihr sprechen. Sie haben ihr sicher eine gute Geschichte zu erzählen.«

»Ob sie gut ist, weiß ich nicht. Ich meine, es geht nur um uns. Es ist unsere Geschichte.«

»Was Sie ihr auch erzählen, es tut ihr gut, auch wenn wir das noch nicht sehen können. Denken Sie einfach weniger, und reden Sie mehr. Denken können Sie immer noch, wenn sie wieder bei uns ist.«

Wieder bei uns ist. Ich mag gar nicht daran denken, was das heißen würde. Hebehilfen? Pflege rund um die Uhr? Das macht mir Angst, aber die Alternative macht mir noch mehr Angst.

Anscheinend bin ich nicht der Einzige, dem die Zeit davonläuft. Als ich nicht antworte, klappert Daisy mit der Schüssel, um mich aus meinen Träumereien zu reißen. »Also, Frank, ich wollte Maggie waschen. Aber ich kann auch jemanden bitten, später wiederzukommen, was wäre Ihnen lieber?«

»Ich will Ihnen nicht im Weg stehen.« Behutsam ziehe ich meine Hand unter Maggies weg und stehe auf.

»Wollen Sie helfen«, bietet Daisy an, »sie zu baden? Wir können es gemeinsam machen. Danach lasse ich Sie beide in Ruhe.«

Ich weiß nicht, was ich sagen soll. Ich denke an all die Male, als ich Maggie gewaschen habe. Wenn sie in einem ganz tiefen Loch war, zu schwach, um sich zu bewegen. Dennoch erscheint es mir fast zu intim, als würde ich sie stören.

Daisy spürt mein Zögern, obwohl sie mit dem Rücken zu mir steht, und lässt am Waschbecken warmes Wasser in die Schüssel laufen.

»Schauen Sie, Frank. Es ist ganz einfach, versprochen. Ich erkläre Ihnen jeden Schritt.«

Sie kommt zum Bett, stellt sich neben mich und legt die Wanne auf dem Stuhl ab, wo ich gesessen habe.

»Erst mal müssen wir die Knoten öffnen.« Daisy stützt Maggies Kopf sanft mit dem Unterarm und löst die Bänder des Nachthemds. Sie bewegt sich routiniert und langsam, sie weiß, wie man das fragile Maschinennetzwerk nicht stört, das Maggie am Leben hält.

Daisy entblößt Maggies Hals und Brust und schiebt dabei das Nachthemd so weit hinunter wie möglich, ohne ihre Arme ganz herauszuziehen. Wie dünn Maggie geworden ist! Ihr Schlüsselbein ragt spitz hervor, die Rippen zeichnen sich in der Kuhle zwischen ihren Brüsten ab. In den letzten Monaten hatten wir uns nur in der Dunkelheit berührt, unser Verlangen war so groß, dass unsere Körper bei den tröstenden Berührungen zu zerfließen schienen. Nun sehe ich, wie der Schmerz Maggie ausgehöhlt hat. Wie er ihre Seele ausgeschöpft und nur das Knochengerüst stehengelassen hat.

»Wie wollen Maggie nur befeuchten, sie frisch machen. Nur ein wenig Wasser unter die Arme und um den Hals.« Daisy hat den Schwamm ausgewrungen und reicht ihn mir mit einer Hand, während sie Maggies Oberkörper mit der anderen stützt. »So ist's prima. Ganz toll. Immer schön vorsichtig.«

Ich fahre mit dem Schwamm über Maggies Brust und sehe, wie die pergamentene Haut kurz vor Feuchtigkeit glänzt, bevor sie die Flüssigkeit aufsaugt. Ich fahre mit dem Schwamm über ihren Hals und manövriere vorsichtig um die Haarsträhnen herum, die sich gelöst haben. Ich beobachte einen einzelnen Wassertropfen, prall und schwer, der von ihrem Ohrläppchen plumpst, über die hellblauen Adern an ihrem Hals und dann weiter ihre Brust hinunterläuft, bis er von ihrem hochgeschobenen Nachthemd aufgesogen wird. Er fließt langsam, sanft und zögerlich; ich erinnere mich an das erste und das letzte Mal, als meine Finger dort entlanggewandert sind. Ich wünschte mir, auch die dazwischenliegende Zeit stände mir so deutlich vor Augen.

»Sehr gut, Frank. Das reicht.« Daisy nimmt mir den Schwamm aus der Hand, und mir schnürt sich die Kehle zusammen, weil es vorbei ist. Ob Maggie wohl meine Hände erkannt hat?

»Wie ist sie denn so«, fragt Daisy, als sie die Schüssel leert, »unsere Maggie?« Mein Gott, was für eine Frage. Wo soll ich bloß anfangen? Wie kann ich Maggie erklären, die alles für mich ist, die so sehr ein Teil von mir ist, dass ich vierzig Jahre lang keine Worte brauchte, um sie zu beschreiben?

»Was hat sie beruflich gemacht?«, hakt Daisy sanft nach und legt die Schale zum Abtropfen verkehrt herum auf ihren Wagen.

»Sie war Krankenschwester, wie Sie. Also nicht genau wie Sie. Sie hat in einer ambulanten Klinik gearbeitet. Leichte Krankheiten, Impfungen, so etwas halt. Sie hat ihre Arbeit geliebt. Wirklich. Sie konnte so gut mit Menschen umgehen, im Gegensatz zu mir…«

Ich blicke hoch, ein Lächeln umspielt Daisys Lippen.

»Sie war witzig, nahezu wild. Ganz anders als ich. Wie Tag und Nacht, oder?«

»Das sind häufig die besten Paare.«

Nimmt Daisy uns so wahr? Es war nie ein Wettbewerb für mich. Ich wusste, dass ich mit Maggie an meiner Seite schon gewonnen hatte. Vor meinem geistigen Auge ziehen Bilder unseres gemeinsamen Lebens vorbei, wie Objektträger unter einem Mikroskop, erst verschwommen, dann werden sie heller und schärfer, bis das Bild sich wieder auflöst.

»Wie lange sind Sie schon zusammen?«

»Seit vierzig Jahren.«

»Wow!« Daisy reißt die Augen auf, und mir fallen ihre geröteten Augenwinkel auf. Ich werde von dem Bedürfnis überwältigt, sie ins Bett zu schicken. Sie und Eleanor könnten ungefähr im selben Alter sein. »Und Sie haben all diese Jahre gemeinsam verbracht?«

Ich nicke. »Ich musste immer mal wieder zu einer Konferenz, dann war ich einen Monat weg, aber sonst ...«

»Gut, dann lasse ich Sie besser mal weitermachen.« Daisy lächelt. Ich erhasche einen Blick auf ihre Schneidezähne, einer überlappt den anderen ganz leicht. »Bleiben Sie am Ball, Frank.«

Daisy schiebt ihren scheppernden Wagen zur Tür und dreht sich noch einmal um. »Sie wissen, was ich meine, Frank. Ich habe keine Ahnung, ob Sie vorher gern geredet haben, doch nun ist der richtige Zeitpunkt gekommen. Sie müssen ihn nur nutzen. Ich weiß genau, dass Sie viel über Ihre gemeinsamen Jahre zu erzählen haben, was Maggie hören will.«

Die Tür schließt sich, und wir sind wieder allein, Angst und Erleichterung überkommt mich, und mir krampft sich der Magen zusammen.

»Wo waren wir stehengeblieben, Mags?« Ich nehme ihre Hand und wische ihr mit dem Daumen einen Tropfen Wasser aus der Kuhle zwischen Zeige- und Mittelfinger.

»Eleanor ist auf die Welt gekommen. Sie hat alles verändert, das hätte ich mir gar nicht vorstellen können.«

Erst, als ich sie im Arm hielt, verstand ich wirklich, warum ich so große Angst gehabt hatte. Vorher hatte ich es nicht zugeben können – nicht einmal vor mir selbst. In all den neun Monaten deiner Schwangerschaft schwebte – trotz der Aufregung, des Glücks und der Vorfreude – eine Furcht über mir, die mich vom Aufstehen bis zum Einschlafen begleitete. Ich liebte dich dermaßen leidenschaftlich, dass ich nicht wusste, ob in meinem Herzen noch Platz für jemand anders wäre. Bis Eleanor da war. Sie brauchte gar nichts zu tun, sie gehörte einfach zu uns.

Sobald du mit Eleanor zu Hause warst, blühte ich in den Nachtschichten richtig auf. Der Rest der Welt lag von Dunkelheit eingehüllt, nur auf Eleanors Tischchen leuchtete ihr eulenförmiges Nachtlicht. Ich nahm sie aus ihrem Kinderbettchen und trug sie zu meinem Arbeitszimmer am anderen Ende der Wohnung, wo wir uns die Sterne ansahen. Wir entdeckten den Oriongürtel und den Großen Wagen – der gefiel Eleanor, sie kicherte immer oder schwieg kurz andächtig.

Als sie größer wurde, haben wir sie abends in dieser seltsamen Babytrage, die meine Schwester uns geschenkt hatte, mit nach draußen genommen: Eleanors Körper war an deinen geschnallt, und ihr Kopf wippte gegen deine Brust, während wir nach Port Meadow gingen. Wir haben bestimmt zwanzig, dreißig Minuten lang auf Ponys gezeigt und auf die Fahrradlichter, die zwischen den Brückenpfeilern aufblitzten. Doch sie nörgelte nur – frische Luft fand sie doof. Dann aber, als die ersten Sterne auftauchten, zeigte sie feierlich mit den dicken Fingerchen in den Himmel. Ich platzte fast vor Stolz. Sie war klug, ja, aber darüber hinaus war sie neugierig und aufmerksam. Sie hatte so viel von dir, Mags, und genauso sollte es sein.

Schließlich erreichten wird das Schwingtor am Ende der Wiese. Eleanor schlief inzwischen, und es war fast wie früher, ich hielt an, um dich zu küssen, und deine Gummistiefel quietschten, als du dich auf die Zehenspitzen stelltest. Mit dem Unterschied, dass sich nun ein zusätzliches Glück bei uns befand. Bevor wir das Tor schlossen, küssten wir abwechselnd Eleanors Kopf an der Stelle, wo ihre feuerroten Haare unter der Mütze herausragten. Mit unserer glücklichen und gesunden Eleanor hatten wir uns unsere eigene dritte Dimension erschaffen. Alles fühlte sich rund an, komplett. Ich konnte wieder vollständig ausatmen.

Oder fast vollständig. Ich sah, wie die Mutterschaft von dir ihren Tribut forderte. Zumindest anfangs. Ich hatte mir während der Schwangerschaft Sorgen gemacht und in der Aufregung kurz danach. Nicht, dass ich daran zweifelte, dass du eine gute Mutter sein würdest, ganz und gar nicht, aber ich kannte dich, Mags. Ich hatte deine Höhenflüge erlebt und dass für dich darauf zwangsläufig der Sturz in den Abgrund folgte. Manchmal weinte Eleanor einfach stundenlang, und deine Panik war fast greifbar. *Was machten wir falsch? War es etwas Ernstes?* Wir hatten es uns so lange sehnlichst gewünscht, und nun stolperten wir fast über die letzte logistische Hürde: die Frage, wie man ein Kind großzieht. Du bewegtest dich keinen Zentimeter, bis sie wieder ruhig war, auch wenn das sechs, sieben oder acht Stunden dauerte.

Ich schaffte es, Edie in die Familie zu integrieren, und damit lichtete sich die Dunkelheit tatsächlich. Mit wiederkehrender Souveränität verkündetest du deinen Entschluss, so lange zu Hause zu bleiben, bis Eleanor in die Schule käme. Das war etwa neun Monate nach ihrer Geburt, nicht lange, nachdem ich diese neue Stelle an der Uni angetreten hatte. Obwohl sie besser bezahlt wurde, bedeutete das, es würde mit nur einem Gehalt eng werden. Ich rechnete im Kopf alles durch, schob die Perlen auf meinem geistigen Abakus von links nach rechts, während du wie ein Wasserfall darüber redetest, dass du »die Zeit mit ihr nicht verpassen« wolltest. Ich fragte mich, ob du damit die Monate, in denen du dich so schwergetan hattest, wiedergutmachen wolltest? In jedem Fall entschied ich, es wäre besser, nicht zu fragen. Du hörtest dich so begeistert an, dass ich deine Entscheidung nachdrücklich befürwortete, bevor ich einen blassen Schimmer hatte, ob unser Geld ausreichen würde.

Glücklicherweise kamen wir zurecht. Ich liebte meine Arbeit immer noch: den Reiz des Unbekannten, die möglichen Durchbrüche, die ab und zu durchblitzenden Erkenntnisse. Dennoch lebte ich für die Abende und Wochenenden. In diesen ersten Jahren veränderte sich Eleanor jeden Tag; wie ein Daumenkino, die einzelnen Bilder waren einander so ähnlich, wenn ich sie aber hintereinander durchblätterte, war ich überwältigt vom Fortgang der Zeit. Ich wollte so viel von ihr haben wie möglich.

Es gab nichts Schöneres, als zu euch beiden nach Hause zu kommen. Du trugst Eleanor auf einer Hüfte, und als sie zu groß dafür wurde, setztest du sie im Pyjama auf die Arbeitsplatte, ihr Kopf lehnte an deiner Brust. Du warst dann oft ganz aufgeregt, weil du immer etwas vorbereitet hattest: einen Stein, den Eleanor angemalt hatte und der nun als Briefbeschwerer diente, oder eine Collage, auf der der Kleber noch nicht getrocknet war. Manchmal konnte ich kaum den Mantel ausziehen, bevor ich die Treppen hinauf zu Eleanors Bett gescheucht wurde, wo sie saß, noch ganz warm von ihrem Bad, und auf die Gutenachtgeschichte wartete.

Du konntest leider nicht so gut vorlesen, Mags, deswegen wurdest du auf den Schaukelstuhl verbannt, wo du Gesellschaft von Stofftierzoobewohnern hattest, die aus dem Bett geworfen wurden, damit ich dort Platz fand. Ich konnte noch nie sonderlich gut nein sagen, deswegen hörten wir einige Geschichten zwei oder drei Mal, bis Ellie neben mir einschlummerte. Wenn ich euch eine langweilige Vorstellung geboten hatte, schliefst du auch ein, und ich bewunderte zwei schlafende Schönheiten, wenn ich das Buch zurück ins Regal stellte. Ich verstand nie, womit ich dieses Glück verdient hatte.

Unsere Abende hatten einen festen Rhythmus. Wir hätten wegen unserer perfektionierten Routine als Musterbeispiele in Elternratgebern auftreten können. Jedoch waren nicht wir die treibende Kraft dahinter, sondern Eleanor. Sie reagierte äußerst empfindlich auf Veränderungen. Schon die kleinsten Abweichungen ließen ihr winziges Barometer sinken. Wenn ich nur zehn Minuten zu spät kam, spähte sie mit vor Sorge weit aufgerissenen Augen durchs Fenster. Wir mussten immer die gleichen Geschichten erzählen, immer auf derselben Seite im Bett liegen. Damals dachte ich, alle Kinder wären so. Ich hatte wenig Erfahrung.

Wenn ich nun zurückblicke, frage ich mich, ob das ein erstes Anzeichen war – ob sie vielleicht nicht robust genug war? Doch damals war das nur ein so winziger Kratzer in unserem ansonsten glücklichen Familienleben, dass wir darüber hinwegsahen, zumindest bis zum Schulbeginn. Sie würde die Jüngste in der Klasse sein, wie das bei Augustbabys so ist. Als ich jedoch sah, wie sie mit ihren nur vier Jahren die Treppe herunterkam, mit hochgezogenen Strümpfen und den kindlichen Speckbeinchen, die sich über dem Gummizug wölbten, sah sie so klein aus, dass ich zweifelte, ob sie schon schulreif war. Ich machte einige Bilder und hoffte, dass der Kameraverschluss die Zeit einfach wie auf dem Bild einfrieren würde und wir sie für immer als Vierjährige behalten könnten. Das wünsche ich mir heute noch oft.

Ich glaube, für keinen von uns war dieser erste Schultag sonderlich gelungen. Eleanor stand zwischen uns, hielt jeden an einer Hand und wollte uns nicht loslassen. Ein fester Griff für so eine winzige Hand! Unser Weggang war traumatisch – für Eleanor und für uns beide. Ich bin mir sicher, du hast ihr Weinen nicht vergessen, Mags, diese dicken Tränen und die Rotznase, die uns das Herz gebrochen hat. *Geht nicht weg*, sagte sie wieder und wieder mit vom Weinen heiserer Stimme. Die Lehrerin schaffte es, sie wegzulocken, doch ich hörte ihren Schmerz den restlichen Tag lang in Dauerschleife, während ich meine Skripte durchlas.

Wann hat sie sich an die Schule gewöhnt? Inzwischen liegt es nahe, darauf mit »niemals« zu antworten. Der Blick zurück durch die Linse der Gegenwart verzerrt alles auf schreckliche Art. Ich würde aber sagen, sobald Eleanor Freunde gefunden hatte. Das dauerte eine Weile. Die Lehrer meinten, dass sie sozial zurückgeblieben sei, eine nette Umschreibung dafür, dass sie das Kind war, das auf dem Schulhof las, während alle anderen herumtobten. *Hatte sie diese Probleme auch daheim? Mit wem hatte sie dort Kontakt?* Nun, mit uns. Wir erklärten, dass die Kinder unserer Freunde älter waren und dass sie daheim fröhlich und aufgeschlossen sei. Jedes Mal derselbe geneigte Kopf und dasselbe skeptische Lächeln.

Schließlich schaffte Eleanor doch noch den Durchbruch. Wann kam Katie noch mal? Im zweiten Halbjahr der ersten Klasse? Unsere Erlöserin mit knapp einem Meter Körpergröße. Ihre Familie war aus Amerika nach England gezogen, vielleicht hat sie sich deswegen zu einer anderen Außenseiterin hingezogen gefühlt? Innerhalb eines Tages waren sie die dicksten Freundinnen. Von da an hatten die Leute von der

Schule nichts mehr zu meckern. Eleanor war Klassenbeste. Was machte es da schon, dass sie ein wenig eigenbrötlerisch war? Daheim war sie liebenswürdig und aufmerksam. Sehr sensibel, das ja, doch wir redeten uns ein, dass sie – sollte es mehr als bloß eine Phase sein – diese Eigenschaft später als Stärke würde nutzen können. Sie war noch nicht einmal fünf. Sie hatte alle Zeit der Welt, sich ein dickeres Fell zuzulegen, sich anderen Menschen gegenüber zu öffnen oder was die Schule sonst noch von ihr verlangte.

Weil Eleanor in der Schule war und du wieder arbeitetest, hatten wir drei weniger Zeit füreinander. Urlaube wurden wichtiger. Ich erinnere mich an die eifrige Planung vor unserem ersten Familienurlaub. Wenn ich nun die Augen schließe, sehe ich dich immer noch vor mir, wie du jeden Abend nach der Arbeit über Reiseprospekten brütetest, mit der einen Hand hieltest du dein Weinglas, mit der anderen hast du Ferienwohnungen und Flüge eingekreist und zeigtest sie mir derart enthusiastisch, dass ich im Handumdrehen einer Reise zum Mond zugestimmt hätte. Schließlich entschieden wir uns für Portugal, im Februar. Vielleicht keine naheliegende Wahl, aber wir hatten gerade das Haus gekauft, und wir brauchten etwas Billiges – was man in den Schulferien so als billig bezeichnen kann.

Wir wussten, es würde nicht gerade sengend heiß werden, aber unser Gepäck war immer noch mehr von Optimismus bestimmt als von der Wirklichkeit. Die fühlte sich eher an wie ein feuchter Winter in Wales als nach dem ganzjährigen Sonnenschein, den die Algarve-Werbung versprach. Als wir ankamen, prasselte der Regen vor der Ferienwohnung auf die Erde, und du machtest dir große Sorgen um Ellies Klamotten. Sie war sieben und immer noch viel zu klein, um etwas von dir anzuziehen. Wo können wir eine Strumpfhose kaufen? Einen vernünftigen Anorak, nicht einen dieser fadenscheinigen besseren Müllbeutel? Ausflüge interessierten mich nicht sonderlich, alles, was ich wollte, war, Zeit mit euch verbringen, Trickfilme anschauen, bis uns das Hirn weich wurde, und Uno spielen, bis mir eine »Zieh-4-Karte« im Schlaf erschien. Und nach ein wenig Überredungskunst meinerseits machten wir genau das. Ihr kuscheltet euch beide auf dem Sofa neben mich, und ich hätte nicht glücklicher sein können, Mags. Wirklich nicht.

Am letzten Tag aßen wir in dem Restaurant zu Abend, wo alle ganz verzaubert von Eleanor waren. Ein Glück für uns, weil wir immer den besten Tisch bei der Tür bekamen, wo man den Sonnenuntergang über dem Meer betrachten konnte, aber windgeschützt war. Nach dem Essen warst du aufgedreht, wir hatten die Flasche Rosé fast geleert, du wipptest mit den Füßen im Takt der Musik, die vom Strand zu uns hallte.

Du greifst nach meiner Hand. »Komm schon, Frank ... tanz mit mir!« Eleanor ist so vertieft in ihr Buch, dass sie nicht einmal aufblickt. »Willst du wirklich ...«

»Gut, aber nur einmal«, sage ich. »Eleanor?« Sie schaut hoch und legt den Finger auf die Zeile, die sie gerade liest. »Wir gehen tanzen – willst du mitkommen?«

Sie schüttelt den Kopf.

»Wir sind gleich da vorne, Süße.« Du zeigst in die Richtung, aber sie ist schon wieder in ihr Buch vertieft.

Die provisorische Tanzfläche ist wirklich ganz nah, aber voller als erwartet. Doch der Rhythmus, der Sand und der Wein stimmen mich milde, und ich lege dir die Arme um die Taille. Nach drei Liedern machen wir Schluss, es ist spät, und der Flug geht früh am nächsten Tag. Ich nehme dich am Strand huckepack, wir haben einen Lachkrampf, und ich passe auf, dass du mir mit deinen hochhackigen Schuhen in den Händen nicht die Augen ausstichst.

Wir kommen zurück zum Tisch, und du plumpst mir vom Rücken.

Eleanors Buch liegt dort. Aber sie ist verschwunden.

»Wo ist sie?«, fragst du und lässt die Schuhe fallen.

»Ich weiß nicht, vielleicht auf der Toilette?«

Um uns herum blicken andere Gäste von ihren Tellern auf.

»Du schaust auf den Toiletten nach, frag die Angestellten. Ich bleibe hier und höre mich um, ob jemand gesehen hat, wohin sie gegangen ist.«

Ich fange am Tisch gleich hinter uns an. Das Ehepaar kommt aus Deutschland, und meine rudimentären Grundkenntnisse helfen mir nicht viel weiter. Jedoch ist Angst sprachübergreifend verständlich – oder meine Verzweiflung –, und sie tun alles, um mich zu beruhigen, bis du von den Toiletten zurückgestürmt kommst.

»Da ist sie nicht. Die Kellner dachten, sie wäre mit uns gekommen.«

Meine Zunge ist trocken, ein riesiger Fremdkörper, der mir am Gaumen klebt.

»Scheiße. Scheiße. Frank. Was um alles in der Welt sollen wir machen?« Ich habe dich noch nie so ängstlich erlebt. Ich will dich in die Arme schließen, dich festhalten und wiegen und dir sagen, dass alles gut wird. Nur wusste das ja niemand von uns.

»Sie kann nicht weit weg sein. Wir müssen uns beruhigen. Uns aufteilen und suchen. Du gehst zu den Geschäften und fragst dort überall. Ich gehe zum Strand.«

Die Erkenntnis kommt mit voller Wucht. Das Wasser. Ellie könnte irgendwo dort im Wasser sein. Oder unter Wasser.

»Du hast deine Uhr dabei?«

Du nickst.

»Gut – wir treffen uns in einer Viertelstunde wieder. Frag jeden. Um neun wieder hier. Wenn wir sie bis dahin nicht gefunden haben, müssen wir ... müssen wir die Polizei anrufen.«

Der Ernst meiner Aussage schnürt mir die Kehle zu. Ich habe noch nie im Leben die Polizei gerufen. Ich lebe schon fast fünfzig Jahre als gesetzestreuer Bürger, und nun das. Ein Bild von Eleanors Gesicht in einer dieser überflüssigen Kriminalformate am späten Abend erscheint vor meinem inneren Auge, und Hitze schießt mir in den Kopf.

Ich suche den Strand mit derselben verzweifelten Betriebsamkeit ab, wie sie es im Fernsehen immer machen, wenn ein Kind vermisst wird – gehe zielstrebig vorwärts, suche Spuren im Sand. Aber auf dem Bildschirm sieht man immer ganz viele Freiwillige, nicht einen einsamen Vater, der das flache Wasser in Zickzacklinien absucht, und eine Gruppe verunsicherter Restaurantgäste, die versucht, ihm auf den Fersen zu bleiben. Ich bilde mir immer wieder ein, ich würde rote Locken sehen. Aber es ist nur Einbildung, mein Gehirn spielt mir den uralten Streich, gaukelt mir vor, was ich mir so sehr wünsche.

Am Ende der Strandpromenade ragen Felsen ins Meer, riesige Brocken, die meisten größer als ich. So weit dahinten kann Eleanor einfach nicht sein, nicht, wenn sie allein unterwegs war. Über die Alternative denke ich nicht nach. Eine gigantische Welle bricht sich links von mir, dröhnt wie ein Beckenschlag, so laut, dass sie eine selige Sekunde lang meine eigene kreischende Panik übertönt.

»Frank! Frank!«

Ich drehe mich um, und da sehe ich sie.

»Daddy!« Eleanor lässt deine Hand los und rennt auf mich zu. Eine solche Erleichterung habe ich noch nie gespürt, die Schlinge löst sich bei ihrem Anblick.

Trotz der Dunkelheit erkenne ich, dass sie geweint hat, denn als ich auf die Knie falle und sie umarme, sie sich eng an mich presst und ich ihr einen Kuss auf die Stirn drücke, schmecke ich ihre salzigen Tränen. Eleanor windet sich aus meiner Umarmung. Es ist kalt, und wir sind so nah am Meer, dass uns die Gischt erwischt. Aber ich kann sie nicht loslassen, nicht nach diesem Blick in den Abgrund, dieser Angst, alles zu verlieren.

Du sagst etwas über unsere Köpfe hinweg. Eleanor hatte zu uns kommen wollen und sich verlaufen. Du hast sie hinter dem Musikzelt gefunden, jemand hat auf sie aufgepasst …

»Es ist okay. Alles ist okay«, flüstere ich.

Ich weiß nicht, wen von uns das beruhigen soll.

10

In den letzten Monaten habe ich immer wieder an diesen Augenblick gedacht. Der Wind peitschte mir den Sand in die Augen, Feuchtigkeit umfing mich, Meerwasser sickerte mir durch die Hose, Eleanors Tränen, meine eigenen. Ich war völlig gefangen in dem Albtraum aller Eltern. Unsere Reaktion verstörte Eleanor, das sah man. Unsere Aufgabe als Eltern war es, alles im Griff zu haben, stark und zuverlässig zu sein, selbst wenn die Welt aus den Fugen geriet. Und nun musste Eleanor uns zum ersten Mal so sehen, wie wir wirklich waren: Menschen, die Angst hatten, genau wie sie.

Danach wollten wir alles richtig machen. Wieder in die Normalität zurückkehren. Wir flogen nach Hause. Aßen Spaghetti Bolognese zum Abendessen. Als Eleanor einen Tag darauf wieder zur Schule ging, machten wir uns auf schlechte Nachrichten gefasst. Du hast sogar überlegt, den Lehrern zu erzählen, dass es einen Vorfall gegeben hatte. Ich redete es dir aus; wir brauchten kein Naserümpfen wegen unserer Erziehungsmethoden. Wochen zogen ins Land, und überraschenderweise geschah – nichts.

Oberflächlich waren wir knapp einer Katastrophe entkommen, und das hatte ganz leicht die Kontinentalplatten unseres

Familienlebens verschoben. Rückblickend habe ich den Eindruck, dass diese Veränderung viel bedrohlicher war. Im Supermarkt klammerte Eleanor sich an den Einkaufswagen und wollte nicht mehr allein losziehen. Sie ging nun nach der Schule zu einer Kunst-AG, und wenn ich sie nur fünf Minuten zu spät abholte, kaute sie sich den Daumennagel bis aufs Fleisch runter. Wenn wir draußen waren, wich sie mir nicht von der Seite und hielt meine Hand ein klein wenig fester. Manchmal fragte ich mich, ob ich mir das einbildete. Du hattest mit ihr am ersten Tag nach den Ferien auf dem Schulweg darüber gesprochen. Eleanor pochte darauf, mit ihr sei alles in Ordnung.

Nichts passiert, wie meine Mutter so gern sagte. Jedoch war es mit Eleanor nie so einfach. Sie hatte immer schon große Angst, uns zu beunruhigen, nicht wahr? Sie behielt ihren Schmerz für sich – um uns nichts davon aufzubürden? Wir kannten diese Tendenz bereits: ein aufgeschürftes Knie, das sie nicht erwähnte, Ärger in der Schule, wovon uns erst andere Eltern beiläufig erzählten. Und nach Portugal? Hatte sie am Strand erkannt, dass sie für uns die ganze Welt war? Alles, was ihr Schaden zufügte, warf uns beide aus der Bahn. Das ist eine Belastung für jedes Kind, ganz besonders für ein hochsensibles Mädchen wie Eleanor.

Ausnahmsweise war es schön, dass der Urlaub langsam in Vergessenheit geriet. Mit jedem Tag, der nach Portugal verging, standen wir wieder fester auf den Beinen. Und es war immer noch alles ganz wunderbar – das kann man nicht anders sagen. Ich fand es grandios, Eleanor beim Aufwachsen zuzusehen. Um ihren achten Geburtstag herum schoss sie in die Höhe, bis sie nicht mehr viel kleiner war als du. Ich wollte nicht, dass sie groß wird und uns verlässt. Ihr beide seid euch immer so nah gewesen. Ich machte mir Sorgen um mich. Es hört sich pathetisch an, wenn ich es sage, aber ich wollte jetzt, wo sie älter wurde, nicht nebensächlich werden, wie ein lästiges Spielzeug, das ganz hinten im Kleiderschrank verstaubt. Ich entschied mich, alles dafür zu tun, unsere Verbindung als Vater und Tochter zu stärken.

Als sie neun war, veranstaltete ihre Schule eine Projektwoche zum Thema »Schmetterlinge«. Eleanor war von den Insekten völlig angetan. Sie malte Schmetterlinge, las viel über Schmetterlinge. Sie hatte sogar einen Schlafanzug mit aufgedruckten Schmetterlingsflügeln. Die Schule hatte einen Ausflug zu einer Sonderausstellung im Botanischen Garten organisiert, und als ich ihr vorschlug, vorher schon einmal zu zweit hinzufahren, war sie gleich Feuer und Flamme.

»Ells, komm, schau dir diesen hier mal an.« In der Ausstellung ist es so ruhig wie in einer Bibliothek. Es mutet fast komisch an, wie Eleanor auf Zehenspitzen zu mir schleicht.

»Was ist das?«

»Das ist ein Ritterfalter.« Ich hatte schon einmal einen gesehen, bei einem Familienurlaub in den Norfolk Broads, als ich in Eleanors Alter war. Damals waren sie bereits sehr selten, nun sind sie noch seltener.

»Der ist toll.« Eleanor hat sich so nah an mich geschmiegt, dass ich ihren warmen Atem am Arm spüre. »Hier«, ich gebe ihr den Fotoapparat. »Mach ein Bild.«

Eleanor starrt auf das Insekt, vor lauter Konzentration hat sie die Zunge rausgestreckt, während sie die Kamera ruhig hält. Vor uns zucken die hellgelben Flügel, die Äderungen pochen. Ich habe den Blitz abgeschaltet und den lautlosen Modus eingestellt. Eleanor macht ihre Bilder, ohne das Insekt zu stören. Erst, als sie mir den Apparat zurückgibt, scheucht sie es mit einem donnernden Niesen auf. Das halbe Gewächshaus schreckt zusammen.

Eleanor schaut mit weit aufgerissenen Augen zu mir hoch, als ob sie mit einer Rüge rechnet. Doch ich spüre nur den herannahenden Lachanfall. Ich nehme ihre Hand und ziehe sie durch den Notausgang, dort können wir ungestört lachen, bis unsere Lungen leer sind und uns die Bäuche schmerzen.

Eleanors Begeisterungsfähigkeit und Elan gefielen mir. Wenn ein Schulprojekt abgeschlossen war, vertiefte sie sich gleich in das nächste, oft bis zur Besessenheit, und strahlte dabei dennoch Leichtigkeit aus. Das spürte ich auch hier, als wir uns auf einer Bank vor der Schmetterlingsausstellung vor Lachen krümmten und andere Familien sich im Vorbeigehen wohl fragten, was so lustig war – und an Hunderten aufmerksamer Kommentare beim Abendessen oder vor dem Fernseher. Oder daran, wie sie treffend deine Stimme nachahmte, wenn du mich wieder einmal rügtest, weil ich mein feuchtes Handtuch aufs Bett geworfen hatte.

Es ist eine Schande, dass diese Eigenschaften in der Schule nicht zählen, zumindest nicht offiziell. Als sie auf die weiterführende Schule kam, saßen wir wie auf heißen Kohlen. Wir erwarteten zwar nicht dasselbe Drama wie bei der Einschulung, doch wir hatten dasselbe ungute Gefühl wie immer, wenn Eleanor in ein neues Umfeld kam, wo wir nicht in unmittelbarer Nähe waren. Wenn ich das laut ausspreche, hört es sich an, als hätten wir sie verhätschelt, doch ich weiß nicht, ob das wirklich stimmt. Wir haben sie nie in Watte gepackt, aber wir sind auch nie zurückgetreten und haben die Welt auf sie losgelassen. Gibt es Eltern, die das tun? Vielleicht haben wir bloß gehofft, sie würde sich mit der Zeit ein dickeres Fell zulegen.

Sie meisterte die Veränderung jedoch ganz gut. Katie und ihre wenigen anderen Freundinnen waren immer noch zusammen mit ihr in derselben Klasse, auch wenn ich nicht den Eindruck hatte, sie hätten ihren Freundeskreis groß erweitert. In ihrem ersten Zeugnis stand, sie wäre ruhig im Unterricht, schüchtern bei Gruppenarbeiten, besonders mit bislang unbekannten Klassenkameraden. In der letzten Zeile stand, dass Eleanor ab und zu eine Auszeit brauche, daneben war ein Smiley gemalt. Ich erinnere mich, dass du mir das Zeugnis mit einem Schmunzeln herübergeschoben hast. Mit diesem letzten Satz hatten sie den Nagel auf den Kopf getroffen.

Wenn Eleanor etwas nicht konnte, blieb sie bis in die Puppen wach, um ihre Hausaufgaben zu machen. Sie kaute häufig an ihrem Stift, bis er zerbrach und ihre Lippen blau gesprenkelt waren. Niemals hörte man: »Nur noch zehn Minuten« oder »Ich lese nur noch diese Seite«. Mit Eleanor gab es nie Kompromisse. Sie war damals elf, zwölf. Heute findet man es vielleicht seltsam, dass wir nie ein Machtwort gesprochen haben. Doch es ging ums Lernen, und das war schließlich wichtig, oder? Aber ganz ehrlich, wahrscheinlich lag es eher daran, dass wir nie sonderlich gut nein zu ihr sagen konnten.

Ich bewunderte ihre Zielstrebigkeit wirklich, aber woher kam dieser Druck, Mags? Gewiss nicht von uns, ganz egal, was du in den letzten Jahren gedacht haben magst. Vielleicht ist es als Einzelkind einfach so? Die ganze Aufmerksamkeit, die wie ein Laserstrahl nur auf sie gerichtet ist. Das wäre aber eine zu einfache Erklärung, und wenn wir beide etwas über Eleanor wissen, dann dass sich einfache Erklärungen nicht auf sie anwenden ließen. Häufig fragte ich mich, ob das eben zu ihr gehörte – dieser Ehrgeiz, in Verbindung mit einer kompletten Unfähigkeit, selbst mit dem kleinsten Misserfolg fertigzuwerden. Wir mussten aufpassen, dass es nicht aus dem Ruder lief.

Ich fand es immer komisch, dass die Eltern von Eleanors Klassenkameraden ihre Kinder zu den Hausaufgaben zwingen mussten – wir hingegen mussten sie vom Schreibtisch loseisen. Das Fahrrad zum dreizehnten Geburtstag war eine brillante Idee. In jenem Sommer fuhren wir drei immer zusammen los und radelten zum Port Meadow nebeneinanderher, bis wir unseren Weg hintereinander fortsetzen mussten, weil ein ambitionierter Radfahrer, von Kopf bis Fuß in Lycra gekleidet, aus der Gegenrichtung angeschossen kam.

Im Pub bestellte ich uns eine Runde Getränke. Ich sehe sie noch vor mir, Mags, wie sie ihren Strohhalm zwischen das schmelzende Eis im Glas stieß, während sie uns gerade eine Geschichte aus der Schule erzählte, genauso lebhaft wie du. Keine Spur des schüchternen Mädchens vom Zeugnis. Ich habe mich oft gefragt, ob wir zwei verschiedene Eleanors großgezogen haben, eine für zu Hause und eine für die Außenwelt.

Manchmal betrachtete ich dich, betrachtete sie, und ich dachte wieder an den Tag, als du mir von der Schwangerschaft erzähltest. Damals wollte ich nicht, dass sich zwischen uns etwas ändert. Und ich redete mir ein, das würde auch nicht geschehen. Und weißt du was, Maggie? Ich war niemals so froh, mich geirrt zu haben. Unterm Tisch streicheltest du mit dem Fuß meine Wade im Takt ihrer Erzählungen. Eleanor hatte uns näher zusammengebracht und geduldiger miteinander werden lassen. Es gab nichts und niemanden, was ich lieber mit dir gemeinsam gehabt hätte.

Wenn du abends ins Bett gegangen warst und ich Klausuren korrigierte oder unter dem Heizstrahler auf der Terrasse die Gedanken schweifen ließ, kam Eleanor in Hausschuhen manchmal zu mir nach draußen getapst. Die Schuhe waren klein und weich, du hattest sie ihr zu Weihnachten geschenkt, und sie zogen Staubpartikel an wie nichts Gutes.

Eine Nacht hat sich mir besonders ins Gedächtnis eingebrannt.

»Guten Abend, Eleanor. Oh, danke. Das ist sehr lieb.« Sie stellt eine Tasse Tee auf den ramponierten Gartentisch neben mich. Ich ziehe den zweiten Liegestuhl hervor, er ist ganz wackelig und hängt in der Mitte durch, und lege meine Jacke über die lose Feder. »Setz dich, Süße.«

Es ist schon so dunkel, dass wir die ersten Sterne sehen können. Ich will sie ihr gerade erklären, doch etwas hält mich zurück. Ich nehme einen Schluck Tee – sie ließ ihn immer genau richtig ziehen – und warte darauf, dass sie etwas sagt.

»Fragst du dich manchmal, warum wir so sind, wie wir sind?«

Ich betrachte sie. Sie ist vierzehn, einen Meter siebenundsiebzig groß, besteht nur aus Armen und Beinen. Sie sieht so jung aus in ihrem Schlafanzug, der seit dem letzten Wachstumsschub viel zu kurz ist – sie ist in diesem fragilen Alter, wo man ganz offensichtlich immer noch ein Kind ist, sich selbst aber ungeheuer erwachsen vorkommt. Ich werde von dem Verlangen gepackt, sie fest in den Arm zu nehmen, bis sie auf meinem Schoß einschläft – wie damals als Kleinkind.

Stattdessen räuspere ich mich. »Das ist eine gute Frage. Vielleicht die beste von allen. Ich glaube, es ist tatsächlich die beste.«

»Wie viel ist Anlage, und wie viel ist Umwelt? Wie viel ist nur Glück? Das frage ich mich.«

Eleanor wartet ungeduldig auf eine Antwort. Sie war schon als Kleinkind ungeduldig, aber in diesem Augenblick ist es besonders offensichtlich; sie hat sich auf der Liege aufgerichtet, den Oberkörper mir zugewendet. Unter ihren Augen liegen lilafarbene Ringe, die pergamentdünne Haut ist von winzigen offenen Poren übersät. Die Folge von Hormonen oder dem unablässigen Rumoren in ihrem Kopf – das weiß ich nicht.

»Es ist beides«, sage ich behutsam, weil ich die Antwort wohlüberlegt geben will. »Wir erben bestimmte Gene, doch dann gibt es noch solche, die nicht so leicht nachzuweisen sind. Man kann Menschen bestimmte Verhaltensweisen beibringen. Und dann ist auch noch Glück im Spiel. Das würde ich nie unterschätzen, selbst wenn ich als Wissenschaftler da vorsichtig sein sollte. Ich bin mir fast sicher, dass immer Schicksal, Bestimmung oder wie auch immer du es nennen magst, mit im Spiel ist.«

»Hm.« Eleanor nickt und lässt sich wieder in den Stuhl sinken, stellt die Lehne weiter zurück, so dass sie in den Himmel gucken kann. Ich hatte wohl etwas gesagt, das sie überdenken muss. Schweigend sitzen wir eine gefühlte Stunde zusammen, in Wirklichkeit sind es wohl kaum mehr als zehn Minuten. »Also hat man immer die Möglichkeit, den Lauf der Dinge zu verändern?«

»Ja, das würde ich so sagen.«

Ich will sie unbedingt fragen, warum sie das alles wissen will, aber bevor ich ansetzen kann, steht Eleanor auf und beugt sich hinunter, damit ich ihr einen Kuss auf die Stirn geben kann – einen Gutenachtkuss, den sie seit ihrer Geburt jeden Abend bekommt. Sie bleiben immer unsere Babys, oder, Mags? Egal, wie groß oder schlau sie werden oder was sie sonst noch lernen.

Ich habe nie herausgefunden, was Eleanor damals genau wissen wollte – war es die typische Teenager-Angst, oder steckte mehr dahinter? Jetzt, nach alldem, was passiert ist, denke ich ab und zu an diese Unterhaltung zurück, durchforste in Gedanken jedes Wort, jede Pause und jede Geste nach einem Hinweis auf das, was kommen sollte. Diese Nacht habe ich in Hunderten von Stunden endlos wieder abgespult, und ich bin immer noch nicht klüger. Und selbst, wenn ich es wäre, was würde das noch für einen Unterschied machen? Die einzige Schlussfolgerung der letzten Monate lautet, dass – egal wie sehr wir uns bemühten – immer ein Teil von Eleanor außerhalb unserer Reichweite lag. Ich wünschte mir nur, wir hätten das besser verstanden und ihr bessere Grundlagen mitgegeben, um in der Außenwelt zu überleben.

Nach ihrem fünfzehnten Geburtstag wurde die Lage angespannt. Sie hatte ein wichtiges Schuljahr vor sich, mit Prüfungen, Entscheidungen über weiterführende Schulen, Fächerauswahl und die Art hochtrabender Aussagen von Lehrern über die »Zukunft«, die jeden aufscheuchen sollen. Darüber hinaus hatte sie sich mit Katie und einer anderen Freundin zerstritten, wie ich aus zweiter Hand – von dir natürlich, wahrscheinlich lange nachdem alles wieder gut war – erfuhr. Bis zum zweiten Halbjahr wägte ich jedes Wort und jeden Satz im Kopf gut ab, bevor ich auch nur den Mund in Eleanors Gegenwart aufmachte. Schon eine Kleinigkeit reichte, um einen tödlichen Blick und das stechende Gefühl zu ernten, dass sie mir nicht mehr vertraute.

Wir schoben es auf die Arbeit – schließlich saß sie seit Gott weiß wie lange sechs, sieben Stunden pro Tag am Schreibtisch. Wer wurde da nicht zickig und leicht reizbar? Wir mussten es nur durch die Prüfungsphase schaffen, dann würden wir Druck ablassen können. Wir könnten über bessere Bewältigungsstrategien für Stress und Angst reden, sämtliche Themen, die gerade zu kurz kamen. »Wenn du die Prüfungen hinter dir hast, wird es der längste Sommer deines Lebens«, erklärtest du ihr beim Abendessen, als sie ihre Kartoffel in immer kleinere Stückchen schnitt. Wir wussten noch nicht, dass es auch für uns der längste werden würde.

Nach der Abschlussprüfung sahen wir Eleanor nicht mehr häufig. Wir hatten sie jahrelang ermutigt, auch einmal abzuschalten und sich zu entspannen, und plötzlich machte sie es aus freien Stücken, jedoch ohne sich um andere zu kümmern. Man muss mit seinen Wünschen immer vorsichtig sein, nicht wahr, Mags? Sie erzählte uns, sie gehe aus, zumindest das stimmte. Es war, als würde man Blut aus einem Stein quetschen, wenn man etwas von Eleanor wissen wollte – mit wem sie unterwegs war, wohin sie ging. Sie hatte früher immer sehr offen mit uns über alles gesprochen, und plötzlich mussten wir uns mit den Informationskrumen begnügen, die sie uns hinwarf.

Anfangs waren es einige verpasste Abendessen, im Großen und Ganzen nichts Schlimmes, aber nach einer Woche oder zweien kam sie weit nach Mitternacht nach Hause. Jener Sommer war glühend heiß, und ich erinnere mich, wie sich alle über das Verbot der Gartenbewässerung ereiferten – egal, ob Gärtner oder nicht. Niemand konnte schlafen, wir am allerwenigsten, wir wälzten uns auf einem Baumwolllaken hin und her, lauschten auf jedes Geräusch, unsere Ohren horchten nach dem leisen Klicken, das Eleanors Schlüssel im Schloss ankündigte und damit unser nächtliches Martyrium beendete. Unsere SMS waren fast ausschließlich einseitig.

> Wann kommst du nach Hause?
> Ruf mich an, wenn du das liest.
> Deine Mutter macht sich schreckliche Sorgen.

Morgens waren wir für angemessene Strafen zu erschöpft. Damals haben wir unser etwas höheres Alter gespürt. Als Eleanor noch klein war, waren die Kinder unserer Freunde zehn oder fünfzehn Jahre älter, deswegen war es schwierig gewesen, Verabredungen zum Spielen zu treffen, und Eleanor wuchs in einem Haus mit Erwachsenen oder fast Erwachsenen auf. Als sie im Teenager-Alter war, fehlte uns die Unterstützung von Freunden, die mit demselben mürrischen Gehabe hätten zurechtkommen müssen. Es wäre schön gewesen, von anderen zu hören, dass sie auch keine Ausgangssperre durchsetzen konnten.

Die Müdigkeit verwirrte uns dermaßen, dass wir sogar unsere eigenen Regeln aus dem Blick verloren. Als ich Eleanor sagte, ihr Verhalten sei inakzeptabel, predigtest du Geduld – es seien Sommerferien, und sie machte das, was alle Teenager tun. Wenn du vor Angst wie von Sinnen warst, bautest du aus diesen Gefühlen einen Käfig für Eleanor: *Du musst mir sagen, wo du bist. Du hast keine Ahnung, was wir durchmachen* – dann erklärte ich dir, du müsstest dich zurücknehmen und beruhigen. Wir wollten nicht riskieren, dass sie uns für immer von sich stieß. Wenn wir uns nachts im Bett herumwälzten, sagten wir immer wieder unser neues Mantra auf: »Es ist nur eine Phase.« Rückblickend frage ich mich, ob wir nachdrücklicher hätten untersuchen sollen, wo eine Phase endet und ein echtes Problem beginnt.

Ich verstand einfach nicht, was vor sich ging – wo war meine Eleanor, das liebe, sensible Kind, das wir aufgezogen hatten? Das konnte doch unmöglich dasselbe Mädchen sein, das mir einen ganzen Tag lang eine Karte zum Vatertag gebastelt hatte – ein Meisterwerk aus Makkaroniformen –, das mich jetzt anschaute, als wäre ich ein Eindringling in ihrem Leben. Wenn es typische Teenager-Allüren waren, waren sie so völlig untypisch für das Mädchen, das wir kannten, dass ich es nicht wahrhaben wollte. *Das ist nicht mein Leben.* Das dachte ich, Mags, als sie aus dem Haus stapfte, ohne sich nur ein einziges Mal umzuschauen. *Das ist nicht die Tochter, die ich in die Welt gesetzt habe.* Sie war nie mehr da, um sich zu mir auf die Terrasse zu setzen. Ich brachte es nicht über mich, meine Füße auf den freien Liegestuhl zu legen.

Davon abgesehen ging das Leben ganz normal weiter. Als in jenem August ein Artikel von mir in der Zeitschrift *Nature* veröffentlicht wurde, kurz vor Eleanors sechzehntem Geburtstag, richtetest du zu meinen Ehren eine Dinnerparty aus, für die du Stühle vom Dachboden herunterbrachtest, damit wir genug Platz für ein ganzes Gefolge von Mitarbeitern und Gutachtern hatten. Als das Thema »Kinder« zur Sprache kam, hielten wir uns genau an die Dramaturgie unseres Zwei-Mann-Stücks.

»Wo ist denn die kleine Eleanor heute Abend?«, fragt Jeremy, der Institutsleiter, und nimmt sich noch Reis.

»Unterwegs! Mit Freunden. Du weißt ja, wie das ist.« Die Beleuchtung ist schummrig, doch du errötest, blickst auf deinen leeren Teller und hoffst, dass diese Unterhaltung vorbei ist.

»Unsere waren auch so, wir hatten keine Ahnung, wo sie immer steckten«, lacht Jeremy in sich hinein. »Stimmt's Anne, es war fast schon eine Erleichterung, als sie ausgezogen sind!«

»Ich würde mir nicht zu große Sorgen machen«, sagt Anne und greift zwischen den Weingläsern und verstreuten Servierlöffeln nach deiner Hand. »Gott, wenn ich jedes Mal, als ich in der Pubertät der Jungs diesen ganzen Erziehungsquatsch aufgeben wollte, ein Pfund bekommen hätte, müsste ich nicht mehr arbeiten, das kannst du mir glauben!«

Die anderen Gäste sind verstummt, sie spüren vielleicht, dass etwas Interessanteres auf den Tisch kommen wird. Die Stille, die deine Antwort umgibt, ist ohrenbetäubend.

»So würde ich das nicht sagen.« Du ziehst behutsam die Hand weg und wischst sie an deiner Serviette ab. Du schaust mich an, dein Blick schreit nach Hilfe.

Ich schenke Getränke nach. »Die Pubertät ist hauptsächlich ein Zustand biochemischer Labilität und Aggression, oder?«

Die anderen lachen über meinen Witz. Doch der Begriff »Aggression« ging dir zu weit, und ich merke, dass du auf das Tischtuch starrst, um niemanden ansehen zu müssen.

»Genießt es noch.« Jeremy ist mit den Gedanken schon woanders, man merkt ihm den Merlot an. »Wenn ihr in mein Alter kommt, seid ihr zu nichts mehr zu gebrauchen und zahm, ein Fuß im Hausschuh, der andere schon im Grab.«

Jeremys Phantasievorstellungen werden von einem lauten Schlag gegen die Haustür unterbrochen.

»Je später der Abend, desto schöner die Gäste, nicht wahr?«

Mein Doktorand lacht. »Ich bewundere Leute, die sich auf Nachtisch spezialisiert haben.«

»Eleanor«, flüsterst du und schickst mich zur Tür, bevor sie ein Loch hineinschlägt.

Ich renne in den Flur und öffne die Tür, als Eleanor endlich den richtigen Schlüssel gefunden hat. Das Haar ist ihr ins Gesicht gefallen, und als sie es zurückwirft, sehe ich, dass ihre Pupillen riesig sind, der Eyeliner ist verschmiert – weil es schon spät ist, oder wegen der Tränen, das weiß ich nicht. Ihre Arme zucken, sie atmet langsam und flach.

»Guten Abend, Eleanor.« Ich habe Angst, dass die Gäste etwas mitbekommen könnten. Durch die Wände höre ich dich laut sprechen. Ich bin nicht der Einzige, der gern den äußeren Schein wahren würde.

»Besuch da?«, Eleanor artikuliert langsam und verwaschen. Ich schnappe sie am Oberarm und ziehe und schleppe sie die Stufen hinauf in ihr Zimmer, bevor uns jemand entdeckt.

»Willste nicht, dass deine Freunde mich sehen?« Eleanor setzt sich auf ihr Bett und zieht sich aus.

Mir ist das unangenehm, ich weiß genau, dass das deine Aufgabe wäre, Mags, dennoch kann ich es nicht zulassen, dass du Eleanor in diesem Zustand siehst.

»Was hast du genommen?«, zische ich. Mir krampft sich der Magen zusammen. Ich frage mich, ob Eleanor mein wild schlagendes Herz hören kann. Kein Elternratgeber auf der ganzen Welt bereitet einen auf den Schock vor, das eigene Kind auf Drogen zu sehen. Ich blicke kurz zu Jeffrey, dem Bären, den ich ihr kurz nach ihrer Geburt geschenkt habe und der auf dem Regal über ihrem Kopf hockt – sechzehn Jahre meines Lebens fallen in diesem Augenblick in sich zusammen.

»Das ist wichtig, Eleanor, sag mir, was du genommen hast.«

»Bisschen dies, bisschen das.«

Eleanor trägt inzwischen nur noch Unterwäsche, und ich bete, dass sie nicht noch mehr auszieht. Ihre Klamotten riechen nach Rauch, ich finde ihre Jeans und suche in den Taschen nach Antworten. Nichts. Ein zerfleddertes Taschentuch und ein bisschen Kleingeld. Schön, dass mein Taxigeld für illegale Substanzen ausgegeben wurde.

»Ich will nicht, dass deine Mutter dich so sieht. Geh ins Bett.« Eleanor fummelt mit der Bettdecke herum, irgendwann helfe ich ihr und wickele sie in die Decke ein, wie ich es seit fast zehn Jahren nicht mehr gemacht habe.

Ich schalte das Licht aus.

»Warum sagst du es nicht?«

»Was soll ich sagen?«

»Dass du dich für mich schämst, Dad.«

Ich höre, wie sich unten die Haustür öffnet, Küsschen links und rechts, Dank wird ausgesprochen und »Das müssen wir bald wiederholen!« Eleanor hat Dinge immer schon schnell durchschaut.

»Wir sprechen morgen darüber.«

An jenem Abend waschen wir schweigend ab. Ich merke, dass du zerrissen bist zwischen dem Wunsch nach Wissen und dem Wissen, dass du damit noch nicht zurechtkommst. An jenem Abend weinst du dich in den Schlaf. Ich spüre die kühle Feuchtigkeit, als ich meine Hand in dem Augenblick unter deinem Kopf wegziehe, als du ruhig und gleichmäßig atmest.

Vorsichtig löse ich mich von dir und gehe durch den Flur zu Eleanors Tür. Die Leuchtsterne, die wir bei einer meiner Astrologiespielstunden an die Decke gehängt haben, kleben dort immer noch. Absichtlich oder weil sie nicht mehr abgehen, frage ich mich, während ich mich über Eleanor beuge, um zu sehen, ob sie immer noch auf der Seite liegt und atmet.

Ich setze mich auf den Boden und stütze den Kopf auf ein Kissen, das aus dem Bett gefallen ist. Ich nehme ihre Hand, die von der Matratze herabhängt. Ein Fötus mit einer widerspenstigen Hand. Sie fühlt sich kalt und klamm an. Ich blicke hoch zu den Sternen, während ich den festhalte, der für uns auf die Erde gefallen ist.

»Ich schäme mich nicht für dich. Ich habe mich nie für dich geschämt. Ich werde mich nie für dich schämen«, flüstere ich.

Ich wünschte, ich hätte ihr das ins Gesicht gesagt.

11

Als der Arzt am frühen Abend kommt, bin ich auf den Beinen, ich schüttele sie ein wenig, bis sie nicht mehr so taub sind, und schaue, wie viel Kleingeld ich für den Münzautomaten in der Tasche habe. Nach Tagen ohne reguläre Mahlzeiten knurrt mein Magen so wütend, dass ich hoffe, Maggie könnte davon aufwachen.

»Gut, dass ich Sie einmal hier antreffe, Professor. Obwohl … Sie sind ja ein äußerst treuer Besucher Ihrer Frau.« Er blickt zum Camping-Bett mit der zerwühlten Decke, entscheidet sich aber, es nicht zu erwähnen.

»Vierzig Jahre Ehe erfordern mehr als Treue«, murmele ich düsterer als beabsichtigt.

»Natürlich, da kann ich mir kein Urteil anmaßen.«

Eine Bemerkung über seine mangelnde Erfahrung in dem Bereich ist am Bett meiner todkranken Frau völlig deplatziert. Er spürt, dass sich mir die Nackenhaare aufstellen.

»Entschuldigen Sie, falls das missverständlich war, Professor. Ich wollte sagen, dass Ihr Einsatz für Ihre Frau beachtlich ist. Sie sind ihr ja kaum von der Seite gewichen.«

Ich bin zu kaputt, um zu lächeln oder etwas dazu zu sagen. Ich will nicht gemein sein, wirklich nicht, das will ich nie. Die traurige Wahrheit ist, dass unser Verhalten das oft für uns erledigt, unabsichtlich und unfreiwillig. Mein Schweigen ist das beste Beispiel.

»Hören Sie, wir haben doch heute Morgen darüber gesprochen, dass Mrs Hobbs noch nicht so weit ist, wie wir sie in dieser Phase gerne hätten. Sie erinnern sich, dass wir sie mit Ihrem Einverständnis für weitere vierundzwanzig Stunden sediert haben.«

»Und?«

»Nun, bevor ich nach Hause gehe, würde ich mit Ihnen gerne einen Termin ausmachen, um Behandlungsoptionen und andere Entscheidungen zu besprechen.«

»Welche Optionen? Was für Entscheidungen?«

»Wie gesagt, wenn wir uns für morgen verabreden ...«

»Jetzt passt«, sage ich, und Hitze steigt mir ins Gesicht.

»Ähm ... gut ... wenn es Ihnen jetzt lieber ist.« Er schaut auf die Uhr, noch ein Mensch mit einer Deadline. »Setzen Sie sich bitte, Professor.«

»Ich stehe gern.« Instinktiv verschränke ich die Arme. Ich bin in Abwehrhaltung, weiß nur nicht so genau, wogegen. Ich weiß nur, dass ich wahrscheinlich nie wieder aufstehen werde, wenn ich mich jetzt hinsetze.

»Sie wissen sicher, dass die Gefahr einer Hirnschädigung mit dem Zeitraum der Sedierung zunimmt, sollte sie wieder aufwachen.«

Sollte? Ich krümme mich. Der Arzt schiebt mir den freien Stuhl hin und dreht ihn für mich um. Ich kralle die Finger so fest in die Lehne, bis mir das Plastik in die Hand schneidet.

»Professor, möchten Sie ...?« Er zeigt auf den Stuhl.

»Nein ... nein ... bitte reden Sie weiter.«

»Das bedeutet, wir wollen sie nicht länger im künstlichen Koma lassen. Wenn wir die sedierende Medikamentenzufuhr stoppen, könnte es einige Tage oder auch Wochen dauern, bis sie wieder das Bewusstsein erlangt. Jedoch muss ich betonen, dass es dafür keine Garantie gibt. Ich würde Ihnen empfehlen, dass Sie mit unserem geschulten Betreuungspersonal über Ihre Optionen reden, für den Fall, dass Mrs Hobbs nicht aufwacht.«

»Ob ich die lebenserhaltenden Maßnahmen abschalten lasse, meinen Sie?«

»Das wäre tatsächlich eine Möglichkeit. Ich weiß nicht, ob Sie und Ihre Frau darüber gesprochen haben, was sie sich in einer solchen Situation gewünscht hätte?«

Wer macht das schon? Am Anfang einer Beziehung ist das nicht gerade das romantischste Gesprächsthema vor dem Einschlafen, oder? Patientenverfügung, Organspenderausweis. Dann folgen Selbstzufriedenheit und Routine der mittleren Jahre. *Ich wüsste doch, was mein Partner will.* Über die letzten sechs Monate nachzudenken, schaffe ich nicht ... keinerlei Gespräche, selbst über die dringendsten Angelegenheiten.

»Professor?«

Ich habe zu lange geschwiegen. Er schaut auf die Uhr – im Gegensatz zu mir muss er noch woandershin. Es mag sich egoistisch anhören, aber es ist mir egal, dass ich seine Zeit verschwende. Über meine eigene mache ich mir Sorgen. Sechs Uhr abends. In vierzehn oder fünfzehn Stunden kommt er zurück. Ich schaffe es doch bestimmt, bis dahin fertig zu werden? Die Tragweite dessen, was ich zu sagen habe, könnte mich umhauen, aber ich will nicht die wenige Zeit verschwenden, die mir noch an Maggies Bett bleibt.

»Ich werde ihre Maschinen nicht ausschalten lassen.« Ich spreche ruhig, aber bestimmt.

»Das verstehe ich. In einigen Fällen ist das allerdings die beste Lösung für den Patienten.«

»Ich werde meine Frau nicht aufgeben. Auf keinen Fall.« Ich spreche höher und lauter als zuvor. Einen solchen Zorn, der rau und wild in meinem Inneren wütet, habe ich seit Jahren nicht mehr gespürt. Ich weiß, dass er nicht nur auf diese Situation zurückzuführen ist, doch ich kann ihn nicht im Zaum halten.

»Ich habe immer meine Steuern gezahlt und nicht über meine Verhältnisse gelebt. Maggie hat vierzig Jahre lang für den staatlichen Gesundheitsdienst gearbeitet. Ich werde ihre lebenserhaltenden Maschinen nicht ausschalten lassen, damit Geld gespart wird oder Ziele erfüllt werden. Ich werde sie nicht aufgeben!« Ich schreie fast und frage mich, wann er sich Verstärkung rufen wird, einen Pfleger vielleicht oder einen Sicherheitsmann.

»Ich werde sie nicht aufgeben!«

Der Arzt macht einen Schritt auf die Tür zu. Ich sehe keinen Alarmknopf. Dieses Mal bin ich in Sicherheit.

»Denken Sie darüber nach, Professor.« Er greift in die Tasche des Hemdes, das ebenso tadellos gebügelt aussieht wie am ersten Tag, holt eine kleine Karte heraus und legt sie auf den leeren Stuhl an der Tür. »Im Sinne Ihrer Frau sollten wir nicht mehr lange abwarten. Ich komme morgen früh mit dem Pflegeteam Ihrer Frau wieder, und wir werden einige formelle Entscheidungen treffen müssen. Falls Sie mich in der Zwischenzeit brauchen, wissen Sie, wo Sie mich finden können.«

Als ich mir sicher bin, dass er den Gang weit genug hinabgegangen ist, nehme ich die Karte. *Emily Morris – Psychologische Beratung.* Ich werfe sie zurück auf den Stuhl und wende mich wieder Maggie zu. Die Zeit wird knapp. Alles andere kann warten.

»Das meine ich ernst, Maggie. Ich gebe nicht auf. Das habe ich nie getan. Nicht mit Eleanor, und auch nicht in den letzten Monaten. Es tut mir leid, wenn du es so empfunden hast. Ich gebe meine Familie nicht auf und werde das auch jetzt nicht tun.

Ich hoffe nur, du gibst mich auch nicht auf, Mags, wenn du hörst … warum ich nicht mehr geredet habe, was passiert ist, warum ich einfach abgetaucht bin. Bitte, Maggie, bitte, lass es mich erklären.«

Es ist oft die Rede vom *wind of change*, vom frischen Wind, doch in jener Nacht wütete ein ausgewachsener Sturm. Ich glaube, wir wären uns beide einig, dass die Zeit vor den Prüfungen und die schlaflosen Wochen danach nicht leicht gewesen waren, aber nach der Dinnerparty hatten wir es mit etwas völlig anderem zu tun. Wir klammerten uns wie an eine Plastiktüte in einem Windkanal an die alte Eleanor, wie wir sie kannten, unsere Knöchel weiß vor Anstrengung, weil wir zumindest ein Fitzelchen von ihr in unserem Leben festhalten wollten.

Am nächsten Tag tauchte sie erst spät am Abend auf. Mittags hatte ich zum ersten Mal mit einem Wasserglas und einem Stück Toast in der Hand nach ihr geschaut. Eleanor lag zusammengerollt mit dem Gesicht zur Wand. Ich wollte unbedingt wissen, ob mit ihr alles in Ordnung war, natürlich, aber auch, was gestern Abend passiert war. Erinnerte sie sich daran? An ihre Worte? Ich setzte mich so langsam, wie meine Oberschenkel es erlaubten, auf die Bettkante, damit die Matratze nicht einsank. Ihre Haare lagen über dem Gesicht, nur eine einzelne Strähne vom Hinterkopf lockte sich auf der Decke. Ich fuhr mit dem Finger darüber, wie ich es schon Millionen Male zuvor gemacht hatte. Als sie klein war, damit sie einschlief, später, wenn sie Trost brauchte. Als ich sie berührte, zuckte sie zusammen.

Ich ging zurück in mein Arbeitszimmer, doch ich konnte mich nicht konzentrieren. War sie krank? Hatte es einen Streit gegeben? Schämte sie sich vielleicht, weil ich sie in diesem Zustand gesehen hatte? Ich hatte eine Menge möglicher Antworten, aber keine, die es wahrscheinlich machte, eine so heftige Reaktion ausgelöst zu haben. Du warst weg, bei Edie, vermute ich, deswegen war ich allein mit meiner Verwirrung. Nachdem ich etliche Bauern geopfert und der Computer mich immer wieder schachmatt gesetzt hatte, überlegte ich mir Hunderte von Eröffnungszügen für einen zweiten Gesprächsversuch – auf der Suche nach dem einem, der Ellie nicht noch weiter von mir wegtreiben würde. Jedes Mal, wenn ich die Dielen knarzen hörte, schlug mein Herz schneller. Endlich kam sie runter. Dann wurde die Toilettenspülung betätigt, die Tür schlug zu, und dieses schreckliche Gefühl eines Déjà-vu katapultiere mich in die Anfangszeit unserer Beziehung zurück, und ich fragte mich, ob ich als Vater ebenso erbärmlich versagte wie als Ehemann.

Eleanor tauchte schließlich auf, nachdem du zu Bett gegangen warst. Ich machte mir gerade einen Mitternachtssnack

– Toast mit Käse und sauren Gurken –, und sie erschien wie ein Geist, dessen Umrisse im Kühlschranklicht aufleuchteten. Ich wusste, dass dies vielleicht meine einzige Chance war.

»Hey, Eleanor, wie geht's?«

Kurz frage ich mich, ob sie mich nicht gehört hat. Sie dreht den Wasserhahn auf und füllt ihr Glas, trinkt gierig.

»Ells?« Ich passe auf, dass ich ihr nicht zu nahe komme. »Alles in Ordnung mit dir?«

Der Mond bescheint die metallene Spüle und wirft ein Lichtdreieck auf die Bodenfliesen, Ellie bleibt jedoch im Dunklen.

»Ells?«

»Würdest du mich bitte …?«

»Was denn?«

»… mich bitte durchlassen.«

Erst, als sie aus der Küche gegangen war, wurde mir klar, dass sie mich gar nicht angeschaut hatte.

Die ganze Nacht über träumte ich dieses Gespräch in Dauerschleife, so dass ich, als ich vier, fünf, sechs Mal aufwachte, ruhelos auf den Wecker schlug, um zu sehen, wie lange es noch bis zum Morgen dauerte. Ich verstand nicht, dass kaum Zeit vergangen war. Als ich wieder wegdöste, hatte ich den Augenblick vor Augen, bevor sie aufgehört hatte zu sprechen. Was bedeutete das Zittern ihrer Stimme? War sie verärgert? Oder zerknirscht? Ich hätte Ärger besser gefunden. Aber die Ungewissheit verunsicherte mich noch viel mehr.

Ich hoffte, du würdest mehr Glück haben. Ich habe dir von dieser Nacht nur knapp berichtet – das gierige Trinken, ihre zitternde Stimme, die Benommenheit, die mich fürchten ließ, sie wäre auf etwas anderes zurückzuführen. Irgendwann später in dieser Woche, als ich gerade in dem Schrank unter der Treppe herumkramte, habe ich das Wort »Therapeut« aufgeschnappt und hörte den Satz »etwas, das wir gemeinsam als Familie machen könnten« aus ihrem Zimmer im ersten Stock. Mir stieg das Blut ins Gesicht. Ich war noch nie gut im Reden gewesen, oder, Mags? Und ich konnte mir nichts Schlimmeres vorstellen. Aber wenn es um Eleanor ging, gab es nichts, das wir nicht unternommen hätten, damit für sie alles wieder gut würde.

Sie würde erst in einem Monat aufs College gehen. Wir hätten froh sein sollen, dass sie nicht mehr ständig unterwegs war. Aber angesichts der kompletten Verhaltensänderung nach der Dinner-Party wäre selbst das besser gewesen als eine Eleanor, die sich in ihrem Zimmer verkroch und schlief oder so tat und dabei ins Leere starrte. Irgendetwas hatte sich an jenem Abend verändert, aber was zum Teufel? Wir zermarterten uns beide den Kopf – erfolglos. Wir unternahmen alles Mögliche, um es ihr zu entlocken, nicht wahr, Mags? Wir redeten mit ihr, flehten sie an, bestachen sie. Das alles führte zu nichts. Ihr Zustand war nicht bloß auf Gleichgültigkeit zurückzuführen. Das hätte bedeutet, sie verweigerte sich wenigstens, doch sie reagierte einfach gar nicht. Sie war niedergedrückt von einer unbekannten Dunkelheit, die sie erstickte und ihre ganze Lebhaftigkeit und Neugier auslöschte. Ich habe mich noch nie derart hilflos gefühlt, Mags.

Sie hat es bis in die letzte Klasse der Oberstufe geschafft. Aber sie war nur körperlich anwesend. Die Lehrer erkannten, wie schlimm es um sie stand, denn sie schlugen einen Termin beim Vertrauenslehrer vor. Du hast uns zudem auf, soweit ich weiß, mindestens zwei Wartelisten bei Beratungsstellen gesetzt. Aber irgendwie trug nichts davon Früchte. Wir haben

Ellie nie so lebhaft erlebt, wie als sie uns anflehte, weil sie nicht zu dem Termin gehen wollte. Warum haben wir nachgegeben, Maggie? Warum sind wir weich geworden? Ich war immer schon ein Softie, ein Weichei, wie man das auch nennen will. Du warst die Starke von uns, nicht ich. Ich fragte mich oft, ob du es zu einem Prinzip erhoben hattest. Du wolltest die Probleme mit Eleanor selbst wieder in Ordnung bringen, so viel war klar. Aber an irgendeinem Punkt mussten wir natürlich einsehen, dass das nicht möglich war, oder? Ich wünsche mir nur, wir hätten es früher erkannt.

Häufig kam ich nach Hause, und ihr Rucksack lag im Flur, aber von ihr war nichts zu sehen, kein Mantel, keine Schuhe, kein Chaos auf dem Küchentisch, das verriet, dass sie sich etwas zu essen gemacht hatte. Die ganze Zeit war sie immer in ihrem Zimmer gewesen, und wir hatten darum gebetet, dass sie es mal verließ, und nun war sie draußen, und wir hatten keine Ahnung, wohin es sie abends verschlagen hatte. Nachdem sie mehrmals nicht zum Abendessen erschienen war, machte ich mich regelmäßig auf die Suche. Du warst außer dir, ich war außer mir, aber es half auch nicht, wenn wir beide aus dem Fenster starrten und sie durch unsere schiere Verzweiflung herbeibeschwören wollten.

Ich konnte nicht untätig dasitzen, deswegen suchte ich sie in unserem Viertel. Ich fragte niemanden, das war zu … endgültig, glaube ich. Damit hätte ich mir eingestanden, dass sie uns entglitten war, als wir uns immer noch einredeten, sie würde selbst wieder zu einem normalen Leben zurückfinden. Nein, ich suchte nach Zeichen, Mags. Ich liebte sie wie verrückt. Und ich redete mir ein, das bedeutete, ich würde sie dank des Duftes ihres Shampoos und eines geschickt platzierten Taschentuchs aufspüren. Eine Vermutung würde ausreichen. In Wahrheit hatte mir zu viel Hercule Poirot den Verstand vernebelt.

Ohne jeden konkreten Hinweis fing ich meist beim Port Meadows an, bei den Bänken an der Themse, auf denen wir gepicknickt hatten. Ich suchte nach ihr in den Geschäften. Ich ging in den verlassenen Cricket-Pavillon und störte dabei einmal eine Gruppe Jugendlicher bei ihrer Wasserpfeife. Ich lief um den angrenzenden Sportplatz herum, obwohl die Flutlichter kaputt waren und ich mich mit der Taschenlampe meines Handys behelfen musste. Ich ging im Supermarkt jeden Gang ab, als würde sie mir zwischen Müsli- und Getränkeregalen vor die Füße springen.

Wenn ich wieder zu Hause ankam, war ich erschöpft. Manchmal wenn ich ein paar Stunden unterwegs gewesen war, hatte sie es von selbst nach Hause geschafft. An anderen Abenden kehrte ich zurück, und es gab immer noch kein Zeichen von ihr, nicht bis in die frühen Morgenstunden. Während ich wartete, pochte mir der Schädel, und meine Knöchel waren geschwollen, wie zwei Würstchen kurz vor dem Platzen. *Wie lange würde ich das noch aushalten?* Einmal, als ich mir vor dem Bildschirm im Arbeitszimmer die Schuhe auszog, stieß ich mit dem Ellbogen gegen die Maus, und mein Bildschirmschoner ging an: Wir drei bei ihrem Geburtstagsessen vorletztes Jahr, ein Selfie mit neunzig Prozent Eleanor, auf den restlichen zehn unsere beiden Gesichter je zur Hälfte, wir lachten alle über den seltsamen Bildausschnitt. Ein Blick reichte, und ich wusste, ich würde so lange weitersuchen wie nötig. Ich würde Eleanor nie aufgeben.

Nach einigen Wochen spürte ich ihren Stammplatz auf: unten am Kanal, bei Jericho. Sie saß mit dem Rücken zu mir, doch ich hätte sie überall erkannt. Ich hatte diese Ansicht in den letzten Monaten häufig genug gesehen. Ich wollte kein Aufsehen erregen und beobachtete sie im Schutz eines Gebüschs. Sie saß allein da in der Herbstsonne. Ich wusste nicht, ob ich darüber erleichtert sein sollte oder nicht. Sie hatte Steinchen in der Hand und warf sie gedankenverloren in die Lücke zwischen zwei Lastkähne, die dort ankerten. Keines hüpfte über das Wasser, wie ich es ihr beigebracht hatte. Es kostete mich all meine Kraft, nicht hinter sie zu treten, ihre Hand in meine zu nehmen und ihr zu helfen, den richtigen Winkel zu finden. Noch ein oder zwei Minuten sah ich ihr zu, während ihre Bewegungen zur Ruhe kamen, dann eilte ich nach Hause.

Ich wollte autoritär sein, eine Respektsperson, der Du-stehst-jetzt-auf-und-kommst-mit-nach-Hause-Vater, der alles im Griff hat. Ich habe es immer wieder versucht, doch wir wissen beide, dass ich nicht so ein Mann bin, Mags. Es bedeutet nicht, dass ich nicht verzweifelt versucht habe, auf sie zuzugehen und dabei jedes Mittel auszuschöpfen, das ich in Petto hatte. Seit der Dinnerparty Monate zuvor hatte ich jede mögliche Frage gestellt, hatte Vorschläge gemacht, gegängelt und gestichelt. Ich machte mir Gedanken über die Pausen in unseren Gesprächen und die Worte, die wir austauschten, ich interpretierte ihre Gesten und Bewegungen, ein Achselzucken und einen schnellen Abgang. Ich gab alles, wir beide gaben alles, und doch fanden wir nicht heraus, was in jener Nacht geschehen war und Eleanor dermaßen offensichtlich verändert hatte. Es ist immer schwer zu akzeptieren, dass dein Bestes manchmal nicht gut genug ist. Aber wenn es um die eigenen Kinder geht, ist es unmöglich.

»Hast du sie gefunden?« Ich bin bei deiner Frage kaum zur Tür rein.

»Nein. Sie muss bei einer Freundin sein. Es tut mir leid, Mags.«

»Sie hat nicht geschrieben.« Du zerquetschst dein Telefon fast in deinen Händen.

»Es geht ihr gut.«

»Woher weißt du das?« Dein Blick ist vorwurfsvoll.

»Ich weiß es nicht, Mags. Aber schau mal, wir müssen ihr vertrauen.«

»Wie? Wie, Frank? Sie ist ein Kind. Unser Kind. Und sie entgleitet uns!«

Die Wahrheit trifft mich mit voller Wucht, mitten ins Gesicht. Ich will antworten, doch ich bin völlig leer. Du lässt die Handflächen aufs Fenstersims fallen und sackst zusammen.

»Hey, Mags, hey, hey ...«

Ich drehe dich um und führe dich zum Sofa.

»Sie weiß, dass wir immer hier sind, wenn sie uns braucht.« Ich frage mich, ob du an meiner Aussage ebenso zweifelst wie ich. »Sie weiß, dass wir sie lieben.«

»Wirklich?«

Ich wusste nicht mehr, was ich glauben sollte. Vermutlich war ich deswegen so überrascht, als Eleanor ein Jahr später eines Tages nach Hause kam – zu Beginn des zweiten Oberstufenjahres – und von einem Hochschulstudium sprach. Ich glaube, man kann durchaus sagen, dass wir uns beide um ihre Zukunft sorgten, aber auch beide zu viel Angst hatten, um nachzubohren. Sie hat mit uns dann nie viel über Studienfächer, Universitätsstädte oder was sie nach der Uni vorhatte gesprochen. Nein, es war eher beiläufig. Aber immerhin ein Fortschritt, oder? So wirkte es auf mich.

Als Eleanors Angebote von den Unis eintrudelten – zumindest zwei, von denen sie uns erzählte –, wollten wir das feiern. Wir entschieden uns für etwas Niedrigschwelliges, als sie uns eine SMS schrieb, sie habe das Angebot aus Manchester angenommen: eine Flasche Cava auf Eis. Als wir nach Hause kamen, war sie schon in ihrem Zimmer, hatte die Vorhänge zugezogen und das Licht ausgeschaltet. Die Flasche wanderte wieder an ihren staubigen Stammplatz ganz hinten im Getränkeschrank zurück.

Warst du heimlich auch erleichtert, Mags? Erleichtert, dass wir uns nicht mehr mit ihr herumschlagen mussten, obwohl sie uns ohnehin bereits entglitten war? Ich konnte mich nie dazu durchringen, es so auszudrücken, aber du musst gewusst haben, was ich mit meinem Witz »Nun haben wir das Haus wieder für uns« meinte. Ich habe als Vater nicht aufgegeben, Mags. Dieser Gedanke ist ein Widerspruch in sich; wie kann ich aufgeben, wenn ich damit einem Teil von mir selbst den Rücken kehre? Man könnte mich aufschneiden und würde auf meinem Brustbein *Eleanor und Maggie* tätowiert sehen – wie die Leuchtbuchstaben einer Werbung. Nein, wenn überhaupt war meine Erleichterung ein Eingeständnis meines Scheiterns. Etwas war schiefgelaufen, wir konnten nicht zu ihr durchdringen nach den ominösen Ereignissen in jener Nacht. Wir mussten den Dingen ihren Lauf lassen und ganz fest hoffen, dass Eleanor zu uns beiden zurückkehren würde.

Mit einer Engelsgeduld und dennoch wie ferngesteuert plantest du ihren Auszug. In den Monaten nach ihren letzten Prüfungen war von Eleanor nicht viel zu sehen. An manchen Tagen – schönen, sonnigen Sommertagen um ihren achtzehnten Geburtstag herum – verließ sie ihr Zimmer nicht. Während ich mich sorgte, sie würde nie wieder aus dem Bett kommen, stelltest du mit militärischer Präzision Kisten im Flur auf: Bettwäsche, Schreibwaren, Küchenutensilien.

Die Fahrt zur Uni war entsetzlich. Ich glaube nicht, dass du das vergessen hast. Nach fünfzehn Minuten, in denen ich Eleanor darüber ausfragte, ob sie nervös und aufgeregt war, ob sie nichts vergessen hatte, drehte ich schließlich Magic FM so laut, dass das Radio alle Unbeholfenheit übertönte. Als wir ankamen, verfielen wir in Betriebsamkeit, trugen die Kisten in ihr neues Zimmer. Wir sprachen überhaupt nicht, weder mit den anderen Studenten noch mit ihren ebenso beladenen Eltern. Als wir alles ausgeladen hatten, standen wir wie ein spitzwinkliges Dreieck da, Eleanor weit vor uns, wir beide aneinandergeschmiegt dahinter.

»Soll ich dir noch das Bett beziehen?« Du bist umtriebig und aufgekratzt, doch ich erkenne deine Anspannung an den Mundwinkeln.

»Nein, alles gut, Mum.« Eleanor hat uns den Rücken zugedreht und betrachtet den Kampf um Parkplätze draußen. Du kämpfst schon mit dem Kunststoffdeckel des Bettkastens.

»Wirklich, Mum.«

»Bitte, Süße. Mir geht es viel besser, wenn ich weiß, dass du dich heute Nacht gemütlich in ein frisch bezogenes Bett legen kannst.«

Du hast das Laken herausgenommen und legst los.

»Dann musst du dich nicht mehr darum kümmern, wenn du von deiner Erstsemesterparty kommst«, versuche ich, die Fassade noch einige Minuten aufrechtzuerhalten.

Ich gehe zum Fenster, wo Eleanor Fäden aus ihren ausgefransten Pulloverärmeln zieht und die längsten um ihren

Zeigefinger wickelt, bis das Fleisch dazwischen weiß hervorquillt. Ich lege ihr sanft die Hand auf die Schulter. Sie weicht zurück. Ich bin froh, dass du zu beschäftigt mit der Bettwäsche bist, um es zu sehen. Eleanor dreht sich abrupt um.

»Wirklich, Mum, es reicht jetzt, echt. Ihr könnt fahren.«

»Süße, ich habe doch erst ein Kissen bezogen.«

»Ich brauche eh nur eins.«

Du lässt den zweiten Bezug aufs Bett fallen. Ich höre mein Herz hämmern, oder ist es deins?

»Na gut, dann machen wir uns besser mal auf den Weg, Maggie.«

Du blickst auf den Teppich, ein dunkler Industrieteppich, auf dem sich der Dreck vieler Studentengenerationen befindet. Ich passe auf, dass ich dich nicht zu schnell zu mir umdrehe, falls du angefangen hast zu weinen.

In diesem Moment hasste ich Eleanor. Ich hasste sie dafür, dass sie so grausam war. Hasste sie dafür, was sie dir antat, wie sie dir das Herz zerriss und keinerlei Anstalten machte, es wieder zusammenzusetzen. Was für einen Vater macht das aus mir, dass ich das zugebe? Einen, der fix und fertig und am Rande der Verzweiflung war vor lauter Liebe.

Ich gehe zu Eleanor. Ich war nie übermäßig auf Körperkontakt bedacht, stattdessen drücke ich ihren Arm fest und hoffe, daraufhin wird sie dich umarmen. Du blickst auf, mit Tränen in den Augen. Ausnahmsweise gehorcht Eleanor.

»Danke, Mum«, murmelt sie. »Dafür«, sagt sie und zeigt um sich herum.

Auf der Fahrt nach Hause schweigen wir. Ab und zu blicke ich zu dir und sehe dich aus den Augenwinkeln. Du schaust mit gesenktem Kopf auf deinen Schoß. Als wir am Haus ankommen, ist es dunkel, die Oktoberkälte ist schon da, aber niemand von uns macht Anstalten, ins Haus zu gehen. Der Ventilator stößt die letzten Reste muffige Luft aus dem Gebläse, als ich den Motor ausstelle. Ich nehme die Hand vom Schaltknüppel und greife nach deiner.

»Wir haben getan, was wir können, Mags. Wir müssen das akzeptieren.«

Schweigen.

»Ich kann das nicht. Sie ist meine Tochter.« Deine Stimme zittert.

»Meine auch.«

»Ich weiß. Ich wusste nicht, dass es so schwer werden würde. Dass es mit ihr so schwer werden würde.«

All die Jahre, wo es nur uns beide gegeben hatte und wir dachten, es würde immer nur uns beide geben, war das für mich genug gewesen. Hätte es etwas geändert, wenn ich es dir gesagt hätte? Wenn ich dir erklärt hätte, dass ich nie an einen Dritten gedacht habe, an Krippenspiele, Elternabende und erste Freunde oder fehlende erste Freunde. Ich weiß nicht, ob ich riskiert hätte, dass du abhaust und dir jemanden suchst, der mehr wollte, der das alles wollte. Mir wurde in diesem Augenblick klar – das Autofenster beschlug gerade vor Kälte –, du hattest kaum an etwas anderes gedacht, auch nicht in der Anfangszeit. Es ist eine Sache, wenn ein Traum erfüllt wird, und eine andere, wenn er sich als Albtraum entpuppt.

»Komm, Mags, wir gehen rein. Es wird kalt. Ich mache uns Suppe.«

An jenem Abend aßen wir aus den Schüsseln, die uns meine Schwester zur Hochzeit geschenkt hatte. Sie waren graublau und hatten Turteltauben als Motiv. Ein wenig kitschig, aber du hingst an ihnen, und mir gefiel, dass sie dir Freude machten, dass ich irgendwie ein Teil dessen war. Ich spülte sie vorher aus, weil sie in den letzten achtzehn Jahren verstaubt waren. Wir hatten nur diese beiden.

12

Nachdem wir Eleanor an der Uni abgesetzt hatten, hörten wir wochenlang keinen Ton von ihr. Dein erster Blick morgens und dein letzter Blick abends gingen auf dein Handy. Ich erklärte dir, das sei völlig normal, ein gutes Zeichen! Gewiss lernte sie Leute kennen, schwänzte Vorlesungen und verlor ihre Schlüssel – das normale Studentenleben eben.

Bloß dass uns seit dem Sommer vor zwei Jahren klar war: Sie war kein »normaler« Teenager. Sie zog sich zurück, und wenn wir sie doch einmal aus ihrem Schneckenhaus locken konnten, war sie gereizt und stets am Rande des Nervenzusammenbruchs. Warum? Das wussten wir nie. Weißt du, Mags, dass ich häufig von einer hybriden Eleanor geträumt habe? Ihr rundes Kleinkindgesicht auf ihrem eckigen Teenager-Körper. Dieses vor Neugierde fast platzende Gehirn, das mit einem zu großen Körper verschmolz, und dahinter steckte eine gewaltige Kraft, die vor unseren Augen dahinschwand. Wenn ich dann morgens aufwachte, blickte auch ich gleich auf mein Handy. Nichts Neues von ihr.

Ich riet dir, ihr nicht zu schreiben, sie nicht zu stören. In Wahrheit hatte ich Angst, wie du reagieren würdest, wenn sie nicht antwortete. Ich habe ihr allerdings geschrieben. Unbeholfene Fragen à la »Wie sind die Vorlesungen?«, »Hast du schon Obst und Gemüse gekauft?« Ich war daran gewöhnt, keine Antwort zu bekommen. Und was konnten wir daran ändern? Wir konnten schlecht zur Polizei gehen wegen unserer untreuen Tochter im Studium, dabei würden die Beamten womöglich tatsächlich etwas herausfinden. Aber was sollten wir überhaupt sagen? *Unsere achtzehnjährige Tochter ignoriert unsere Nachrichten. Wir machen uns Sorgen um sie.* Vor dem Gesetz war sie nun erwachsen. Sie würden uns auslachen.

Ehrlich gesagt frage ich mich, ob wir nicht wieder einmal die Augen vor der Wirklichkeit verschlossen, die unvermeidliche Schlussfolgerung hinauszögerten, die nun so schrecklich eindeutig scheint: Sie entglitt uns immer mehr.

Der Dezember kam und mit ihm das übliche Getümmel und die Weihnachtsfeiern; Edie rief uns an und fragte, ob wir drei gern wie letztes Jahr zu ihr kommen würden. Nachdem du aufgelegt hattest, war mir klar, dass wir nicht länger den Kopf in den Sand stecken konnten.

»Ich muss wissen, ob Eleanor zu Weihnachten nach Hause kommt.« Du sitzt immer noch neben dem Telefon.

»Natürlich kommt sie, wohin sollte sie denn sonst?«, sage ich, ohne mir dessen sicher zu sein.

»Frank, du musst zu ihr fahren.«

»Ich? Warum? Wir sollten gemeinsam fahren.«

»Sie will mich nicht sehen, Frank. Du kannst das besser, du weißt, wie man mit ihr umgeht.«

In den letzten beiden Jahren ist Elternschaft für mich wie Roulette gewesen, mit dem schwindelerregenden Gefühl, mit jeder Runde mehr und mehr die Kontrolle zu verlieren, und nun das? Ich habe alle Register gezogen – Güte, Besorgnis, Todesangst –, und nichts davon hat mir Glück gebracht.

Ich schaue dich an, die Großmeisterin, zitternd neben unserem Festnetztelefon, und kann immer noch nicht glauben, dass du genauso hilflos bist wie ich. Du hast das in die Wege geleitet, Mags, nicht ich.

»Die Ferien beginnen bald, sie wird mich auch nicht sehen wollen.« Ich weiß, dass meine Entschuldigungen sich hohl, unaufrichtig anhören.

»Bitte Frank.« Du schaust mich so offensichtlich traurig an, dass ich weiß, ich habe keine Wahl. Ich lege dir die Arme um die Taille.

»Also gut, morgen. Ich fahre morgen.«

»Morgen früh?«

»Ja, morgen früh. Ich … ich muss nur noch einiges vorher erledigen.«

Bevor ich am nächsten Morgen aufstehe und frühstücke, bist du schon zur Arbeit gegangen. Auf dem Küchentisch liegt das rote Notizbuch, in das du mir auf der Seite neben der Einkaufsliste eine Nachricht geschrieben hast. Du wünschst mir eine gute Reise und bittest mich, die Tasche aus dem Flur mitzunehmen. Als ich rausgehe, um das Auto abzukratzen, schaue ich, was du für sie eingepackt hast: einen Schal, eine Mütze, Handschuhe und ganz unten einen kleinen tragbaren Heizlüfter, der viel mehr Energie verbraucht, als er Wärme generiert. Ich stelle mir vor, wie du nach einem Gerät gesucht hast, das unter ihren Schreibtisch passt und ihr beim Lernen die Füße wärmt – und bin am Boden, noch bevor ich losgefahren bin.

Auf dem Hinweg bin ich fahrig, wechsele abrupt die Spuren, wie du es hasst. Ich halte nicht an der Tankstelle. Während der ganzen Hinfahrt verspüre ich dieselbe pochende Ungewissheit wie im Kreißsaal bei Eleanors Geburt, nur dass ich dieses Mal noch weniger weiß, was mich erwartet.

Vor dem Studentenwohnheim versuche ich, mich daran zu erinnern, wo ihr Fenster ist. Überall sind die Vorhänge zugezogen, ich weiß es nicht genau. Ich starre nicht zu lange hinauf, weil ich nicht für einen Spanner gehalten werden will, und gehe zum Eingang, den nächtliche Partygänger mit zwei Sixpacks Carling offengehalten haben; seltsamerweise stecken noch einige unberührte Dosen darin. Im Foyer picken Tauben Krumen vom ausgetretenen Teppich, an ihren Schnäbeln hängen Flusen. Ich bin froh, dass du das nicht siehst, Mags, wirklich.

Auf einem Brett stehen die Namen und Zimmernummern der Studentinnen, und ich bin erleichtert, weil ich Eleanor finde – 43. Ich nehme die Treppe, weil ich nicht weiß, welche Tiere ich im Aufzug antreffe, und bleibe auf der vierten Etage kurz stehen, um zu Atem zu kommen. Es ist kurz nach elf, aber hier wirkt alles noch sehr verschlafen. Ich könnte einfach abwarten. Aber warum?

Ich klopfe, laut und fest, das soll autoritär klingen. Oder sie zumindest aufwecken. Wenige Sekunden später höre ich knarzende Bettfedern und das Geräusch von einem Schlüssel im Schloss. Vor mir steht ein junges Mädchen, verschlafen und verwirrt und mit denselben dunklen Augenringen wie Eleanor, demselben zerzausten Haar. Nur, dass sie es nicht ist.

»Wer sind Sie?« Sie hat einen Akzent, den ich schwer einordnen kann.

»Das könnte ich Sie auch fragen.«

Mein Ton ist sofort gereizt, und ich merke, dass das ein Fehler war. Ich brauche ihre Hilfe, benötige Informationen von ihr.

»Sorry, ich komme unangekündigt, ich wollte Sie nicht erschrecken. Eleanor, Eleanor Hobbs ist meine Tochter. Das war, also ist, ihr Zimmer. Das habe ich unten am Brett gesehen. Kennen Sie sie?«

»Ja, Nell hat vor mir hier gewohnt. Sie ist ausgezogen, jetzt wohn ich hier.« Sie spricht die Vokale abgehackt und kurz, vielleicht ist sie Estländerin? Rumänin? Es macht außerdem den Eindruck, sie würde mich am liebsten loswerden. So schnell wie möglich.

»Wie lange wohnen Sie schon hier, also in diesem Zimmer?« Ich stelle meinen Fuß so unauffällig wie möglich in die Tür. Ich kann mich nicht einfach aussperren lassen.

»Seit drei Wochen. Ich habe Nell im Seminar kennengelernt. Sie wusste, dass ich eine billige Bleibe suche, und hat mir dieses Zimmer angeboten. Keine Miete bis Semesterende, dann übernehme ich es.«

Mir schwirrt der Kopf. Nell? Ein wenig kleinlich frage ich mich, warum sie mir nicht erzählt hat, dass wir ihrer Freundin die Unterkunft sponsern, ohne uns ihre neue Adresse mitzuteilen.

»Also, ich muss dann mal. Hab Vorlesung …«

»Klar, das verstehe ich.« Ich sammele mich. »Wissen Sie, wo Eleanor sein könnte? In welchem Stadtteil? Ich muss sie heute erwischen.« Ich werfe ihr einen Blick zu, der dringend wirken soll. Ich würde auch drastischere Maßnahmen ergreifen, wenn ich müsste.

»Ich habe sie eine Weile nicht gesehen, aber die meisten Studenten ziehen nach Moss Side.« Dann fügt sie hinzu, als wäre es ein nachträglicher Einfall: »Das ist billig.«

»Danke, wirklich, vielen Dank.« Sie schiebt langsam die Tür

zu, ihre Ungeduld ist greifbar. »Wenn Sie von ihr hören, melden Sie sich bei mir?« Ich krame in meiner Tasche nach einem zerknüllten Kassenbon. »Haben Sie einen Stift?«

Sie seufzt genervt und holt einen Stift, während ich die Tür mit der Schuhsohle aufhalte. Als sie wiederkommt, kritzele ich meinen Namen und meine Telefonnummer auf die Rückseite des Bons und gebe ihn ihr, drücke mit dem Daumen einen Moment zu lang auf ihre Handfläche. Ich will, dass sie meine Angst spürt. Ich will sie mit jemandem, irgendwem teilen – vielleicht wird es die Angst ein wenig lindern und meiner zugeschnürten Brust ein wenig freieres Atmen ermöglichen, wie früher. Vor Eleanor. Immer vor Eleanor.

»Rufen Sie mich bitte an.«

Die Tür schließt sich, und ich kann kaum der Versuchung widerstehen, mit dem Rücken an ihr hinunterzurutschen. *Wo ist sie?* Ich berühre mein Handydisplay; eine E-Mail von der Arbeit, nichts von dir. Ich sehe dich in der Klinik, du bist mit den Gedanken überall, nur nicht bei den jungen Müttern, die nach der Geburt Zuwendung benötigen – weil du an dein eigenes Baby denkst, das so weit weg von zu Hause ist, und gegen den Drang ankämpfst anzurufen, zu schreiben, mich anzuschreien, ich müsse sie mit heimbringen.

Als ich wieder im Auto sitze, gehe ich meine Möglichkeiten durch. Ich könnte es beim Studentenwerk versuchen. Die Uni muss solche Dinge doch sicher nachhalten? Aber selbst wenn es so sein sollte, würde Eleanor mir verzeihen, dass ich die Verwaltung verständige? Während ich mit meinem Gewissen hadere, google ich Moss Side und bin umgehend beunruhigt. Ich suche im Heuhaufen nach einer Nadel, die nicht aufgespürt werden möchte.

Ohne jeglichen Anhaltspunkt fahre ich zur ersten Straße in dieser Gegend, die das Navi ausgespuckt hat. Das Viertel ist belebt: Eine Mutter müht sich mit ihrem Kinderwagen am Berg ab, während die beiden Knirpse hinter ihr knapp einem Elektromobil ausweichen, das in die Gegenrichtung unterwegs ist. Auf der anderen Straßenseite hängt eine Gruppe Jugendlicher herum; ein Wirrwarr von Gliedmaßen, in die sie noch hineinwachsen müssen, ihr Blick schweift vom Handydisplay zur vielbefahrenen Kreuzung, von der ich gerade komme. Ich parke, schließe den Wagen ab und gehe zu ihnen hinüber.

»Entschuldige kurz ...« Ich gehe zu einem Jungen am Rande der Gruppe. Er starrt gedankenverloren auf sein Handy und blickt erst nach ein oder zwei Sekunden zu mir auf.

»Ja?« Er ist jünger, als ich aus dem Auto heraus vermutet hätte, rote Pickel leuchten auf seiner Stirn, seine Oberlippe ziert ein Flaum. Der Rest der Truppe hat meine Ankunft bemerkt und schaut in meine Richtung. Ich fühle mich wie eine viktorianische Kuriosität, die vom Himmel gefallen ist.

»Danke. Ich suche meine Tochter.«

»Haben Sie ein Bild dabei? Vielleicht kennt Benny sie?« Sie kichern. Der Junge, den ich für Benny halte, drischt dem anderen auf den Rücken.

Ich krame in der Hemdtasche nach meinem Handy und öffne die Foto-App. Plötzlich fällt mir auf, dass ich kein neues Bild habe, nichts aus den letzten Monaten. Ich wische durch die Bilder der Labor-Neueinrichtung, du zwischen den Kakteen im Gartencenter, das seltsame Selfie von uns beiden. Schließlich finde ich ein Bild von Eleanor. Sie sieht nicht sonderlich begeistert aus, weil ich sie ohne Make-up und noch im Schlafanzug fotografiert habe, mit einem halbleeren Glas Buck's

Fizz in der Hand. Letzte Weihnachten, dem Datum nach zu urteilen. Mich erschrickt, wie verletzlich sie wirkt, ein Kind mit Erwachsenensorgen, die sich unter den Augen eingebrannt haben.

Ich drehe ihnen den Bildschirm zu und bereite mich auf unangemessene Bemerkungen vor. Doch sie besinnen sich eines Besseren.

»Sorry, dieses Mädchen habe ich nicht gesehen.« Sie schließen ihren Kreis wieder.

»Trotzdem vielen Dank«, murmele ich und schiebe das Handy wieder in die Brusttasche – ein Teil von Eleanor ist in Sicherheit und in meiner Nähe.

Ich spähe hoch zu den Häusern, wo die Vorhänge zurückgezogen sind oder nie vorhanden waren. Ich stelle mir vor, Flyer zu verteilen und meinen Namen und meine Nummer in sämtlichen Geschäften zu hinterlassen. Ich versuche, den Gedanken zu unterdrücken. Es wäre wohl kaum angemessen, eine Vermisstenkampagne für ein Mädchen durchzuführen, das doch nur in unseren Leben fehlt.

Oben auf dem Berg halte ich an dem kleinen Eckladen an. Die Regale sind spärlich bestückt, die wenigen Waren wurden Richtung Wand geschoben, was dem Ort ein eher post-apokalyptisches als minimalistisches Aussehen verleiht. Ich nehme mir eine der beiden Flaschen Sprudel und frage mich, wie lange sie dort wohl schon stehen. Der Mann hinter dem Tresen gleitet von seinem Stuhl, um mich zu bedienen, und ich höre, wie sein Knie beim Aufstehen knackt.

»Sechzig Pence, bitte.«

Ich gebe ihm das Geld und nehme das Handy raus.

»Dürfte ich Sie etwas fragen?«, sage ich, bevor er etwas entgegnen kann. »Kennen Sie dieses Mädchen? Eleanor oder Ellie oder Nell vielleicht? Sie ist meine Tochter. Wir haben uns aus den Augen verloren.« Die Schwere der Aussage und zugleich diese maßlose Untertreibung verschlägt mir den Atem.

»Geben Sie mal her.« Er setzt sich wieder hin und holt hinter dem Zigarettenschrank eine Brille hervor. Er setzt sie sich auf und lässt einen Finger auf dem Steg liegen, der völlig verbogen ist, während er Eleanor größer zoomt. Mein Puls beschleunigt, während er sie genau betrachtet. Sie war schon einmal hier, ganz sicher.

»Ja.«

Ich schlucke, und mir bleibt kurz die Zunge am Gaumen haften, dick und klebrig von der schlaflosen Nacht.

»Hier?«

»Sie kauft hier manchmal ein. Alkohol, Zigaretten, Pasta. Sie muss in der Nähe wohnen.«

»Kommt sie allein?«

»Meistens ja. Manchmal ist noch ein anderes Mädchen dabei.«

Ich weiß nicht, was ich noch fragen soll, aber ich habe Angst, diese fragile Verbindung zu Eleanor zu verlieren. Meine Spur, um sie aufzuspüren. Die Klingel über der Tür läutet und kündigt einen neuen Kunden an, und ich erkenne, dass meine Zeit knapp wird. Er spürt es auch und lehnt sich nach vorn über die Theke, stützt einen Ellbogen auf den Kaugummiständer.

»Wissen Sie, ich bin auch Vater. Ich weiß, welche Sorgen wir uns machen, wenn sie flügge werden.« Seine andere Hand taucht wieder auf. Darin hält er ein abgewetztes Notizbuch, woran ein Stift an einer Schnur befestigt ist. Er öffnet es dort, wo die Kordel liegt, und fährt mit dem Zeigefinger über die blassen Linien. »Wie war der Nachname noch gleich?«

»Hobbs.« Ich hoffe, dass sie nicht auch ihren Nachnamen aufgegeben hat.

»Ich sollte das nicht machen«, murmelt er. »Aber wir machen uns Sorgen. Wenn man Kinder hat – Sorgen, Sorgen, Sorgen.«

Ich lächele matt, der nächste Kunde hat sich gerade hinter mir angestellt.

»Hier haben wir sie – Nell Hobbs. Sie lässt anschreiben.«

Kurz wundere ich mich darüber, dass ein Ladenbesitzer Studenten anschreiben lässt. Doch ich schiebe diesen Gedanken rasch weg; ich könnte ihm nicht dankbarer sein.

»Machen Sie ein Foto von der Adresse. Ich weiß nicht, ob sie wirklich existiert und ob Ihre Tochter noch dort wohnt, aber Sie können es versuchen.«

Ich mache das Foto und werde plötzlich von dem Verlangen überwältigt, ihn über die Theke hinweg zu umarmen.

»Danke. Vielen, vielen Dank.«

»Aufs Haus.« Er schiebt mir ein Mars hin. »Viel Glück.«

Die Adresse liegt glücklicherweise in der Nähe. Der vokalreiche Straßenname Albermarle Street lässt mehr Luxus vermuten, als man tatsächlich vorfindet. Die Mülleimer stehen alle zusammen, einige noch aufrecht mit geöffneten Deckeln, andere sind umgestürzt, und ihr Inhalt ergießt sich auf den Boden. Vor vielen Häusern steht Sperrmüll – eine fleckige Matratze, ein Fernseher mit eingeschlagenem Bildschirm, eine Mikrowelle ohne Kabel und mit einem klaffenden Loch an der Rückseite des Plastikgehäuses. Ich versuche zu verdrängen, wie viel Kraft man dafür braucht.

Nummer 174 befindet sich am Ende der Häuserreihe. Der

Rasen könnte mal wieder gemäht werden, er ist von wild wucherndem Moos, von Chipsschachteln und Cider-Dosen übersät. Dieser Vorgarten verrät mir gewiss mehr über Eleanors Essgewohnheiten als die wenigen Mahlzeiten, die wir letztes Jahr gemeinsam als Familie eingenommen haben.

Aus den Augenwinkeln bemerke ich die Bewegung einer Tüllgardine. Ich war dermaßen darauf fixiert, Eleanor aufzuspüren, dass ich mir überhaupt nicht überlegt habe, was ich sagen werde. Zweihundertfünfzig Kilometer sind ein recht langer Weg, nur um eine Einladung zu einem knochentrockenen Truthahn und immer flacher werdenden Kalauern auszusprechen. Ich bemerke plötzlich, dass ich den Heizlüfter im Kofferraum habe liegen lassen.

»Dad?«

Es klingt eher wie eine Anschuldigung, nicht wie eine Begrüßung. Ich gehe zu ihr hoch und sehe, dass sie die Kette nicht von der Tür genommen hat. Sie wird mich wohl nicht auf einen Tee hereinbitten.

»Eleanor, hallo! Wie geht es dir?« Ich nähere mich ganz langsam und hoffe, dass sie mir nach der weiten Fahrt nicht die Tür vor der Nase zuschlägt.

»Wie hast du mich gefunden?« Eleanor ist sichtlich geschockt, aber es ist noch ein anderes Gefühl im Spiel, das ich nicht recht zuordnen kann. Bevor es mir gelingt, zieht sie sich die Ärmel über die Hände und stülpt sich den Pulli um die Finger. Ich habe das schon Hunderte Male gesehen: als Kind, wenn sie an der Bushaltestelle fror, als Erwachsene, wenn ihr etwas äußerst unangenehm war.

»Ach, weißt du, für irgendwas war mein Studium eben doch zu gebrauchen.« Vielleicht sollte ich keine Witze machen. Sie wirkt unkonzentriert, meilenweit entfernt. »Hör mal, Süße, ich habe ein paar Sachen für dich von Mum im Auto. Ich kann gehen und sie holen-«.

Ich habe den Satz kaum zu Ende gesprochen, da unterbricht sie mich schon.

»Nein. Nein. Ich komme mit runter.«

Die Tür fällt zu, und ich höre, wie dahinter die Schlüssel rausgezogen werden, weiter oben im Treppenhaus ruft jemand etwas. Eine Minute später kommt Eleanor raus. Sie trägt keine Jacke, aber ich verkneife mir einen Kommentar. Ich biete ihr stattdessen meinen Schal an und freue mich, als sie ihn nimmt. Zum ersten Mal seit langer Zeit fühle ich mich wieder wie ein Vater. Treusorgend. Der seinem Kind nicht bloß lästig ist. Vielleicht ist es doch noch nicht zu spät für uns, um uns wieder einander anzunähern?

Ich gehe langsam, will den Weg mit ihr zum Auto ausdehnen. Ich würde barfuß bis ans Ende der Welt gehen, um mehr Zeit mit ihr zu schinden.

»So, Ellie, wie läuft's an der Uni?«

»Gut, also okay, glaub ich.« Ich versuche, ihren Blick aufzufangen, aber sie vermeidet es stur, mich anzusehen. Stattdessen starrt sie auf ihre ramponierten Turnschuhe, ein Retro-Modell aus den Neunzigern, das ich längst auf dem Modefriedhof verortet hätte, das aber zehn Jahre später zu einem Wucherpreis wieder aufgetaucht war.

»Und hier wohnst du nun also?« Ich versuche es anders, hoffe, ich klinge ermunternd und nicht wertend.

»Ja, das ist praktischer für mich, ich habe Freunde hier, von anderen Unis.« Ihre Stimme ist leise und zittert leicht, als ob es sie schon anstrengt, die Wörter herauszubekommen.

»Das ist doch super, Eleanor. Ich hatte gar keine Freunde im ersten Jahr an der Uni.« Die Stille schwebt bedrohlich über mir. »Und das erste Trimester ist doch bestimmt bald um, oder?«

Eleanor nickt. Sie weiß, wohin diese Unterhaltung führt.

»Dann sehen wir uns zu Weihnachten, hoffe ich?« Wir stehen nun beim Auto. »Deine Mutter würde sich so freuen, dich zu sehen. Edie auch. Und ich natürlich.« Ich stehe mit dem Rücken zur Fahrertür, als hätte ich Angst, Eleanor würde hineinspringen und auf Nimmerwiedersehen davonbrausen, auch ohne Führerschein.

»Ich schau mal.« Eleanor starrt immer noch auf ihre Turnschuhe, und einige Locken aus ihrem verfilzten Haarknoten hängen ihr ins Gesicht. Wenn ich sie direkt anblicke, erschreckt es mich, wie dünn sie geworden ist, die Jogginghose hängt an ihr herunter wie bei einem Kind, das in die Klamotten des Vaters geschlüpft ist.

»Eleanor, bitte.« Sanft hebe ich ihr Kinn ein wenig an. Ich erwarte, dass sie genauso zusammenzuckt wie an jenem Morgen nach der Dinner-Party, wie jedes Mal, wenn ich sie seitdem berührt habe. Nichts. Diese kurze Berührung hat etwas unendlich Beruhigendes an sich. Ich will sie fest in die Arme schließen und nie wieder gehen lassen. Ich kann nicht sagen, ob ich es mir einbilde oder ob es wirklich so scheint, für den Bruchteil einer Sekunde, als ob sie sich an meine Brust werfen will. Jeder Muskel in ihrem Körper scheint angespannt zu sein, damit sie es schafft, Abstand zu wahren.

Schließlich mache ich einen Schritt zurück, ich will mein Glück nicht zu sehr herausfordern. Ihre Augen wirken größer, die Augenhöhlen sind lila unterlaufen. Tränen steigen auf. Sie zieht sich schnell einen Ärmel über die Hand und wischt sie weg. Wegen dieser abrupten Geste rutscht der Ärmel hoch und ihr schmales Handgelenk schaut hervor. Mit roten, wulstigen Narben auf der pergamentenen Haut. Darunter ist ihr schneller Pulsschlag zu sehen.

Eleanor bemerkt, was passiert ist, und reißt den Ärmel wieder hinunter. Ich starre auf ihren ausgeleierten Pullover wie ein Kind am Ende einer Zaubervorstellung. *Was zum Teufel war das?*

»Du solltest fahren.« Die Zärtlichkeit des Augenblicks zuvor ist verschwunden. Eleanor richtet sich auf, sie hat die Hände so fest zu Fäusten geballt, dass sich die Nägel in die Haut bohren müssen.

»Eleanor?«

»Bitte, Dad.«

Weißt du was, Mags? Eleanor hat mir noch nicht einmal zum Abschied gewinkt. Sie ist einfach weggegangen. Kein kurzer Abschiedskuss. Kein einziger Blick zurück. Es sind immer die kleinsten Dinge, die die tiefsten Wunden hinterlassen, die Splitter, die sich so tief in die Wunde bohren, dass man sie nicht wieder herausziehen kann.

Nach einer Meile auf der Autobahn fange ich an zu weinen. Ich fahre auf den ersten Rastplatz und stopfe deine Tasche mit den Geschenken in den nächsten Abfalleimer. Der Stecker des Heizlüfters fällt aus der billigen Baumwolltragetasche, und das Kunststoffgehäuse knallt gegen das Metall. Nichts kann unser Verhältnis kitten; kein Besuch, keine warme Weste und auch nichts anderes aus unserem Repertoire des unermüdlichen Engagements. Sie braucht mehr. Sie braucht Hilfe. Die Art Hilfe, die Eltern nicht leisten können.

Und dann bricht die Erkenntnis über mich herein: Ich könnte sie verlieren, diesen Teil meines Herzens, von dem ich erst gar nicht wusste, dass es ihn gibt und dass ich das Glück haben würde, ihn einmal zu finden. Diesen winzigen Zellhaufen – aus deinen und meinen Zellen –, der meinem Leben eine ganz neue Bedeutung verliehen hat.

Mit neuer Entschlossenheit krame ich in meiner Jeanstasche nach meinem Handy, meine Hände sind ganz steif vor Kälte. Ich öffne die Suchmaschine, tippe *Selbstverletzung* (mit einigen Tippfehlern) ein und finde die Seite der Gesundheitsbehörde. Ich schaffe es, Eleanor den Link zu schicken. Ich schaue ein-, zwei-, dreimal nach, dass wirklich Eleanor die Adressatin ist und nicht du. Darunter schreibe ich: *Bitte, ich habe dich lieb.*

Ich hätte es dir sagen sollen, Mags – was ich gesehen habe, wie ich mich gefühlt habe. Ich konnte es nicht. Aber selbst wenn ich es getan hätte, was hättest du gemacht? Was hätte es für einen Sinn ergeben? Ich musste auch dich beschützen.

Auch jetzt reichen die Worte noch nicht aus.

13

Ein fester Druck an meiner Schulter weckt mich auf.

»Hey, Frank, Sie dösen weg«, sagt Daisy. Sie tritt einen Schritt zurück und richtet den Tropf an Maggies rechtem Arm.

»Mist. Wie spät ist es?«

»Sieben Uhr früh.«

»Mist.«

»Nun mal sachte, seien Sie nicht so streng mit sich. Kein Wunder, dass Sie müde sind. Sie sind seit drei Nächten hier. Ihr Körper lechzt nach einer Pause. Aber ich dachte, Sie würden lieber von mir als … äh … von Dr. Singh geweckt werden.«

Also weiß Daisy es auch. Das halbe Krankenhaus beobachtet den Mann, dem die Zeit davonrennt.

»Er hat es Ihnen erzählt.«

»Hm«, entgegnet Daisy sachlich. Dass sie mir nicht in die Augen schauen kann, sagt mehr als Worte.

»Wann kommt er?«

»Meistens ist er um neun da, aber ich kann versuchen, ihn ein wenig länger aufzuhalten.«

»Danke, Daisy.«

»Kein Problem.«

Mir ist alles zu viel. Ich stütze mich auf die Handflächen und sacke wieder zusammen, fahre mir mit den Händen durch mein spärliches Haar an den Schläfen. Noch zwei Stunden, bevor der Arzt zurückkommt. Zwei Stunden, bevor ich eine Entscheidung über Maggies Schicksal treffen muss.

»Egal, was Sie ihr erzählen müssen, machen Sie jetzt weiter, und kommen Sie zum Ende. Sie schaffen das, Frank.« Daisy wartet, bis ich mich aufgerichtet habe, damit ich nicht wieder einschlafe, dann eilt sie hinaus.

Ich zwinge mich, aufzustehen und die Arme und Beine auszuschütteln. Zwei Stunden. Das ist alles, was mir noch bleibt. Wir haben unser Leben miteinander verbracht, und nun haben wir nur noch diese paar Stunden. *Warum habe ich es immer noch nicht gesagt?* In der Dunkelheit stoße ich mich an dem Bettgestell und fluche leise. Selbst nach fast vier Tagen fällt es mir noch schwer zu verstehen, dass Maggie nicht einfach schläft, dass sie nicht jeden Augenblick beim kleinsten Geräusch aufwachen wird.

»Mir läuft die Zeit davon, Mags.« Ich versuche zu lachen, aber das hört sich makaberer an als beabsichtigt. »Darüber haben wir nie gesprochen, nicht wahr?« Ich zeige auf das Zimmer, die brummenden Maschinen, den Desinfektionsmittelspender an der Wand. Und was hätte das auch für einen Unterschied gemacht?

»Ich werde für dich kämpfen, Maggie. Auch wenn du denkst, das war es. So können wir nicht auseinandergehen.«

Ich wünschte, ich könnte Maggies Augen öffnen und sehen, ob sie noch an uns glaubt und mir vertraut. Der Herzmonitor zu ihrer Linken piept zur vollen Stunde, und ein neuer Messbalken beginnt.

»Es tut mir leid, Mags, aber wir können hier nicht aufhören. Das macht mich völlig fertig. Ich war schon so oft kurz davor, es zu sagen, das musst du doch bemerkt haben. Ich dachte, vielleicht würde es leichter werden, sobald der erste Schock verdaut wäre. Doch so war es nicht. Es ist immer schwerer geworden, Mags. Ich habe mir eingeredet, ich müsste mir nur Zeit nehmen, mir die richtigen Worte zurechtlegen. Ich wollte dir die Wahrheit sagen, ohne zu riskieren, dass du mich verlässt ...«

Meine Stimme bebt, ich stocke, ich werde weinen. Dass ich bislang nicht mehr Tränen vergossen habe, ist ein Wunder. Aber ich kann es mir nicht leisten, weitere Zeit zu verlieren. Ich versuche, tiefer zu atmen und meinen Nacken zu lockern, der nach drei Nächten auf dem Behelfsbett ganz steif ist.

»Sie werden bald hier sein, die Ärzte, sie wollen mit mir reden, über Entscheidungen und nächste Schritte und was auch immer, Maggie, ich muss es dir jetzt sagen ... Das ... Schweigen, warum ich ... Aber bitte, Mags, denk immer daran: Es tut mir leid.

Bitte, komm zurück zu mir.«

Während der ganzen Rückfahrt überlegte ich, was ich dir sagen sollte. Sollte ich zugeben, dass ich Eleanor gesehen hatte? Oder sagen, ich hätte sie verpasst, sie wäre gerade bei einer Vorlesung gewesen, ich hätte ihr aber eine Nachricht hinterlassen? Ich hatte mich schon entschieden zu lügen. Es tut mir leid, aber ehrlich gesagt habe ich es nie als Lüge gesehen, noch nicht einmal als Notlüge. Ich habe dich beschützt, als du es am nötigsten hattest. Und hatte ich dir das nicht versprochen, auf dem Standesamt, als wir beide in unseren billigen Kleidern bibberten und keinen blassen Schimmer hatten, was aus unserem Eheversprechen werden würde?

Glücklicherweise war Eleanor mir zu Hilfe gekommen. Du warst an der Haustür, als ich den Wagen noch nicht abgeschlossen hatte.

»Guten Abend!«

»Was ist denn hier los?« Ich bin völlig verwirrt. Die Ereignisse des Tages leuchten vor meinem inneren Auge auf: die Kette vor der Tür, Eleanor, die sich hastig die Ärmel runterzieht und mich rauswirft, ich, kurz vorm Nervenzusammenbruch auf der Raststätte; ein einziges Balancieren am Abgrund.

»Sie hat angerufen!«

Ich versuche, meinen Schock nicht zu zeigen. Glücklicherweise bist du zu erleichtert und zu froh, um es zu bemerken. Du bist schon wieder in die Küche geeilt, um das Gericht umzurühren, das auf dem Herd köchelt.

»Sie meinte, es wäre so schön gewesen, dich zu sehen. Und dass sie umgezogen sei.« Ich will gerade antworten, doch du redest weiter. »Es tut ihr leid, dass sie nie geantwortet hat, aber sie hat dort sehr schlechten Empfang.« Ich denke an die vielen Balken, die mein Handy anzeigte, und wie schnell das Navi den Weg fand. Auch Eleanor hatte sich offensichtlich für einen kreativen Umgang mit der Wahrheit entschieden.

Von meinem Platz auf der Treppe, wo ich mich hingesetzt habe, sehe ich dich nicht, ich knote meine Schnürsenkel auf. Deine Stimme klingt so unbeschwert wie schon seit Monaten, vielleicht sogar seit Jahren nicht mehr. Ich habe riesige Angst davor, wie schnell sich das wieder ändern könnte – wenn ich nur eine Kleinigkeit falsch mache.

»Wie hast du sie aufgespürt? Wo sie doch umgezogen ist?«

Ich bin froh, dass du nicht die Panik in meinem Blick siehst, ich erröte, und mein Mund wird trocken, während ich die erste Erklärung abgebe, die mir in den Sinn kommt.

»Das Mädchen in ihrem Zimmer.«

»Was ist damit«

»Sie war sehr hilfsbereit. Sie war eine Freundin von Ellie ... sie hat mir die Adresse gegeben.«

»Glück gehabt, dass sie da war, oder?«

»Ja, ziemlich.«

»Und wir haben über Weihnachten gesprochen, aber da ist sie schon mit Freunden unterwegs. Hast du die Freunde kennengelernt? Frank?«

»Entschuldige, Mags, lass mich kurz ankommen.« Ich ziehe den Fuß aus dem Schuh und gehe zu dir, tue so, als würde ich nach dem Abendessen sehen. Ich kann dir nicht in die Augen schauen.

»Wie waren sie denn? Eleanors Freunde? Mit denen sie zusammenwohnt?«

»Ich habe kaum mit ihnen gesprochen.«

»Oh.« Du siehst enttäuscht aus. Ich habe dein Gedankenschloss unabsichtlich zum Einstürzen gebracht, will es aber wiederherrichten und kratze sämtliche Energie zusammen, die ich eigentlich schon irgendwo auf der Schnellstraße M5 verloren zu haben geglaubt hatte.

»Du kennst sie doch. ›Dad, bleib im Auto!‹, ›Sag nichts‹, ich bin das ja gewohnt.« Ich lege dir den Arm um die Taille und drücke die Nase in die Mulde neben deinem Schulterblatt.

»Das Haus sieht geräumig aus. Ich denke mal, sie wollte etwas mehr Freiraum als im Studentenwohnheim. Dort ist es doch sehr eng.«

»Und sah sie gut aus?« Du drehst dich, um mich anzusehen, und ich spüre deinen bohrenden Blick, als würdest du ein Spiegelbild von Eleanor in meinen Augen erkennen, wenn du nur gründlich genug suchst.

»Wie immer. Ein wenig müde, aber so ist das eben im ersten Semester, würde ich vermuten.«

Ich beuge mich hinunter, um dich zu küssen, und zum ersten Mal seit Jahren schließe ich dabei die Augen. Ich weiß nicht, was mein Blick verraten würde.

Eleanor hatte die Gefahr diesmal abgewendet, aber bald schon war es wieder wie früher. Langsam, aber sicher kapselte sie sich wieder ab, und wir wussten es, auch wenn wir es nicht laut aussprechen konnten. Erinnerst du dich, als sie noch klein und ganz tapsig war, und wir keine Sekunde für uns hatten? Sobald wir das Zimmer verließen und in die Küche oder ins Badezimmer gingen, stapfte sie mit Jeffrey dem Bären im Schlepptau hinter einem von uns her. Ich würde alles dafür geben, dass es wieder so wäre, Mags. Diese Nähe. Diese Verbindung. Dieses Gefühl, dass sie uns immer noch braucht. Wenn ich nun zurückdenke, kommt mir mein Wunsch, sie möge schneller groß werden, damit wir mal einen Moment Ruhe haben, egoistisch vor. Nun war sie groß, und ich kam ohne sie nicht zur Ruhe.

Ab und zu rief sie an, schwieg dabei aber so lange, dass ich mich fragte, warum sie sich überhaupt die Mühe machte. Glaubst du, das waren versteckte Hilferufe? Wir stellten abwechselnd Fragen, reichten uns den Hörer weiter – *Bist du sicher, dass alles in Ordnung ist? Du kannst immer übers Wochenende hier vorbeikommen, das weißt du ja. Ich fahre dich auch wieder zurück. Hier, sprich mal mit deiner Mum, Süße.* Mit jeder dieser gekünstelten Verabredungen, die unsere Besuche verhindern sollten, sah ich, wie zärtlich du das Telefon festhieltst, mit beiden Händen, als würdest du Eleanor noch einmal als Neugeborenes wiegen.

Wenn sie in den ersten beiden Unijahren doch einmal nach Hause kam, sagte sie selten vorher Bescheid. Manchmal rief Eleanor vom Bahnhof an, manchmal klingelte sie einfach. Die Ungewissheit war das Schlimmste. Ich ertrug es nicht, wie dein Gesicht bei jedem unerwarteten Anruf strahlte, diese Hoffnung in deinem Blick, und wie du tief einatmetest, als würdest du dein Herz weit öffnen, um darin für die Liebe noch ein wenig mehr Platz zu schaffen. Ich kann mir nur zu gut vorstellen, wie enttäuscht du den Vertreter für Isolierverglasung und die Zeugen Jehovas an der Tür angeschaut hast.

Im November von Eleanors drittem Jahr auf der Universität ließ die Erlösung nicht lange auf sich warten. Es muss in der ersten Woche des Monats passiert sein, weil der Geruch von Lagerfeuer in der Luft lag. Entweder feierten die Nachbarn die Bonfire Night, oder sie mussten viel Abfall loswerden. Beinahe hätten wir die Klingel nicht gehört, weil das Feuerwerk im Park am Ende der Straße so laut war.

»Frank! Es hat geklingelt!« Du sitzt inmitten von Rechnungen und den Ordnern, aus denen du sie entnommen hast. Zu deinen Füßen rumort der Papierschredder. »Frank!«

Ich muss nicht fragen, was so dringend ist. Wir machen das schon so lange mit.

»Ja, ja, ich komme. Beruhige dich!«

Sogar mit der Lesebrille sehe ich, dass es Eleanor ist. Ihre Größe, ihr ruheloses Von-einem-Bein-aufs-andere-Treten, ihr Finger, der noch einmal drücken will, aber einen Zentimeter über der Klingel schwebt.

»Eleanor! Du bist hier!«

Ich habe sie seit drei Monaten nicht mehr gesehen. Sie war im Juli eine Nacht lang hier gewesen, weil sie Freunde besuchte, bevor sie wegen ihres Sommerferienjobs nach Manchester zurückfuhr. Sie kam spät und ging früh. Wie bei jedem Besuch, seit sie zur Uni ging, war er so kurz, dass man nichts aus ihr herausbekam. Zumindest nichts Wichtiges.

Vielleicht liegt es am Winter, doch die Eleanor vor der Tür ist die blasseste, die ich jemals gesehen habe, bleich wie ein Gespenst, jegliche Farbe ist aus ihr gewichen. Wie um das zu kompensieren, liegt auf ihren Lippen ein Hauch kirschfarbener Lippenstift. Ich frage mich, ob sie den im Bus aufgetragen hat, die verschmierten Ränder passen nicht richtig zu den hellen Konturen ihrer Lippen, und auf ihrem linken Schneidezahn sehe ich einen roten Fleck. Das alles lenkt nicht sonderlich von ihrer Blässe ab.

»Yup. Bin wieder da. Ist das okay?« Eleanor schaut zu ihren Füßen und tritt gegen die Stufe. Eine Sekunde lang will ich sie zurechtweisen und sie daran erinnern, dass wir nicht für abgewetzte Schuhe zahlen. Dieser elterntypische Reflex verschwindet nie, oder, Mags?

»Ja, sicher, Ellie, komm rein.« Ich nehme ihr die Reisetasche ab, die sie kaum mit beiden Händen halten kann. Sie trägt fingerlose Handschuhe, die ihre mageren Finger betonen. Ihre Hände zittern leicht, als sie mir die Tasche reicht. Beim Hineingehen sehe ich, wie sie sich fast unmerklich über die Schulter blickt. Ich frage mich, wer da draußen sein mag. Oder ob das auch eine neue Angewohnheit von ihr ist.

Eleanor ist gerade erst in den Flur getreten, als du herauskommst, befreit von der Bürde der Haushaltsbürokratie, und sie in die Arme nimmst. Sie erwidert die Umarmung nicht. Nicht offensichtlich zumindest, nicht mit ausgestreckten Armen oder indem sie sich an dich drückt. Sie schreckt aber nicht zurück, und ich merke, wie mich Erleichterung durchströmt.

Beim Abendessen bin ich dir dankbar dafür, wie du es schaffst, die Unterhaltung in Gang zu halten, obwohl unsere Tochter sich jeden Satz aus der Nase ziehen lässt. Ich suche nach Zeichen, dass es aufwärtsgeht, dass das, was ich zufällig gesehen hatte, einmalig war. Ich starre so angestrengt auf ihre Ärmel, dass meine Augäpfel schmerzen.

»Also, Ellie, weißt du denn, wie lange du bleibst?« Ich war schon immer für Fakten.

»Frank! Was für eine Frage! Eleanor ist gerade erst angekommen.«

»Das bedeutet ja nicht, dass wir dich nicht hierhaben wollen«, entgegne ich und versuche, die drohende Anspannung abzuwenden. »Du weißt, dass du immer so lange bleiben kannst, wie du willst. Ich frage nur, damit wir ein wenig planen, uns vielleicht ein wenig Urlaub nehmen können?« Ich schaue dich an und freue mich, dass du wieder lächelst und nickst.

Eleanor schiebt die Möhren auf ihrem Teller herum, und ich erinnere mich daran, wie sie ihr Gemüse als Kind unter Messer und Gabel versteckte, die Maiskörner in zwei perfekt geraden Linien angeordnet, nur um vom Tisch aufstehen zu können.

»Und, Ellie?«

»Ich dachte an ein paar Wochen.«

Aus den Augenwinkeln sehe ich, dass du errötest – vor Freude? Aus Angst? Ich weiß es nicht.

»Oh, Eleanor, das wäre toll«, sagst du etwas zu überschwänglich und willst ihre Hand nehmen, wie um dich zu vergewissern, ob das alles wahr ist.

»Was ist denn mit deinen Vorlesungen ...«

»Ich bin mir sicher, dass du mal eine Pause von der ganzen Arbeit brauchst.« Ich weiß nicht, ob du mich jemals zuvor oder seitdem so entschieden unterbrochen hast.

»Danke, Mum«, murmelt Eleanor und streckt dir ihre Hand entgegen.

Erst als wir in jener Nacht ziemlich sicher sind, dass Eleanor schläft, sprichst du die Frage für mich aus.

»Was ist mit ihren Seminaren? Mit der Uni?«

Obwohl wir sie monatelang nicht sehen, schreibst du dennoch akribisch genau ihre Semesterdaten in unseren Familienkalender mit den drei Spalten, die Leere der Eleanor-Spalte führte uns nur vor Augen, wie wackelig die Scharniere an unserem Triptychon sind. Ich rollte mich auf die Seite, um dich anzuschauen und dir eine Haarsträhne aus der Stirn zu wischen.

»Lass uns jeden Tag so nehmen, wie er kommt.« Ich bin so nah an dir dran, dass ich deinen Atem am Schlüsselbein spüre. Deine Unterlippe bebt, und ich beuge mich zu dir, um dich zu küssen, zu beruhigen.

Wenn Eleanor zu Besuch war, gingen wir wie auf rohen Eiern. Je mehr wir auf sie zugingen, desto mehr zog sie sich zurück. Einmal erwähnte ich es – das, was ich in Manchester gesehen hatte. Ich fragte sie, ob sie mit jemandem gesprochen hatte, wie ich vorgeschlagen hatte. Sie meinte, das hätte sie getan. Es gebe eine Gratisberatung an der Uni. Ihr gehe es gut. Sie hätte es im Griff. Sie hätte alles hinter sich gelassen. Während sie sprach, spielte sie die ganze Zeit über mit der Quaste eines Kissens, drehte sie immer wieder um ihren Zeigefinger. Sie sah mich nicht an. Nun, nach allem, was geschehen ist, wünschte ich, ich hätte vehementer nachgebohrt, ihre Ärmel hochgezogen, einen untrüglichen Beweis verlangt, dass dies nicht ein weiterer Versuch war, uns zu beruhigen, damit wir sie in Ruhe lassen. Aber damals? Ich war einfach dankbar, dass sie länger als vierundzwanzig Stunden zu Hause blieb. Ich ging zurück ins Wohnzimmer und nahm wieder meine Rolle in unserer Familien-Scharade ein: Eleanor war auf ihrem Zimmer, die Tür war zu, und sie tat so, als würde sie lernen, wir waren unten, die Tür war offen, und wir taten so, als würden wir lesen, dabei horchten wir auf jede Bewegung von ihr.

Am Ende hielt Eleanor es gerade einmal fünf Nächte bei uns aus. Vor dem Abendessen am sechsten Tag ging sie, und ich sah, dass es dir das Herz zerriss. Als ich vom Bahnhof zurückkam, war das Bœuf Stroganoff im Müll, und du lagst im Bett. Ich kroch vollständig angezogen unter die Decke, hatte noch nicht einmal die Schuhe ausgezogen. Du legtest deinen Kopf auf deinen Lieblingsplatz und presstest dein Ohr auf die kratzige Wolle meines Pullovers.

»Und wenn sie Hunger bekommt?« Dieses Mal konnte ich das Beben deiner Unterlippe nicht verhindern.

Ich hatte schon lange vermutet, dass Eleanor das Studium an den Nagel gehängt hatte, aber ich konnte den Gedanken nicht aussprechen, noch nicht einmal vor dir. Auch als sie kurz nach ihrem abrupten Abschied eine SMS schrieb und dir mitteilte, sie würde das letzte Unijahr verschieben, um ein wenig »Erfahrung in der echten Welt« zu sammeln, benötigte ich sehr viel Willenskraft, um sie nicht anzurufen und ihr zu sagen, das sei eine ganz und gar schlechte Idee. Wahrscheinlich wäre sie sowieso nicht drangegangen.

Es brachte mich um den Verstand, Mags. Nicht wegen des Geldes oder dem Gerede der Leute. Sondern wegen ihres wachen Geistes und ihrer hervorragenden Zeugnisse – Klassenbeste! In allen Fächern brillant – die intelligenten Fragen, die Neugierde und unsere Abende auf der Terrasse, wenn wir besprachen, warum alles so war, wie es war. Jetzt ging das alles den Bach hinunter.

Als ich sie zum ersten Mal auf dem Arm hielt, hatte sie mit ihrer winzigen Faust meinen Zeigefinger umklammert, und ich erkannte so viel Potential. Sie könnte alles sein, alles machen. Ich redete mir ein, ich würde alles in meiner Macht Stehende unternehmen, um das möglich zu machen.

Und jetzt? Ich wusste nicht, ob man noch irgendetwas davon retten konnte. Während ich mir noch den Kopf darüber zermarterte, was wir machen könnten, antwortetest du auf ihre Nachricht und erklärtest ihr, wir würden sie »bedingungslos bei allem unterstützen«. Mit mir hast du darüber nicht gesprochen. Ich mache dir daraus keinen Vorwurf – ich war noch nie gut darin, die richtigen Worte zu finden.

Von da an sahen wir Eleanor noch unregelmäßiger. Wir besprachen, ob wir einschreiten sollten. Mehrmals. Anfangs fühlte es sich so seltsam an, in der Küche darüber zu reden, beim Abendessen oder während wir nebeneinander auf dem Sofa saßen und uns hinter der Programmzeitschrift versteckten. Das war deine Art, den Kopf in den Sand zu stecken. Und als wir endlich verstanden hatten, dass es unsere einzige Möglichkeit war? Es muss ein halbes Dutzend Gelegenheiten gegeben haben, an denen wir uns darauf vorbereitet hatten, doch unser Entschluss verpuffte, sobald Eleanor wieder bei uns vor der Tür stand, wir beide ihren dürren Körper unbedingt umarmen und berühren wollten – mit dem zerrissenen Pullover, dem unordentlichen Haar – und heilfroh waren, dass sie immer noch unter uns weilte. Fremd, ja, anders, ja, aber immer noch da.

Eleanors einundzwanzigster Geburtstag verstrich ohne viel Aufsehen. Er fand in dem August statt, nachdem sie eigentlich ihren Abschluss hätte machen sollen, und sie war immer noch in Manchester und sprach nicht viel über ihre Arbeit. Etwas in einem Büro, wo sie ans Telefon ging, Dinge organisierte, »so etwas eben«. Wir schickten ihr ein Geschenk, eine schmale Goldkette mit einer dünnen Goldscheibe als Anhänger. Wir hatten ihre Initialen hineingravieren lassen und ihr Geburtsdatum. Auf der Rückseite: *Love always, Mum & Dad.* Du hattest dir die Mühe gemacht, das Paket nachzuverfolgen und hattest auf Zustellung an ihrem Geburtstag bestanden. Eine Woche später kam die Sendung zurück. Der *Empfänger* war *unbekannt verzogen.*

Ich erinnere mich an das erste Mal, als Eleanor mit Entzugserscheinungen nach Hause kam. Oder als es mir das erste Mal auffiel. Zwei Monate waren vergangen, und die Kette lag immer noch in der marineblauen Schatulle auf deinem Nachttisch, die Verpackung war zerknüllt ganz unten im Mülleimer gelandet. Eleanor kam kurz nach dem Abendessen, als du im Bad warst. Gott, ich war wirklich dankbar, dass du so lange im Bad geblieben bist, Mags. Du solltest Eleanor wirklich nicht in diesem Zustand sehen.

Ihre Nase und die Augen waren rot und liefen, was sie auf Pollen schob, obwohl der Pollenflug im Oktober ganz gewiss zu vernachlässigen war. Ihre Pupillen waren so groß wie die einer Eule, sie blickte glasig und verloren drein. Schweiß stand ihr auf der Stirn, als hätte sie Fieber, doch sie fühlte sich nicht krank. Bevor du zu Bett gingst, stelltest du die Heizung auf die höchste Stufe, und dennoch schien sie zu frieren, als ich sie von der Wohnzimmertür aus beobachtete.

»Schön, dich zu sehen, Ellie«, sage ich zu ihrem Rücken, während sie mit der Fernbedienung herumspielt.

»Wie geht es dir?«

»Gut.«

Sie dreht sich nicht um, deswegen setze ich mich auf den Sessel, genau in ihrer Blickrichtung.

»Aber schau mal, Ells, du siehst nicht gut aus.« Ich wappne mich für das Gespräch. »Was hast du genommen?«

»Spielt das eine Rolle?«

»Ja, Eleanor, es gibt nichts, was für mich eine größere Rolle spielt.«

Eleanor schaltet den Fernseher aus und blickt mir kurz in die Augen.

»Ich bin jetzt erwachsen.«

»Ich weiß. Das bedeutet nicht, dass wir uns keine Sorgen machen.«

»Ich kann tun und lassen, was ich will.« Eleanors Blick flackert auf. Sie ist gereizt. Instinktiv will ich zurückweichen, aber jetzt habe ich es schon so weit gebracht.

»Ja, aber deine Mum und ich machen uns ständig Sorgen um dich. Wir wollen dir helfen.«

Eleanor wirkt, als wollte sie etwas sagen, doch sie gähnt nur dieses Gähnen, das ihr fast eine Kiefersperre verpasst und so aussieht, als wollte sie mich in einem Stück verschlingen.

»Eleanor, bitte. Was können wir tun? Wir könnten dir Hilfe suchen. Du kannst so lange hierbleiben, wie du willst. Wir können ...« Viel fällt mir nicht mehr ein – ausgesprochen wirkt jedes Argument viel schwächer als zuvor in meinem Kopf.

Schweigen und dann: »Es ist mein Leben, nicht wahr?«

Ich nicke, weil sie damit ja recht hat.

Eleanor lehnt sich auf dem Sofa nach vorn und fummelt an den Kakteen auf dem Couchtisch herum, sie testet ihre Schmerzgrenze mit einem langen, dünnen Stachel. Genau diese Pflanze haben wir seit einer unserer ersten Verabredungen. Ich versuche, mir an dieser Zähigkeit ein Beispiel zu nehmen.

»Also kann ich es so leben, wie ich will.«

»Eleanor – aber doch nicht so!« Ich zische das letzte Wort. Ich will sie nicht aufwühlen, will ihr keine Szene machen, wenn sie auf Entzug ist. »Bitte, Eleanor, wir lieben dich.«

Die Trumpfkarte. Die ich für dermaßen offensichtlich gehalten hatte, dass ich sie gar nicht ausspielen müsste.

»Das weiß ich. Ich verdiene es nicht. Ich bin ein schlechter Mensch. Ich bin gestört. Ich bin nicht so, wie ihr euch euer einziges Kind vorgestellt habt. Ich weiß das alles.«

»Das habe ich gar nicht gemeint.« Ich berühre sie am Arm, kurz über dem Ellbogen. Ihr ganzer Bizeps erbebt, ihre Muskeln verkrampfen sich.

»Wir lieben dich so, wie du bist. Aber wir wollen, dass es dir wieder gutgeht, Eleanor. Was haben wir falsch gemacht, hm? Sag es mir einfach, dann können wir es wiedergutmachen. Wir würden alles für dich tun.« Ich flüstere, weil ich Angst vor meiner eigenen Tochter habe. Es ist eine Sache, sich mit dem

Gedanken abzufinden, man habe ein Problem, und eine andere Sache, wenn man die Bestätigung dafür bekommt.

»Nichts.« Eleanor atmet laut und schaut mich an. »Ich bin einfach abnorm.«

Ich habe keine Chance, ihr weitere Fragen zu stellen. Sie schlängelt sich an mir vorbei. Eine Sekunde lang ist sie neben mir, ich könnte die Stelle auf ihrer Stirn berühren, wo das Haar immer noch so flaumig ist wie bei einem Baby. Aber ich habe Angst, dass sie vor mir zurückschreckt.

»Nacht, Dad.«

Am nächsten Tag war sie weg. Du konntest ihr noch nicht einmal die Kette geben.

Nach diesem Abend betrieben wir eine Art Resozialisierungszentrum. Zumindest fühlte es sich für mich so an; wir nahmen sie auf, wenn sie keinen Unterschlupf oder zu wenig Geld hatte, wenn sie high und fahrig war oder unter Entzugserscheinungen litt. Ich wusste nie, wie viel du von den Interaktionen zwischen Eleanor und mir mitbekamst – meistens redete ich mit ihr, wenn du gerade im Bad warst oder einkaufen gingst.

Sie fragte nie gerade heraus nach Geld, doch zwischen ihren Worten fühlte es sich genauso an. »Ich muss die Miete zahlen und bin knapp bei Kasse.« »Mein Handy ist kaputt.«

Ich hatte nie die Nerven nachzuforschen und sparte mir meine Energie lieber für die wichtigen Fragen auf: »Geht es dir gut, Eleanor? Willst du reden?« Sie schüttelte den Kopf, stumm, wie ein Kind, das aus dem Mittagsschlaf gerissen wurde. Sie entglitt uns vollkommen, Mags. Ich wollte nur hören, dass sie irgendetwas fühlte.

Wenn ich ihr Zwanziger in die Hand drückte, weil ich von

dem Gedanken verfolgt wurde, wie unsere Tochter hungrig auf der Straße landete, musste ich sie nicht daran erinnern, dir nichts zu sagen; so schnell, wie sie die Scheine zusammenfaltete und in ihre Tasche steckte, konnte ich manchmal gar nicht gucken. Und der schlimmste Satz: »Ich habe mein letztes Geld für die Zugfahrkarte ausgegeben«, als wäre ein Besuch bei uns hier das wahre Problem.

War mein Verhalten verantwortungslos? Vielleicht, Mags, aber wie schickt man sein einziges Kind weg, wenn es etwas braucht? Ich würde gern glauben, dass du dasselbe getan hättest. Aus demselben Instinkt, aus dem wir sie als schreiendes Baby gefüttert haben, fütterten wir nun ihre Sucht. Ich hoffte, es handele sich um eine Phase, für dich, für sie, für mein Konto. Man redet sich alles Mögliche ein, um sich mit fragwürdigen Entscheidungen auszusöhnen. Um diesen unschätzbaren Teil von einem selbst – den eigenen genetischen Code – am Leben zu halten, sogar als Schatten seiner selbst, würde man alles tun. Du kennst das.

Die ganze Zeit über musste ich denken: *Das passiert doch nicht mir.* Das sollte woanders geschehen, irgendeiner anderen Familie. Wir hatten ein gemütliches Zuhause, unendlich viel Liebe zu geben. Wie war das entstanden? Ich machte mir Vorwürfe, Mags. Ich hätte ihr ein besseres Beispiel sein, ihr den richtigen Weg zeigen müssen. Und auch, als ich konkrete Angebote herausgesucht hatte, nahm sie nichts davon an: die Kliniken, die Selbsthilfegruppen, die Entgiftungen. Sie erschien einfach nicht.

Ich glaube, Mags, ich will damit sagen, dass man bei Eleanor nie wusste, was einen erwartete. Wir wussten in den fünf Jahren, nachdem sie die Uni geschmissen hatte, rein gar nicht, was sie trieb. Wann wir sie sehen würden, wie viel Zeit bis zum nächsten Mal vergehen würde. Und in der Zwischenzeit hielten wir uns irgendwie über Wasser, während Eleanor machte, was sie wollte. So lautete die Abmachung, stimmt's? Sie musste erst ganz unten ankommen. Denn im freien Fall konnten wir sie nicht aufhalten. Sie brauchte diesen Aufprall. Die drastische Erkenntnis, dass sie damit aufhören musste. Wir würden so lange warten, bis sie an diesem Punkt ankam.

Mit der Zeit freute ich mich fast auf die Augenblicke, wenn sie uns ihre Abreise ankündigte. Ich hasste mich dafür. Aber wenn ich dich sah, völlig verstört im Flur, wie du auf den Teppich starrtest, wo sie gerade noch gestanden hatte, als könnte dieser Ort dir mehr Trost geben als deine eigene Tochter, verstand ich es – zumindest fast. Die beiden Hälften meines Herzens wurden entzweigerissen, und nichts konnte diesen Riss kitten.

Das ist keine Rechtfertigung für das, was ich dir sagen werde, Maggie, für das, was ich getan habe. Nein, das kann man nicht entschuldigen. Glaub mir, das habe ich versucht. Ich wollte dir die ganze Zeit über sagen, was ich getan habe – stattdessen habe ich dichtgemacht …

Sie meinten, ich solle langsam machen, es würde dir helfen, wenn ich nicht einfach damit herausplatze. Aber nun stecke ich mitten drin, oder? Ich habe es so lange nicht angesprochen und dich damit fast umgebracht. Das war nie meine Absicht, es ist nur … Maggie? Maggie, Darling, kannst du mich hören?

Ein Nagel drückt sich in meine Handfläche, ein kurzer, absichtsvoller Stich. Der sogar einen Abdruck hinterlässt.

»Hilfe! Daisy!« Diesen Augenblick will ich nicht verschwenden, wo mir die Worte doch schon auf meiner Zunge liegen,

die Erklärung für mein langes Schweigen. Aber ich will auch Maggie nicht verlieren. Ich drücke auf den Notrufknopf, der von einer Schnur am Bett herabhängt, zwei, drei, vier Mal, weil ich Panik habe, und bete verzweifelt, dass er funktioniert.
»Daisy! Hilfe!«

14

Ich höre sie kommen, bevor ich sie sehe, ihre gummibesohlten Schuhe schlagen vor der Tür wie Peitschen auf den Boden.

»Eh, Frank, hier bin ich, was ist los?« Daisy schaut erst Maggie an, dann mich, ich bin immer noch über den Notrufknopf gebeugt, als könnte er jeden Moment explodieren. Sie bemerkt Maggies Zittern auch, ruft mit ihrem Pager Hilfe herbei und fängt an, Maggie abzuklopfen – ihre Handgelenke, ihre Füße, den Hals. Plötzlich scheint mein Zutun völlig nebensächlich zu sein.

Ich habe immer schon gesagt, dass Maggie ein Händchen für den richtigen Zeitpunkt hat. *Wie kann das überhaupt sein?* Wie lange hätte ich noch gebraucht? Fünf Minuten? Wäre ich doch bloß gleich zum Punkt gekommen. Ich sehe meine Felle davonschwimmen, ich werde es ihr nie sagen können. Es geht doch nicht, wenn andere Leute dabei sind. *Oder?*

»Daisy, was ist los?«

Eine aufgeregte Ärzteschar kommt herein, angeführt von Dr. Singh, dessen weißer Kittel sich hinter ihm aufbauscht. Daisy antwortet mit Zahlen, die für mich keinen Sinn ergeben. Nach so langer Zeit, in der ich nur meine eigene Stimme gehört habe, klingt der Lärm in diesem kleinen Zimmer auf der Intensivstation nun polterig und grotesk.

Ich stehe auf und trete einen Schritt zurück, zum Fenster, während die Ärzte an Maggies Bett mit einem ganzen Arsenal an Gerätschaften herumhantieren, wie aggressive Händler, kurz vor Marktende.

»Frank, es wird alles gut, wie ich es gesagt habe.« Daisy hat sich von ihren Kollegen losgeeist und sich so hingestellt, dass sie mir halb die Sicht nimmt. »Sie müssen stark sein, wenn sie aufwacht. Sie wird Sie brauchen.«

»Ich war nicht stark für sie, Daisy, ich habe sie im Stich gelassen.« Alles ist zu viel. Das Zimmer, die Menschen. Ich spüre, wie mir die Tränen kommen, Daisy spürt es auch. Ihr sechster Sinn – Mitgefühl.

Daisy macht eine Kopfbewegung in Richtung Tür. »Wir haben alles im Griff. Ich passe auf sie auf, versprochen.«

Ich bewege mich nicht.

»Sie haben Ihren Teil getan, Frank, aber jetzt müssen Sie uns vertrauen. Los.« Ich will nicht gehen, aber ich werde hinausgeschoben; Daisy legt mir die Hand auf den Rücken und will mich zum Ausgang schieben, weg von all den Fachbegriffen, die durch den Raum wirbeln.

»Nein, Daisy. Ich bin noch nicht fertig. Ich muss ihr noch etwas sagen …«

»Sie müssen gehen. Wirklich, bitte, Frank, bitte machen Sie es mir nicht so schwer.« Ihr Ton ist jetzt bestimmt. Ich weiß, ich wirke wie ein Verrückter, der rumquatscht und wichtige Ressourcen blockiert.

»Ich muss ihr erzählen, warum ich so lange geschwiegen habe …«

»Frank, bitte, das können Sie später machen. Wenn es ihr wieder gutgeht. Geben Sie ihr einen Abschiedskuss, Sie werden sie bald wiedersehen.«

Zwischen der Wand aus Rücken ist kein Platz mehr. *Kann ich es vor Publikum sagen?* Ich kann mir noch so viel vormachen, aber im tiefsten Inneren weiß ich, dass ich so mutig nicht bin.

Eine Schwester verlässt den Raum, und ich schlüpfe an ihren Platz, am Kopfende von Maggies Bett. Ich gehe in die Hocke, bis unsere Köpfe auf gleicher Höhe sind. Meine Knie knacksen, und erst richtet nur Dr. Singh seine Aufmerksamkeit auf mich, dann auch seine Kollegen. Ich drücke ihr die Lippen auf die Wange.

»Ich liebe dich, Maggie.«

Sein Schweigen

1

Edie war beunruhigt von Franks SMS. Etwas stimmte nicht, das wusste sie. Sie las zwischen seinen Zeilen, was Maggie getan hatte. Sie kennt Maggie noch länger als Frank und hat schon seit einigen Monaten so etwas erwartet. Sie versuchte, mit Maggie zu sprechen, mit beiden zu sprechen, aber es gelang ihr nicht. Die Vorhänge waren zugezogen, die Türen verschlossen, und auf die Klingel reagierten sie nie. Das erinnerte sie an Bilder in ihren Schulbüchern von den Quarantänezonen für Cholerakranke im achtzehnten Jahrhundert. Aber keine Krankheit ist vergleichbar mit der Verzweiflung einer Mutter, die vergeblich versucht, Kontakt zu ihrem einzigen Kind aufzunehmen.

Am Empfang gibt sie sich als Maggies Schwester aus, eine entschuldbare Lüge. Sie wird den Gang auf der Intensivstation hinuntergeschickt, doch man nennt ihr keine Zimmernummer, weil man wohl davon ausgeht, dass ihr die bekannt sei. Sie sieht den Mann dasitzen, mit dem Kopf zwischen den Knien, und geht auf ihn zu.

Sie sagt nichts, als sie Frank erreicht. Stattdessen fährt sie ihm langsam mit der Hand über den Rücken. Es erinnert ihn an Maggies Hände, aber diese hier spenden nicht denselben

Trost wie die perfekten Kreise, die seine Frau ziehen würde. Nach einer halben Stunde – vielleicht auch früher – kommt die Krankenschwester mit einer Decke heraus. Es ist dieselbe Decke, unter der Frank die vergangenen drei Nächte geschlafen hat, aber sie hat sie zusammengelegt, deswegen ist sie fast wieder wie neu. Zusammen mit Edie stützt sie Frank, damit er seinen Kopf auf Edies Schulter legen kann und die Decke Platz auf seinen Knien findet. Trotz der Wolldecke bebt er am ganzen Körper.

In seinem Büro teilt der Arzt Edie die Prognose mit, obwohl sie gerade erst angekommen ist. Er entschuldigt sich, weil er sie nicht früher auf den neuesten Stand bringen konnte, aber er musste zunächst all seine Aufmerksamkeit auf die Stabilisierung von Mrs Hobbs richten. Maggie werde langsam aufgeweckt, mit Hilfe beeindruckend aussehender technischer Apparaturen. In den nächsten vierundzwanzig Stunden werde sich ein ganzes Ärzteteam um sie kümmern – Besucher seien streng verboten, es täte ihm leid, deswegen müssten sie bis mindestens morgen Nachmittag zu Hause warten. Die Zeit bis dahin sei kritisch. Wenn es einen Notfall gäbe, würde das Krankenhaus sie natürlich anrufen.

Edie muss Frank regelrecht zu ihrem Auto mitschleifen. Wie ein Kind, das tot spielt, lässt er sich hängen, als hätte ihn aller Kampfgeist verlassen, aber sie bezweifelt, dass es so ist. Frank ist immer wild entschlossen loyal zu Maggie gewesen. Wenn es jemanden gibt, der mit schierer Willenskraft ihre Heilung erzwingen kann, ist er es.

Vor dem Haus wühlt Edie in seinen Taschen nach den Schlüsseln, was sich beim Ehemann der besten Freundin ungehörig anfühlt – selbst unter diesen Umständen. Sie nimmt auch sein Handy raus, damit sie es aufladen kann und er keinen Vorwand mehr hat, ihre Anrufe und SMS zu ignorieren. Als sie die Tür aufgeschlossen hat, findet Frank auf wackligen Beinen selbst den Weg ins Wohnzimmer.

Edie eilt zur Tiefkühltruhe und sucht nach etwas Essbarem zum Aufwärmen. Frank ist immer schon dürr gewesen, einer dieser Männer, die nie das Teenager-Bohnenstangenstadium hinter sich gelassen haben, doch nun sieht er wirklich ausgezehrt aus. Als er sich im Krankenhaus an sie lehnte, hat sie seine Knochen gespürt.

Sie stellt ihm einen Teller mit dem aufgebackenen Auflauf hin und bietet ihm an, bei ihm zu bleiben. Sie meint das aufrichtig. Sie ist zwar Maggies Freundin, doch sie hat Frank immer gemocht. Er war gut für Maggie, vielleicht zu gut, und sie erträgt es nicht, ihn in diesem Zustand zu sehen. Nein, er will keine Gesellschaft. Er murmelt einen Dank, dann blickt er aus dem Fenster, damit Edie nicht sieht, wie er weint. Dieses Kreuz kann sie ihm nicht abnehmen, sosehr sie auch versucht hat, es ihm zu erleichtern.

Nachdem Frank das Zuschlagen ihrer Autotür gehört und die Spiegelung der Rücklichter in der Scheibe gesehen hat und endlich allein ist, steht er auf und geht zur Tür. Auf dem Weg bleibt sein Blick an dem Foto von ihnen dreien hängen, an dem Ehrenplatz über dem Kamin. Eleanor trägt ein Dinosaurierkostüm, das er ihr zum vierten Geburtstag gekauft hatte. Es war heiß, und sie waren leicht benommen und mit roten Köpfen nach Hause gekommen. Es fühlt sich an, als wäre es gestern gewesen, so dass er unwillkürlich seinen Nacken berührt, als würde die Haut dort immer noch brennen.

Es ist alles zu viel für ihn, er nimmt das Bild von der Wand und legt es mit dem Gesicht nach unten ab. Dann stolpert er in die Küche; dorthin wollte er, seit er zurückkam, aber er musste erst allein sein. Er ist erstaunt, wie normal hier alles aussieht, abgesehen von den Stühlen, die bei den fieberhaften Versuchen der Sanitäter, sie am Leben zu halten, umgeworfen wurden. Nur das übliche Stillleben von einigen Lebensmittelabfällen, einem Glas und einem verlassenen Geschirrtuch.

Er nimmt den Stuhl, auf dem er Maggie gefunden hat, und erwartet fast, dass er noch ihre Körperwärme gespeichert hat – der absurde Wunsch eines vor Kummer kranken Mannes. Er will ihre letzten Augenblicke hier nacherleben. Er will wissen, was sie dachte. Einiges weiß er bereits, auch wenn er den Gedanken immer wieder verdrängen wollte – das Gefühl, im Stich gelassen zu werden, das Alleinsein und der verzweifelte Wunsch, mit ihm zu reden. Für manche Menschen bedeutet Schmerz Rückzug, eine sich langsam anschleichende Einsamkeit, die sie von jedem und allem anderen im Leben abschottet. Für andere weckt Schmerz das unaufhörliche Verlangen zu reden. Wenn Maggie es doch nur … wenn sie es doch nur alles hätte aussprechen können – hätte ihr das nicht ein wenig Linderung verschafft?

Gedankenverloren fährt Frank über die Wachstuchtischdecke. Er nimmt den bunten Stein hoch, der auf den Rechnungen liegt. Er kommt ihm seltsam bekannt vor, doch kann er ihn nicht gleich einordnen. Dann dreht er ihn um: auf die Unterseite steht das Wort MUM geschrieben, die wackeligen Buchstaben sorgfältig mit verschiedenen Farben ausgemalt, die Umrisse mit Bleistift sind noch zu erkennen. Schmerz durchzuckt ihn, und er lässt den Stein wieder auf die Papiere fallen, dann fährt er mit den Fingerspitzen über den roten Lederplaner, der auf dem Tisch liegt, seitdem sie ihn vor über zehn Jahren gekauft haben, in einem winzigen Schreibwarengeschäft in Paris auf einer ihrer seltenen Auslandsreisen nach Eleanors Geburt.

Es ist ein wunderschönes Buch, selbst für einen Mann ohne Sinn für Ästhetik. Es ist in erster Linie ein Tagebuch mit dicken A5-Seiten, liniert. Rechts befindet sich eine schmale Spalte für Auflistungen, kaum sieben Zentimeter breit. Auf den Rat des Ladeninhabers, der sich selbst schrecklich ernst nahm, hatten sie Maggies Initialen auf den Einband prägen lassen, obwohl sich das verschwenderisch anfühlte.

Frank ist nie neugierig gewesen. Wozu auch? Er will bloß betasten, was sie zuletzt in der Hand gehalten hat. Das Büchlein ist bisher nur für banale Haushaltsangelegenheiten verwendet worden. Listen hauptsächlich und herausgerissene Seiten, um Notizen für Handwerker zu hinterlassen. Er öffnet das Buch und erwartet die letzte Einkaufsliste. Stattdessen sieht er seinen Namen. Er schließt die Augen und öffnet sie wieder, blinzelt einige Male angestrengt, wie man es beim Optiker machen muss. Schweiß sammelt sich auf seiner Stirn. Er reibt ihn weg, blinzelt und schaut noch einmal hin.

Frank.

Sie würde nicht gehen, ohne sich zu verabschieden. Warum hatte er das jemals für möglich gehalten? Vielleicht, weil er an nichts anderes als Maggies Überleben denken konnte.

Frank.

Diese fünf kleinen Buchstaben sollten ihn erleichtern, doch Frank verspürt nur Panik. Er hat den Großteil der vergangenen sechs Monate darüber nachgedacht, was er sagen muss. Da hat er in seinem verwirrten Gedankenstrudel wohl völlig vergessen, dass Maggie vielleicht auch etwas zu sagen hatte.

Etwas, das ebenso dringend war.
Er fängt an zu lesen.

Noch sieben Tage

Frank,

wie lange, glaubst du, würdest du wohl brauchen, um zu bemerken, dass ich nicht mit dir rede? Du warst nie ein besonders aufmerksamer Mann, also sagen wir mal, einen Tag? Zwei höchstens, würde ich sagen, wenn du gerade mitten in einem besonders wichtigen Projekt steckst.

Ich brauchte eine Woche für diese Erkenntnis, wenn ich mich richtig erinnere. Ich hatte vorher schon eine Ahnung, ja, aber nach einer Woche war ich mir sicher. Großartig, nicht wahr? Und andererseits: Niemand hat dich jemals als sonderlich gesprächig bezeichnet, und nach vierzig Jahren Ehe bedarf es nur noch weniger Worte zwischen uns. Ich kenne dich auswendig. Besser als meine Westentasche – seltsamer Ausdruck. An einigen Tagen fühlt es sich an, als hätten wir jahrzehntelang einen tagtäglichen Tanz eingeübt, den wir blind beherrschen, jede Handlung, Entscheidung und Bewegung bis zur Perfektion geschliffen.

Ich glaube, das sagt viel über die Entwicklung unserer Beziehung aus, als Eleanor in ihre Abwärtsspirale geriet. Ich frage mich oft, ob wir das alles hätten verhindern können – wenn wir mehr geredet hätten, als es anfing, als wir bemerkten, dass es sich nicht bloß um eine Phase handelte, sondern um etwas weit Unheimlicheres. Auf der anderen Seite weiß ich nur zu gut, dass es so viel leichter ist, nicht über etwas zu sprechen, als es in Angriff zu nehmen. Machst du das nun gerade, Frank, ja?

Als ich bemerkte, dass du nicht mit mir redest, habe ich beschlossen, dir sechs Monate Zeit zu geben. Die Entscheidung traf ich an dem Abend, als Edie zu Besuch gekommen war und ich – anstatt uns Abendessen zu machen – alles aus dem Kühlschrank nahm und auf den Fliesen zerschmetterte. Als du mich entdeckt hast, voller Sauce, inmitten meiner Kamikaze-Aktion, habe ich dich angebrüllt. Das kannst du unmöglich vergessen haben.

Warum? Warum? Warum redest du nicht mit mir?

Ich sprach es zum ersten Mal aus. Zum ersten Mal, seit du dichtgemacht hattest.

Warum?

Ich hasste mich für mein Geheule. Ich wollte nie so eine Frau sein. Die hysterische Hyäne, die nörgelte und jammerte. Ich hasste mich so sehr, aber ich konnte es nicht unterdrücken.

Warum?

Nach einer Woche Stille schmerzte dieser Lärm in meinen Ohren.

Warum?

Wie oft hatte ich dich das gefragt? Zehn Mal? Zwanzig Mal? Und jedes Mal – keine Reaktion von dir. Zumindest kein Wort.

Du ließt mir schweigend ein Bad einlaufen. Ich saß auf dem Rand und beobachtete dich, während du die Temperatur mit den Fingerspitzen prüftest und am Wasserhahn drehtest. Ich studierte jede Bewegung deines Handgelenks und die Art und Weise, wie deine Augen den Wasserstrahl fixierten. Ich wollte einen Hinweis. War es mehr als das Offensichtliche?

Falls nicht, was war es dann, Frank? Ich würde es nicht ertragen, wenn auch du dich vor mir zurückziehst.

Du hast mich abgetrocknet, und ich ließ mich in deine Arme sinken. Ich war so erschöpft, von allem, ich dachte, ich müsste müde sein. Und als du mich ins Bett stecktest, hatte ich gerade genug Energie, um nach deiner Hand zu greifen. Du meintest stets, dass ich dich immer wieder überraschen würde. Ich hoffte, ich könnte zu dir durchdringen, dir meine Nachricht in die Handfläche schreiben, irgendwo zwischen Lebens- und Liebeslinie.

Ich verspürte so viel Zärtlichkeit, als wir Händchen hielten so wie früher, in glücklicheren Tagen, als alles einfacher war, dass ich weinte. Ich weinte so sehr, dass ich mich auf mein Kopfkissen übergeben musste. Ich war wie erstarrt, konnte den Bezug nicht wechseln. Du kamst zu meiner Bettseite, hast meinen Kopf mit einem Arm abgestützt und mit der anderen Hand den schmutzigen Bezug abgezogen. Ich dachte, du würdest in dem Augenblick vielleicht etwas sagen. Lass das, vielleicht. Selbst gerügt zu werden wie ein Kind wäre besser gewesen als nichts.

Schweigen. In deinen Armen beschloss ich, ich würde dir sechs Monate Zeit geben, deine Stimme wiederzufinden. Das würde sicher ausreichen. Was sind sechs Monate schon bei vierzig Jahren Ehe? Ein Wimpernschlag. Ein langer, qualvoller Wimpernschlag. Aber dennoch ein Wimpernschlag. Und wenn sechs Monate nicht ausreichen? Nun, mit dieser Möglichkeit rechnete ich gar nicht.

Und doch sind wir nun fast an diesem Punkt. Fünf Monate, drei Wochen, und immer noch nichts. Ich kann nicht mehr. Ich habe gesagt, ich würde dich niemals verlassen; das muss ich

Tausende Male im Laufe unserer Ehe gesagt haben. Ich habe es jedes Mal so gemeint. Aber nie habe ich gedacht, dass es so kommen würde.

Nun sind wir bei meiner letzten Woche angekommen, den letzten sieben Tagen, die ich mir eingeräumt habe, und ich weiß, dass ich nicht gehen kann, ohne meine Angelegenheiten geregelt zu haben. Oder zumindest so weit geregelt, wie ich es unter diesen Bedingungen schaffe. Wenn du nicht auf mich zugehst, finde ich eine Möglichkeit, auf dich zuzugehen.

Es gibt so viel, was ich dir immer sagen wollte und nie gesagt habe – meine Beichte, Frank, wenn du so willst. Meine Geheimnisse, alles, was ich im Laufe unserer Ehe nicht sagen konnte. Es gibt Gründe, warum ich nicht darüber sprechen konnte, das wirst du verstehen, aber vor allem gab es einen Grund: Ich wollte dich nicht verlieren. Das will ich immer noch nicht, aber so ist es besser.

Ich hoffe, du kannst mir vergeben, mit deinem riesigen Herzen. Falls nicht, siehst du zumindest, wie sehr ich dich geliebt habe.

2

Franks Hände zittern. Seine Finger verkrampfen sich, weil er das Buch so nah vors Gesicht hält. Er vertraut auch in guten Zeiten nicht auf seine Gleitsichtbrille, in schlechten erst recht nicht.

Seit zehn Jahren, seitdem sie aus Paris zurückkamen, hat er nie wieder in dieses Buch geschaut. Er hatte angenommen, Maggie würde es für Haushaltsangelegenheiten verwenden, und das war nicht sein Bereich. Nicht dass er glaubte, Hausarbeit sei unter seiner Würde, aber Maggie kümmerte sich so effizient um alles, ohne bei der täglichen Routine ständig herumzukaspern so wie Frank.

Nun verflucht er sich für seine schreckliche Gedankenlosigkeit. Und wenn er früher einmal in das Buch geschaut hätte? Wenn er sie vergangene Woche beim Schreiben erwischt hätte, anstatt sich mit Computerschach oder Sudoku zu betäuben? Dann wäre alles anders gekommen. Ganz zweifellos. Er hätte jede Pille und jede Rasierklinge die Toilette hinuntergespült und kein Auge zugetan. Keine Sekunde hätte er sie aus den Augen gelassen.

Mit den Fingerspitzen streicht er über ihre akkuraten, winzigen Buchstaben und stellt sich vor, ihre Finger dort zu spüren.

Schmale, zarte Gebilde, die sie in den letzten Monaten so abgenagt hat, dass die rosafarbene Haut schützend über die Stümpfe gewachsen war. Langsam steht er auf und geht ins Schlafzimmer, mit dem roten Lederband in der Hand. Er wiegt ihn wie ein Baby, obwohl es lange her ist, dass er eins im Arm hatte.

Er hatte gedacht, nach vierzig Jahren nun kurz davor zu stehen, Maggies Widersprüchlichkeiten, ihre Stimmungsschwankungen – Ergebnis eines zufälligen biochemischen Generators, den er jahrzehntelang erforscht hatte – zu verstehen. Und nun dies? *Geständnisse.* Er hat den Eindruck, mit untauglichem Werkzeug gearbeitet und mangelhafte Ergebnisse erzielt zu haben. Alles muss nun neu kalibriert werden.

Er weiß, dass ausgerechnet er ihr nichts vorwerfen kann. Seine Scheinheiligkeit ist eine Schande. Er dachte, er wäre der Einzige mit einem so belastenden Geheimnis, das ihn an nichts anderes denken ließ. Er sieht sich wieder an ihrem Krankenbett sitzen, in dem Moment, als er kurz davor war, endlich zu beichten, wie er seine Familie im Stich gelassen hatte. Seine Hand bebte auf dem weißen Laken, seine Augen starrten auf Maggies Gesicht mit der Sauerstoffmaske auf der Suche nach einem Zeichen, dass sie seine Worte verstand. *Maggie?*

Noch sechs Tage

Wo waren wir stehengeblieben, Frank? Meine Beichte, ja. Das hört sich so schrecklich katholisch an, oder? Ich habe mir nie viel aus Religion gemacht. Das fand ich auch bei dir so anziehend, du brauchtest keine höheren Mächte, nur Fakten und Gründe. Ein fester Boden, auf dem ich stehen konnte – Stabilität, endlich! Und ein festes Fundament auch für eine Ehe. Das sollte man zumindest annehmen. Und trotzdem hat mir das Konzept der Beichte immer gefallen; ein glatzköpfiger Priester hinter der Trennwand, der alles mit nur wenigen Zaubersprüchen und ein paar Münzen im Klingelbeutel ungeschehen macht. Ich bin nicht sicher, ob es jetzt so leicht werden wird.

Ich bin leider eine pathologische Lügnerin. Es ist nicht schön, das zu schreiben, und es ist noch schwieriger, damit zu leben. Hast du es je bemerkt, Frank? Ja? Einerseits hoffe ich es, damit du jetzt nicht so schockiert bist. Andererseits hoffe ich es nicht; dann wären meine Täuschungen vergeblich gewesen. In jedem Fall wirst du enttäuscht sein, und ich ertrage es nicht, dich enttäuscht zu sehen, vor allem nicht enttäuscht von mir.

Ich bin nicht stolz auf mich, aber ich war stolz auf unsere Beziehung, und es tut mir leid, dass auch meine Lügen dazugehörten. Unsere Ehe war wie eine Fahrradkette, die all die Jahre geschmeidig lief. Aber mit dem Alter kommt der Verschleiß, und manchmal reicht dann eine kleine Lüge, um den Mechanismus zu ölen und alles am Laufen zu halten.

Warum? Das ist natürlich die alles entscheidende Frage. Ich glaube, daran ist meine Mutter schuld. Ich stelle mir vor, wie du das liest, die Augen zur Decke verdrehst wie immer, wenn ich sie erwähnt habe. Du hast sie für vieles verantwortlich gemacht, und oft zu Recht. Aber wenn es ein eindeutiges Muster gibt, wonach in der Generationenfolge Mütter für ihre Töchter verantwortlich sind – was heißt das dann für mich in Bezug auf Eleanor? Dass ich schuldig bin. Und nichts anderes.

Aber zunächst zurück zu meiner Mutter. Du hast sie nie gemocht, das war klar. Du mochtest es nicht, wenn sie uns besuchte, und nicht, wenn sie anrief. Und auch nicht, wenn sie sich monatelang nicht meldete. Und ich? Ich konnte sie nicht hassen. Ich habe es einmal versucht, doch ich hielt es nicht aus. Ich war oft sauer auf sie, sie lockte mich, sie nervte mich so sehr, dass ich wochenlang nicht ans Telefon ging, wenn sie anrief, aber ich hasste sie nicht. Ich hasste nur, was ich von ihr geerbt hatte – diese subtile, nicht nachweisbare Fähigkeit zu lügen.

In all unseren gemeinsamen Jahren habe ich es nie über mich gebracht, dir zu erzählen, dass meine Mutter in all meinen frühen Erinnerungen mit anderen Männern zusammen ist. Ich wollte sie nicht verurteilen. Das tatest du schon, so harsch, und sie war meine Mutter – weißt du, wie weh das tat? Dafür verurteile ich sie nicht. Eigentlich nicht. Mein Vater war nie da, er hat immer gearbeitet, und das empfanden wir als Erleichterung. Wenn er zu Hause war, war die Stimmung immer angespannt – und wir bewegten uns eher wie barfuß auf Scherben als auf rohen Eiern.

Einmal fragte er mich beim Abendessen: »Was hast du denn heute gemacht, Margot?«

»Mum hat uns nicht rausgelassen, weil sie Besuch hatte.«

»Oh, wirklich, jemand, den du kanntest?«

Meine Mutter unterbrach mich immer sofort.

»Anna und ihre Schwester.« Anna war eine ihrer Freundinnen.

Sobald mein Vater auf seinen Teller sah, warf sie mir einen Blick zu, der mir sagte, ich sollte besser den Mund halten. Katastrophe abgewendet. Zumindest bis zum nächsten Mal.

Danach kam es mir nie mehr in den Sinn, ihm die Wahrheit zu sagen, von all den Onkeln zu erzählen, die bei uns ein und aus gingen und Geschenke mitbrachten und nicht mit uns verwandt waren. Ich glaube, man kann behaupten, dass Lügen so für mich zur zweiten Natur wurde, zur Überlebenstaktik. Ich log gar nicht so sehr für mich persönlich, sondern für die Menschen, die ich mehr liebte als mich. Und leider fielst du genau in diese Kategorie, Frank. Ich redete mir ein, dass ich nie so werden würde wie meine Mutter.

Und dann war eins der ersten Dinge, die ich dir jemals erzählt habe – eine Lüge. Sie war mir aus dem Mund geschlüpft, bevor ich sie zurückhalten konnte ...

Frank hatte immer das Gefühl gehabt, als Ehemann zu improvisieren. Für diese Rolle gibt es ja keine Gebrauchsanweisung, leider, und sein eigener Vater war schon tot, als er seinen Rat gebraucht hätte, wie man eine Ehe nach den leichten Anfangsjahren am Leben hält. Frank ging davon aus, dass es Grundregeln für eine erfolgreiche Ehe gab: Sieh deinen Ehepartner nicht als selbstverständlich an, sei nett zu ihm und ehrlich. Aber die Reihenfolge sollte er umkehren. Sicherlich ist Ehrlichkeit die wichtigste Regel.

Wenn Maggie schon beim Kennenlernen mit einer Lüge begonnen hatte – was kann er dann noch glauben? Zumindest stimmt es, dass er ihre Mutter nie gemocht hatte. Er weiß ein bisschen was über Maggies Kindheit – obwohl er immer wieder nachgefragt hatte, waren die Antworten spärlich ausgefallen. Er weiß, dass ihre Mutter die Familie für einen anderen Mann verlassen hatte, sobald sie glaubte, die Kinder würden allein zurechtkommen, obwohl Maggie – sie war damals dreizehn – ihr unbedingt das Gegenteil beweisen wollte. Er kann nicht behaupten, er hätte mit seiner Schwiegermutter große Fortschritte gemacht, auch nicht nach der Hochzeit. Sie antwortete nie auf direkte Fragen, brachte aber liebend gern alle anderen in Verlegenheit. Sie war eine Vermeiderin. Damit sollte er sich auskennen. Er denkt an die langen sechs Monate zurück, als er so verzweifelt versuchte, Maggie festzuhalten, zu verdrängen, was er getan hatte, indem er einfach nicht mehr sprach.

Von einem Schmerz im Daumen wird Frank aus seinen Erinnerungen gerissen. Er hat sich an einer scharfen Papierkante geschnitten und schaut zu, wie ein Blutstropfen hervorquillt und auf die Ecke des Buchs fällt. Maggie wäre empört – sie hing so an diesem Planer, schon bevor sie ihn umfunktioniert hat. Er wischt sich die Hand an seinem Hemd ab und beobachtet, wie sich in den winzigen, kaum erkennbaren Baumwollfasern eine rote Spur ausbreitet. Wie eine Lüge, denkt er, deren Auswirkungen so viel weiter reichen, als man anfangs vermutet.

Eins der ersten Dinge, die ich dir jemals erzählt habe – eine Lüge.

Frank denkt, ein guter Ehemann würde erahnen, welche Lüge sie meint. In Wahrheit hat er keine Ahnung. Hatte es etwas mit seiner Kleidung zu tun? Eine Bemerkung darüber, was er für das erste Date geplant hatte? Er dreht die Nachttischlampe so, dass sie genau auf die Seiten leuchtet.

Er wird es auf die harte Tour herausfinden müssen.

Noch sechs Tage

Ich hätte mich nie auf die erste Verabredung mit dir einlassen sollen, Frank. Das war weder richtig noch fair.

Warum? Nun, ich war vergeben. Die Sache war ziemlich ernst – ich war seit zwei Jahren mit Guy zusammen, und alle Augen waren auf meinen Ringfinger gerichtet. Als wir uns zum ersten Mal im The Rose & Crown über den Weg gelaufen sind, hatte er Geburtstag, es war keine sehr gelungene Feier. Edie und Jules hatten gemeint, ich sollte mich Weihnachten auf einen Heiratsantrag gefasst machen. Sie waren sich sicher, er würde es endlich offiziell machen und mich von dem Schwebezustand erlösen.

Natürlich stellte er die Frage dann doch nicht. Ich glaube, er war überhaupt nicht auf die Idee gekommen. Euch Männern fehlt ein Gespür dafür, oder? Guy war mit Rugby, seinem Job und seinem eigenen Arsch beschäftigt, und ich verbrachte meine Zeit damit, mich gedemütigt zu fühlen. Warum machte er keine Nägel mit Köpfen? Was war so seltsam an mir, dass er sich nicht entscheiden konnte? Wartete er auf eine Bessere? Ehrlich gesagt ging es mir gar nicht darum, ob er vor mir niederkniete oder nicht, ich wollte nur, dass er sich zu mir bekennt.

Das hört sich an, als wäre er blöd gewesen, aber das stimmt nicht. Er war kein schlechter Typ. Zunächst einmal sah er sehr gut aus. Ich weiß, das klingt schrecklich oberflächlich, aber anfangs zog mich das am meisten an. Er war auch charmant und witzig und auf eine Art unterhaltsam, die mir als gerade von zu Hause ausgezogene Schwesternschülerin sehr gefiel. Wenn ich mit ihm zusammen war, war ich nicht die störende Dritte, die sich an Jules' und Edies Rockschöße klammerte. In seiner Gesellschaft fühlte auch ich mich interessant. Mir war es egal, dass ich mich in seinem Licht sonnte, solange ich auch leuchten konnte.

Aber je länger wir zusammen waren, desto mehr verlor alles, was mir anfangs liebenswürdig erschienen war, an Reiz. Seine Witze wurden flach, seine One-Man-Show nervte mich, und er hätte dringend zum Friseur gehen müssen. Ich wollte wissen, woran ich war, aber sobald wir allein waren, vermied er jede ernsthafte Unterhaltung. Ich hatte noch nie erlebt, wie jemand so schnell das Thema wechseln konnte, und dabei war er ja nicht der Hellste.

Mein Problem war – bei allem Frust sah ich keinen Ausweg. Er war in vielerlei Hinsicht eine gute Partie. Würde ich jemand Besseren finden? Hatte ich dazu genug Energie? Im tiefsten Inneren wusste ich, dass ich nicht besonders liebenswert war. Ich hatte so viele Ecken und Kanten, die sich nicht einfach weichschmirgeln ließen. Daran konnte ich nicht viel ändern, ich sollte mich mit jemandem zufriedengeben, der sich für mich interessierte und bei mir bleiben wollte. Wenn jemand weiß, wie schwer man so jemanden findet, dann ich.

Du hast mir das erspart, Frank. Du hast mir gezeigt, dass ich mich nicht mit faulen Kompromissen zufriedengeben muss, und mich so genommen, wie ich war. Ich wusste, dass ich es dir nicht leichtmache. Hätte ich an deiner Stelle so handeln können wie du? Wahrscheinlich nicht. Du hast eine kaputte Frau so geliebt, als wäre sie heil. Du hast nicht versucht, mich zu reparieren, und das war deine ganz besondere Großherzigkeit.

Ich werde nie vergessen, wie ich erkannte, dass du der Mann für mich bist. Der Einzige. Das Ende der Suche, die ich unbewusst weitergeführt hatte, irgendwo im Hinterkopf. Es war nach dem Nachmittag im Museum. Du bestandst darauf, mich zu meinem Rad zurückzubringen, obwohl es eiskalt und für dich ein riesiger Umweg war. Wir hatten uns damals schon geküsst, aber es hatte uns beide verlegen gemacht. Ich war froh, dass du in der Dunkelheit nicht sehen konntest, wie ich errötete, während wir zum Krankenhaus zurückgingen, um mein Rad zu holen. Immer wieder berührte deine Hand verstohlen meine, als würdest du dein Selbstvertrauen überprüfen.

Ich war enttäuscht, als wir bei meinem Rad ankamen. »So, das war's nun!«, sagte ich, oder irgendetwas in der Art, und hoffte gleichzeitig, dass es nicht so war. Ich wollte dich nicht verlassen. Ich wartete darauf, dass du nach einer neuen Verabredung fragtest. Das war zuvor immer passiert, wenn alles gut gelaufen war. Die anderen Männer, die ich kannte, wollten mich immer gleich auf die zweite Verabredung festnageln oder hatten genug Selbstbewusstsein, um davon auszugehen, dass das sowieso passieren würde.

»Es war mir eine Freude«, sagtest du schließlich. Nur das. Sonst nichts. Als hättest du dir nicht mehr erträumen können als diese paar Stunden.

»Sehen wir uns wieder?«

Ich hatte gefragt. Das hätte ich vor dir nie getan. Etwas an dir brachte mein Kopfkarussell mit den endlosen Ängsten und Erwartungen zum Stillstand – zumindest zeitweise. Ich konnte machen, was ich wollte, mich auf mein Bauchgefühl verlassen. Ich konnte endlich ich selbst sein und nicht nur die Erwartungen anderer erfüllen.

Bis zu jenem Tag hatte ich viel Zeit in meinem Leben damit verbracht, unbedingt gut sein zu wollen. Eine gute Tochter oder zumindest gut genug, um die hohen Anforderungen meiner Mutter zu erfüllen und sie zum Bleiben zu überreden.

Ich ging aufs College, dort wollte ich witzig und beliebt sein, jemand, mit dem man sich anfreunden wollte, eine Frau, die die Kerle für eine gute Partie hielten. Und sobald ich einen an der Angel hatte, wollte ich sichergehen, dass er mich als gute Investition auf lange Sicht ansah. Gut, gut, gut.

Und bei dir? Ab dem Augenblick unter der Sicherheitsbeleuchtung vor dem Krankenhaus, als ich aussprach, was ich wollte, und mir alles andere egal war, lösten sich alle Anstrengungen in Luft auf. Ich wollte nur noch gut im Lieben sein. Nicht mehr meinem eigenen Glück im Weg stehen und mich endlich, eingehüllt von der Liebe eines so guten Menschen, entspannen und nicht länger auf der Suche sein. Du warst immer die bessere Hälfte dieser Beziehung. Du bist das Beste an mir.

Ich weiß, es ist nicht leicht für dich, von Guy zu erfahren, aber vertrau mir, das wird das Letzte sein. Er war Geschichte, sobald ich dich gesehen hatte. Es gab nur noch diese eine Nacht, diese Überschneidung. Es war einige Wochen, nachdem wir uns kennengelernt hatten, wir fummelten betrunken im Pub miteinander herum, wo wir mit Freunden waren. Es war eine einmalige Sache, das schwöre ich. Nur, dass der Zeitpunkt schlecht gewählt war. Er hätte das Baby zeugen können, das wir verloren haben. Ihr hättet es beide zeugen können.

Als wir bei der Entbindungsstation ankamen, war ich völlig außer mir vor Kummer. Ich wurde bestraft, das wusste ich. Was sonst sollte es bedeuten, dass ich genau dort war, mit den werdenden Müttern, den jungen Müttern, dem Schreien, den Ultraschallbildern und tausend Erinnerungen, dass ich alles vermasselt hatte?

Ich war erleichtert, als ich endlich drangenommen wurde, als die Hebamme kam und mir ein Beruhigungsmittel spritzte. Sie sagte, es sei nicht meine Schuld, und stellte eine Tasse Tee neben mich. Sie meinte, diese Dinge würden einfach passieren.

»Für mich ist es aber eine Strafe«, sagte ich. Ich konnte ihr nicht in die Augen schauen.

Ich war untröstlich, Frank. Ich musste mit jemandem darüber sprechen. Warum das Baby? Warum nicht ich?

Ich wartete eine Sekunde oder zwei, dann blickte ich zu ihr hoch. Sie sagte nichts, aber etwas an der Art, wie sie meinen Arm nahm und ihn nur einige Sekunden zu lang drückte, zeigte mir, dass sie wusste, was ich meinte. Ich bin mir fast sicher, dass sie es wusste.

Weißt du, was sie zu mir gesagt hat? *Schuld ist niemals so einfach.*

Ich habe darüber in letzter Zeit viel nachgedacht, bei alldem, was passiert ist. Ich weiß immer noch nicht, ob ich ihr zustimme.

3

In all den gemeinsamen Jahren hatte Frank nie daran gedacht, es könnte einen anderen geben. Nun kommt er sich naiv vor. Er legt sich das Buch in den Schoß und reibt sich mit Daumen und Zeigefinger über die Stirn, dabei schiebt er die schlaffe Haut zu einem Wulst zusammen. Sieht so ein gehörnter Ehemann aus? Vielleicht ist er zu alt für diese Bezeichnung.

Es gab Kollegen mit untreuen Frauen. Einige sprachen darüber beim Mittagessen in der Kantine mit so lauter Entrüstung, dass alle anderen im Raum betroffen schwiegen. Einige legten ihnen dann beruhigend die Hand auf die Schulter. Es gehört sich nicht, sich als Opfer darzustellen und damit alle anderen daran zu erinnern, wie abweisend der eigene Partner in letzter Zeit war. Manche nahmen das Wort »Fremdgehen« gar nicht in den Mund, als wäre es ansteckend.

Bis zu jenem Moment hatte Frank nie darüber nachgedacht, zu welchem Lager er gehörte. Vierzig Jahre lang war er entweder zu glücklich oder zu selbstzufrieden gewesen, um auf den Gedanken zu kommen, dass Maggie ihn hintergehen könnte. Ab wann wird Betrug Schnee von gestern, so dass man kleinlich wirkt, wenn man ihn anspricht? Er will nicht kleinlich sein. Nicht, wenn so viel auf dem Spiel steht. Nicht, wenn Maggie an lebenserhaltenden Apparaten hängt und er dafür verantwortlich ist.

Dennoch schmerzt es ihn. Wäre er der Vater eines Kuckuckskindes geworden? Vermutlich, er hätte es nicht gewusst. Und selbst wenn? Wenn das Kind zu fünfzig Prozent aus Maggie bestanden hätte, wäre es zu hundert Prozent seins gewesen. Er liebte alles an ihr so sehr, dass er es automatisch angenommen hätte, ohne es jemals zu hinterfragen. Er war dieses Oxymoron schlechthin – ein übermäßig Liebender – falls so etwas überhaupt möglich ist.

Beim Gedanken an Guy erbebt Frank. Er war nie sonderlich eifersüchtig gewesen. Es hatte etliche Gelegenheiten gegeben – im Pub, im Urlaub, selbst beim Elternabend –, wo Männer Maggie wie die Fliegen umschwirrten, manchmal landete eine abtrünnige Hand auf ihrem Rücken. Wenn er jedoch an sich selbst im Alter von sechsundzwanzig denkt, fest schlafend und von ihr träumend, während sie mit einem anderen Mann hinter der Küche des Pubs rumfummelte, dabei vielleicht an leeren Ölkanistern lehnte oder in ihrem Schlafzimmer, umgeben von Haufen hastig ausgezogener Kleidungsstücke? Bei dem Gedanken wird ihm schlecht.

Wo ist Untreue auf der Skala des Verrats angesiedelt? Sicherlich weit oben. Wenn er das früher herausgefunden hätte, wäre er sauer gewesen. So wütend wie nie zuvor, glaubt er, obwohl er in dem Bereich keine großen Vergleichswerte hat. Aber nun? In Anbetracht seines eigenen Betrugs, des Geheimnisses, das er sechs lange Monate bewahrt hatte, spürt er nichts.

Nichts kann so schlimm sein wie das, was er Maggie sagen muss, sobald sie aufwacht.

Noch 5 Tage

Ich versuchte, ihre Worte im Hinterkopf zu behalten, als wir nach Hause kamen, und auch während der endlosen Tage, die ich selbstquälerisch im Bett verbrachte. Die Zeit half mir, auch wenn ich mich nie ganz davon erholte. Du halfst natürlich auch, obwohl du dafür nie einen Dank akzeptiert hättest. An den Tagen, an denen ich mich so abgrundtief schuldig fühlte, war es dein Anblick, der mich einen Fuß vor den anderen setzen und mich den Tag überleben ließ. Du stelltest mir morgens Porridge mit einem lachenden Rosinengesicht ans Bett. Hoffnung kann sich abnutzen, doch du hattest genug für uns beide.

Woran denkst du, wenn du an unsere ersten Ehejahre denkst, Frank? Ich hoffe, du hast sie als glücklich in Erinnerung. So wie ich. Ich genoss es, neben deinem warmen Körper auf dem Laken zu erwachen und dass du, wenn du wie immer eine gute halbe Stunde vor mir aufwachtest, leise hustetest, weil du wusstest, dass ich nicht gern vom Wecker aus dem Schlaf gerissen wurde. Und ich liebte es, wenn du mir einen Zettel mit einem Witz in meine Brotdose legtest und ihn wiederholtest, wenn ich nach Hause kam, als hätte ich die Pointe in den vier Stunden vergessen. Wenn du mich mit so etwas überraschtest, voller Witz, mit übertriebener Betonung, musste ich einfach immer lachen. Ich sage es nur ungern, aber es waren nicht deine Witze, du warst lustig. Ich kenne niemanden, der im Alltag so herrlich albern sein konnte wie du.

Zu unserem zweiten Hochzeitstag hast du einen Tagesausflug nach London organisiert. Ich bin mir sicher, dass du dich bis in alle Ewigkeit daran erinnerst – und falls nicht, hängt ein Souvenir auf der Toilette im Erdgeschoss. Wir waren beim Buckingham-Palast und im Hyde Park. Wir kauften uns Scones in einem Arbeitercafé, weil ich mir ziemlich sicher war, unser Budget würde nicht fürs Ritz reichen. Du bestandst darauf, dass wir uns für die Gelegenheit schick machten, als wäre die ganze Stadt mit Aristokraten gepflastert. Ich ließ es geschehen. Schließlich stand dir der Anzug so gut, und ich war in meinen hohen Schuhen acht Zentimeter größer. Darin konnte ich dich besser küssen. Natürlich war es eine Qual, darin zu laufen, und gegen Abend hatte ich blutige Fersen. Am Trafalgar Square hatten wir nur noch fünf Minuten, um den letzten Bus zu erreichen, deswegen warfst du mich über die Schulter und ranntest ihm nach, ohne auf die Menschenmenge zu achten.

Wir keuchten und schnauften noch bis zur Autobahn. Du bestimmt vor Erschöpfung, ich vor Lachen. Wenn es um unvergessliche Erinnerungen ging, warst du einfach nicht zu übertreffen. Mit dir gab es ungezügelte Freude, so etwas hatte ich nie zuvor erlebt. Im Bus war pausenloses Geschnatter zu hören, doch irgendwie konntest du alles andere ausblenden, deswegen gab es nur uns und eine Packung Pflaster auf der Autobahn in der Dunkelheit. Auf dem Titelblatt der Zeitung, die du am nächsten Morgen holtest, prangte mein Hintern mitten über einem Artikel über den »beispiellosen Frauen-Befreiungsmarsch«. Selbst das hat uns nicht in den Kontext der großen, weiten Welt zurückgeholt.

Es machte gar nichts, dass wir knapp bei Kasse waren. Das Monatsende konnte nie schnell genug kommen, doch bis dahin machten wir mit Humor das Beste draus. Wie hast du es genannt? Kühlschrank-Roulette? Du kamst mit etwas Runtergesetztem aus dem Supermarkt nach Hause und inspiziertest den Schrankinhalt wie ein Auktionator vor der Angebotsabgabe. »Drei Möhren, Sardinen und zwei Croissants – zum Ersten, zum Zweiten und zum Dritten.« Gott, wir haben manchmal wirklich kuriose Dinge gegessen! Wenn wir ins Bett gingen, tat mir der Magen weh, und manchmal wusste ich nicht, ob das an dem seltsamen Potpourri oder am Lachen lag.

Im dritten Jahr unserer Ehe kochten wir Marmelade als Weihnachtsgeschenke ein. Vielleicht kannst du dich noch an den Geschmack erinnern, wenn du lange genug mit der Zunge an den Backenzähnen entlangfährst. Sie war klumpig und klebrig, nicht entfernt so wie auf der Abbildung im Kochbuch. Und sie schmeckte auch nicht wie richtige Marmelade.

Pures Gift!, hat Edie gerufen. Sie steckte einen Finger durch das Wachspapier, noch bevor wir unsere Mäntel abgelegt hatten. Sie hat uns nie die Mäntel abgenommen. Mit gastgeberischer Etikette hat sie sich nicht aufgehalten, nicht wahr?

»Frankie Boy!« Matt kam mit einer halben Flasche Rotwein aus der Küche. Wir waren Anfang des Jahres bei ihrer Hochzeit gewesen, es war eine stürmische Romanze. Ich kannte ihn noch nicht so gut und fand es immer noch überraschend, ihn an der Seite meiner besten Freundin zu sehen.

Deine Brillengläser waren ganz beschlagen, deswegen habe ich dich in seine Richtung dirigiert. Ihr beiden habt euch umarmt und euch dabei nach Männerart auf den Rücken geklopft. Edie schenkte mir ein Glas Wein ein und zog mich ins Wohnzimmer, wo sie weiter über meine misslungenen Geschenke spottete.

Das Huhn war nicht durch, man hätte sich Salmonellen

holen können, aber es gab genug Gemüse, eimerweise Sauce und ausreichend Rioja, um das alles runterzuspülen. Als Edie bei Monopoly dann anfing, Hotels zu kaufen, erklärten wir den Abend für beendet, denn – man muss den Tatsachen ins Auge sehen – sie ist eine ausgesprochen schlechte Gewinnerin. Das Taxi fuhr an ihrem Haus vorbei, und du liefst die Straße hinunter, um es zurückzuwinken. Ich sammelte unser Zeug ein und umarmte Edie zum Abschied.

»Hey, Mags?«

»Keine Liebesbekundungen – ich bin zu betrunken.«

»Du solltest dich aber freuen. Ich muss dir etwas sagen.«

Du winktest mir von der Straße zu, hattest die Arme um dich geschlungen, weil du schrecklich frorst. Ich konnte kaum erwarten, mich in diesen Armen zusammenzurollen.

»Raus damit.«

»Ich bin schwanger.«

Plötzlich schien der Flur zu schwanken. Ich lehnte mich an die Wand und tat so, als müsse ich an meinen Schuhen herumfummeln.

»O Gott. Verdammt, Edie.« Sie hat sich selbst an dem Abend nichts eingeschenkt, oder? »Herzlichen Glückwunsch!«

»Ich weiß ... also, schau mal. Ich wollte nicht, dass du denkst –«

»Nein. Nein. Ehrlich. Ich freue mich wirklich für dich. Für euch beide.«

Du lehntest dich durch das Taxifenster und drücktest auf die Hupe. Edie rief, ich solle sie anrufen, mir einen Termin für sie freihalten, während ich über den Kies zu dem tickenden Taxometer stolperte.

Ich rief sie nicht an. Jedenfalls nicht deswegen. Nun fühle

ich mich schrecklich. Was bin ich für eine Freundin? Ich wollte mich so unbedingt für Edie freuen. Reine, pure Freunde verspüren ohne diese schreckliche Eifersucht, die alles auffraß.

Und worauf musste ich eigentlich eifersüchtig sein? Wir hatten ein so reiches Leben, wir beide, Frank. Wir hatten mehr in unserer Beziehung, als andere Menschen in ihrem ganzen Leben haben, und doch wollte ich immer noch mehr. Ich hasse es, es hier aufzuschreiben, weil es sich sehr, sehr undankbar anhört. Wir waren jung, wir waren glücklich, wir hatten Spaß. Wir strapazierten die Matratzen bis in die frühen Morgenstunden, doch immer, wenn das Licht gelöscht und ich mit meinen Gedanken allein war, fühlte ich mich so, als würde etwas nicht stimmen. So nagte die Kinderlosigkeit an mir, Frank. Ich konnte mir das damals nicht eingestehen. Es kam mir so vor, als würde ich sagen, du seist mir nicht genug. Und so einfach war es nicht.

Ich sage es sehr ungern, aber es ärgerte mich, wie gelassen du die Situation akzeptiertest. Für dich war es bloß etwas, das du zu jenem Zeitpunkt eben nicht haben konntest, wie eine Fernreise jedes Jahr oder eine Zweitwohnung in Mayfair. Lauter Dinge, die nun mal nicht zu unserem Leben gehörten, und sollte sich in Zukunft daran etwas ändern, umso besser. Wenn nicht, wärest du weiterhin genauso glücklich gewesen.

Aber für mich? Für mich war es der Lebensinhalt, Frank. Das muss offensichtlich gewesen sein. Meine Unfruchtbarkeit quälte mich täglich, und an einigen Tagen war es richtig schlimm. An den schlimmen Tagen, wenn mir die Tränen in die Augen schossen, ging ich nach oben zu der Kommode, wo ich Bilder meiner Mutter aus der Zeit, bevor sie uns verlassen hatte, aufbewahrte. Du hast mich nie dabei ertappt, vielleicht hättest du sonst verstanden, warum ich mich jedes Mal so lange im Badezimmer einschloss, wenn ich meine Periode bekam, regelmäßig wie ein Uhrwerk, jeden verdammten Monat, Jahr für Jahr. Ich wollte es besser machen als sie, Frank. Ich musste beweisen, dass ich eine gute Mutter sein könnte. Das war mehr als ein reiner Wettstreit. Ich musste mir beweisen, dass ich die Selbstlosigkeit in mir trug, die sie nie gehabt hatte.

Normalerweise versuchte ich mein Glück in der darauffolgenden Woche wieder. Ich bin mir nicht sicher, dass du es auch so gesehen hast, aber irgendwann muss es dir klargeworden sein. Ich war dermaßen im Einklang mit meinem Zyklus, den »fruchtbaren Tagen«, dass ich mich fühlte, als könnte ich alles andere nur halbherzig angehen. Das macht müde, Frank, dieser Kinderwunsch. Wirklich. Immer wenn der Zyklus wieder vorbei war und die Blutung anfing, musste ich mich einfach zurückziehen. Es war ein weiteres Zeichen dafür, dass mein Körper nicht richtig funktionierte. Denn dafür war er doch da, war ich doch da? Bei mir wollte einfach nichts bleiben. Ich konnte mein erstes Kind nicht in mir halten, und nun konnte ich kein zweites bekommen.

Ich merkte, dass du nicht wusstest, was du sagen solltest. Wenn du enttäuscht warst, verbargst du das gut, zumindest einige Jahre lang. Du richtetest mich mit der Versicherung, es sei »zu früh« oder »nicht der richtige Zeitpunkt« – wieder auf. Du versichertest mir, dass es »irgendwann eben passiert«.

Wann hast du selbst aufgehört, daran zu glauben, Frank? Nach sechs Jahren oder nach sieben? Ich werde nie den Tag vergessen, als du mir deine Meinung dazu klar und deutlich mitgeteilt hast ...

Frank blättert um, ein Foto verrutscht leicht und verdeckt die nächsten Zeilen. Rechts oben ist es aus der Heftklammer gerissen, deswegen muss er die obere Ecke mit dem kleinen Finger festhalten und das Bild dagegenschieben, um es geradezurücken. Es ist inzwischen stockdunkel, und die Straßenlampe neben dem Nachbarhaus ist nach dem Auffahrunfall eines unberechenbaren Teenagers vor einigen Monaten immer noch nicht repariert. Er muss seine Nase ganz nah an das Papier halten, um in ihrem flackernden Licht das ausgeblichene Bild zu erkennen.

Er hat es noch nie gesehen. Maggie muss darauf neun oder zehn sein, ihr Haar ist zu zwei Zöpfen geflochten, ihr Lächeln wirkt aufgesetzt. Franks Augen wandern zu Maggies Mutter, die sich leicht ungelenk über ihre Tochter beugt und sie zur Kamera hin dreht. *Hier, mein Schatz, lächle mal in die Kamera. So ist's gut, liebes Mädchen.* Der Schnappschuss wirkt besonders ungeschickt durch den bleistiftengen Rock, den Maggies Mutter trägt, ein rot-weißes Hahnentrittmuster mit asymmetrischer Webkante. Er spannt sich, als sie sich über Maggie beugt. Mutterschaft war für sie immer anstrengend.

Er hat es nie so gesehen – dass Maggie etwas beweisen musste. Für ihn musste sie das nie. Sie war genug, mehr als genug, und noch so viel mehr. Das hatte er ihr am Krankenbett gesagt, und er würde es noch tausend Mal wiederholen. Warum nur hatte er es ihr nicht früher gesagt? Er hatte gedacht, es ihr gezeigt zu haben, mit Gesten und vielen Kleinigkeiten. Doch das hat eindeutig nicht ausgereicht, so meint sie das wohl, oder? Er hasst sich dafür, dass er sie im Stich gelassen hat.

Und darüber hinaus kann Frank den Gedanken nicht ertragen, dass Maggie allein weinte. Sie war so ein soziales Wesen, wenn sie jemanden im Bus weinen sah, reichte sie ihm ein Taschentuch. Während die anderen Fahrgäste auf den Verkehr oder den Inhalt ihrer Taschen starrten, typisch britisch, tröstete Maggie den traurigen Passagier, der in einer Ecke kauerte. *Hier, kommen Sie, alles wird gut. Nein, nein, nicht alles. Es tut gut, darüber zu reden. Sie müssen sich nicht entschuldigen, Sie können mir alles sagen.*

Bei ihren eigenen Problemen sah das ganz anders aus. Sie waren sich in dieser Hinsicht ziemlich ähnlich. Sie mauerten beide. Frank wusste, dass ihre Kinderlosigkeit Maggie zusetzte, auch wenn sie es nicht zeigen wollte. Er sah, wie sehr sie ein Baby wollte. Manchmal, wenn er sie dazu brachte, sich ihm zu öffnen, bei einem Ausflug in die Cotswolds, einem Picknick am Kanal, schien dennoch immer ein Schatten über ihr zu liegen, und er wusste, dass mehr im Spiel war. Nun wird ihm klar, dass es das unbedingte Müssen war, dieser Zwang, den er nicht verstand. *Ich musste mir beweisen, dass ich die Selbstlosigkeit in mir trug, die sie nie gehabt hatte.*

Warum hatte sie ihm das bloß nicht gesagt. Er hätte ihr so viele Beispiele für ihre Selbstlosigkeit geben können. Zuallererst, ihre Liebe zu ihm.

Frank steckt sich das Foto in die Brusttasche. So trägt er ein Stück von Maggie bei sich, wenn auch eins, auf dem er sie nicht wiedererkennt. Seltsam, nach vierzig Jahren ihrer Beziehung etwas von Maggie zu finden, was er noch nie gesehen hat, sei es ein Foto oder etwas anderes.

Ihm wird klar, dass es vieles gibt, was er an Maggie nie ganz verstanden hat, eine Reihe leerer Kästchen im Kreuzworträtsel ihres gemeinsamen Lebens. Frank starrt auf das Rechteck in dem Notizbuch, wo das Foto eingeheftet war, und die verwischten Worte darunter. Er hofft, sie können ihm beim Füllen der Leerstellen helfen.

Noch 5 Tage

Es geschah im Mai. Kurz nach meinem fünfunddreißigsten Geburtstag und einige Monate nach unserem achten Hochzeitstag. Ich erinnere mich besonders gut, weil es eine Woche fürchterlicher Wolkenbrüche gegeben hatte. Man sagt immer »nicht der Jahreszeit entsprechend«, wenn so etwas passiert – ich finde, man muss die Jahreszeiten vielleicht neu definieren, weil ich es schon recht häufig erlebt hatte. Wie dem auch sei, es war nass, es war ein Wochenende, wir saßen unter einer großen Decke eingemummelt auf dem Sofa und schauten uns etwas Langweiliges im Fernsehen an. Ab und zu tratst du mir in die Rippen, aber abgesehen davon war ich glücklich.

Ich warf dir die Zeitung hin, die ich gerade las, mit der aufgeschlagenen Seite, wo eine C-Prominente das schöne Landleben anpries.

»Das wundervolle Leben auf dem Land. Der Traum.«

»Eher ein Albtraum. Darling, du magst die Natur doch gar nicht.«

»Aber es wäre so viel billiger. Bessere Lebensqualität. Bessere Häuser. Bessere Schulen ...«

»Lass gut sein, Mags.«

Ich war immer noch Feuer und Flamme, träumte von Gärten, mehr Platz, dem Rhythmus des Lebens.

»Wir müssen akzeptieren, dass es nicht sein soll. Dass wir

keine Kinder bekommen werden. Vielleicht wird es einfach nicht passieren.«

Ich konnte es nicht fassen. Woher kam das, Frank? Dein Gesicht war völlig ernst, aber deine Stimme war ganz anders. Etwas Spitzes, Metallenes hörte ich heraus, das ich noch nie zuvor vernommen hatte. Es klang so endgültig.

Du riefst mir etwas hinterher – wir müssen reden, wir wollten doch beide dasselbe. Ich wusste, dass alles vorbei wäre, wenn ich nur noch eine Minute länger blieb. Alles – unsere Familie, unsere Ehe, unser gemeinsames Leben. Im Flur zog ich mir die Schuhe an, schnappte mir die nächstbeste Jacke und die Schlüssel vom Haken an der Tür. Ich knallte die Tür hinter mir zu. Du kamst mir nicht nachgelaufen. Bis heute weiß ich nicht, was mich mehr enttäuschte.

Ich wusste nicht, wohin, und landete im Park einige Straßen weiter. Als ich bei der Bank am Spielplatz ankam, waren meine Finger steif von der Kälte. Ich dachte wieder und wieder über deinen Satz nach, suchte ihn immer wieder neu zu deuten. Wer war dieses »wir«, von dem du sprachst? Unsere Entscheidungen, unser Leben. Ich habe mich nie weiter von dir entfernt gefühlt als damals, Frank. Wir hatten völlig verschiedene Vorstellungen, und zum ersten Mal in unserer Ehe war ich mir nicht sicher, ob wir jemals wieder zueinanderfinden könnten.

Auf der Bank neben mir saß eine Frau in meinem Alter oder ein wenig jünger und verlagerte das Gewicht von einem Oberschenkel auf den anderen. Sie hatte eine Kapuze auf und sah fast genauso unglücklich aus wie ich. Nach ein oder zwei Minuten stand sie auf, und ich sah es: einen Bauch, achter Monat, vermutete ich, der ihren Mantel vorne ausbeulte. Fünfzig

Meter weit entfernt ertönte ein Schrei, ein kleines Mädchen in einem blauen Anorak flog rasant die Rutsche hinunter in eine Pfütze, ein älterer Junge mit dem gleichen dunklen Haar folgte ihr.

In dieser Sekunde hasste ich sie. Ich hasste mich, weil ich sie hasste, doch das änderte nichts. Ich hasste sie für ihr Glück, ihre Fruchtbarkeit. Ich hasste sie, weil sie alles hatte, was ich wollte, und es noch nicht einmal erkannte. Ich musste weg hier, schnell. Ich vertraute mir nicht mehr. Was könnte ich anstellen? Ihre Kinder entführen? Sie schlagen, treten, sie anschreien, nur weil sie fünf Minuten Ruhe vor dem Gewusel haben wollte?

Das hat mich schließlich wieder nach Hause zurückkehren lassen. Ich hatte Angst vor mir. Mit dir, Frank, gab es zumindest Grenzen. Als ich eintrat, kamst du aus der Küche und halfst mir aus dem Mantel. Du sagtest nichts – was hätte es auch zu sagen gegeben? Ich wollte nicht, dass du dich entschuldigtest, nicht, wenn es nicht von Herzen kam.

Ich frage mich jetzt, ob du gemerkt hast, wie kurz vor dem Absprung ich damals war? Ich hatte in jener Nacht sämtliche Optionen durchdacht, wie ich jemanden finden könnte, der die Einsamkeit der Zweisamkeit so sehr zu schätzen wusste wie ich – nur um wieder zur Besinnung zu kommen und mich zu fragen, ob das überhaupt möglich war. Konnte man einen Kinderwunsch erwähnen, ohne verzweifelt zu wirken? Ich glaube nicht.

Und außerdem: Was wäre mit dir? Ich stellte mir vor, wie ich den großen Koffer aus unserer Wohnung in ein Apartment schleppte. Ich weiß nicht, ob ich den Abschied überlebt hätte. Du etwa?

Eine klebrige Hitze kriecht Frank den Rücken hinauf. Er springt aus dem Bett und reißt die Fenster so weit auf, wie die alten Scharniere es erlauben. Dabei schmeißt er den Wecker von dem Stapel alter Zeitungen herunter. Kurz nach Mitternacht. Er drückt sich das Metall gegen die Stirn in der schwachen Hoffnung auf Kühlung, weil ein Abfall der Außentemperatur nicht abzusehen war. Vergeblich.

Aus unserer Wohnung in ein Apartment – Frank lässt sich ihre Worte wieder und wieder durch den Kopf gehen, bis sich der Satz seltsam auflöst in Silben, die ihm fremd vorkommen. Nein, er wusste es nicht, dass Maggie ihn verlassen wollte. Damals nicht. Und überhaupt nicht. Sicher, es wurde schwer, viel schwerer, als er jemals gedacht hätte, aber er konnte sich ein Leben ohne sie nicht vorstellen.

Er denkt an Maggie, die die Rolltasche vom Dachboden holt, während er im Labor ist, oder daran, wie sie ihn schlummernd auf dem Sofa erwischt. Er sieht sich mit ihr auf der Terrasse stehen: Maggie lehnt sich für eine letzte Umarmung zu ihm, doch ihr Oberkörper ist angespannt, damit sie diesen leichten Abstand zu ihm einhalten kann – wie Freunde und nicht wie Seelenverwandte. Ihm ist ganz schummrig von all dem Schmerz. Er bezweifelt nicht, dass sie wieder jemanden gefunden hätte, jemanden, für den Kinder das Ein und Alles gewesen wären – aber er? Er wäre nie über Maggie hinweggekommen.

Maggie muss sich auch in den letzten Monaten den Kopf über mögliche Abgänge zermartert haben, während die Minuten obsessiver Gedanken und Ängste sich endlos dehnten, obwohl Frank körperlich anwesend war. Wer würde in einer solchen Situation nicht flüchten wollen? Jemand, der Angst vor dem Alleinsein hatte. Maggie ist nie an einem Einzelbett vorbeigelaufen – sei es in einem Haus oder in einem Geschäft –, ohne ein Gefühl von Traurigkeit. Sie hatte nicht etwa Angst, in ein Loch zu fallen, sondern Angst, dass niemand sie auffangen würde.

Aber jeder hat seine Grenzen, und was wäre passiert, wenn Frank es in den vergangenen sechs Monaten geschafft hätte, Maggie zu beichten, was er getan hatte? Nun, dann wäre sie ganz sicher gegangen. Er kann sich nicht vorstellen, dass Maggie ihn noch anschauen, gar unter demselben Dach wohnen wollen würde wie er, sobald sie die Wahrheit erfahren hätte.

Ich weiß nicht, ob ich den Abschied überlebt hätte. Du? Frank machen schon diese zwölf Stunden zu schaffen, in denen er nicht im Krankenhaus war, wie konnte sie von etwas anderem ausgehen.

»Natürlich hätte ich das nicht, Maggie«, murmelt Frank und findet die Stelle, wo er aufgehört hat zu lesen.

Noch fünf Tage

Zu deinem, zu meinem und zu unserem Glück habe ich nie schnell aufgegeben. Ich weiß nicht, ob ich das Alleinsein bewältigt hätte, und jeder neue Mann hätte zwangsläufig in deinem Schatten gelebt. So viel war am nächsten Morgen klar. Du brachtest mir Pfannkuchen auf einem Tablett und räuspertest dich sanft, um mich aufzuwecken. Eine Art Friedensangebot. Es waren die dicken, die ich auch mag. Du saßt da und hast mich beim Essen beobachtet. Als Zeichen meines Entgegenkommens bot ich dir die letzte Gabel an.

»Mags, schau mal, es tut mir leid, was ich gesagt habe. Ich hätte es so nicht sagen dürfen. Ich habe es nicht so gemeint ...«

Ich wollte es nicht hören. Du weißt, wie ich das meine. Es war nicht der richtige Zeitpunkt, um das Thema wieder aufzuwärmen. Ich wollte, dass alles weitergeht. Und außerdem war ich morgens noch nie auf der Höhe. Ich küsste dich so plötzlich, dass der Teller zu Boden fiel. In den zehn Minuten danach erinnerte ich mich wieder daran, wie perfekt wir zusammenpassten, wie genau du verstandst, was ich wollte, noch bevor ich es wusste. Und während wir langsamer wurden und uns schließlich gar nicht mehr bewegten, war ich völlig unbeschwert – kein Stress, kein Schmerz, keine Sorgen –, bis ich mich kaum mehr daran erinnern konnte, wie es überhaupt zu dem Streit gekommen war.

Die Luft war anschließend ganz eindeutig reiner. Ich wollte nicht, dass du dich fühltest, als würden wir in einer ewigen Warteschleife leben. Das wäre ohnehin nicht wahr gewesen. Wir haben in einem Jahr mehr unternommen als andere Paare in einem ganzen Leben. Wenn wir an den Wochenenden genug Energie hatten, verbandst du mir die Augen vor der großen Karte im Flur und drehtest mich, bis ich nicht mehr wusste, wo oben und unten war. Du gabst mir den Textmarker, ich drückte ihn auf die Karte, und wir fuhren zu dem Ort, den ich erwischt hatte, zwischen uns lag immer ein Rucksack. Wir sahen Glasgow, Bristol, die South Downs und die Fens, die gesamte Norfolk Coast. Wir besuchten Birmingham, Manchester, Newcastle und meine Lieblingsstadt, Margate. Wir fuhren im Land auf und ab und sahen uns jede erdenkliche Sehenswürdigkeit an, dennoch gab es nur ein Gesicht, das ich beim Aufwachen sehen wollte. Du warst Teil jeder Lösung, das war glasklar.

Es dauerte nicht lange, bis ich anfing, über Adoption nachzudenken. Wir hatten nicht genug Geld für teure Behandlungen, und außerdem gefiel mir der Gedanke, einem Kind in Not zu helfen. Zu dem Thema gab es reichlich Infomaterialien in der Klinik, und ich brachte mehr als einmal etwas mit nach Hause, ganz unten in meiner Tasche versteckt. Ich hätte schwören können, dass du es gespürt hast, weil sie durch das Leder glühten. Den ganzen Nachhauseweg lang dachte ich darüber nach, wie ich sie dir beim Abendessen zeigen, die Faltblätter aus meiner Rocktasche ziehen würde, als wären sie dort zufällig gelandet.

Jedes Mal, wenn der Zeitpunkt gekommen war, verlor ich die Nerven. Ich kann dir nicht genau sagen, warum. Ich würde es auf Angst schieben. Was, wenn es falsch rüberkommen würde? Wenn ich dir damit das Gefühl geben würde, dass du – dass wir nicht genug wären? Ich ertrug es nicht, dich so traurig zu sehen, vor allem nicht am Ende eines langen harten Tages. Und am nächsten Tag redete ich mir wieder ein, dass es immer ein Morgen geben würde.

Dann, mittendrin, zogst du einen Schlussstrich. Es geschah an einem Sonntagabend, ich war spät von einer Fortbildung oder etwas Ähnlichem zurück, mit dem Rollkoffer im Schlepptau. Du hast mich an der Tür abgeholt, was ungewöhnlich war.

»Hast du den ganzen Nachmittag hinter der Tür gelauert?«, fragte ich, als ich mich für einen Kuss auf die Zehenspitzen stellte.

»So ähnlich. Hey, nicht so schnell.« Du versperrtest mir den Weg.

Über deinem Arm baumelte ein Schal. Du hast den Koffer genommen und ihn in den Flur geschoben. Du verbandst mir die Augen wie immer, deswegen dachte ich natürlich, wir würden unsere nächste Tour planen.

»Ich bin gerade erst angekommen, darf ich mich vielleicht kurz ausruhen?«

»Wir fahren nirgendwohin, versprochen. Gut, hier lang.« Du hieltest mich an der Hand und führtest mich über die Terrassenstufe. »Weiter geradeaus, ein wenig weiter nach links. Weiter. Ja. Noch ein Stück.«

Jeder kennt sein Zuhause wie die eigene Westentasche, deswegen war es leider keine so große Überraschung, wie du wohl gehofft hattest, Frank. Nach nur zwei oder drei Schritten war klar, dass du mich zu unserem Gästezimmer führtest, das ich um jeden Preis mied. Es hätte das Kinderzimmer werden sollen.

Als du den Schal abnahmst, stand ich in der Mitte – das Zimmer war völlig verändert. Die Müllberge waren verschwunden, und die Wände erstrahlten in Sonnengelb. Der Boden roch noch scharf nach Lack, aber man sah nicht viel davon. Jedes Fleckchen war mit Sukkulenten vollgestellt; große grüne Stacheln und samtige Blätter, pieksige Gebilde und seltsam steife Blätter. Auf der Fensterbank hattest du alle Kakteen aufgereiht, die du mir in all den Jahren geschenkt hattest.

»Klein und kratzig, nicht wahr?«

Ich ging einen Schritt weg von dir, um die Details eines Terracottatopfs in einer Ecke des Raumes zu inspizieren, und fuhr mit den Fingern über das eingeritzte Aztekenmuster im Rand.

Ich wollte gerade den Mund öffnen – um dich zu fragen, was das gekostet hatte, wie lange du gebraucht hattest mit der Planung und dem Einpflanzen. Ich kam nicht dazu, denn du legtest mir die Hände auf die Hüften und beantwortetest alle meine Fragen auf einmal.

»Es ist egal«, sagtest du. »Du bist wichtig. Ich dachte, es wäre an der Zeit, dass wir uns unseren Verlust eingestehen und einsehen, dass wir so etwas nicht haben können. Ich will nicht mehr, dass wir uns verstecken.«

Und dann sah ich es – das Mobile – die fragilen Papiervögel, der einzige Gegenstand, den wir für das Baby gekauft hatten, das nicht leben sollte. Weißt du, Frank, dass ich dachte, du hättest es weggeworfen?

Ich war völlig von der Rolle. An diesem Abend aßen wir auf der Picknickdecke in diesem Zimmer. Als wir fertig waren, öffnete ich das Fenster, um Luft hereinzulassen, und wir legten uns Hand in Hand auf den Rücken, während die Vögel über unseren Köpfen tanzten. Wir mussten nichts sagen. Es war diese Art von Zufriedenheit, die man nicht in Worte fassen kann.

Ich will dir hiermit danken, schriftlich. Du hattest dir Mühe gegeben, damit ich mich begehrt und wertvoll fühlte. Damit ich das Gefühl hatte, ich sei genug, ob mit oder ohne funktionsfähige Eierstöcke. Ich habe diesen Liebesdienst nicht erwidert. Nicht, weil ich dich nicht liebte, Frank.

Ich spürte diese Liebe in jeder Faser meines Körpers. Es lag daran, dass meine Verzweiflung über meine Unfruchtbarkeit stärker war. Ich hoffe, du liest das und kannst nachvollziehen, wie verzweifelt ich ein Kind wollte, um diese nagende Leere in meinem Bauch zu füllen, gegen die noch nicht einmal du und dein grüner Daumen ankommen konntest. Bitte behalte das im Kopf. Was ich dir sagen werde, hört sich undankbar an. Und das ist noch gelinde ausgedrückt, glaube ich.

Frank ist enttäuscht. Von sich selbst natürlich. Nur, weil er sich mit ihrer Kinderlosigkeit abgefunden hatte, bedeutete das ja nicht, dass es bei Maggie ebenso war. Hatte er etwa gedacht, ein Zimmer voller Kakteen würde ihren Schmerz lindern? Er erinnert sich noch daran, wie aufgeregt er im Gartencenter war, als er die Pflanzen aussuchte und an der Kasse seine Karte zückte. Warum hatte er nicht verstanden, dass ein Wintergarten im Haus nicht ausreichen würde?

Frank hat noch nie ein sonderlich feines Gespür für Zwischenmenschliches gehabt. Er glaubt, manche Menschen werden einfach ohne solche Begabung geboren, auch wenn man die genetischen Ursachen dafür noch nicht kennt. Schon in der Schule fand er anfangs nur schwer Freunde. Irgendwann ging es, aber zu Beginn jedes Halbjahrs, wenn wieder Neue hinzukamen, mühte er sich vergeblich mit dem notwendigen Smalltalk ab. Er war zu ernst und stellte tiefgründige Fragen, die Jungs beim Murmelspiel nicht hören wollten.

Auch als er älter wurde, wurde es nicht besser. Hunderte quälender Bewerbungsgespräche hatte er über sich ergehen lassen müssen. Bei Weihnachtsfeiern zählte er die Minuten bemühten Smalltalks und wünschte sich, das labbrige Würstchen würde ihm vom Teller rollen, nur damit er über etwas reden konnte, das sich weder zu eifrig noch zu angeberisch oder einfach zu verschroben anhörte. Aber bei Maggie? Er hatte gedacht, die Sache mit dem Gespür nun endlich besser verstanden zu haben. Bis heute hatte er die Idee, einen Wintergarten einzurichten, als eine seiner Sternstunden in Erinnerung, als große romantische Geste, von der er insgeheim hoffte, sie würde Edie und ihren Kolleginnen stolz davon erzählen.

Es ist immer schon seine Aufgabe gewesen, sich um die Pflanzen zu kümmern. Als das Zimmer nach Eleanors Geburt wieder seinen ursprünglichen Zweck erfüllen musste, wurde es zum logistischen Albtraum, die Pflanzen in der ganzen Wohnung zu verteilen. Nachdem sie in die größere Wohnung gezogen waren, verteilte er die Kakteen auf die diversen Zimmer, und manche landeten in Nischen, die man leicht übersehen konnte. Aber Frank erledigte das Gießen weiter pflichtbewusst. Vor ein paar Jahren hatte Maggie ihm dafür zum Hochzeitstag extra eine neue Gießkanne geschenkt, auf der Franks Name in großen, geschwungenen Buchstaben stand. Jede Woche ging er mit der Kanne in der Hand durch das Haus und überprüfte die Erde mit den Fingerspitzen.

Das hatte Frank selbst in der Zeit seines Schweigens beibehalten. Und er wäre nicht überrascht, wenn er vor fünf Tagen, während Maggie eine Etage über ihm saß und in das Buch schrieb und die Pflanzen von der Hitze durstig waren, genau das getan hätte. Er ertrug es nicht, dass die Blätter, die einst so saftigen, prallen Blätter verkümmerten und braun wurden. Maggie würde das auch nicht gefallen, und er fände es schrecklich, wenn sie denken würde, dass ihre Liebe genauso dahinwelkte.

Nun versteht er, dass selbst sein ambitioniertestes gärtnerisches Vorhaben nicht ausgereicht hatte. Es ist an der Zeit, nicht länger mit dem Kopf in den Wolken zu leben, sondern sich der Realität zu stellen.

Noch fünf Tage

Etwa sechs Monate nach deinem Gärtnertriumph nahmst du dir deine Auszeit in den Staaten. Du hattest dir so viel Mühe gegeben, und doch brauchte ich nur einen Tag für meinen Entschluss. Die Bewerbungsunterlagen hatte ich ganz hinten in unserem Ordner verstaut, zwischen den Fotos und den Broschüren der Rentenversicherung. Die ganze Sache war kurz und schmerzlos. Ich zögerte nur, als ich deine Unterschrift fälschte – hätte ich sie ein wenig kleiner machen sollen?

Ich war ziemlich überrascht, wie schnell man uns kontaktierte, aber ich glaube, wir entsprachen genau ihrem Anforderungsprofil. Mittelklasse, stabiles Zuhause, perfekt für ein Kind. Ich putzte das ganze Haus gründlich. Ich entstaubte die Bilder unserer Patenkinder, die sich auf dem Schrank unter der Treppe angesammelt hatten, rahmte sie und stellte sicher, dass sie vom Sofa aus gut zu sehen waren. Es tut mir leid zu gestehen, dass ich das Gästezimmer abschloss, wegen der zahlreichen pflanzlichen Gefahrenquellen. Als es an der Tür klingelte, schwirrte mir der Kopf, ob vor Aufregung oder wegen der Reinigungsmittel, das wusste ich selbst nicht.

»Mrs Hobbs?« Die kleinere, dünnere der beiden Frauen trat auf mich zu und streckte die Hand aus.

Ich setzte mein herzlichstes Lächeln auf und bat sie herein. Sie stellten sich als Grace und Mary vor – wie biblisch, dachte ich. Wenn es eine Zeit für Erlösung gab, dann genau jetzt. Ich sah, wie sie die Stufen zum Wohnzimmer musterten, das fehlende Geländer.

Als sie sich auf dem Sofa niedergelassen hatten, holten beide Klemmbrett und Stift heraus.

»Kommt Mr Hobbs auch dazu?«, fragte Grace.

Sie kamen zumindest gleich zur Sache. Ich entschuldigte dich, so gut es ging, doch die Muskeln um ihren Mund verhärteten sich.

»Normalerweise erwarten wir die Anwesenheit beider potentieller Elternteile.«

Ich wollte mich entschuldigen, doch Mary unterbrach mich, beugte sich zu mir vor und verdeckte dabei ihre Partnerin fast. Ich mochte sie sofort.

»Also, Mrs Hobbs, erzählen Sie uns etwas darüber, warum Sie und Ihr Mann gern ein Kind adoptieren würden.«

Ich war froh, dass du nicht da warst und hörtest, welche Worte ich dir in den Mund legte. Ich zählte die normalen Antworten auf – den Wunsch nach einem Kind, um unser Zuhause, unsere Ressourcen und unsere Zeit zu teilen. Als ich die Fehlgeburt erwähnte, zitterte meine Stimme.

»Ich wurde kurz nach unserer Hochzeit schwanger, habe das Baby aber im vierten Monat verloren. Das war sehr traumatisch ... psychisch und auch körperlich. Wir versuchten es erneut, ziemlich oft sogar. Aber uns wurde gesagt, dass das Ereignis eine erneute Schwangerschaft so gut wie unmöglich machte.«

Mary legte ihre Hand auf meine und unterbrach meine ständige Fummelei mit dem losen Faden meiner Jeansnaht. Sie blieb so sanft, auch als wir etliche organisatorische Dinge besprachen und die Wohnung besichtigten. Ich spürte, dass das Interview zum Ende kam, als wir wieder im Wohnzimmer waren und keine von beiden sich setzte.

»Also, Mrs Hobbs –«

»Maggie, bitte.«

Ich wollte, dass Mary mich als Freundin betrachtete. Ich wollte, dass sie für mich Berge versetzte. Das wäre auch ganz sicher nötig.

»Als Nächstes werden wir die von Ihnen aufgeführten Personen kontaktieren. Wir haben hier Edith Carlisle, Julia Allen und Francesca Hobbs – stimmt das alles noch?«

Es war ein wenig riskant gewesen, den Namen deiner Schwester aufzuschreiben, aber ich hatte gehofft, es wäre ihnen zu mühsam und teuer, jemanden in Australien anzurufen. Außerdem spracht ihr beide sowieso kaum miteinander.

»Wir müssen auch mit Ihrem Mann sprechen.« Grace gab mir eine Karte. »Könnten Sie uns nach seiner Rückkehr anrufen, dann mache ich einen Termin mit ihm aus.«

Das war's dann.

Ich weiß nicht mehr, in wie vielen schlaflosen Nächten während deiner Abwesenheit ich überlegte, wie ich dir das alles erklären könnte. Ich hatte mich halbwegs durch ein Adoptionsverfahren geschummelt und dein Einverständnis gefälscht. *Ich wollte nur mal vorfühlen?* Dafür war ich ein wenig zu weit gegangen. *Dir die schwere Arbeit abnehmen?* So funktioniert Elternschaft nicht. Rückblickend kann ich erkennen, dass am Ende ich diejenige war, die uns zurückhielt und dich als Entschuldigung benutzte. Das sieht niedergeschrieben schrecklich aus. Bald wurde mir klar, dass ich nicht einfach nur ein Kind wollte, ich wollte unser Kind.

Sie haben mit unseren Kontaktpersonen gesprochen, Jules und Edie riefen an, um uns Glück zu wünschen. Von deiner Schwester hörte ich nichts. Hat sie dich angerufen, Frank? Aber zu einem so schwerwiegenden Verrat hättest du ganz sicher nicht geschwiegen. Oder? In dieser Stille zwischen uns habe ich angefangen, alles in Frage zu stellen, was ich zu wissen glaubte.

Ich hoffe, du bist eher wütend als traurig, wenn du das liest. Du warst immer schon langmütig. Dein Schwachpunkt ist Verletzlichkeit, und das ist viel schlimmer. Nichts tut mir mehr weh als der Anblick deines Schmerzes. Ich habe versucht, dir zu erklären, wie sehr mich die Kinderlosigkeit beutelte – sie war mehr als eine Unannehmlichkeit, ein Versagen, mehr als der Wunsch, jemand möge auf unseren Gräbern Blumen ablegen. Ich war besessen von dem Wunsch nach einem Kind.

Kannst du das verstehen? Wirklich? Bitte versuche es, Frank, denn ich denke, es wird uns helfen bei dem, was nun kommt.

4 In den letzten sechs Monaten hatte Frank oft genug Gelegenheit gehabt, über das Vergehen von Zeit nachzudenken, die Art und Weise, wie sie, gleich einer schwarzen Katze, in der Dunkelheit verschwindet. Geburtstage. Hochzeitstage. Weihnachten. Und dann noch all diese erfundenen Feiertage, an denen die Grußkartenhersteller reich wurden und die er sich nie hatte merken können. Auf ein Neues.

Nun muss er daran denken, was ihm in diesen Jahren alles entgangen ist. Er weiß, dass er nicht der Aufmerksamste war. Wenn Maggie sich neue Kleidung gekauft hatte, tänzelte sie damit wie ein Model die Treppe rauf und runter, darauf hoffend, dass er etwas bemerkte. Und erst, nachdem sie sich mehrfach geräuspert hatte, fragte er endlich: *Ist das neu, Darling?* Aber diese Geschichte? Er muss blind gewesen sein, um es nicht zu bemerken.

Frank erhebt sich von der Bettkante und geht zum Fenster, er stößt es so weit es geht auf. Schräg gegenüber sind die Gardinen nicht vorgezogen. Frank erkennt den Familienvater in einem ausgeleierten Sportshirt und einer karierten Schlafanzughose, wie er versucht, ein wimmerndes, zappelndes Baby zu beruhigen. Er sieht erschöpft aus und ist doch von bewundernswerter Beharrlichkeit. Für unser eigenes Fleisch und Blut tun wir alles, nicht wahr?

Eine Adoption wäre etwas anderes gewesen. Hätte er dieselben Gefühle gehabt? Frank hofft es. Er denkt daran, wie ein Gespräch darüber wohl ausgegangen wäre, wenn Maggie den Mut zusammengenommen hätte, ihm diese Broschüren zu zeigen, anstatt sie auf Nimmerwiedersehen ganz nach unten ins Ablagekörbchen zu stopfen. Er würde so gern sagen, dass er positiv reagiert hätte, vielleicht sogar enthusiastisch. Doch er ist sich nicht so sicher. Nicht nur Maggie hatte Angst vor dem Unbekannten.

Der Wecker auf seinem Nachttisch klackt, als die Ziffern auf 03:00 Uhr springen. Was würde er selbst jetzt für einen Neuanfang geben? Bisher hat er eigentlich nur daran gedacht, an Maggies Bett zurückzukehren, sobald er wieder zu ihr darf. Dann wird er es ihr sagen, Ausreden zwecklos – er wird ihr sagen, was er getan hat, warum er abgetaucht ist. Und danach? Nun, sein Plan hat keinen zweiten Teil.

Was nun kommt. Er weiß nicht, ob er das überhaupt wissen will, aber jetzt kann er nicht aufhören.

Er blättert um.

Noch vier Tage

Weißt du, Frank, dass ich meine Schwangerschaft mit Eleanor erst nach acht Wochen bemerkt habe? Ich war bald vierzig, mein Zyklus war nicht mehr so regelmäßig wie früher, und ich war erschöpft und aufgedunsen, aber das war nicht ungewöhnlich. Vielleicht war ich im Gesicht ein wenig voller, und ich fühlte mich schrecklich – pochende Kopfschmerzen und ein Ziehen im unteren Rücken, das nicht verschwand. Eine unserer jungen Arzthelferinnen sprach mich darauf an. Das ärgerte mich. Noch grün hinter den Ohren und schon bei ihrer Vorgesetzten Diagnosen stellen.

Seit Graces' und Marys Besuch waren fast drei Jahre vergangen. Nach meiner darauffolgenden Selbstanalyse hatte ich es geschafft, mir unsere Zukunft ohne Kinder vorzustellen. Eine glückliche Zukunft. Etwa einen Monat nach dem Besuch der beiden hatte ich darum gebeten, unser Bewerbungsverfahren ruhen zu lassen. Ich hatte Mary eine nette E-Mail geschrieben; und es stellte sich als weniger aufwendig heraus, die Angelegenheit ruhen zu lassen, als sie anzuleiern. Mary gab mir sogar ihre Durchwahl, für den Fall, dass ich über irgendetwas reden wollte.

Zum ersten Mal seit unserer Hochzeit war ich nicht auf ein Baby fokussiert. Ich glaube, dass ich deswegen anfangs über den Verdacht der Schwester nur lachen konnte. Leider ist ein Verdacht nie leicht abzuschütteln. Weitere vier Wochen ohne Periode vergingen, deswegen fuhr ich auf dem Heimweg an einem Drogeriemarkt vorbei. Als ich das Geld überreichte und die beiden Tests einsteckte, fragte ich mich, ob das Mädchen an der Kasse dachte, ich würde sie für meine Tochter kaufen. Ich verließ den Laden, bevor sie den Kassenbon ausdrucken konnte.

Zu Hause schloss ich mich gleich im Badezimmer ein und machte beide Tests hintereinander. Sechzig, einhundertzwanzig, einhundertachtzig. Ich zählte bis zweihundert, nur um ganz sicherzugehen. Als ich mir endlich einen Blick darauf gestattete, sah ich zwei blaue Linien, parallel in den Sichtfenstern der beiden Tests. Ich hatte sie mir jahrelang herbeigewünscht, und nun waren sie auf einmal da.

Ich habe sie nicht lange angestarrt. Ich habe die Teststreifen in Toilettenpapier eingewickelt, in eine Plastiktüte gesteckt, deren Henkel fest verknotet und das Bündel vier Häuser weiter in den Müll geworfen. Es war, als wäre nichts passiert, als du an jenem Abend nach Hause kamst.

Ich wusste, ich konnte es dir erst sagen, wenn ich selbst wieder einen klaren Kopf hatte. Nur weiß ich nicht, ob ich seitdem jemals wieder einen klaren Kopf hatte. Es war ja eingetreten, was ich immer gewollt hatte. Worüber sollte ich mir da noch klarwerden? Über vieles, Frank, so vieles. Zum einen war ich zu alt. Klar, ich sah Frauen in meinem Alter bei Vorsorgeuntersuchungen im Krankenhaus, aber die meisten hatten schon einige Kinder. Und wenn nicht – hatten sie dasselbe durchgemacht? Fünfzehn Jahre vergeblicher Versuche. Wenn ich mit sechsundzwanzig kein Kind austragen konnte, als ich noch jung und voller Energie war, wie sollte ich es nun schaffen? Ich hatte Angst, Frank, große Angst. Wir würden das zusammen durchstehen, aber ich fühlte mich irgendwie so allein.

Als du in jener Nacht schnarchend neben mir lagst, sah ich dich mit ganz anderen Augen. Ich sah das Kissen, das wir dir nach dem Bandscheibenvorfall für den unteren Rücken gekauft hatten. Damals hatten wir gelacht, nicht wahr? In der Woche nach dem Röntgen hatte ich dich Opa genannt, in der unausgesprochenen Annahme, dass niemand sonst das jemals tun würde nach so langen erfolglosen Versuchen. Ich betrachtete deine Hände, die Haut zwischen deinen Fingern war rau und schuppig vom Geschirrspülen – die vielen Jahre harter ehelicher Arbeit, und dann der Gedanke, dass dies alles bloß der Anfang gewesen war und du keine Ahnung hattest.

Es fühlte sich an wie der schlimmste Betrug. Ich war schwanger, mit unserem Kind, aber ich würde erst riskieren, es dir zu sagen, wenn es für ein ernsthaftes Gespräch darüber, wie wir uns entscheiden wollten, zu spät wäre. Ich konnte mir das Wort »Abtreibung« aus deinem Mund gar nicht vorstellen, selbst wenn ich es versuchte. Du hattest es damals nicht in den Mund genommen, als wir erst drei Monate zusammen waren; würdest du es nun tatsächlich aussprechen? Ich wollte es nicht riskieren.

Wenn ich ganz ehrlich bin – und warum sonst sollte ich dir dies alles schreiben? –, fürchtete ich dieses Gespräch vor allem, weil ich nicht wusste, was ich auf deine Fragen antworten sollte. Ich hatte mir jahrelang so schmerzlich ein Kind gewünscht, dass ich kaum an etwas anderes denken konnte. Und dann war es passiert, und ich fühlte mich plötzlich unsicher. Ich war aufgeregt, begeistert, aber es war nicht so, wie es für alle anderen zu sein schien.

Wäre ich eine gute Mutter? Wüsste ich überhaupt, wie das geht? Ich hatte ja nicht gerade ein gutes Vorbild vor Augen. Ich hasse meine eigene Widersprüchlichkeit, meine absolute Unfähigkeit, mich einfach zu entspannen und zu akzeptieren, dass alles gut werden würde. Nun frage ich mich, ob das ein Zeichen war. Das hört sich schrecklich spirituell an, aber du weißt schon, was ich meine. Vielleicht gab es etwas irgendwo dort draußen, das uns irgendetwas über Eleanor mitteilen wollte?

Ich muss verzweifelt gewesen sein, weil ich Mary anrief. Sie hatte mir ihre Nummer wahrscheinlich nur gegeben, um nett zu sein, und bestimmt nicht erwartet, dass ich sie tatsächlich kontaktierte. In einer Mittagspause wurde mir dann alles zu viel, die Last, weil ich es dir nicht erzählt hatte, weil ich es niemandem erzählt hatte. Die Last meiner eigenen Unsicherheit. Mary nahm beim ersten Klingeln ab.

»Hallo, Maggie Hobbs hier, ich habe vor einigen Jahren einen Adoptionsantrag bei Ihnen gestellt. Sie haben mir Ihre Nummer gegeben ...«

Es entstand eine irritierende Pause – ich vermute, sie versuchte, mich einzuordnen.

»Mein Ehemann war beim ersten Treffen nicht dabei«, fügte ich hinzu.

»Natürlich, ich erinnere mich. Wie geht es Ihnen?«

»Ich wollte Ihnen nur erzählen, dass ich schwanger bin.« Die Worte purzelten schneller heraus, als ich beabsichtigt hatte. Wohl weil ich aus einer Laune heraus angerufen hatte. »Ich werde Mutter.«

Sie war völlig aus dem Häuschen, Frank, und genau das hatte ich gebraucht – diese unmissverständliche, aufrichtige, vorbehaltlose Freude, von der ich hoffte, sie würde sich auf mich übertragen. Ihre Begeisterung hallte noch in mir nach, als ich für Ende der Woche einen Termin bei einem Arzt vereinbarte. Es war ein Freitagnachmittag, und ich konnte mich ohne viel Aufhebens bei der Arbeit krankmelden.

Es war noch zu früh, um das Geschlecht zu bestimmen, deswegen war es mehr eine Formalität, das redete ich mir zumindest ein, als ich ins Wartezimmer ging. Als eine von nur zwei Patientinnen saß ich da allein, ohne aufgeregten Partner an meiner Seite. Ich habe dich vermisst, Frank. Ich hätte es mir alles unkomplizierter gewünscht.

»Weiß der Vater Bescheid?«, fragte die Hebamme, als sie mir das Ultraschallgel auf den Bauch schmierte.

»Ja, mein Mann ist leider gerade auf Dienstreise. Tut mir leid, dass er nicht dabei sein kann.« Ich benutzte dieselbe Ausrede wie bei der Adoptionsagentur, nur dass du dieses Mal bloß knapp zwanzig Minuten mit dem Auto entfernt warst.

Weil ich mir Sorgen machte, dass sie mir die Lüge ansah, schaute ich noch nicht einmal auf den Monitor, wo sich ein körniges Bild ruckartig über den Bildschirm schob.

»Herzlichen Glückwunsch, Mama.« Im Hintergrund surrte der Drucker und erwachte zum Leben.

Eine Minute später hatte ich ein Bild unserer Zukunft in der Handtasche.

An jenem Abend habe ich es dir gesagt. Ich wollte warten, bis Jack und Sarah weg waren, aber ich traute mir selbst nicht über den Weg. Das Bild in meiner Hosentasche machte alles leichter. Es war greifbar, die von mir benötigte Absicherung, falls du auch nur ein wenig zweifeln solltest. Am Ende hast du nicht gezweifelt. Du warst vielleicht überrascht, aber du hast dir nicht den Kopf zermartert, so wie ich. Für dich war es schlicht und einfach Freude. Dein Enthusiasmus war ansteckend, und mit jedem unserer aufgeregten Gespräche am Ende eines langen Arbeitstages konnte ich die heiklen Gedanken mehr und mehr von mir wegschieben.

Es gab Zeiten, wo ich hätte schwören können: Du warst aufgeregter als ich. Ich fand es toll, wenn ich ins Bett kam und dich, mit einem Kissen im Rücken, in einem Elternratgeber lesen sah, einen Stift zum Unterstreichen in der Hand. Du hast so lange nach Kinderwagen gesucht, dass ich vermutete, unser Sohn oder unsere Tochter wäre schon in der Schule, bevor du endlich eine Entscheidung triffst. So wäre es wohl auch ausgegangen, wäre nicht praktischerweise im Outlet für Babysachen gerade Schlussverkauf gewesen.

»Lauf du los. Ein Hindernislauf. Zu den Babybettchen und zurück«, sagtest du und warfst mir ein schelmisches Lächeln zu, das mich daran erinnerte, wie ich überhaupt schwanger geworden bin.

»Frank! Ich bin im siebten Monat!«

»Drei ...«

»Frank!« Ich musste selbst ein Lachen unterdrücken.

»Zwei! Es ist doch nur straffes Gehen. Versprochen. Gar nicht anstrengend. Eins!«

Ich wollte dir nicht folgen, ich schwöre. Aber dann legtest du zu einen beeindruckenden Power-Walk hin, deine Hüften schwangen übertrieben ausladend nach rechts und links wie sonst nur beim Tanzen auf einer Hochzeit. Das ist schon immer seltsam ansteckend gewesen.

Die Kunden wichen uns erstaunlich gutgelaunt aus. Oder vielleicht war es nur gesunder Menschenverstand. Koordinationsfähigkeit war nie deine Stärke gewesen.

»Ach, scheiß drauf!« Ich schnappte mir den nächsten Kinderwagen. Natürlich war es das plumpste Monstrum des ganzen Geschäfts. Obendrauf war ein riesiges Sonnensegel befestigt, das besser zu einem Café als zu einem Neugeborenen gepasst hätte. Ich ließ mich davon nicht aufhalten. »Nicht so schnell!«

Im Bus auf dem Nachhauseweg saßen wir eng aneinandergedrückt, und unser flach verpackter Einkauf war gegen das Fenster gequetscht. Es war kalt draußen, und die Fenster waren beschlagen. Ich kriegte nicht mit, was du machtest;

ich war müde, hatte den Kopf auf deine Schulter gelegt und war meilenweit entfernt, bis der Fahrer scharf rechts abbog. Du fingst mich mit einer Hand auf und legtest mir die andere schützend auf den Bauch. Das war zwar völlig überflüssig, doch es ließ mir das Herz höherschlagen. Ich küsste dich auf die Wange.

Dann sah ich es – in Großbuchstaben auf die beschlagene Scheibe geschrieben:

MUM + DAD

Ein Foto rutscht aus dem Planer. Er hat es seit Jahren nicht mehr gesehen. Seit fünfundzwanzig Jahren, um genau zu sein. Seit Eleanors Geburt. Das Ultraschallbild ist ein wenig klebrig, es liegt erstaunlich gut in der Hand, trotz seiner schwitzigen Finger. Er richtet die Nachttischlampe so aus, dass sie direkt auf das Bild scheint und Eleanors amöbenhafte Form sichtbar wird, unscharfe Pixel in Schwarzweiß. Er fährt am Umriss ihres Körpers entlang und lässt sie auch über das aufgedruckte Datum und die Zeit gleiten. Sie ist eine nahezu perfekte Kidney-Bohne. Wie ironisch, bei einem Mädchen, das zwanzig Jahre ihres Lebens eben diese Bohnen aus ihrem Chili con Carne herauspickte und sie voller Verachtung auf dem Tellerrand liegen ließ.

Auch jetzt noch schlägt sein Herz schneller, wenn er auf dieses erste Bild von Eleanor schaut, damals sah sie noch so anders aus als beim letzten Mal oder bei jedem Mal zuvor. Es hat etwas Magisches an sich, wie sie hier in sich zusammengekrümmt ist wie ein Komma, als würde sie Energie für das schrecklich wichtige Wachstum sammeln. Der Wissenschaftler in ihm weiß, dass es sich nur um einen Zellhaufen handelt, der auf dem Foto mit hellen und dunklen Flecken abgebildet ist. Doch der Vater in ihm weiß auch, dass so viel mehr dahintersteckt: Licht und Gelächter und die wunderbarste Zeit seines Lebens, die ihm noch bevorstand.

»Du wirst so sehr geliebt«, sagt er und küsst ihren birnenförmigen Kopf.

Er steckt das Bild wieder ins Buch. Die Zeilen oben auf der Seite springen ihm ins Auge. Sie sind dermaßen kraftvoll unterstrichen, dass das Papier darunter sich wellt: *Ich hatte Angst, Frank, riesige Angst. Wir steckten dort gemeinsam drin, aber irgendwie fühlte ich mich so allein.* Wenn er an Maggie im Sprechzimmer der Hebamme denkt, so verängstigt und einsamer als jemals zuvor, kann er nicht fassen, dass sie das alles allein durchgemacht hat. Er wünscht sich, er hätte da sein können, ihre Hand drücken, ihr ein Glas Wasser aus dem Spender bringen, ihr mit der Hand über die hochgezogenen Schultern streicheln, um ihre Anspannung zu lindern.

Frank weiß sehr gut, wie es ist, ein Geheimnis zu bewahren. Er kann Maggie nicht dafür verurteilen. Er kennt die Angst, dass es einem deutlich auf die Stirn geschrieben steht, und was man alles dafür tut, um das Thema zu vermeiden. Allein bei dem Gedanken daran bricht ihm wieder der Schweiß aus. Nein, er kann Maggie nicht vorwerfen, dass sie ohne ihn zu der Untersuchung gegangen ist. Wie würde ihn das dastehen lassen? Hat er ihr doch etwas viel Wichtigeres verschwiegen.

Noch vier Tage

Und dann war sie da. Ganz einfach. Nicht die Wehen, die waren nicht einfach. Die vergisst man übrigens nicht. Nein, ich meine, sie war daheim. Kannst du das fassen? Ich konnte es nicht. In jener ersten Woche wollte ich mich am liebsten immer wieder selbst kneifen. Ich ging schlafen und fragte mich, ob ich dieses Glück geträumt hatte. Ich hatte nicht gedacht, dass es uns wirklich jemals passieren würde.

Du weißt, dass ich normalerweise nie um Worte verlegen bin. Aber als ich Eleanor im Arm hatte, war ich so nah daran wie nie zuvor. Es war ein überwältigendes Gefühl. Ich hätte sie einfach immer ansehen können, wie sie ganz leicht die Nase rümpfte, wenn sie sich nicht wohl fühlte, die kleinen Spuckbläschen in ihrem Mundwinkel, wenn sie einschlief. Es gab Abende, da ertrug ich es sogar kaum, sie schlafen zu legen, und ging mit ihr auf dem Arm immerzu den Flur auf und ab und streichelte ihr seidiges Babyhaar. So feuerrrot, wie deins.

Wir hatten auch zu dritt Zeit zusammen, dank aufgesparten Jahresurlaubs und deines sehr großzügigen Chefs. Wir legten sie auf die Decke und beobachteten mit Staunen, wie sie die Beinchen in die Luft streckte und sich dabei die Fettröllchen an ihren Knien und Knöcheln bewegten. Ich war begeistert, als du alte Kinderlieder anstimmtest. Von *Hopp, hopp, hopp, Pferdchen lauf Galopp* und *Der Kuckuck und der Esel* immer nur eine oder zwei Strophen ... Irgendwann schaffte ich es, dich mit Abba zu übertönen, dann standst du, mit Eleanor vor den Bauch gebunden, auf und tanztest, ihre Füße bewegten sich im Takt. Sie war unsere Dancing Queen. Die wertvollste Königin auf der ganzen Welt.

Wir waren euphorisch. Es war wunderbar. Es war das höchste Hoch, das ich mir vorstellen konnte. Aber so etwas hält nie lange an, oder? Gott, ich hätte es mir so sehr gewünscht. Mehr als alles andere. Doch das wäre nicht ich.

Nie hatte ich mich mehr dafür gehasst. An dem Tag, als du wieder arbeiten gingst, spürte ich, wie sich der Abgrund auftat, Frank. Kennst du das Gefühl, wenn du in den Schlaf abdriftest? Dieses, wie wenn du zwei Stockwerke tief im Aufzug fällst, ohne Vorwarnung, mit schlingerndem Magen und zuckenden Beinen? So ging es mir an diesem Tag, Frank.

Ich hatte so etwas schon früher erlebt, den Absturz, den Einbruch, wie du es auch nennen magst. So war ich. Ich brauchte keinen Namen dafür, keine Diagnose oder sonst etwas. Ich redete mir ein, ich käme damit klar. Zumindest dachte ich das. Aber nun, wo Eleanor da war, war alles so viel intensiver. Nun war eine andere Person involviert, ein Wesen, das völlig abhängig war von mir. Und es war noch nie so schlimm gewesen.

Wie alt war Eleanor? Drei oder vier Wochen? Du kamst, um dich zu verabschieden, hattest den Fahrradhelm schon aufgesetzt und küsstest uns nacheinander auf den Kopf, Eleanor stieß einen spitzen Schrei aus. Ich war kurz davor, mich an deine Knöchel zu klammern und dich anzuflehen, dass du bleibst. Ich konnte es einfach nicht. Konnte nicht allein bleiben. Ich hatte Angst vor dem, was passieren würde. Ich hatte Angst vor mir.

Mir wurde schnell klar, dass es sinnlos war, auf einer Checkliste alle Punkte durchzugehen, warum Eleanor weinen könnte. Sauber? Ich denke schon. Warm? Vielleicht zu warm – ich schaute nach, ob sie Fieber hatte. Gestillt? So gut ich konnte.

Unter meinem T-Shirt spürte ich meine rissigen Brustwarzen und die wunde Haut. Schon ein kühler Luftzug ließ mich zusammenzucken. Ich versuchte alles Erdenkliche – Schaukeln, Streicheln, Gut-Zureden, Betteln –, und nichts davon funktionierte. Nichts, Frank. Ich versuchte mein Bestes, und nichts war gut genug.

Die ersten Tage ohne dich vergingen wie im Nebel. Ich wusste, dass ich draußen sein sollte, im Park, mit Edie, bei einer der Mutter-Baby-Gruppen im Gemeindesaal der Kirche. Ich ertrug den Gedanken nicht, dass alle anderen mit ihren ruhigen Babys auf dem Schoß da herumsaßen, mit einem frisch gewaschenen Spucktuch über der Schulter, während Eleanor wie am Spieß schrie. Vielleicht würden sie mir Tipps und Ratschläge geben, was ich falsch machte. Vielleicht würden sie auch einfach so nett sein und diese Gedanken für sich behalten und sich nur still und leise ihren Teil denken. Diese Vorstellung genügte, mir die Tränen in die Augen zu treiben. Dafür reichte damals eine Kleinigkeit. Ich lag auf dem Sofa, die Vorhänge waren zugezogen, Eleanor lag auf meinem Bauch. Wir starrten uns mit weit aufgerissenen Augen an. Ich wusste nicht, wer hilfloser war.

Kurz bevor du nach Hause kamst, schaffte ich es, die Vorhänge zu öffnen und Eleanor in der Küchenspüle ein Bad einlaufen zu lassen. Etwas, das wir als Familie zusammen machen konnten. Als du durch die Tür tratst, überflutete mich eine Welle der Erleichterung. Mit dir war immer alles leichter. Ich stützte Eleanor ab, während du mit Wasser herumspritztest und sie kicherte.

Wenn man ein Foto davon gemacht hätte, wäre es die perfekte Szene gewesen. Man hätte das Bild als Werbung für Cornflakes oder für eine gelungene Küchenrenovierung verwenden können. Jeder, der zu uns hereingeschaut hätte, hätte uns beneidet. Doch du kanntest mich so viel besser. Du trocknetest sie mit dem Handtuch ab, und ich fühlte mich wie eine begehrte Frau – wann hast du etwas geahnt?

Ich sagte kein Wort. Nicht zu dir und auch nicht zu anderen, jedenfalls nicht direkt. Ich wusste nicht, wie es ankommen würde, und ich hätte es nicht ertragen, Eleanor zu verlieren. Ich liebte sie, das wusste ich irgendwo tief in meinem Inneren. Ich musste nur zu der Begeisterung der ersten Wochen zurückfinden und die schrecklichen chaotischen Gedanken wegschieben, bevor mir jemand mein Kind wegnahm. Es lag am Schlafmangel, den Hormonen und den langen einsamen Stunden.

Ich versuchte alles, aber sie wollten nicht weichen, schreckliche, grauenvolle Gedanken. Wie ein Schwarm Fliegen, so schwarz, dass sie alles andere verdunkelten, ließen sie sich auf meine Checkliste für das glückliche Baby nieder. Ich stellte mir vor, dass Ellie die Treppe hinunterfiel, wie eine schreiende Stoffpuppe. Ich stellte mir vor, wie sie in einer Tasse Wasser auf dem Sideboard ertrank.

Mir wurde jedes Mal schlecht bei diesen Gedanken. Aber ich konnte sie nicht abschütteln; sobald einer verschwand tauchte ein anderer, noch schlimmerer auf. Es war ein ganzes Gedankenkarussell: Bilder von Eleanor mit blauen Flecken, blutend oder mit Schmerzen, die ich unwissentlich verursacht hatte – und ich kam nicht weg davon. Ich presste die Augen zusammen, doch die Gedanken verschwanden nicht. Ich schaute mir ihren winzigen Körper Hunderte Male am Tag nach Anzeichen für Verletzungen an. Was, wenn ich etwas gegen meinen Willen getan hätte, ohne es zu wissen? Ich wollte das nicht, ich wäre für sie gestorben.

Woher kamen diese Qualen, die mir alles verdarben? Ich wurde verrückt, das spürte ich, aber ich wusste nicht, wie ich es verhindern sollte. Als Eleanor drei Monate alt war, drehte ich durch. Ich war überzeugt davon, wir hätten einen Virus in der Wohnung, und sobald Eleanor eingeschlafen war, in meiner einzigen Ruhepause, putzte ich die Wohnung von oben bis unten. Ich reinigte das Badezimmer zweimal mit Bleiche. Ich schmiss sämtliche Kleidung in die Wäschekörbe und warf die Teppiche raus. Ich erinnere mich noch genau daran, wo ich war, als du nach Hause kamst: Ich habe den Küchenboden auf den Knien mit bloßen Händen geschrubbt. Eleanor schrie, und ich hörte sie wegen des scheuernden Geräusches nicht.

»Maggie. Maggie! Hey, hey, hör mal kurz auf.«

Ich hatte so stark geschrubbt, dass meine linke Hand blutete.

»Maggie, Darling. Steh mal auf.«

Ich konnte nicht einmal Atem holen und antworten. Du musstest mich hochheben und meine Finger aufspreizen, bis ich die Bürste fallen ließ.

»Maggie – was ist passiert? Was ist los?«

»Ich kann das nicht«, flüsterte ich an deiner Brust. »Ich bin eine schreckliche Mutter. Es würde euch ohne mich bessergehen. Euch beiden.«

Irgendwie schafftest du es, mich in unser Schlafzimmer zu bringen und ins Bett zu stecken. Die ganze Zeit über hörte ich Eleanor unten verzweifelt brüllen. Ich erinnere mich noch, dass ich wie verrückt in diese Richtung gewedelt habe, doch du hast nur genickt, ganz ruhig. Nicht zum ersten Mal wünschte ich mir, ich wäre dir ähnlicher.

Beim Aufwachen wusste ich nicht, wo ich war, es war hell, und auf der Straße draußen war es ruhig. Ich drehte mich auf die Seite zum Babybett. Sie war nicht da. Ich werde nie diese nackte Panik vergessen, diesen dermaßen heftigen Adrenalinstoß, der mich nackt aus dem Bett katapultierte.

»Frank! Frank! Wo bist du? Sie ist weg!«

»Hier, Darling.« Die Küchentür öffnete sich. Eleanor gluckste in deinen Armen. »Schau mal, sie hat dich vermisst.«

Weißt du, was ich in diesem Moment dachte, Frank? Dass ihr beiden allein besser dran wärt, verschont vor Panik, Chaos und Erstarrung. Ich hatte so viel Angst, alles falsch zu machen, dass ich kaum etwas unternehmen konnte. Manchmal, wenn sie schrie, reichtest du sie mir fast reflexhaft. Ich nahm sie. Aber im Inneren? Da wollte ich nur weg von deinen ausgestreckten Armen mit Eleanor darin. Ich war nicht hilfreich, ganz im Gegenteil. Ich redete mir ein, Eleanor könnte mein Unbehagen spüren oder sie würde, wenn sie größer würde, bemerken, dass etwas mit mir nicht stimmte. Ich konnte den Gedanken an erneute Ablehnung nicht ertragen, nicht durch sie und auch nicht durch dich.

Schließlich wurde es besser. Bemerkt habe ich es erst, als Eleanor sechs oder sieben Monate alt war. Ein langsamer Fortschritt, doch diese Dinge ändern sich nicht über Nacht, auch wenn man sich das so sehr wünscht. Du hattest Edie informiert – sie kam jeden Tag, bis Eleanor fast ein Jahr alt war. Du kamst früher nach Hause. Doch trotz all der liebevollen Unterstützung konnte ich euch nie gestehen, wie dunkel es in mir aussah: welche Gedanken mir genau durch den Kopf gingen und wie kurz davor ich gewesen war, alles hinzuwerfen. Und wenn du mich verlassen hättest, die untaugliche Mutter? Was dann?

Nun habe ich mein Schweigen gebrochen. Was geht dir durch den Kopf, Frank? Ich hoffe, nicht das Bild, ich würde unsere unendlich kostbare Eleanor verletzen. Das waren Gedanken, Frank, ganz furchtbare Gedanken, aber es steckte kein Fünkchen Wirklichkeit darin. Es ist bestimmt schwer zu hören, dass ich so viel Leid vor dir geheim gehalten habe. Du warst nie jemand, der andere schnell verurteilt. Du wärst mir auf Augenhöhe begegnet, auch wenn ich wie eine Medusa mit gefletschten Zähnen zugebissen hätte. Und dennoch glaubte ich, mit einer Beichte würde ich alles zerstören.

Niemand will hören, dass der Mensch, dem man sein Leben verschrieben hat, ein Monster in sich verbirgt – oder?

5

Franks linker Fuß ist wieder eingeschlafen. Er wollte das eigentlich abklären lassen, aber in diesem Leben hat er bereits genug Zeit im Krankenhaus verbracht, und er hat sich immer schon am wenigsten um sich selbst gekümmert. Er schüttelt den Fuß und wartet auf das Kribbeln und Stechen, das bis in die Hüfte hochzieht. Er müsste spazieren gehen, doch das ist nun ein wirklich unpassender Zeitpunkt – irgendwo hat er gelesen, dass die meisten Einbrüche und unaufklärbaren Morde im Morgengrauen stattfinden.

Er schlüpft stattdessen mit den Füßen in die Hausschuhe – ausgelatschte Dinger, die Maggie hasst –, nimmt sich den Planer und geht ins Arbeitszimmer. Der Rechner braucht eine Weile zum Hochfahren. *Wie der Herr, so's Gescherr*, würde Maggie sagen, mit ihrem typischen spitzbübischen Glitzern im Blick. Als der Bildschirm endlich hell wird, sagt ihm ein kleines Fenster auf der Mitte des Schachbretts: *Game over!*

Noch nicht, denkt Frank. Nicht kampflos.

Er schließt das Fenster und öffnet die Fotodatei, er scrollt zum allerersten Bild, das sie hochgeladen hatten. Es ist ein Foto von einem Foto, eine Kopie eines Bilds aus einer Wegwerfkamera, ein Schnappschuss. Zu sehen ist Maggie, die Eleanor auf dem Arm trägt, und die Datumsangabe unten rechts zeigt, dass sie zwei Monate alt gewesen sein muss. Frank zoomt mit der Maus ins Bild.

Nicht auf Eleanor, sondern auf Maggie: Kann er es sehen? Hatte das Leiden schon begonnen? Er stellt sich vor, wie er ihre Schädeldecke aufklappt und ins Innere schaut. Er würde jeden dunklen Gedanken herausholen und sie alle verbrennen. Sie durften Maggie nicht heimsuchen und hatten auch bei Eleanor nichts zu suchen. *Ein Monster.* Bestimmt nicht. Wir alle haben unsere dunklen Seiten, er hätte sich nur gewünscht, dass Maggie ihm davon erzählt hätte.

Frank zoomt wieder heraus. Maggie trug Eleanor ganz natürlich, als wäre sie die Verlängerung ihres eigenen Arms. Wenn sie sich als Mutter nicht wohl fühlte, ließ sie es sich ganz und gar nicht anmerken. Frank kann einfach nicht verstehen, warum Maggie ihm nichts sagen konnte. War er zu schwerfällig? Zu ernst? Egal, woran es lag, er wusste, dass er sie im Stich gelassen hatte. Er liebt beide so sehr – Maggie und Eleanor –, und irgendwie hat er sie dennoch enttäuscht. Wir denken immer, Liebe würde ausreichen, doch manchmal stimmt das nicht, oder?

Der Schreibtischstuhl knarzt, als Frank sich nach hinten kippt und versucht, Maggies Notizbuch zu erreichen. Sie wollte, dass er das liest, dass er alles liest, und das ist er ihr schuldig. Er reibt sich mit Daumen und Zeigefinger den Schlaf aus den Augen, dann seufzt er lang und tief.

Was kann sein Herz noch ertragen?

Noch drei Tage

Ich habe mich in der Mutterrolle nie wohl gefühlt, Frank. So, jetzt ist es raus. Ich habe es nie über mich gebracht, es dir ins Gesicht zu sagen. Irgendwie fühlte es sich für mich wie ein Eingeständnis meines Scheiterns an, noch bevor die Dinge aus dem Ruder gelaufen waren. Ich hatte so sehr Mutter sein wollen, dass es uns als Paar fast kaputtgemacht hätte. Und wenn ich dir davon erzählte hätte, nachdem die ganzen drei Kilo Wirklichkeit bei uns eingeschlagen waren? Ich hätte mich bestenfalls launisch angehört. Schlimmstenfalls egoistisch. Welche Mutter gibt zu, dass sie sich nicht für die Aufgabe eignet? Eine, die ihre Tochter oder ihren Mann nicht verdient. Ich habe mich gefühlt, als würde ich euch nicht verdienen. Ich habe meine Glücksquote ausgereizt, und sieh, wohin es mich geführt hat.

Und warum? Warum fühlte ich mich als Mutter so unzulänglich? Das habe ich nie herausfinden können, sosehr ich mich auch bemühte. Ich konnte ja auch gar nicht abstreiten, wie viel Glück ich hatte. Das weiß ich. Wir schafften es, dass alles funktionierte, ich nahm mir frei, bis Eleanor in die Schule kam. Diese Chance hat nicht jeder. Und ich war sogar glücklich. Glücklich wie nie zuvor. Als ich wieder ausgeglichener war, kostete ich die Tage richtig aus. Wenn überhaupt, hatte ich das Gefühl, ich hätte die ganze Zeit zuvor verschwendet. Vielleicht hätte ich mich jemandem anvertrauen, mich um eine Diagnose bemühen sollen, postnatale Depression oder wie es auch immer hieß, anstatt dermaßen verängstigt und stur zu sein?

Du meintest, ich sollte nicht länger darüber nachgrübeln.

Was brachte das? Wir hatten noch ein ganzes Leben mit Eleanor vor uns. Am Ende wünschte ich mir nur, ich hätte mehr dafür getan, die reine Freude dieser ersten Tage zu dokumentieren. Wie Eleanor mit Jeffrey unterm Arm hereingetapst kam, um mich aufzuwecken. Wenn das Wetter gut war, frühstückten wir auf der Wiese im Garten, und Eleanor saß zwischen meinen Beinen. Wenn es regnete, fuhren wir die Tropfen auf dem Fenster mit ihrem Joghurtlöffel nach. Wir backten Kuchen, bastelten, lasen Bücher. Wir fuhren zum Port Meadow und sammelten Gänseblümchen, beobachteten Vögel und sahen uns Boote an. Wir haben einfach gelebt, Frank.

Im Lauf der Jahre erlebt man all die großen Ereignisse, aber mir gefielen die Augenblicke besser, die mich ihr näherbrachten, die Sekunden, wenn ich sah, wie sich ihre Persönlichkeit vor meinen Augen entwickelte. Eleanor machte ihre ersten Schritte kurz vor ihrem ersten Geburtstag. Sie zog sich hoch, spreizte die Zehen und drückte die Hände fest auf den Boden vor sich. Wochenlang kam sie nur so weit wie eine seltsame umgedrehte Brücke und landete dann mit einem Plumpsen auf dem Hintern, wobei sie leicht frustriert aussah. Damals konnte man das alles erkennen, die Beharrlichkeit, den Fokus. Ich konnte sie ablenken, wie ich wollte, aber nach kurzer Zeit versuchte sie es erneut.

Ihre ersten Worte waren »Mama« und »Dada«, so weit nicht ungewöhnlich. Mich beeindruckte aber, dass sie – nachdem sie zu reden anfing – nicht mehr damit aufhörte. Ich sagte etwas, und sie fiel mir ins Wort. Anfangs dachte ich, dass sie einfach probieren wollte, ob ihre neu erworbene Fähigkeit noch funktionierte. Wenn du nach Hause kamst und ich dich nach deinem Tag fragen wollte, legte Eleanor wieder los und übertönte dich. Wir wissen, dass du da bist, sagtest du und kitzeltest sie, bis das Geplapper verebbte und sie kicherte. Als könnten wir dich jemals vergessen.

Ich war von unseren Tagen zu zweit dermaßen beseelt, dass ich es nicht eilig hatte, uns für Mutter-Kind-Gruppen anzumelden. Aber eigentlich wusste ich, dass ich das tun sollte. Das war Mutterschaft für mich: der nagende Zweifel, dass ich etwas besser machen sollte. Außerdem war es Eleanor gegenüber unfair, dass sie nur mit Erwachsenen zu tun hatte. Sie trug keine Schuld, dass wir keine Freunde mit Kindern in ihrem Alter hatten. Selbst, wenn sie zufrieden war und daheim all unsere Liebe bekam, wäre ein Kontakt zu anderen Kindern sicherlich keine schlechte Idee gewesen. Wie als Reaktion auf meine unausgesprochene Neurose wurde ein großer Indoor-Spielplatz eröffnet, nur zehn Autominuten entfernt, kurz vor Eleanors zweitem Geburtstag. Der perfekte Zeitpunkt, den Spielplatz zu besichtigen und zu sehen, ob wir dort feiern könnten.

So etwas hatte ich noch nicht gesehen – ein Flugzeughangar voller riesiger Kunststoffrutschen, endloser Bällebäder, Netze und Flaggen in schreienden Farben, von denen man nach zehn Sekunden Kopfschmerzen bekam. Es liefen immer dieselben drei Popsongs in voller Lautstärke. Das habe ich erst nach einer Stunde oder so bemerkt, weil es auch sonst überall so laut war. Ich hätte wissen sollen, dass Eleanor sich da nicht wohl fühlte. Sie schaute sich das ganze Treiben nur kurz an, dann drehte sie sich zu mir und drückte mir fest die Nase gegen den Oberschenkel.

Wir saßen am Rand einer Gymnastikmatte und rollten einen Ball zwischen uns hin und her. Ich weiß nicht, wer weniger begeistert aussah – ich oder Eleanor. Aber wir waren zusammen, und das reichte mir. Ein Zwillingspaar rannte so nah an uns vorbei, dass wir zusammenzuckten. Die beiden liefen, ohne sich noch einmal umzudrehen, zu den anderen Kindern.

»Tut mir leid.« Ihre Mum tauchte hinter mir auf und hockte sich zwischen uns. »Darf ich?«

»Sicher.« Ich rollte ihr zur Begrüßung den Ball zu.

»Möchtest du nicht mit den anderen Kindern spielen?« Eleanor antwortete nicht und rückte noch näher an mich heran. »Schüchtern, nicht wahr?« Vor uns hingen die zwei gleich aussehenden Jungs, die ich für ihre hielt, kopfüber von einem Klettergerüst. Sie drehte sich zu mir. »Das ist doch nicht so schlimm.«

Bis zu jenem Zeitpunkt hatte ich Eleanor nicht als schüchtern betrachtet. Das erschütterte mich. Es war so, als gäbe es eine ganz andere Seite an Eleanor, die für uns unsichtbar war. Sie war so glücklich zu Hause, so selbstbewusst und wurde so sehr geliebt. Kurz darauf entschuldigte ich uns, und wir gingen. Wir feierten den Geburtstag zu Hause. Verwöhnten wir sie? Ich glaube, damals fühlte es sich nicht so an. Wir wollten sie ja nicht für immer und ewig von anderen fernhalten, sie zu Hause unterrichten und verhindern, dass sie die echte Welt kennenlernte. Ich möchte mal eine Mutter oder einen Vater sehen, die ihr Kind in diesem Alter nicht beschützen möchten. Oder besser gesagt, in jedem Alter.

Außerdem blühte Eleanor in dieser Zeit zu dritt richtig auf – abends, an den Wochenenden und im seltenen Urlaub. Ich habe das Bild aufs Kaminsims gestellt, wo wir alle an der Iffley-Schleuse zu sehen sind, weil es genau das zeigte. Dass dies eine so glückliche Erinnerung ist, ist eigentlich überraschend, weil meine Mutter gerade abgefahren war. Die fünf Tage ihres Besuchs waren mir endlos vorgekommen. Sie hatte sehr viel – aber nur Schlechtes – zu unseren Erziehungsmethoden zu sagen. Allein bei diesem einen Besuch nannte sie uns zu nachsichtig und unruhig. Und das Schlimmste: überfürsorglich, als wäre es schlimm, sein vierjähriges Kind vor Stress schützen zu wollen. Aber Eleanor fand sie amüsant und mochte sie, mit ihrer bourgeoisen Abneigung gegen feste Bettzeiten und Gemüse zum Abendessen.

Nachdem wir meine Mutter am Flughafen abgeliefert hatten, fuhr ich uns schnurstracks zum Pub. Gott, ich brauchte wirklich einen Drink. Die Sonne schien, und wenn ich jetzt die Augen schließe, habe ich immer noch das Gefühl, in dem Himmel aus perfektem Kornblumenblau zu ertrinken. Es war brütend heiß, doch Eleanor bestand darauf, ihr Dinosaurier-Kostüm aus Polyester zu tragen, das wir ihr zum vierten Geburtstag geschenkt hatten – komplett mit der Stachelkapuze und dem Schwanz, den sie hinter sich her zog. Bevor wir losfuhren, streckte sie ihre kleine pummelige Hand hervor und reichte dir die Schimpansen- und mir die Pferdemaske. Dir stand deine tatsächlich sehr gut.

»Die drei Musketiere!«, brülltest du, als ich aufblickte.

Ich hatte Herzklopfen, wenn ich mit euch unterwegs war. Ich war so stolz, Frank, auf unsere Tochter, auf ihre sensible und einnehmende Art. Ich beobachtete dich, ich sah, was für ein toller Vater du warst, und ich habe mich noch einmal neu in dich verliebt. Mir war schwindlig vor Glück, und ich fühlte mich begehrt. Ich wollte, dass dieser Tag nie zu Ende geht.

Im Pub bestelltest du uns Chips und Cola (meine Gott sei Dank mit Schuss), und während du dich anstelltest, lagen

Eleanor und ich auf der Picknickdecke, ihr Kopf auf meinem Bauch. Ich fuhr ihr mit dem Finger die zarte Stupsnase entlang und verweilte auf der perfekten Stelle, wo die Ausbeulung der Nasenlöcher begann. Ich dachte, sie würde einschlafen. Vielleicht tat sie das. Kurz davor rollte sie sich zu mir.

»Ich liebe dich, Mummy«, sagte sie mit dieser Sicherheit, die nur Kinder haben. In diesem Augenblick kamen meine Gedanken endlich zur Ruhe. Ich hatte vier Jahre Achterbahnfahrt hinter mir, Runde für Runde hatte ich jede Entscheidung in Frage gestellt, die ich als Mutter jemals getroffen hatte – meine eigenen, die meiner Mutter und die aller anderen, die mir gute Ratschläge erteilten. Was ich auch tat, wofür ich mich entschied, ich hatte immer das Gefühl, ich würde dem Ganzen nicht gerecht werden.

Aber wer urteilte darüber, Frank? Natürlich war nur Eleanors Meinung wichtig. Ihre Liebe war die einzige Bestätigung, die ich brauchte. Ihr Gütesiegel war das Einzige, was mich mit einem überwältigen Gefühl der Zufriedenheit erfüllte.

Ich würde alles dafür geben, wenn sie jetzt kommen und mich beruhigen könnte.

Frank steht auf und geht ins Wohnzimmer, das offene rote Notizbuch steckt unter seinem rechten Arm. Es wird langsam hell, und die Frau vom anderen Ende der Straße ist schon mit ihren beiden Labradoren aus dem Tierheim unterwegs, bevor die Hitze des Tages hereinbricht. Er neigt den Kopf zum Gruß, als sie vorbeijoggt. Es wirkt nahezu unbegreiflich, dass das Leben um ihn herum weitergeht, während seins in Scherben liegt.

Er weiß genau, welches Bild Maggie meinte. Plötzlich fühlt

er sich sehr schuldig, dass er es mit dem Gesicht nach unten gedreht hat. Ohne dieses Foto fehlt hier etwas; das Bild war der Mittelpunkt des Zimmers, seit Eleanor es selbst gerahmt hatte, mit einer Mischung aus Muscheln und Glitzer und dem fischig riechenden Kleber, den man in Grundschulen gern verwendet. Als Frank damals die Barfrau bat, ihr Tablett mit den leeren Gläsern kurz abzustellen und ein Foto von ihnen dreien zu machen, hatte er sich seltsam verlegen gefühlt. Um sie nicht lange aufzuhalten, stellte Maggie sich mit der schläfrigen Eleanor einfach vor ihn. Als der Film entwickelt war, meinte Frank, sie hätten sich wie eine Matrjoschka positioniert – er konnte es gar nicht fassen, wie perfekt sich ihr Leben ineinandergefügte.

Frank nimmt das Foto zur Hand und zwingt sich, jedes Detail genau zu betrachten – den Saum von Eleanors T-Shirt, der sich im Reißverschluss ihrer Jacke verfangen hat, eine verirrte Locke an Maggies rechtem Ohr, die sich wie eine lose Feder kräuselt. Jahrelang hatten ihm solche Fotos nach einem langen Arbeitstag Kraft gegeben. Sie entschädigten ihn für das Weckerschrillen am frühen Morgen, für die schlaflosen Nächte und Tausende kleiner Opfer, die das Familienleben verlangte. Zumindest bis vor kurzem. Beschämt gesteht er sich ein, dass er in den letzten sechs Monaten alles darangesetzt hat, den Anblick der Familienbilder zu vermeiden.

Es gab diesen einen Vorfall, den sie beide am liebsten vergessen hätten. Es passierte vor drei Monaten, aber die Scham brennt in ihm, als wäre es gestern gewesen. Maggie hatte Frank auf frischer Tat ertappt. In einer Hand hatte er einen Müllbeutel, mit der anderen schob er die Fotos hinein und kehrte damit jede Spur seines *Little Girl Lost* weg. Maggie versuchte, ihn zum Aufhören zu bewegen. Sie flehte ihn an. Sie schrie. Als sie ihn nicht aufhalten konnte, blieb ihr nichts anderes übrig, als das Zimmer zu verlassen und zu warten, bis seine ungewöhnliche Wut verebbte.

Als Frank am nächsten Morgen aufstand, war jedes Foto wieder an seinem Platz. Als wäre nichts passiert. Die zwei Rahmen, die er in seiner Wut zerstört hatte, waren repariert, den Sekundenkleber sah man kaum. Maggie hielt die Familie immer auf wunderbare Weise zusammen – ihn, Eleanor. Er blättert wieder zur letzten Zeile – *dem Ganzen nicht gerecht werden*. Das klingt überhaupt nicht nach der Maggie, die er kannte.

Ein Knacken ertönt; Frank hat den Rahmen so fest gepackt, dass eine der Muscheln abgebrochen ist, nun hält er die kalkigen Krümel in der Hand. Er stellt den Rahmen wieder zurück, bevor er noch mehr Schaden anrichtet, und steckt sich die Überreste in die Tasche.

»O Maggie«, sagt Frank. »Du musstest doch nie etwas beweisen.«

Noch drei Tage

Ich denke oft darüber nach, was für eine Mutter ich in deinen Augen wohl war, Frank. Wie ich mich selbst sah, weiß ich nur zu gut: übernervös, vorsichtig, außer mir vor Angst wegen der schieren Last der Liebe und der Verantwortung für den Teil von mir, den ich nicht kontrollieren konnte. Ich wollte so unbedingt, dass du auch dachtest, ich würde alles gut machen, dass du stolz auf mich sein könntest.

Und ich hatte nur diese eine Chance, eine gute Mutter zu sein, nicht wahr? Nach Eleanors Geburt sprachen wir nicht über Geschwister. Ich für meinen Teil fragte mich, ob ich das Schicksal herausfordern würde, wenn ich das Thema ansprach. Wir hatten so viel Glück, dieses eine Kind zu haben, ich wollte nichts sagen, was sich undankbar anhörte oder – schlimmer noch – den Anschein erwecken könnte, Eleanor würde mir nicht genügen. Und wenn wir es versuchten, nannten wir es nie so. Schließlich schob die Natur einer potentiellen Diskussion den Riegel vor: Ein zweites Kind war für uns nicht mehr drin.

Ich redete mir ein, dass wir mit einem schon genug zu tun hätten. Ich war enttäuscht, weil meine Pläne für eine große Familie durchkreuzt wurden. Von dir war ich nie enttäuscht, Frank. Und auch nicht von Eleanor. Nicht damals, zumindest. Während der Krankenschwesterausbildung hatte ich mir immer eine große Familie vorgestellt, wie bei Edie, mit Geschwistern und Lärm und riesigen Weihnachtsfeiern mit grenzenloser Freude, die ich mir als Kind so herbeigesehnt hatte. Als das nicht geschah, trauerte ich um das Leben, das ich mir ausgemalt hatte. Ich war traurig, dass ich keine Kinder bekommen konnte, und auch nach Eleanors Geburt war ich manchmal deswegen noch traurig. Es ist eine besondere Art Trauer, wenn man die Erwartungen an die eigene Zukunft begraben muss.

Von Anfang an machte ich mir Sorgen, weil Eleanor ein Einzelkind war. Es waren die üblichen Befürchtungen: Einsamkeit, Egoismus, soziopathische Persönlichkeitsschwächen. Schlimme und haltlose Klischees, einfach abzuhaken, je älter Eleanor wurde, weil ich sah, wie umsichtig und rücksichtsvoll sie war. Als sie fünf oder sechs Jahre alt wurde, wich diese Befürchtung schließlich der Sorge, dass wir sie im Stich gelassen hätten. Will nicht jedes Kind Geschwister? Einen Vertrauten, einen Spielkameraden, einen Freund mit der genetischen Veranlagung, sich nach einem Streit wieder zu versöhnen? Ich wollte nicht, dass sie aufwuchs und dachte, wir hätten ihr etwas vorenthalten. Ich ertrug den Gedanken nicht, dass sie es uns eines Tages übelnehmen könnte.

Ich machte alles Menschenmögliche, damit das nicht einträf. Die meisten würden das sicherlich als Überkompensation bezeichnen, aber ein solcher Gedanke hätte mir damals nicht ferner liegen können. An den Wochenenden, wenn du arbeiten musstest, ging ich mit Ellie in das Café an der Ecke und kaufte uns beiden Rosinenbrötchen, so groß wie ihr strahlendes Gesicht. Eleanor war voller Zucker, feiner weißer Staub, der sich auf ihrer Nasenspitze und den Wangen absetzte. Sie redete und redete, meist blühenden Unsinn, und ich war so voller Freude über sie, dass ich sie noch nicht einmal daran erinnerte, mit geschlossenem Mund zu kauen. Und sie lächelte die ganze Zeit. Unschätzbar. Köstlich. Wir hätten beide unmöglich glücklicher sein können.

Als sie dann das erste Mal ernsthaft nachfragte, warum sie keine Geschwister hatte, war ich überrascht, obwohl ich dieses Gespräch im Kopf unzählige Male durchgespielt hatte. Eleanor war sieben Jahre alt, und ich hatte sie gerade bei Katie abgeholt. Dort wohnten vier Kinder unter zehn, und es ging wild zu, weil alle auch noch ihre Freunde eingeladen hatten. Der Lärm allein reichte, damit die Mädchen die Hände auf die Ohren pressten und in Katies Zimmer verschwanden.

Wir waren im Auto, gerade dem Verkehr am Anfang der

Woodstock Road entkommen und nicht mehr als zehn Minuten von zu Hause entfernt.

»Warum habe ich keine Geschwister?«

Die Frage traf mich völlig unvorbereitet. Ich stellte das Radio leiser und durchforstete mein Hirn nach der besten Antwort.

»Oh, äh, warum fragst du?«

»Katie hat drei.«

»Nun, nicht alle Familien sind gleich. Nicht jeder möchte mehr als ein Kind.«

»Und du?«

Ich hatte keine Ahnung, was ich sagen sollte. »Es ist egal, weil wir so, so froh darüber sind, dass wir dich haben«, brachte ich nach einer Pause heraus.

Die Straße vor uns war auf beiden Seiten zugeparkt. Ich ließ das Auto vor mir sein Glück versuchen und fuhr auf den Bordstein. Es war dunkel, und ich musste das Licht über dem Rückspiegel anstellen, um sie zu sehen. Eleanor starrte mich sichtlich verwirrt an. Auf ihrer Stirn erschien diese zitternde Längsfalte, die mich daran erinnerte, wie ich sie das erste Mal auf dem Arm gehabt hatte. Jedes meiner Worte war wahr, Frank. Ich wollte damals nur eine Bestätigung, ein »Das weiß ich« oder »Ich hab dich lieb«. Selbst ein »Danke, Mum« hätte gereicht.

Bevor ich weiter bohren konnte, ließ der Lieferwagen vor mir die Scheinwerfer aufleuchten, um mich durchfahren zu lassen. Der Augenblick war vorbei. Ich war sauer auf mich. Während des Abendessens konnte ich nicht einmal meine gut vorbereitete Ansprache vortragen – *wir brauchen nicht noch ein Kind, du bist uns genug, unsere Familie ist perfekt so, wie sie ist*. Die Worte lagen mir auf der Zunge, aber ich konnte mich nicht dazu durchringen, das Thema erneut anzuschneiden, weil ich ihm nicht mehr Raum als nötig geben wollte.

Wenn sie in den nächsten Jahren ihr Dasein als Einzelkind erwähnte, war das nie eine Frage, sondern eher die Feststellung einer Tatsache. Hast du das bemerkt, Frank? Diese Betonung, wenn sie sagte: Ich habe keinen Bruder und keine Schwester, dabei sprach sie das Ich besonders nachdrücklich aus, als würde sie damit sagen, dass sie dies von ihren Freunden unterschied und auf irgendeine geheimnisvolle Weise auch von uns. Für mich sah es so aus, als wäre alles gut ausgegangen. Damals hatte ich nie Zweifel, dass Eleanor sich ihrer Position in unseren Herzen bewusst war. Und was für einen größeren Erfolg gibt es für Eltern, als wenn sich ihr Kind ihrer Liebe absolut sicher sein kann?

Das bedeutet nicht, dass wir es als selbstverständlich hinnahmen. Es gab manches in jenen Tagen, was ich mir vorwerfen kann, doch mangelnde Liebe gehört gewiss nicht dazu. Wir arbeiteten jeden Tag daran, dieses Band zu festigen, und bei jedem Abendessen bekam Eleanor unsere ganze Aufmerksamkeit, du stelltest die Fragen wie ein guter Nachrichtensprecher, und Eleanor war der Studiogast, der dem begeisterten Publikum, bestehend aus zwei Personen, von ihrem Tag erzählte.

Und wir? Nun, wir haben viel gelernt, das ist sicher. Als sie acht Jahre alt war, kannten wir jedes Kind aus ihrer Klasse – die nervige Art, wie Josh sich im Unterricht hervortat, und dass Anna nur mit einem Bleistift mit besonderem Griff aus Japan schreiben konnte. Als sie neun war, sprachen wir über die Tudors, die Ägypter und die Griechen und hätten spielend

Eleanors unangekündigte Tests schaffen können. Als sie zehn war, hatten wir jedes Argument einer monatelang schwelenden Spielplatzfehde zwischen Heidi und Jess gehört, den beiden beliebtesten Mädchen in ihrer Klasse. Eleanor war unser Ein und Alles, und wir taten alles, um ihr zu Hause ein Gefühl von Geborgenheit zu geben.

Und wir lernten so viel über Eleanor, über ihre Sicht der Dinge. Sie war so witzig, so unterhaltsam. Das hat sie ganz sicher von dir. Als sie zehn war, hatte sie diese französische Kunstlehrerin, und auch wir hatten ein Jahr lang etwas davon – Eleanor konnte ihren Akzent gekonnt nachahmen, ebenso die Art und Weise, wie ihr ganzer Oberkörper hin und her wogte, wenn sie sprach, als wäre sie bei einer besonders unruhigen Kanalüberquerung. An einigen Abenden schaffte ich meinen Teller nicht ganz, weil wir lachten und lachten und plötzlich das Essen kalt war. Ich sehe sie noch vor mir, wie sie mich fest an die Hand nahm, wenn ich zur Tür hereinkam, und mich in die Küche zog, wo sie die neuesten Geschichten zum Besten gab. Nichts verlieh mir mehr das Gefühl, gebraucht zu werden, unersetzlich zu sein.

Ich fand es wunderbar, dass sie mit uns reden wollte. Damals habe ich nicht darüber hinaus gedacht. Warum auch? Wenn ich mir jetzt diese Abende so detailliert wie möglich vor Augen führe, scheint es Bände zu sprechen, dass Eleanor zwar bereitwillig über ihre Freunde, den Unterricht und die äußeren Umstände ihres Lebens sprach, aber nie gern über sich selbst.

Ist dir das auch aufgefallen, Frank? Wir haben es nach Portugal bemerkt, als sie ihre Verunsicherung nicht eingestehen wollte. Einige Wochen lang war sie ein wenig reservierter, angespannter und anhänglicher. Aber dann war alles wieder wie zuvor, und wir hätten diese Episode für uns und für sie als negative Erfahrung abschreiben können.

Aber sie war nicht so einmalig, wie wir gehofft hatten, nicht wahr?

Sie sind nach diesem Urlaub, als Eleanor sieben Jahre alt war, nie wieder nach Portugal zurückgekehrt. Maggie war sehr abergläubisch, und das Land zu meiden, wenn sie damit das Trauma von der Nacht am Strand hinter sich lassen konnten, zumindest so weit wie möglich, machte niemandem etwas aus. Selbst jetzt reicht die bloße Erwähnung dieses Urlaubs aus, um Frank trotz der stickigen Luft im Wohnzimmer erbeben zu lassen. So viele Jahre lang war das seine schlimmste Erinnerung gewesen, der leere Tisch, Eleanor verschwunden. Das tosende Meer und seine eigene, kreischende Panik im Kopf.

In den letzten Monaten hatte Frank Schlimmeres erlebt. Er hat sich immer schon gewundert, warum wir Menschen so gern unser Leid mit dem der anderen vergleichen. Die Irrungen und Wirrungen damals und heute, unser Leid und das unserer Freunde. In seinem Schweigen hat Frank viel darüber nachgedacht, was schlimmer war – eine siebenjährige Eleanor, die an einer fremden Küste abhandenkommt, oder das verlorene Wesen, fast zwanzig Jahre später. Die kurze, brennende Panik damals oder der quälend langwierige Verfall? Eine solche Entscheidung sollte keinen Eltern zugemutet werden.

Und in beiden Fällen war Eleanor so stoisch geblieben, Maggie hat recht, sie wollte sich nie öffnen. Sie fanden nie heraus, woran das lag. Sie boten ihr ein glückliches Zuhause, hatten immer ein offenes Ohr für ihre Sorgen. Es erinnerte Frank an eine Phrase, die seine eigene Mutter gern zum Besten gab: *Man kann ein Pferd zur Tränke führen, aber trinken muss es selbst.* Er stellt sich eine Falltür in Eleanors Kopf vor, hinter der all ihre Gefühle eingepfercht waren. Maggie und er konnten wie verrückt dort anklopfen, doch nur sie selbst konnte sie hereinlassen.

Nein, es war nichts *Einmaliges*, keineswegs. Frank kann sich einige Beispiele dafür in Erinnerung rufen, dass Eleanor von ihren eigenen Problemen abgelenkt und Maggie und ihm den Ball zurückgespielt hatte.

Er streicht die nächste Seite glatt, um zu sehen, was er noch erfahren wird.

Noch drei Tage

Ich erinnere mich an den Elternabend in ihrem letzten Grundschuljahr. Wir saßen wie versteinert da, als wir über den grünen Klee gelobt wurden, weil Eleanor so gut mit den Hänseleien eines Klassenkameraden wegen ihres ersten Platzes in einem landesweiten Mathewettbewerb umgegangen war. Als ich sie am nächsten Tag danach fragte, bestand sie darauf, dass es nicht wichtig gewesen war. Weißt du, was sie auf meine Frage geantwortet hat, warum sie uns nichts erzählt hatte? Kannst du es dir vorstellen, Frank? Rate mal.

Ich wollte nicht, dass du und Dad euch Sorgen macht.

Als sie kurz darauf auf die weiterführende Schule kam, achtete ich genauer auf Anzeichen dafür, dass sie ihre Probleme vor uns geheim hielt. Damals wären Geschwister gut gewesen. So musste ich das auffangen. Ich wollte nicht nur Mutter, sondern auch Freundin für sie sein. Ich wusste, wie Teenager-Mädels sind, und konnte den Gedanken nicht ertragen, dass Eleanor die Blicke und die schnippischen Bemerkungen ohne eine Vertrauensperson überstehen musste.

Ich setzte dafür Himmel und Hölle in Bewegung, organisierte Ausflüge und Unternehmungen für uns beide. Immer außer Haus, in einer neuen Umgebung, von der ich hoffte, sie würde sich dort erwachsen fühlen und es würde ihr einen kleinen Schub geben, damit sie mir vertraute und sich mir öffnete. Und du hast uns so gut unterstützt, ich hatte nie das Gefühl, dass du dich ausgeschlossen fühltest, aber vielleicht hast du auch die Ruhe genossen, wenn ich einmal weg war.

An Ostern nach Eleanors zwölftem Geburtstag fuhren wir zu zweit nach Edinburgh, nur wir Mädels. Wir gingen Arm in Arm durch die Altstadt und taten so, als würden wir uns eins der wunderschönen alten Georgianischen Häuser aussuchen. Wir kauften uns die gleichen karierten Schals und spazierten damit stolz um das Schloss herum. Als wir bei Regenwetter im Pub an einer Ecke an der Royal Mile saßen, ließ ich Eleanor einen Schluck Whisky probieren, und sie reagierte so angewidert – »Puh, das schmeckt wie Leichenbrühe, Mum« –, dass ich dachte, wir würden womöglich rausgeschmissen. Am letzten Tag schaffte sie es, nur mit Hilfe ihrer guten Laune, dass ich schnaufend und keuchend den Arthur's Seat mit hinaufstieg. Als wir oben ankamen, legte sie mir den Arm um die Schultern. Sie hatte überhaupt nicht geschwitzt.

»Wir sind am höchsten Punkt der Welt«, sagte sie und starrte auf die Stadt, die sich unter uns ausbreitete.

»Dort gehörst du auch hin.« Ich legte ihr den Arm um die

Taille und drückte sie. »Ich möchte, dass du es immer nach ganz oben schaffst.«

Es war ein solcher Erfolg, dass wir von da an einmal im Jahr gemeinsam wegfuhren. Wir waren im Folgejahr in Berlin und, als sie vierzehn war, in Dublin. Ich erinnere mich, dass ich sie dort nach Jungs fragte (Vorsicht ist besser als Nachsicht) und sie mich dermaßen entgeistert anblickte, dass ich schlussfolgerte, ich müsse mir keine Sorgen machen. Diese Ausflüge waren toll, Frank. Sie brachten uns einander näher, wir bauten eine richtige Mutter-Tochter-Beziehung auf, die ich mir immer so sehr mit meiner eigenen Mutter gewünscht hätte. Ich sah schon unsere gemeinsamen Ausflüge, wenn Eleanor zwanzig, dreißig und vierzig wäre, vor mir. Vielleicht würde sie eines Tages ihre eigene Tochter mitbringen.

Es endete damit, dass wir unseren nächsten geplanten Trip absagten, als Eleanor fünfzehn war. Sie schob es auf die Prüfungen. Ich verstand nicht, was an einem einzigen Wochenende so schlimm sein sollte, aber ich wollte sie auch nicht drängen. Das war ja das Schöne an diesen Ausflügen gewesen – dass Eleanor mitmachen wollte. Du wusstest, wie verletzt ich war, oder? Ich versuchte, es zu verbergen, sie dabei zu unterstützen, dass Lernen ihr wichtiger war als alles andere. Sie war fokussiert und ehrgeizig, wir sollten stolz auf sie sein. So viel schien klar, und es war so, bis alles in eine ungute Richtung abdriftete.

Es war viel schwerer, dahinterzukommen, was wirklich los war. Wir schlichen beide auf Zehenspitzen durchs Haus, hörten kein Radio in der Küche und machten nirgendwo Lärm. Ich versuchte, sie aus dem Zimmer zu locken, damit sie eine Pause machte, doch ich stieß nur auf ihre standhafte Weigerung, den Blick von den Büchern zu lösen und mir in die Augen zu sehen. Als ich ihr sagte, sie müsse es nicht übertreiben, sie würde auch mit nur einem Bruchteil der Arbeit eine gute Schülerin sein, blaffte sie mich an: Du verstehst das nicht.

Damals leugnete ich das strikt. Wenn ich heute allerdings an jene Tage zurückdenke, als ich nach Hinweisen suchte, was die Zukunft bringen würde, muss ich mir eingestehen, dass sie recht hatte. Ich verstand es nicht, Frank, kein bisschen. Wie hatten wir es fertiggebracht, ein Kind großzuziehen, das unter diesem Druck zerbrach? Vielleicht hatte meine Mutter recht, wenn sie uns als überfürsorglich bezeichnete. Wir hatten fast die gesamten letzten sechzehn Jahre damit verbracht, sie zu stützen, wir waren das Gerüst um das fragile Wachstum ihrer Persönlichkeit. War es nicht genau das, was Elternschaft bedeutete? Sie wurde bald sechzehn, war bald erwachsen, der Gang der Dinge sorgte dafür, dass unsere eisernen Stützpfeiler bald wegbrechen würden. Ich gestehe es ungern, Frank, aber ich vertraute nicht darauf, dass sie genug Widerstandsfähigkeit besaß, um nicht ins Taumeln zu geraten.

Wir trösteten uns damit, dass die Tortur mit den Prüfungen zeitlich begrenzt war. Ein Ende war in Sicht, und bald hätten wir – so hofften wir zumindest – unsere alte Eleanor zurück, die vor Leichtigkeit und Lachen strahlte, was ja seit jeher ihr inneres Gleichgewicht wiederhergestellt hatte. Keine Mutter auf der ganzen Welt wollte so dringend wie ich, dass ihr Kind sich endlich entspannte. Und als sie sich dann entspannte? Ich verschloss nicht die Augen davor, dass sie ausging und wahrscheinlich Alkohol trank. Ich hätte mich nur über einen Anruf oder eine SMS gefreut, was auch immer in Gesellschaft von Unter-Achtzehnjährigen weniger peinlich war. Dann hätten auch wir uns ein wenig entspannen können. Ich konnte nie einschlafen, bevor ich wusste, dass sie gesund und munter wieder zu Hause war. Auch heutzutage brauche ich noch regelmäßig meine Rezepte für Schlaftabletten.

In dem Sommer, als sie sechzehn wurde, war ich entspannter als du, das kann ich fairerweise wohl behaupten. Nicht nachts. Dafür war es viel zu heiß, und nachts bin ich immer schon hin und her getigert. Schau dir einfach den Teppich unterm Fenster an. Er ist völlig abgewetzt. Nein, ich meine, dass ich anfangs dachte, dass Eleanor zurück zur Normalität fand, ihre Energie wieder neu ausrichtete und so jung und sorgenfrei sein konnte wie nie zuvor. Ich konnte das späte Nachhausekommen und die halbleeren Flaschen im Alkoholschrank verschmerzen, wenn sie dadurch wieder zu dem Mädchen wurde, das ich kannte.

Ich stelle mir vor, wie du das liest und es kaum fassen kannst, welcher Illusion ich erlag. Wunschdenken klingt besser, aber angesichts dessen, was noch kommen sollte, viel zu banal. Am Abend der Dinner-Party änderte sich alles. Ich frage mich, ob du es damals gespürt hast, bei all dem Wein, den Plaudereien und den Stapeln schmutziger Teller? Während wir die perfekten, charmanten Gastgeber spielten, geschah es, dass wir unser kleines Mädchen unwiederbringlich verloren. An dem Abend fing ich an, um Eleanor zu trauern, obwohl ich sie noch vor mir hatte.

Weißt du, was in jener Nacht geschah, Frank? Hast du jemals herausgefunden, was solch eine umwälzende Veränderung verursacht hatte? Ich schon. Und ich zerbrach daran. Ich zerbrach daran, dass Eleanor mich bat, nicht darüber zu reden, und ich zerbrach daran, dass ich mich daran hielt.

Ich konnte nie ausprobieren, wie es ist, so eine Last zu teilen. Selbst, wenn es dann nicht bloß halb so schlimm wäre und ich weiterhin neunzig Prozent davon auf meinen Schultern getragen hätte, wäre es dennoch besser gewesen, oder?

Was denn, Maggie, was?

Ich sehe dich vor mir, voller Ungeduld, wie du dir mit dem Kugelschreiber gegen die Zähne klopfst, damit ich es ausspucke. Aber kannst du dir bitte zuvor eine Minute Zeit nehmen? Bitte, Frank. Für mich. Nimm dir eine Minute und versuche einfach, das Bild von uns dreien als glückliche Familie so lange in dir heraufzubeschwören, wie du kannst. Schließ die Augen und stell es dir vor.

Ich will nicht, dass das, was ich dir als Nächstes erzähle, deine Sicht auf Eleanor verändert.

6

Frank klopft sich nicht mit dem Kugelschreiber gegen die Zähne, doch Maggie hatte recht, es hätte durchaus sein können. Stattdessen fummelt er mit den Blättern des Notizbuchs herum, presst die Ecken mit dem Zeigefinger und Daumen zusammen und lässt sich das Papier anschließend gegen die Handfläche schnellen. Also wusste sie es. Es überrascht ihn nicht völlig. Es hatte immer diese besondere Verbindung zwischen Maggie und Eleanor gegeben, diese unausgesprochene und unaussprechliche Verbindung zwischen ihnen, bei der er sich manchmal wie das dritte Rad am Wagen fühlte. Hatte das schon im Mutterleib begonnen? Oder am Anfang, als die beiden den ganzen Tag über zusammen waren, während er in einem stickigen Kleinbus auf der Autobahn unterwegs war zu einer weiteren Konferenz?

Er ist unruhig, will unbedingt herausfinden, warum sich Eleanor immer weiter in sich selbst zurückgezogen hatte. Sie wollte das Geheimnis ganz offensichtlich nicht mit ihm teilen. Und deshalb zögert er nun, umzublättern. In seinem Frust eilt er zurück in sein Arbeitszimmer. Alte Gewohnheiten sind schwer abzuschütteln, und dies ist sein sicherer Hafen, oder er war es zumindest, bevor der Rauchmelder ertönte und die Sanitäter Maggie mit kreischenden Sirenen davonfuhren.

Der Computer ist wieder im Ruhemodus, die Nordlichter wirbeln in großen grünen Kreisen über den Monitor. Frank bewegt die Maus, und die Fotos erscheinen wieder. Er wollte vorwärtsklicken, wie von Maggie gewünscht, damit er das glückliche Trio noch einige Minuten auf sich wirken lassen konnte: die faulen Wochenenden, an denen sie Burgen aus Bettdecken gebaut hatten, der Campingausflug in der Bretagne, als das Zelt unter Wasser stand, die Bilder von ihnen zu dritt im Raumschiff von Kampfstern Galactica. Mit der Müdigkeit setzt das leichte Zittern in seinen Händen wieder ein – es trat zum ersten Mal auf, als er Maggie gefunden hatte, und es wird nicht aufhören, bis sie wieder da ist –, und er hat auf den falschen Knopf gedrückt. Das Fotoalbum springt zum neuesten Bild.

Edie hatte das Foto gemacht, an Weihnachten vor ein paar Jahren, es waren keine heiteren Festtage gewesen. Es war eindeutig, dass Eleanor nicht gerne da war; diese Leere in ihrem Blick zeigte, dass sie davon träumte, ganz woanders zu sein. Zumindest war sie aufgetaucht. Frank und Maggie hatten sich bemüht, Fröhlichkeit zu verbreiten, um Eleanors Defizit in diesem Bereich auszugleichen, und trugen ihre kitschigen Weihnachtspullover. Im Blitzlicht leuchten die Gesichter ganz weiß vor dunklem Hintergrund.

Frank zoomt auf Eleanor und vergrößert sie immer mehr, bis ihr Gesicht den ganzen Bildschirm einnimmt und sie ihn direkt anblickt. *Was war los mit dir? Warum konntest du es mir nicht auch sagen?* Er betrachtet die Sprenkel in ihrer Iris und die winzigen geplatzten Adern. Kann er dort die Wahrheit erkennen? Er denkt wieder an das letzte Mal, als er sie gesehen hat, und muss kurz die Augen schließen, um sich zu beruhigen.

Unsere glückliche Familie. In den vergangenen sechs Monaten hat Frank an kaum etwas anderes gedacht. Er weiß, dass – egal, was er als Nächstes lesen wird – es seine Wahrnehmung seiner Familie verändern wird, das hat ihm Maggie klargemacht. Er wird womöglich das Handtuch werfen und das rote Notizbuch in den Müll oder den Kamin stopfen. Was könnte ihn aufhalten? Sein eigenes schlechtes Gewissen. Vielleicht die Tatsache, dass er in letzter Zeit allzu oft feige gewesen war. Nachts auf der Terrasse hatte er Eleanor einmal bestätigt, und er steht immer noch dazu: Man kann den Lauf der Dinge immer verändern.

Frank atmet so tief ein, wie seine zugeschnürte Brust es ihm erlaubt, und dieses Mal schafft er es, umzublättern.

Noch zwei Tage

Hast du dir die Zeit genommen? Ich hoffe es. Es gibt so viel Gutes, an das wir zurückdenken können, obwohl wir das verständlicherweise gerade nicht tun. Nach allem, was passiert ist. Das ist ein Fehler, denke ich, aber den können wir noch korrigieren.

Was war los mit Eleanor, was war passiert? Wir wollten es beide unbedingt wissen, nicht wahr? Aber sie öffnete sich nicht, egal, wie sehr wir auch nachbohrten an den Tagen nach der Dinner-Party. Du hattest kein Glück, und mir ging es auch nicht besser. Sie wich mir aus, Frank, ganz einfach. Bis zu jenem Augenblick war mir gar nicht bewusst gewesen, dass das sehr wohl ging, auch wenn man unter demselben Dach lebt. Sie vermied Blickkontakt und sämtliche Gespräche – wenn ich ins Zimmer kam, ging sie hinaus. Sie blieb tagelang im Bett liegen. Eine Woche später kam Katie vorbei, um Eleanor zu irgendetwas abzuholen, aber Ellie kam nicht zur Tür und bestand darauf, dass ich Katie sage, es gehe ihr nicht gut, sie könne nicht aufstehen. Ich fühlte mich schrecklich, als ich sie wegschickte.

Als Katie gegangen war, schlich ich wieder hinauf. Wenn sie wirklich krank war, war mir diese Krankheit ein Rätsel. Ihre Tür war nur angelehnt. Eleanor hatte die Vorhänge zugezogen und lag einfach da, auf dem Rücken und blickte zur Decke. Ich wollte zu ihr hinein, doch auf der Schwelle hielt mich etwas zurück. Vielleicht war es ihr leerer Blick. Ich ertrug es nicht, dass sie mich so anschaute. Was, wenn sie auch mich wegschickte? Ich redete mir ein, sie sei erschöpft, habe ein Burnout oder wie auch immer man es nennen mag. Am besten übte man nicht noch mehr Druck auf sie aus. Ich gab ihr einen Monat, um wieder zu sich zurückzufinden. Ich hoffte, sie würde von selbst anfangen zu reden.

Nichts. Die Zurückhaltung hat sie sicher aus deinem Genpool geerbt. Als der Monat fast vorbei war, bot sich mir eine Gelegenheit. Eleanors Telefon gab den Geist auf, und es musste repariert werden. Ganz dringend, sagte sie, als würde das Ding auch für sie atmen. Sie hatte einen Einführungstag für die Oberstufe, deswegen durfte ich, die Zahlungspflichtige, mich um die Reparatur kümmern. Ich erklärte ihr, ich würde es gleich am nächsten Morgen in Angriff nehmen, und erntete dafür den liebevollsten Blick seit Wochen.

Der Teenager hinter der Theke im Handy-Shop erklärte mir

begeistert, das Telefon sei kaputt und müsse ersetzt werden, aber sie könnten die Sim-Karte und sämtliche Daten auf das neue Handy übertragen, also Nummern, Nachrichten, Kontakte. Falls alle Daten gesichert seien. Ich ging davon aus, dass du das getan hattest, und bezahlte. Er richtete alles für mich ein, fragte mich schließlich, welche Orchideen aus den Standard-Bildschirmschonern ich gern als Hintergrund hätte, und blickte mich dabei leicht mitleidig an, wie männliche technische Hilfskräfte Frauen eines gewissen Alters gern anschauen.

»Das Handy gehört eigentlich meiner Tochter«, erklärte ich, als er durch die Einstellungen scrollte.

»Dann lassen wir einfach die Standardeinstellungen. Die Daten sind drauf. Sagen Sie ihr, sie muss sich einen neuen Zugangscode zulegen«, fügte er hinzu.

Ich weiß, dass du es nicht glauben wirst, Frank, aber eigentlich wollte ich wirklich nicht nachschauen. Gibt es dafür einen Fachausdruck? Beweise, die hinterhältig besorgt wurden und selbst vor Gericht abgelehnt würden? Ich hatte Jahre damit zugebracht, mir Eleanors Vertrauen zu verdienen, und ich hätte es auch nicht aufs Spiel gesetzt, wenn wir nicht so verzweifelt hätten wissen wollen, was in jener Nacht geschehen war und sie dazu gebracht hatte, dass sie ihr Schneckenhaus nicht mehr verließ. Ich stieg ins Auto, und bevor ich es mir anders überlegen konnte, schaute ich in ihre Nachrichten.

Die meisten Chats waren über einen Monat alt. Ich hätte mich wohl darüber freuen sollen, dass sie sich nicht nur von uns abkapselte. Katies Name stand ganz oben in der Liste – obwohl wir sie hatten wegschicken müssen. Sie hatten einen Tag zuvor noch Kontakt gehabt.

Hab versucht, dich anzurufen, aber du gehst nicht dran. Wenn er deine Grenzen überschritten hat, ist das nicht witzig, und du musst mit jemandem reden. Du musst ja nicht gleich zur Polizei oder zu jemandem in der Schule gehen, wenn du nicht willst, aber sag deiner Mum oder jemand anderem Bescheid. Bitte, Ellie, ich mache mir große Sorgen um dich. Xxxxxx

Genauso gut hätte mir jemand den Kopf aufs Armaturenbrett schlagen können. Mir war schwindelig, heiß und schlecht, und die Zeilen verschwammen mir vor den Augen. Ich atmete tief ein und scrollte mich weiter durch den Chat, auf der Suche nach Hinweisen, die eine andere als die offensichtliche, himmelschreiende Schlussfolgerung zulassen würden. Die letzten Nachrichten waren alle von Katie – immer wieder: *Geh dran* und *Ist alles in Ordnung?* Sonst nichts.

In jenem Augenblick klingelte mein Handy. Die Arbeit. Sharon brütete etwas aus und musste nach Hause gehen. Es war ihnen unangenehm, aber könnte ich vielleicht ein wenig früher kommen? Mein neutrales Brummen wurde schnell als Ja interpretiert. Mir fehlte die Energie, um mich dagegen aufzulehnen. Aber bevor ich den Motor anließ, ging ich noch einmal zu Katies letzter Nachricht und fotografierte sie mit meinem Handy.

Den ganzen Nachmittag über nahm ich in den kurzen Pausen zwischen den Patienten mein Telefon zur Hand und las die Nachricht immer wieder. Insgeheim hoffte ich wohl, ich hätte sie mir eingebildet, dass sie – während ich eine Beratung zum Thema »Rauchen aufgeben« abhielt oder einen Verband wechselte – verschwunden war. Ich hoffte wohl auch, dass auf dem Bildschirm wie von Zauberhand Antworten auf all meine Fragen aufleuchten würden. Wie konnte ich Eleanor darauf ansprechen? Und noch wichtiger: Wie zum Teufel konnte ich die Angelegenheit für sie aus der Welt schaffen?

Natürlich dachte ich daran, mit dir zu sprechen, Frank, klar. Aber irgendwie hätte es sich so angefühlt, als würde ich Eleanors Privatsphäre noch einmal verletzen. Schlimm genug, dass ich ihre Nachrichten gelesen hatte, dich noch mit reinzuziehen war mir zu viel. Und wenn es so war, wie ich dachte, was dann? Keine Sechzehnjährige will, dass ihr Vater so etwas weiß. Nein, damit musste ich allein zurechtkommen.

Ein paar Tage später wartete ich morgens quälend lange darauf, dass du zum Einkaufen fuhrst. Endlich waren Eleanor und ich allein zu Hause. Als ich das Auto wegfahren hörte, stand ich am Küchentresen, das Bügeleisen noch in der Hand, und ich nahm mir eine Minute, um mich zu sammeln, der Beweis steckte in meiner Tasche. Weißt du, Frank, dass ich noch nie im Leben mehr Angst hatte? Ich fürchtete mich vor meiner eigenen Tochter. Ich hatte solche Angst vor dem, was ich herausfinden würde, Frank, aber ich hatte keine andere Wahl.

»Wie wär's mit Anklopfen?« Eleanor ließ sich das Telefon auf die Brust plumpsen. Sie war so froh darüber, wieder ein funktionierendes Handy zu haben – falls sie sich wegen der fehlenden Zugangssperre Gedanken machte, hat sie es jedenfalls nicht erwähnt. Ich glaube, sie hatte einfach so viel im Kopf, dass ihr gar nicht der Gedanke gekommen war, ich könnte in dem Gerät herumgeschnüffelt haben.

Sie beobachtete mich schweigend, während ich durch ihr Zimmer ging. Ich legte ihre Wäsche im Schaukelstuhl in einer

Zimmerecke ab, dann setzte ich mich auf ihre Bettkante und griff unter der Bettdecke nach ihrem Fußknöchel.

Sie zuckte zusammen.

»Was ist los, Eleanor?« Sie war zuvor nie berührungsscheu gewesen. »Ist alles in Ordnung?«

Eleanor blickte an mir vorbei durchs Fenster auf das dahinterliegende Spielfeld. Ich umklammerte ihre Wade, und als sie wieder zurückschreckte, durchfuhr mich ein kalter Schauer.

»Es fällt mir nicht leicht, aber ich muss dir etwas sagen.« Ich hob einen Oberschenkel an, um mein Telefon aus der Tasche zu ziehen, und blätterte durch die Fotodatei bis zu dem Bild. Ich fand es, fast ohne hinzuschauen. Ich hielt es ihr hin und machte mich auf Schuldzuweisungen gefasst.

Nichts.

»Als sie die Daten auf dein neues Handy übertragen hatten, war es noch nicht passwortgeschützt ...«, setzte ich an und erschauderte, weil sich das dermaßen an den Haaren herbeigezogen anhörte.

Ich betrachtete sie, während sie die Nachricht las. Ein Mal, zwei Mal. »Ich weiß nicht, was du mir damit sagen willst.«

»Was ist passiert?«

»Nur das.« Sie machte eine knappe Kopfbewegung zu der Nachricht, dann drückte sie auf den Zurückknopf auf meinem Telefon, und der Bildschirm wurde schwarz. »Bei einer Party ist ein Typ zu weit gegangen. Ich wollte es nicht, aber ich habe auch nicht nein gesagt. Das hätte ich machen sollen. Aber ... Ich konnte es nicht.«

»Wie bitte?«, flüsterte ich laut, atemlos und rau.

»Ich weiß nicht, was ich sonst sagen soll, Mum. Es tut mir leid. Ich war daran schuld. Ich will die ganze Sache einfach

vergessen. Ich will, dass es aus meinem Kopf verschwindet.«
Tränen standen ihr in den Augen. Ich wollte sie wegwischen.
Sie kam mir mit ihrem Ärmel zuvor. »Können wir bitte aufhören, darüber zu reden?«

Etwa eine Minute lang beobachtete ich sie, während sie sich einen Zipfel ihres Bettbezugs immer wieder um den Zeigefinger wickelte. Meine eigenen Ticks an Eleanor zu sehen brachte mich fast um den Verstand. Ich war ihr so nah wie seit Monaten nicht mehr, aber das unter den schlimmstmöglichen Umständen. Ich war völlig ratlos und wusste nicht, wo ich ansetzen, wie ich meine Gedanken in Worte fassen sollte, und plötzlich war mir alles zu viel, dieses nagende Verlangen, Bescheid wissen zu müssen.

»Warum?«

»Warum was?«

»Warum hast du es mir nicht gesagt?«

Sie zuckte die Schultern. »Ich wollte dich nicht enttäuschen.«

Was sollte ich dazu sagen, Frank? Ich habe bestimmt alles Mögliche von mir gegeben – dass sie mich niemals enttäuschen würde, dass wir sie trotz allem liebten, dass wir sie nur glücklich machen wollten. Doch nichts davon kam bei ihr an. Sonst wäre es nie so weit gekommen, oder?

Bevor ich ging, musste ich ihr etwas versprechen. Dass ich weder der Schule noch der Polizei noch dir oder irgendwem sonst ein Wort sagen würde. Dass ich mich nicht auf die Suche nach dem Täter machen würde. Sie meinte das todernst, umklammerte meine Hand und starrte mich so verletzlich und verzweifelt an, dass ich nicht glaube, irgendjemand hätte es geschafft, sich darüber hinwegzusetzen. Sie sagte, es würde reichen, dass ich Bescheid wüsste. Dass wir zusammen darüber hinwegkommen würden. Und weißt du was? Ich glaubte ihr. Es tut mir leid, Frank, aber ich hatte es versprochen.

Später, als ich dich wegen meiner Schuldgefühle im Bett auf Abstand hielt, redete ich mir ein, ich würde das Richtige tun. Ich konnte sie nicht hintergehen, wo sie mir doch gerade erst wieder vertraute und das doch alles war, was ich jemals gewollt hatte. Ich dachte, ich könnte das Problem selbst lösen und Eleanor zu uns zurückholen. Unglaublich, wie naiv ich war.

Während du schliefst, fragte ich mich in jener Nacht, ob du den Täter aufgespürt und ihn für sein Verhalten zur Rechenschaft gezogen hättest? Ich stellte mir vor, dass du ihm von hinten einen Schlag verpasst und auch am Boden noch auf ihn eingeprügelt hättest, während jede Faser seines Körpers um Gnade winselte.

In meinem Kopf ergab das Sinn, aber in Wirklichkeit? Du warst nie gewalttätig, doch deine Liebe zu uns war gewaltig – intensiv und von wilder Kraft und ohne jeden Vorbehalt.

Dennoch glaube ich, dass Rache dir nicht gut stehen würde. Was meinst du?

7

Frank atmet schwer. Sein Herz schlägt ihm bis zum Hals.

O Eleanor.

Warum hatte sie ihm nichts davon erzählt? Er wäre ihr niemals böse gewesen. Das war einfach unmöglich. Seine Liebe war allumfassend und bedingungslos, nichts konnte sie mindern. Er war immer schon stolz darauf gewesen, ein zugänglicher Mann zu sein – den andere darum baten, ihr Gepäck die Treppe hinaufzutragen oder auf eine Tasche aufzupassen, wenn sie zur Toilette gingen. Plötzlich fühlte er sich wie der schlimmste Betrüger.

Er hatte gewusst, dass etwas nicht stimmte. Das war auch nicht zu übersehen an jenem Abend, als sie hereingestürmt kam – so verloren und verwirrt, wie sie aussah, und auch am nächsten Morgen war es noch offensichtlich, als sie jedem Versuch, mit ihr zu sprechen, vehement aus dem Weg ging. Anschließend hatte er große Angst gehabt, dass ihm die vertraute Eleanor vollends entgleiten könnte, und er hatte das Thema einfach vermieden. Er hatte sie im Stich gelassen, anders kann man es nicht sagen.

Hätte er das ahnen sollen? Ein Junge. Eine Party. Etwas,

das ganz eindeutig nicht Eleanors Schuld war, egal, wie sehr sie versuchte, das Gegenteil zu beweisen. Vielleicht. Sei es aus väterlicher Ignoranz oder aus blindem Vertrauen in das Gute im Menschen – darauf war er nie gekommen.

Doch nun weiß er es, und er kann sich aus dem Strudel der drängenden Bilder nicht befreien – Hände, die sie betatschen, der hochgeschobene Rock. Und am schlimmsten: ihr zur Seite gedrehter Kopf, als wäre ihr der eigene Körper fremd. Er erträgt es nicht. Erträgt es einfach nicht. Er fährt mit den Nägeln so fest über die Seite, dass sie einreißt.

Aber am wenigsten erträgt Frank den Gedanken, dass er Eleanor nicht beschützen konnte. Als Vater sollte man ein Gespür für die Probleme des eigenen Nachwuchses haben. Ein Magengrummeln, wenn das Kind krank ist, unmissverständliches Kopfweh, wenn es traurig ist. Sie sind ein Teil von einem selbst, der kostbarere Teil. Aber in jener Nacht? Während er mit seinen Kollegen scherzte und alle nach dem Essen über dem chaotischen Tisch auf seinen Erfolg anstießen und Anekdoten austauschten – da hatte er keinen blassen Schimmer. Was war er für ein Vater?

Frank sitzt dermaßen gekrümmt da, dass der stumpfe Schmerz in seiner Wirbelsäule von kurzen Stichen abgelöst wird, das sind seine Bandscheiben, die laut seinem Physiotherapeuten zusammengepresst werden – wegen seiner Größe, vom Fahrradfahren oder anderen Lebensgewohnheiten, die er aber mit siebenundsechzig nicht mehr ändern will. Um den Schmerz zu lindern, lehnt er sich in seinem Schreibtischstuhl weit zurück. Er schließt die Augen, er braucht eine kurze Pause von all den Enthüllungen, die auf ihn einprasseln. Als er sie wieder öffnet, sieht er Maggie vor sich, die ihn für sein

Schläfchen rügt – er hatte doch gesagt, er habe zu tun. Er hätte nie gedacht, dass sie Bescheid wüsste.

Wenn er sie fragte – *Was ist los, Mags? Was hat sich denn geändert?* –, brachte er das stets auf eine rhetorische Art vor, die zeigt, dass man keine Antwort erwartet. Konzentriert runzelt er die Stirn. Er erinnert sich nicht daran, dass sie den Mund öffnete, um ihm zu antworten, doch er hat ihr auch nicht die Gelegenheit dazu gegeben.

Und wenn er ganz ehrlich mit sich ist: Warum musste er es überhaupt wissen? Er hat nicht den Eindruck, er hätte mehr machen können als Maggie, die – das weiß er genau – alles Menschenmögliche versucht hatte, um zu helfen. Er wollte Maggie unterstützen. Er hätte sich gewünscht, dass Eleanor ihm anvertraute, was sie auf dem Herzen hatte, anstatt alles vehement zu leugnen. Dachte sie, er würde sie dann weniger lieben? Wenn er ganz ehrlich mit sich ist, fühlt er sich auf eine kindische Art ausgeschlossen, als würde er nur an zweiter Stelle kommen – ein Problem der Biologie, die zwei Elternteile für ein Kind vorsieht – ein Elternteil hat das Nachsehen.

Frank presst die Zeigefinger zusammen, beugt die Daumen nach hinten und verschränkt die anderen Finger. Dann drückt er sich die Hände gegen die Stirn, fährt mit den Fingern auf und ab, spielt mit der selbstgemachten Pistole, drückt sie sich gegen den Kopf. *Dennoch glaube ich, dass Rache dir nicht gut stehen würde.* Maggie kannte ihn so gut. Er würde den schlechtesten Rächer weltweit abgeben. Er wäre zu spät dran und zu zittrig, um etwas zu unternehmen, und ihm würde jede Entschuldigung recht sein, um eine Konfrontation zu vermeiden. Dennoch ist Frank ein Kämpfer, auf seine eigene stille und bescheidene Art.

Frank lässt sich wieder nach vorn sinken und wird von einer lähmenden Müdigkeit erfasst. Er hatte diese Erschöpfung häufig gespürt, als bei Eleanor alles aus dem Ruder lief und er dagegen ankämpfte. Je älter sie wurde, umso weniger schlief er, in einer perversen Umkehr der Erwartungen. Nach jener Nacht löste sich sein Band zu Eleanor auf wie ein Taschentuch im Regen. Verzweifelt versuchte er, es festzuhalten, doch es zerfiel in winzige weißen Flöckchen, zu klein, um sie aufzusammeln oder gar zu behalten.

Und es gibt natürlich noch die Angst. Selbst in den letzten sechs Monaten, wo er sein eigenes Päckchen zu tragen hatte, hat er sich stets um sie gesorgt – wo ist sie, wer ist bei ihr? Diese Sorgen hören einfach nie auf, wenn man ein Kind hat, oder?

Noch ein Tag

Es ist egoistisch, aber ich bin froh, dass ich dir nach dieser Offenbarung nicht unter die Augen treten muss. Du hast immer so unschlagbar stoisch ausgesehen, noch etwas, das Eleanor zweifelsohne von dir geerbt hat. Aber vergiss nicht, ich kenne dich seit vierzig Jahren und liebe dich auch schon ebenso lange: Ich kann besser in dir lesen als in mir selbst. Ich weiß, wie du dir nervös die Brille zurechtschiebst und erst zur Seite schaust, bevor du dich wieder auf das jeweilige Problem konzentrierst. Mit diesem Pokerface hast du Eleanor immer angeschaut, nachdem alles außer Kontrolle geraten war.

Du machst keinen Hehl aus deinem Leiden. Das war in den letzten Wochen und Monaten so. Ich weiß, dass du leidest. Nachdem der anfängliche Schock verebbt war und ich merkte, dass du nicht mit mir reden würdest, sosehr ich mich auch darum bemühte, sosehr ich weinte oder bettelte, habe ich dich nur resigniert angeschaut, wenn wir zusammen zu Hause waren und die Türen von Küche oder Arbeitszimmer uns mal nicht voneinander trennten. Beim Abendessen beobachtete ich dich, wie resolut du die Erbsen auf deiner Gabel anordnetest, um damit ein eventuelles Zittern deiner Hand zu verbergen, das mir was auch immer hätte verraten können. Wenn wir uns im Badezimmer die Zähne putzten, beobachtete ich, wie angespannt dein Kiefer war, in der aussichtslosen Hoffnung, dass du dein Schweigen kurz brechen und mit Zahnpastaschaum im Mund eine Entschuldigung murmeln würdest.

In derselben Hoffnung bleibe ich wach, bis du ins Bett kommst. Ich kann sowieso nicht schlafen, nicht ohne meine Pillen. Ich mag es, wenn du wie immer den Wäschekorb umkippst und deine Gürtelschnalle laut auf dem Boden aufschlägt, weil ich dann weiß, dass meine Ohren noch funktionieren. Ich weiß, dass ich nicht in meinem Kopf gefangen bin, nur mit meiner Stimme als Gesellschaft. Noch bin ich nicht verrückt geworden. Aber noch habe ich Zeit. Noch einen Tag.

Wenn du dich an mich schmiegst, weine ich. Vielleicht nicht jede Nacht, aber fast jede. Manchmal merkst du es, weil du mich enger an dich drückst, mir die Lippen auf den Nacken presst. Manchmal haben wir dann Sex. Ich weiß nie, von wem es ausgeht. Wir haben dasselbe Verlangen. Ich habe mich in letzter Zeit gefragt, ob wir nur auf diese Weise die Kluft zwischen uns überbrücken konnten. In jenen Minuten, jenen glückseligen, friedlichen Minuten fühlt es sich so an, als wäre nie etwas Schlimmes passiert. Wir haben kein Baby, keine Eleanor, liegen miteinander verschlungen in dem Einzelbett, wo wir unsere ersten Nächte miteinander verbracht haben, ohne Jules und Edies Schlafrhythmus zu beachten.

Noch letzte Nacht, als wir so dalagen, nachdem wir fertig waren, fragte ich mich, ob du nun endlich wieder mit mir reden würdest. Sechs Monate voller enttäuschter Hoffnungen, steigendem Frust, der mich fast zum Aufschreien gebracht hätte, nur, um irgendeine Resonanz zu spüren – und dennoch denke ich immer noch, dass ich mit Geduld schließlich zu dir durchdringen werde. *Warum? Warum? Warum?* Ich weiß nicht, warum ich immer noch hoffe, wo nur noch so wenig Zeit bleibt. Ich rede mir ein zu sehen, wie deine Lippen kurz davor sind, sich zu bewegen, als würde dein Gesicht jucken und du müsstest dem Impuls folgen und dich kratzen. Dann legt sich das Gefühl, und wir starren einfach in die Dunkelheit, wie wir es immer machen, seit Eleanors Strahlen erloschen ist.

Genau so war es doch, oder? Jemand hatte bei unserer strahlenden Tochter den Dimmschalter so weit runtergeregelt, dass sie darum kämpfte, nicht ganz ausgeschaltet zu werden. Nach jenem Abend wurde sie zu einem Schatten ihrer selbst. Es war so, als würden wir mit einer Fremden zusammenleben, sofern es überhaupt möglich wäre, ein völlig fremdes Wesen zur Welt gebracht und aufgezogen zu haben.

Als sie in die Oberstufe kam, versuchten wir, wieder Normalität in den Alltag zu bringen. Wir hofften, dass uns der Alltag unsere Ellie wiederbringen würde. Wir brauchten die Routine wahrscheinlich ebenso sehr wie sie. Bei der Arbeit konnte ich mich kaum konzentrieren. Zum ersten Mal seit Eleanors Geburt blitzten immerfort Bilder vor meinem inneren Auge auf, und ich konnte nichts dagegen tun. Ich untersuchte Blutproben und sah anschließend Eleanor bluten, über der Toilettenschüssel, ängstlich und verwirrt. Jedes Mal, wenn ein Mann um die zwanzig hereinspaziert kam, sich lässig auf den Empfangstresen lehnte und die Sekretärin mit schiefgelegtem Kopf anschaute, sah ich, wie er die widerstrebende Ellie mit sich wegzog.

Ich saß in der Falle, Frank. Wem konnte ich davon erzählen? Dir nicht, denn dann hätte ich riskiert, auch noch das Restvertrauen von Eleanor zu verlieren. Nicht Edie. Keiner Kollegin. Versprochen ist versprochen. Stattdessen suchte ich wie eine Besessene Hilfe für sie, mein Eifer erschreckte mich selbst. Ich steckte ihr Infobroschüren in die Schultasche, die sie mir zu Hause wieder in die Hand drückte: *Bitte Mum. Hör auf.*

An dem Abend, als ich mit ihr gesprochen habe, warst du nicht da. Es war etwa vier Monate nach der Dinner Party, Verzweiflung war inzwischen bei uns heimisch. Als ich aus dem Krankenhaus nach Hause kam, ging ich nach oben, um mich umzuziehen, hielt jedoch vor ihrer Tür an. Ich atmete tief ein und ging hinein.

»Wie war dein Tag?« Eleanor spielte mit ihrem Telefon herum und hob minimal den Kopf, sie hatte mich gehört, doch darüber hinaus verriet die Bewegung keinerlei Gefühlsregung.

»Schau mal, was ich für dich habe.« Ich nahm ein Blatt Papier, einen Ausdruck aus dem Drucker, den ich in meine Handtasche gesteckt hatte, und reichte es ihr.

»Was ist das?« Sie setzte sich ein wenig auf und glättete das Blatt auf ihrem Schoß.

»Jemand, mit dem du reden kannst. Ganz privat. Ich weiß,

dass du weder Dad noch mich dabeihaben willst, deswegen dachte ich ... vielleicht wäre das besser? Du kannst allein hingehen, ich zahle die Sitzung anschließend.«

Erst Schweigen und dann wie durch ein Wunder: »Danke.«

Ich wollte es dabei belassen. Ich drehte mich um und wollte gehen, doch sie hielt mich an einem Pulloverzipfel fest.

»Wirklich, Mum. Vielen Dank.« Sie stand auf, und wir umarmten uns sogar, nur kurz, doch es beruhigte mich.

Drei Tage später, am Tag des vereinbarten Termins, rief mich Amelia, die Psychotherapeutin, bei der Arbeit an. Eleanor war nicht erschienen. Ich verstand nicht, was los war. Hätte ich sie nicht allein gehen lassen sollen, Frank? Ich wollte nicht, dass sie dachte, wir hätten sie aufgegeben, aber wenn ich mich an sie geklammert hätte, als wäre sie das Rettungsboot im Meer meiner Panik, hätte sie sich vielleicht endgültig von mir abgewendet. Ich habe nie herausgefunden, wie viel Raum genug war.

Die ganze Zeit über raste Eleanor auf eine Felskante zu, die Bremskabel waren durchtrennt. Wir hätten sie bremsen müssen, nicht wahr? Dafür sind Eltern da. Manchmal hast du mich gefragt, warum ich nicht strenger mit ihr war, wenn sie wieder mal unsere Fragen einsilbig beantwortete, auf ihrem Teller herumstocherte und nach einem qualvollen Abendessen umgehend in ihrem Zimmer verschwand. Du wolltest zwar auch nicht als Autoritätsperson auftreten, doch du brauchtest ebenfalls die Bestätigung, dass wir bei Eleanor alles richtig machten.

Die Schule schrieb uns im ersten Jahr der Oberstufe zwei Mal, beunruhigende Anrufe wurden mitten in der Sprechstunde auf meinem Handy angezeigt und schnürten mir die

Kehle zu. Ihre Leistungen waren tadellos, aber sie beteiligte sich nicht am Unterricht. Sie wirkte müde. Die Schulkrankenschwester hatte bemerkt, dass sie Gewicht verlor. Ich saß bei einem der qualvollen Termine zum Wiegen neben Eleanor im Krankenzimmer der Schule – Eleanor, der Mensch muss essen! Ich weiß, dass viele junge Mädchen gern dünn sein wollen, aber das ist gar nicht gesund – und hoffte, ihr früherer Appetit würde zurückkehren.

An jenem Abend aß sie etwas mehr. Zwar nur minimal, dennoch war es ein Fortschritt. Ich wollte unbedingt, dass es so blieb. Als sie im Bett war, ging ich ins Bad und wartete dann vor ihrem Zimmer, bis ich sie schnarchen hörte. *Unser kleines Trüffelschwein*, so hattest du sie als Kleinkind genannt. Ich dachte, das käme inzwischen nicht mehr so gut an. Sobald ich sicher war, dass sie schlief, schlüpfte ich in ihr Zimmer, setzte mich vor die Heizung, bis mein Steißbein vor Hitze brannte. Dennoch blieb ich da noch lange sitzen.

»Komm zu mir zurück«, flüsterte ich.

Eleanor wachte nicht auf. Oder sie sagte es mir zumindest nie. Weißt du, Frank, das habe ich am meisten vermisst, als sie zum Studieren auszog. Ich habe halbe Nächte lang am Fußende ihres Bettes Wache gehalten, mit der einen Hand stützte ich mich ab, die andere legte ich ganz vorsichtig auf Eleanors Bett, berührte sie jedoch nicht, damit sie nicht aufwachte. Ich konnte sie ewig anschauen, das sanfte Ein- und Ausatmen, das ewige Hin- und Hergewälze von einer Seite auf die andere.

Ich dachte, wenn ich nachts auf sie aufpasste, könnte ihr womöglich nichts Schlimmes zustoßen. Du weißt, Naivität passt nicht zu mir. Und ich weiß nicht, ob ich überhaupt naiv war. Ich war wie erstarrt. Ich wollte es richtig machen – eine gute Mutter sein. Wenn ich jetzt darüber nachdenke, weiß ich, dass ich in dem Punkt falschlag – ich habe zu viel gedacht, zu viel gewollt –, und ich hasse mich dafür.

Ich werde mich immer für die Geschehnisse verantwortlich fühlen. An jedem einzelnen Tag, nachdem sie es mir erzählt hatte, zermarterte ich mich wegen der Möglichkeiten, die ich nicht genutzt habe. Hätte ich sie zum Therapeuten schleifen sollen? Sie täglich zu drei Mahlzeiten zwingen müssen? Sie aus der Schule nehmen und ganz woanders hinschicken sollen? Ich habe an all das gedacht, doch nichts davon schien mir als langfristige Lösung praktikabel.

Fühlst du auch diese Verantwortung für alles, was geschehen ist, Frank?

Durch die Jalousie im Arbeitszimmer sieht Frank die Nachbarskinder zur Bushaltestelle trotten. Acht Uhr. Der Älteste ist immer verkabelt, hat die Kopfhörer entweder in beiden Ohren oder nur einen Stöpsel in einem Ohr, wie ein schmächtiger Türsteher. Er trägt wie alle heute ein kurzärmliges Hemd, und auf seinem Bizeps sind lauter dunkelrote Pickel. Er lächelt nicht, und er unterhält sich ganz sicher nicht mit seinen Geschwistern. Jedes Mal, wenn Frank ihn sieht, wird er nervös.

Sie haben die Jalousie nie repariert, deswegen lässt sich die Welt, die nun wach ist und Erinnerungen weckt, nicht vollkommen aussperren. Ohne nachzudenken, geht er, mit Maggies Notizbuch in der Hand, die Treppe hinauf und stößt die Tür zu Eleanors Zimmer auf. Er schaltet das Licht ein. Der

Raum sieht noch genauso aus wie nach ihrem letzten Besuch: spärlich möbliert mit nur noch wenigen persönlichen Gegenständen.

Frank setzt sich auf den Boden, mit dem Rücken an die Heizung, und hat die Beine vor sich ausgestreckt. Er drückt die Handflächen in den Teppich, der weiche Flor richtet sich zwischen seinen Fingern auf. Maggie hat so viel getan – sich um die Therapeutin gekümmert, mit der Schule gesprochen und in der tiefsten Nacht ihr schlafendes Kind bewacht. Sie hat den Löwenanteil gestemmt, das ist ganz klar. Eleanors Schmerz war für ihn etwas sehr Persönliches. Schon damals, als die Situation noch ganz neu war, hatte er manchmal das Gefühl, er müsste sich aus allem raushalten. Es war das Gefühl, rückwärts aus einem Zimmer zu gehen, die Hände kapitulierend über den Kopf gehoben – *Entschuldige, entschuldige, dass ich gefragt habe* –, und sich dann zurückzuziehen, obwohl er ihr gar nicht nahegekommen war. Es bedeutete nicht, dass er sich keine Sorgen machte. Ganz im Gegenteil.

Und was hatte er getan, während Maggie genau hier saß und die Arme nach ihrer schlafenden Tochter ausstreckte? Dasselbe, was er die ganzen letzten sechs Monate getan hatte, wenn auch weniger ausgeprägt. *Fühlst du auch diese Verantwortung für alles, was geschehen ist, Frank?*

Genau das tut er, wenn er einen Stift hätte, würde er ein großes Ausrufezeichen neben ihre Frage malen.

»Natürlich tue ich das, Mags. Genau das habe ich dir vorhin sagen wollen.«

Noch ein Tag

Schuld ist ein seltsames Gefühl. Ich hatte in den letzten Monaten genug Zeit, darüber nachzudenken. Aus naheliegenden Gründen. Und auch aus anderen Gründen. Schuld schwebt stets über einem. Vom Weckerklingeln an versteckt sie sich hinter jedem voreiligen oder bissigen Kommentar während des Arbeitstags, Schuld treibt das Gedankenkarussell an, das mich nachts nicht schlafen lässt. Und dennoch geht das Leben immer weiter. Eleanor würde bald ausziehen und zur Uni gehen, egal, ob wir uns unserer Verantwortung stellten oder nicht.

Elternschaft wäre so viel leichter, wenn das alte Sprichwort »Aus den Augen, aus dem Sinn« tatsächlich zuträfe. Ich fühlte mich eher noch schlechter, seit Eleanor in Manchester war. Solange sie noch zu Hause war, konnte ich mich damit trösten, dass trotz aller umwälzenden Veränderungen noch vieles an ihr in Ordnung war. Ich sah immer noch die alte Ellie vor mir, wie sie einen Apfel in vier Stücke schnitt, bevor sie ihn aß. Ich sah vor mir, wie sie sich dabei konzentriert über die Unterlippe leckte. Das mag dumm aussehen, wenn ich das niederschreibe. Inkonsequent. Aber wenn einem bloß noch diese kleinen Ticks bleiben? Dann werden sie plötzlich ganz wichtig, Frank, das weißt du doch auch.

Sobald Eleanor an der Uni war, verschwanden für uns auch diese winzigen Einblicke in ihr Leben fast vollständig. Sie besuchte uns zwar in den ersten beiden Jahren noch, jedoch nur so sporadisch, dass sie in den langen Zwischenzeiten durch die zuvor unmerklichen Veränderungen für uns immer fremder wurde. Sie aß nicht mit uns und kam auch nicht zum

Fernsehen ins Wohnzimmer. Selbst, wenn sie ihr Zimmer einmal verließ, beschäftigte sie sich nicht freiwillig mit uns. Sie zog sich zurück. Und schließlich – wir hatten es nur zu deutlich kommen sehen: Eleanor in den Fängen ihrer Krankheit. So war es doch, oder? Zu jenem Zeitpunkt war es uns beiden klar.

Im ersten Trimester des dritten Unijahres kam sie nach Hause, kurz bevor sie das Studium schmiss. Wir hatten sie seit dem Sommer nicht mehr gesehen, und selbst damals nur an einem Abend. Ich hatte mir vorgestellt, dass wir erzählen und Pläne schmieden würden. Stattdessen waren wir wie ein Hotel für sie, das sie oft ohne einen Besuch am Frühstücksbüfett verließ. Nach einigen Tagen musste ich mich unbedingt davon überzeugen, dass ich mir das Kind von früher nicht eingebildet hatte, nahm die Fotoalben aus dem Schrank und betrachtete Bilder von damals, aus der Zeit, bevor alles aus dem Ruder lief. Ich schaute, was noch übrig war von ihrem früheren Lächeln, als sie auf der Kirmes Enten angelte oder von dir an den Armen durch den Park gewirbelt wurde. Wohin war sie verschwunden, Frank? Es gibt keine Notfallnummer für Eltern, die ihr eigenes Kind nicht mehr wiedererkennen.

Ich fuhr mit den Händen über jedes wertvolle, unbezahlbare Lächeln und wünschte, ich hätte sie zu jener Zeit mehr zu schätzen gewusst. Ich vermisse ihr Lachen, mit dem sie jeden Raum erhellte, und ihre Neugierde. Ich vermisse das warme Gefühl, das ihr Vertrauen in mir hervorrief. Ich vermisse sie, während sie nur wenige Meter über mir schlief.

Sie erwischte mich, als ich die Fotos anschaute.

»Darf ich mal gucken?«

Ich brachte kaum ein Wort heraus.

»Muss auch nicht sein.«

»Nein, nein, hier, bitte.« Ich rutschte an den Sofarand, um ihr Platz zu machen.

Schweigend blätterte sie um, dann fragte sie mich: »Welches magst du am liebsten?«

»Welches Bild?«

Sie nickte.

»Schwer zu sagen – ich finde viele toll.« Ich blätterte durch das Album, die Trennseiten raschelten.

»Das hier gefällt mir«, sagte ich nach einer Weile.

Ihr beide seid am Küchentisch zu sehen. Ich habe darunter gekrakelt, dass es Eleanors zehnter Geburtstag war. Das hätte man auch ohne Beschriftung gewusst, weil ein riesiger Banoffee Pie mit einer Kerze mitten auf dem Tisch stand – ihr Lieblingskuchen. Irgendetwas hatte euch dermaßen zum Lachen gebracht, dass ihr die Köpfe aneinandergelegt hattet und mit geschlossenen Augen so sehr prustetet, dass sämtliche Dämme brachen und pure Freude aus euch strömte.

»Und du? Welches Bild gefällt dir?«

Eleanor zögerte eine Sekunde, dann nahm sie sich das Album. Ich spürte ganz sanft Hoffnung in mir aufflackern. Wie trügerisch.

Und dann sah ich es – ein dunkellilafarbener Einstich mitten auf ihrem Handgelenk.

Sie bemerkte es schnell und ließ die Hand fallen, unser gemeinsamer Augenblick war vorbei, sie wickelte sich den ausgeleierten Ärmel um das Handgelenk. Bevor sie aufstehen konnte, schnappte ich sie mir. Ich dachte, ich könnte den Einstich unter dem Stoff spüren, ein Bohrloch in ihrer Haut, aber da spielte mir vielleicht nur meine Phantasie einen Streich.

»Eleanor.«

»Lass mich los, Mum.«

»Nein, Eleanor. Erklär es mir.«

»Was soll ich da erklären, Mum?«

»Warum?«, flüsterte ich.

Habe ich angefangen zu weinen? Wahrscheinlich. Eleanor rückte zu mir.

»Ich wollte dich nie verletzen, Mum. Das weißt du, oder?«

Ich atmete tief den Duft ihres Shampoos ein und musste nur noch mehr weinen. Es roch nach Äpfeln. Wie bei dir, Frank.

»Lass das. Lass das bitte.«

Es war sinnlos, meine Worte wurden von meinen Schluchzern verschluckt. Eleanor lehnte sich näher an mich und küsste mich auf die Stirn. Seit wann war sie größer als ich? Wie kam es, dass sie mich hier in das Kind verwandelte?

»Wir wollen dir doch helfen«, bettelte ich und griff nach ihrem Pulli.

Das war zu viel. Sie zog den Arm zurück und verschwand in ihr Zimmer. Nicht einmal zehn Minuten später – während ich mich noch immer, mit dem Kopf in den Händen, auf der Toilette vor und zurück wiegte – verließ sie das Haus, bevor ich ihr auf Wiedersehen sagen konnte.

Als Eleanor noch klein war, konnten wir alles für sie in Ordnung bringen. Schnitte und blaue Flecken, Streitigkeiten und Enttäuschungen – wir konnten alles wieder richten. Nun war sie erwachsen, zumindest körperlich, und ich konnte ihr nicht helfen. Das wollte sie uns damit wohl sagen, oder, als sie abhaute? Und weißt du, was das Schlimmste war? Ich wollte ihr helfen. Und ich konnte es nicht, Frank. Ich konnte es einfach nicht.

Ich habe versagt.

Versagt. Frank hat in letzter Zeit viel über dieses Wort nachgedacht. Niemand bereitet Eltern auf das Versagen vor. Er hätte gern die Hand ausgestreckt und Maggie berührt, auch wenn er sich den Platz mit Infusionsständern, Schläuchen, und dem raschelnden Papierkitteln teilen müsste. »Du hast nicht versagt, Maggie«, würde er sagen, »ich habe versagt.«

Eine Weile hatte Frank gedacht, er würde alles richtig machen. Er war nicht in Panik geraten. Er schob Eleanor nicht von sich. Jedes Mal, wenn er nachgab, jedes Mal, wenn sie eine Grenze überschritt und er seine Erwartungen niedriger schraubte, redete er sich ein, er würde alles richtig machen. Er dachte an ihren Sommer auf den Gartenstühlen, wie sie nebeneinander unter den Sternen saßen und Eleanor mit ihm sprach, wenn sie wollte. Es hatte einmal geklappt, dann würde es sicherlich wieder funktionieren. Oder?

Doch Maggie hatte es niedergeschrieben – es war eine Krankheit. Die schlimmste von allen. Alles andere wäre ihm lieber gewesen. Wenn sie Gürtelrose gehabt hätte, brauchte man es nur auszusitzen. Wenn sie eine Niere benötigt hätte, hätte sie eine von ihm haben können. Oder beide, was soll's. Aber wenn es um Sucht geht und keine Hilfe erwünscht ist? Was dann? Frank weiß, was er getan hat – er hat ihre Sucht unterstützt, weil er nicht wusste, was er sonst hätte tun sollen.

Er liest die letzte Seite noch einmal, Maggies Bericht ihrer Bemühungen, zu Eleanor durchzudringen. Er sieht sie vor sich, mit flehendem Blick, sie hat feuchte Augen wegen des zu erwartenden Tränenstroms. *Sprich mit mir. Öffne dich, ich bin für dich da.* Er hat diese Phrasen schon so häufig gehört, seit er aufgehört hatte zu sprechen, vor allem in den ersten

Wochen, als Maggie zwischen wütendem Frust und einer Enttäuschung schwankte, die ihn darniederstreckte. Er hat nicht nur bei Eleanor versagt.

Und als wäre das nicht genug, kam auch noch das Fiasko im Krankenhaus hinzu, wo ihm das Geständnis schon auf der Zunge lag. Dann ihr Druck mit dem Fingernagel, der Alarm und die Schar der Mediziner. Wieder Ausreden, wieder eine Gelegenheit, Maggie im Stich zu lassen. Nun reicht es. Er wird es ihr umgehend erzählen, sobald er wieder an ihr Bett darf. Er wird ihr alles erzählen. Er wird bei ihr um Gnade flehen. Er wird sich entschuldigen, bis er außer Atem ist.

Beim ersten Mal hat er es nicht geschafft, die Worte herauszubringen, doch das wird nicht noch einmal geschehen.

Noch ein Tag

Wie oft haben wir sie in den Jahren danach gesehen, Frank? Das lässt sich wohl an einer Hand abzählen. Ich habe versucht nachzuzählen, doch in meiner Erinnerung verschwimmen alle ihre Besuche zu einem einzigen Bild: unser verzweifelter Versuch, mit ihr zu sprechen und sie in Sicherheit zu bringen – und unsere völlige Unfähigkeit zu beidem.

Ich versuchte, sie aus der Ferne im Auge zu behalten, aber sie pflegte ihre Internetprofile nicht mehr, und bald nachdem sie die Uni abgebrochen hatte, zog sie aus dem Haus in der Albermarle Street aus. Sie arbeitete bei einigen Zeitarbeitsfirmen und war schwer aufzuspüren. »Couchsurfing« nannte sie es einmal, was sich viel sicherer anhörte, als es mir jemals erschien.

Es gab eine Zeit, da hätte ich sie am liebsten bei der Polizei als vermisst gemeldet.

»Und was willst du ihnen sagen?«, hast du gefragt und dich dabei zu mir umgedreht und dich aus unserer Umarmung gelöst.

»Dass ... dass sie verschwunden ist.«

»Nein, Mags, das ist sie nicht. Sie ist nur einfach nicht hier. Was könnte die Polizei da unternehmen?«

»Sie sollen sie finden.«

Du erklärtest mir, sie müsse das wollen. Du führtest mir vor Augen, dass sie uns immer noch in unregelmäßigen Abständen schrieb und man sie schwerlich als vermisst melden könnte. Du meintest, wir sollten ihr Zeit lassen.

»Wie viel Zeit, Frank? Wie viel?«

»Ich weiß es nicht.«

Selbst das Quietschen unseres Bettes hörte sich unsicher an.

»Ich vermisse sie, Frank.«

»Ich weiß, Maggie. Ich vermisse sie auch.«

Monate ohne Eleanor zogen ins Land. Mir war vor lauter Sehnsucht nach ihr körperlich unwohl. Mir schossen oft die Tränen in die Augen. Ich schlief wenig, ich aß wenig. Ich brauchte nur sie zum Leben. Sehnte mich nur nach ihr. Wenn sie da war, war ich überglücklich. Und wenn sie weg war? Dass man sich so schlecht fühlen kann, hatte ich nicht gewusst.

Und stell dir einmal meine Schuldgefühle vor, als ich langsam Angst vor Eleanors Besuchen bekam – ein schwerer Schlag. Du bist immer zuerst zur Tür gegangen – um sie zu begrüßen oder sie zu säubern. Das war wirklich sehr lieb von dir. Ich verschwand im Bad, während du für die freudige Willkommensfassade sorgtest, und drehte beide Wasserhähne der Badewanne voll auf. Ich beobachtete, wie sich das Kondenswasser auf dem Spiegel, den Schränken und den Fensterscheiben absetzte. Ich habe mich kein einziges Mal in die Wanne gelegt. Was für eine schreckliche Wasserverschwendung.

Wenn ich wieder nach unten kam, hattest du ihr bereits Geld gegeben. Du hast es nie ausgesprochen, aber ich wusste es. Und dennoch war in der Regel ein, zwei Tage darauf meine Handtasche durchwühlt und mein Bargeld verschwunden, als ich von der Toilette zurückkam. Ich hob kein Geld mehr ab und wollte, dass du es auch bleiben ließest. Aber ich wusste, du würdest nicht auf mich hören, denn an wen sollte sie sich sonst wenden? Den Gedanken konnte ich nicht ertragen.

Ich sperrte sie nicht ein. Man kann das eigene Kind nicht wie eine Gefangene behandeln. Einmal haben wir versucht einzugreifen. Ich sage ›eingreifen‹, aber das suggeriert, wir hätten es geschafft, dass sie uns zuhörte, obwohl doch tatsächlich das Gegenteil stimmte. Es war nicht so sehr, dass wir sie konfrontiert hätten, eher umgekehrt. Und ihr Zorn dabei – das hast du bestimmt nicht vergessen. Vier Jahre, nachdem sie die Uni verlassen hatte – wir hatten sie monatelang nicht gesehen –, wollte sie sich eine Bleibe in der Nähe suchen, vorübergehend, wie sie erklärte. In Wahrheit bedeutete das bloß, dass sie zu jeder Tages- und Nachtzeit ein und aus ging und sich nahm, was sie brauchte, ohne dass wir etwas dagegen unternehmen konnten.

Weißt du, was ich sehe, wenn ich die Augen schließe, Frank? Ausnahmslos jede Nacht? Wie du sie an einem Abend einmal erwischt hast, mit meiner Handtasche. Eleanor schubst dich an den Schultern vor die Wand. Du prallst gegen die Heizung und fällst fast hin.

»Eleanor, bitte!« Ich zog sie an den Hüften von dir weg. Ich hatte sie noch nie so gesehen, so aggressiv, das Gesicht zu einer Fratze verzogen. Völlig außer Kontrolle.

»Lass mich los! Lass mich einfach in Ruhe!«

Eleanor hatte dich losgelassen, und dann spuckte sie dir wüste Schimpfwörter ins Gesicht.

»Süße, bitte.« Ich versuchte, sie zu beruhigen, sie auf die Treppe zu setzen, doch sie hörte nicht. Du warst zu schockiert, um auch nur ein Wort zu sagen.

Sie trat einen Schritt zurück. »Ich gehe besser.« Ihre Stimme hallte messerscharf durch den Korridor. Aber die Wut der vorherigen Minuten war vorbei. Dann brach Eleanor am Treppengeländer zusammen, sie streifte die Mäntel an der Garderobe mit dem Ellbogen und stützte den Kopf in die Hände.

»Ich sollte wirklich gehen.«

Dem wollte ich nicht widersprechen.

»Du musst nicht gehen«, sagtest du aus deiner Ecke im Flur, wo du dich immer noch mit einer Hand an der Wand abstütztest. Eleanor eilte die Treppe hinauf.

Als sie nach einigen Minuten mit ihrer Tasche im Schlepptau wieder herunterkam, ging sie an mir vorbei zu dir. »Es tut mir leid«, sagte sie. Sie küsste dich auf die Wangen, dann fiel die Tür hinter ihr zu.

Wir hielten sie nicht auf, nicht mit Gewalt, und wir stellten uns ihr auch nicht in den Weg. Nein, wir mochten schreien, streiten, weinen und betteln, doch wir konnten sie nicht einsperren. Wenn wir das getan hätten, hätten wir Eleanor das Wichtigste genommen: ihre Freiheit.

Aber wenn ich gewusst hätte, was passieren würde? Dann wäre alles anders gekommen. Seit sechs Monaten denke ich jeden Tag darüber nach, was ich alles unternommen hätte, wenn ich gewusst hätte, dass ich sie zum letzten Mal sah. Für solche Situationen sollte es einen Merkzettel geben, damit man die letzte Chance nicht vermasselt. Wenn ich die Situation noch einmal durchleben könnte, würde ich es besser machen, das schwöre ich. Ich würde sie nicht gehen lassen, auch wenn es mich umbrächte.

Ich möchte dich noch um etwas bitten, bevor ich dir erzähle, was passiert ist, meine letzte Beichte – und noch dazu die abgründigste. Nimm dir bitte die Zeit, Frank. Nur noch einige Minuten, dann werde ich es dir erzählen, ich verspreche es dir. Nimm dir einen Stift und Papier (weiße Seiten gibt es auch hier hinten im Buch noch genug). Ich mache das jeden Tag, Frank, in der Stunde vor dem Abendessen. Ist dir das überhaupt aufgefallen? Normalerweise finde ich die Dämmerung dafür am besten, aber mach es einfach jetzt, egal, wie spät es ist.

Wenn ich zur Ruhe komme, denke ich immer noch über Eleanor nach. Das ist nichts Neues, aber in diesen Situationen lasse ich sie dann stets in kurzen Schnappschüssen vor meinem inneren Auge auftauchen. Ich erinnere mich daran, wie oft ich ihr seit ihrer Geburt gesagt habe, dass ich sie liebe. Ich mache eine Strichliste. Oft war ich dermaßen damit beschäftigt, mich an jede Gelegenheit zu erinnern, dass ich wie verrückt immer vier Striche längs und einen quer malte, und wenn ich die Augen öffnete, erkannte ich undeutliche Striche, die zum Zählen zu dicht aneinander standen. Ich verwahre diese Notizen ganz unten in der Kommode in Eleanors Zimmer auf. Sie liegen dort immer noch, falls du nachschauen willst. Du wirst sehen, dass es mir an manchen Tagen gut und an anderen weniger gut gelang.

Ich frage mich, was herauskommen würde, wenn ich dasselbe für dich machte? Gäbe es nach vierzig gemeinsamen Jahren mehr Striche? Doch wir waren ja nie sonderlich überschwänglich, nicht mit Worten. Das hatte Liebe für uns nie ausgemacht. Große Reden haben wir anderen überlassen. Das Gefühl zwischen uns war so viel ruhiger, so viel sanfter. Ich hätte um nichts in der Welt getauscht.

Die Liebe zu einem Kind ist anders. Sie ist unvergleichlich, nicht quantifizierbar. Man darf diese beiden Arten nicht vergleichen. Wen würde man aus einem brennenden Haus retten, wenn man nur eine Person retten könnte? Die Antwort ist natürlich klar. Aber wenn ich mir vorstelle, dass du in einer Flammenhölle von Kopf bis Fuß brennst, würde ich mich wohl spontan selbst anzünden.

Aus den letzten beiden Jahren gibt es wahrscheinlich nur noch ein oder zwei Strichlisten zu Eleanor. Ich liebte sie genauso wie früher. Ich liebte sie sogar noch mehr, falls das möglich wäre. Kämpferischer, intensiver. Ich sagte es ihr immer wieder, obwohl ich wusste, dass sie nicht antworten würde. So ist das mit der Liebe, oder? Man gibt, ohne etwas dafür zu erwarten. Natürlich hofft man doch immer, dass etwas zurückkommt. Man kann tausend Mal abgewiesen werden, dennoch schlummert diese Hoffnung in einem, beinahe unmerklich, so dass man sie nicht bewusst loswerden kann.

Ich will, dass du nun Striche malst, Frank, für Eleanor. Und auch für mich. Ich will nicht, dass meine Tat dein Bild von mir verändert, doch das wird sie. Das weiß ich ...

Frank sieht am Seitenrand, dass Maggie auch hier einige Strichbündel gemalt hat. Er war nie davon ausgegangen, dass sein Schweigen für sie leicht zu ertragen gewesen wäre, aber er wusste nicht, dass es sie schier verrückt gemacht hatte.

Er ist zu nervös, um sich hinzusetzen und zu zählen. Außerdem hat Maggie es selbst gesagt. Liebe ist nicht quantifizierbar. Er hätte Eleanor und Maggie sagen können, dass er beide eine Million Mal liebte, dennoch hätte er damit seine Gefühle nicht annähernd ausgedrückt. Stattdessen öffnet er Eleanors Kommode. Zwischen alten Haarbürsten, Plastikschmuck und einer in Vergessenheit geratenen Stoffeule findet er einen riesigen Stapel Post-it-Zettel. Ein Regenbogen ihrer Liebe zu Eleanor.

Und falls Maggie versucht hätte, auch für ihn eine Strichliste anzulegen, wie hätte sie das gemacht? Frank kann sich an ein oder zwei Gelegenheiten in den vergangenen Monaten erinnern, als Maggie ihm gesagt hatte, dass sie ihn liebe, als würden diese Worte den Würgegriff des Schweigens ein wenig lockern. Frank konnte es nie erwidern. Zumindest nicht verbal. Stattdessen versuchte er, Maggie seine Liebe zu *zeigen*, indem er die Stelle unter ihrem linken Schulterblatt massierte, die sich immer verspannte, wenn sie mit dem Rücken zu ihm lag, oder indem er mit dem Finger ihre Unterarminnenseite entlangstrich, was sie stets beruhigte. Und doch fragte er sich immer wieder, wie auch bei Eleanor – hätte er mehr tun können?

Frank schließt die Schublade und kehrt zurück zu seinem Platz an der Heizung. *Meine letzte Beichte – und noch dazu die abgründigste.* Er hat Angst, den Rest zu lesen. Das wäre typisch für ihn, schon vor der Ziellinie schlappzumachen. Er denkt wieder an seine Gefühle kurz vor der letzten Hürde, als

Maggie sich an seine Hand klammerte und ihn das Ärzteteam hinauswarf. *Typisch Frank,* würde Maggie sagen. Nur möchte er so nicht gesehen werden – der Frank, der nichts auf die Reihe kriegt, alles knapp verpasst, immer eine Sekunde zu spät ist. Nein, das will er nicht.

Er wappnet sich und blättert um auf die letzte Seite.

Noch ein Tag

Ich habe sie gesehen, Frank.

Ich war knapp zehn Minuten zu Hause, als es an der Tür klingelte. Der Boiler grummelte vor sich hin, du kennst dieses Geräusch, auf das zwangsläufig eine teure Reparatur folgt. Ich war gleich hingelaufen, um ihn mir anzuschauen, ich hatte noch nicht einmal den Mantel ausgezogen. Ich dachte, du wärst es, du hättest deinen Schlüssel wieder im Labor vergessen.

»Eleanor! Was machst du denn hier?«

Sie hatte sich den Seesack über die Schulter geschwungen, ihr Oberkörper war vorgeneigt unter dem Gewicht.

»Ja, äh, ich war gerade hier in der Gegend und dachte, ich schau mal rein.«

Sie rieb sich mit den Fäusten die Augen. Ich sah den Abdruck der Fingerknöchel auf ihrer Haut. Sie sah sehr müde aus, strahlte jedoch eine flirrende Energie aus, ihre Hände zitterten, und sie konnte nicht stillhalten. Ich fragte mich, wie lange sie schon darauf gewartet hatte, dass einer von uns nach Hause kommt.

»Was ist los, Eleanor?«

Sie blickte kurz über die linke Schulter. Dann über die rechte. Dann noch einmal über die linke.

»Ich versuche, mein Leben auf die Reihe zu kriegen.« Dann wieder dieser Schulterblick. Wonach schaute sie? »Hör zu, Mum, es ist eine lange Geschichte, aber ich brauche ein bisschen Hilfe.«

»Was für Hilfe?«, fragte ich und verschränkte die Arme vor der Brust. Irgendwo hatte ich gelesen, das sei eine »Machtdemonstration«. Für mich fühlte es sich nicht sonderlich erhaben an, ich fühlte mich schwach beim Anblick meines einzigen Kindes. Ich hätte am liebsten die Arme ausgestreckt und sie an mich gezogen. Um dem Drang zu widerstehen, steckte ich die Hände in meine Taschen.

»Die Fahrt hier runter war teuer. Und ich schulde paar Leuten noch Geld: Mike, Dan ...«

Sie zählte eine Reihe von Namen auf, die ich noch nie gehört hatte. Und dabei zuckte sie unentwegt mit den Schultern und blickte sich immer wieder um. Ich hoffte, du würdest kommen und mir helfen, die Situation zu entspannen. Wie viele Bomben konnten auf einer Türschwelle explodieren, bevor ein Haus einstürzte?

»Wir geben dir doch immer Geld, Eleanor. Was ist damit?«

Ich dachte an die Freitagabende, wenn ich ihr zwei- oder dreihundert Pfund überwies – was ich nach dem Zahltag entbehren konnte.

»Es ist halt weg. Ich muss meinen Kram auf die Reihe kriegen. Das mach ich, versprochen. Bitte hilf mir, Mum, bitte!«

Eleanor blickte mich geradewegs an. Ich spürte ein Stechen unterm Bauchnabel. Dieser endlose Sog zu ihr.

»Ich kann das nicht, Ellie.« Ich spürte, wie mir die Tränen

kamen, doch ich riss mich zusammen. »Dein Vater und ich würden alles für dich tun. Du weißt doch, dass wir alles für dich tun würden, oder?«

Sie trat geistesabwesend gegen den Türrahmen.

»Liebes, bitte«, flüsterte ich. »Wir können dir kein Geld geben. Aber du bist bei uns in Sicherheit.«

Ihre Augen waren rot, blutunterlaufen, und ein wenig feucht.

»Ich muss los.«

»Wie bitte? Ich dachte, du wolltest uns besuchen? Warte doch noch auf deinen Vater. Er würde sich freuen, dich zu sehen!«

Sie hatte sich schon umgedreht, deswegen sah ich nicht, ob sie wütend war oder einfach nur fahrig, nervös.

»Eleanor, warte!«, rief ich, so laut ich konnte, ohne dass die Nachbarn hinter ihren Gardinen alarmiert wurden. Ich stellte einen Schuh von dir in die Tür, damit sie nicht zufiel. »Es tut mir leid. Ich liebe dich«, rief ich, als ich schon in der Einfahrt stand. »Ich mache das doch bloß, weil ich dich liebe!«

Ich rannte wieder zum Haus, schnappte mir die Schlüssel und trat den behelfsmäßigen Türöffner weg, damit die Tür zuschlug. Ich wollte hinter ihr herlaufen, doch sie war schon weg. Sie war immer schneller als ich. Sie war fort.

Seltsam, wie der menschliche Körper mit Traumata umgeht, nicht wahr? Man durchlebt gerade den schlimmsten Schmerz, den man sich vorstellen kann, und macht einfach weiter, setzt einen Fuß vor den anderen. Selbst wenn man völlig schockiert ist, nur noch ein Schatten seiner selbst, folgt der Körper seiner inneren Uhr. Genauso war es in jenem Moment, Frank, obwohl ich völlig von Sinnen war. Als ich wieder ins Haus ging, schaltete ich auf Autopilot. Ich zog meinen Mantel aus, machte den Herd an und stellte das Erstbeste hinein: Hähnchen-Pie. Leckeren Hähnchen-Pie. Ich wollte mir einen Drink genehmigen und sah die Karte zu ihrem fünfundzwanzigsten Geburtstag zwischen dem Weinregal und der Wand stecken, Monate überfällig. Wir hatten keine Adresse, an die wir sie schicken konnten.

Als ich die Tür hörte, wollte ich dich begrüßen. Wie sonst immer, redete ich mir ein. Wie an jedem anderen Abend. Während des gesamten Abendessens lag mir das Bekenntnis auf der Zunge. Zehn oder zwanzig Mal war ich kurz davor, hatte schon einleitende Sätze gesprochen, aber immer, wenn ich es erzählen wollte – »Ich habe Eleanor gesehen, sie war hier, ich habe sie weggeschickt« –, habe ich die Worte wieder runtergeschluckt, sie blieben mir im Hals stecken – wie Salz in einer offenen Wunde. Seitdem hängen diese Worte dort fest, Frank.

Nach dem Abendessen, als du ins Wohnzimmer gegangen warst, habe ich mir drei Schlaftabletten genommen und sie mit einem Schluck abgestandenem Wasser aus einer Tasse in der Spüle heruntergespült. Ich lag neben dir auf dem Sofa, legte den Kopf auf deinen Bauch und schlief ein. Ich war gerade dabei, wegzudriften, als ich bemerkte, dass meine Vorführung glaubhaft gewesen sein muss. Du hattest Eleanor nicht ein einziges Mal erwähnt. Ich öffnete die Augen einen Schlitz weit, es war unglaublich anstrengend, damit ich dir ein Gutenachtblinzeln zuwerfen konnte.

Den Rest der Geschichte kennst du leider, Frank. Als die Polizei kam und ihre Fragen stellte – *Hatten wir sie in der letzten Zeit gesehen? Wann hatten wir sie zum letzten Mal gesehen?* –, sagte ich nichts. Ich konnte es damals nicht, sonst wäre ich als verdächtig abgeführt worden, enttarnt als abartige Verbrecherin: Eine Mutter, die ihr Kind nicht beschützen konnte.

Doch danach? Auch wenn ich nicht alles gestanden hatte, – über den Tresen der Polizeiwache gebeugt, wo die Worte gegen das kugelsichere Glas prallten –, dir hätte ich es doch sagen können. Schließlich hatte ich mich an unsere Vereinbarung gehalten, die wir Wochen zuvor in nächtlicher Dunkelheit unter der Bettdecke getroffen hatten: Wir hatten sie immer aufgefangen, und nichts hatte sich geändert. Erst musste sie einen absoluten Tiefpunkt erreichen, um sich selbst helfen zu wollen. Wir mussten sie abstürzen lassen.

Weißt du, was mich am meisten quält, Frank? Sie muss sich so allein gefühlt haben. Sie muss gedacht haben, sie hätte niemanden. Und in Wahrheit war immer das Gegenteil der Fall, auch an dem Tag. Was wäre geschehen, wenn ich es ausgesprochen hätte? *Du bist nicht allein.* Nur diese vier Worte. Wäre es dann anders gekommen?

So, nun weißt du es. Ich habe sie gesehen, Frank. Ich war der letzte Mensch, der Eleanor gesehen hat, bevor es passiert ist.

Schlimmer: Ich habe sie weggeschickt.

8

Ich habe sie gesehen. Diese vier Wörter hat Frank so oft gelesen, dass sie zu einem einzigen verschmolzen sind. Dabei war alles, was er für wahr gehalten hatte, in sich zusammengebrochen. Er hat längst keinen festen Boden mehr unter den Füßen, es gibt keine Achse in seiner Welt.

O Gott.

Er fährt mit den Fingern über die letzten Dialogzeilen in einer Handschrift, die von zunehmender Anspannung zeugt. Er sieht alles vor sich – Maggies Flehen, Eleanors Rastlosigkeit, Maggie, die über den Küchentisch gebeugt dasitzt und alles im Kopf noch einmal durchlebt, die Worte aber nicht herausbekommt, das schlechte Gewissen ist wie ein Knebel.

Gibt er ihr die Schuld? Nur in dem Maße, wie er auch sich selbst Schuld gibt.

Frank liest die letzte Seite immer wieder, als würde er seine Abwesenheit dadurch wiedergutmachen. Als Maggie ihn brauchte, war er nicht da. Und auch nicht, als Eleanor ihn brauchte. Das wäre seine Rolle in der Familie gewesen – der große Diplomat, der Gute-Laune-Macher, der Fels in der Brandung. Und wo war er in jener Nacht, als sie ihn am meisten gebraucht hatten? Das würde er sich nie vergeben.

Irgendwo weit entfernt ertönt ein klagendes Geräusch. Es ertönt nun schon einige Minuten lang, schrill und unbarmherzig. *Maggie*, denkt er, *die Hände fallen ihr in den Schoß, sie krümmt sich zusammen, Eleanor rennt fort.*

Im Geist ist er bei Maggie. Nur will der Lärm nicht aufhören, nicht nach einer Minute und auch nicht nach zweien. Der Ton setzt kurz aus, dann aber direkt wieder ein.

Das muss es sein, der Wahnsinn beginnt. Frank hat sich Maggie zugleich nie so nah und so fern gefühlt. Er könnte schwören, das Geräusch kommt aus dem Erdgeschoss, und wünscht sich einfach, es würde wieder aufhören, damit er Maggies Zeilen noch einmal lesen kann.

Nach weiteren fünf Minuten ist Frank so genervt, dass er der Sache auf den Grund geht. Er muss die Treppe langsam hinuntersteigen. Er fühlt sich schon seit Monaten wackelig auf den Beinen, und ohne Maggie ist er auch orientierungslos. Er erreicht die letzte Stufe und bemerkt, dass das Geräusch hier lauter ist. Er eilt zur Geräuschquelle in der Küche und hat ein schreckliches Déjà-vu.

Als Erstes sieht er das Licht. *Scheiße.* Sein Telefon. Das hatte er vergessen. Aber Edie offensichtlich nicht.

Unbekannte Nummer. Seitdem ihm sein erstes Handy aufgedrängt wurde (von Maggie natürlich), hat Frank alles in seiner Macht Stehende getan, um nicht ans Telefon zu gehen, selbst, wenn der Anrufer definitiv bekannt ist. So seltsam war er eben. Aber jetzt? Er kann sich seine Vermeidungstaktik nicht mehr leisten. Er geht dran.

»Hallo?« Die Stimme am anderen Ende brüllt fast über den Verkehrslärm im Hintergrund hinweg.

»Ha-hallo?«

»Frank – sind Sie das?«

Ah, diese Stimme erkennt er.

»Daisy? Ja, ich bin's.«

Daisy hält kurz inne. Frank rutscht das Herz in die Hose. Sie hat garantiert schlechte Neuigkeiten.

»Frank, Sie müssen kommen. Jetzt gleich.«

»Aber ... aber mir wurde gesagt, ich solle am Nachmittag kommen. Wir haben doch erst Mittag, oder?«

Frank blinzelt aus dem Fenster ins Sonnenlicht. Weiße Flecken flimmern ihm vor den Augen, und er muss sich am Küchentresen festhalten.

»Ich weiß, ich weiß, Frank. Und hören Sie, ich sollte Ihnen das nicht sagen, ich arbeite gerade nicht, aber irgendetwas stimmt nicht.«

»Wie meinen Sie das?« Frank stützt sich schwer mit der Handfläche ab. Er presst sie so fest nach unten, bis ihm ein heißes Kribbeln den Arm hinaufsteigt, bis hoch in den Nacken.

»Ich weiß nicht so genau ... Sie ist nicht in der gewünschten Verfassung. Ich habe etwas bei der Arbeit vergessen, und ich musste es holen, also dachte ich, ich schaue kurz noch bei ihr vorbei. Ich hatte Glück, dass Sie mich reinließen. Jedenfalls habe ich ihr gesagt, dass Sie da gewesen sind. Dass Sie ihr nicht von der Seite gewichen sind. Aber irgendetwas stimmt nicht, Frank. Es wirkt so, als würde sie aufgeben ... Ich weiß nicht, wie lange sie –«

Das Kribbeln ist nun in Franks Kopf angekommen. Er sackt am Küchenschrank zusammen, und die klebrige Tür, hinter der das Müsli aufbewahrt wird, fällt knallend zu. Sie wird doch nicht etwa?

»Frank? Frank – sind Sie noch dran? Schauen Sie, vielleicht hätte ich Sie nicht anrufen sollen, ich dachte nur, Sie sollten wissen ...«

»Nein. Nein. Ich muss zu ihr ... Sie haben recht ... Daisy?«

»Ja, Frank?«

»Danke, vielen Dank.«

Frank legt auf. Er muss zu Maggie, und zwar sofort. Aufgeben? Das passt nicht zu Maggie. Doch nachdem er jedes Wort dieser letzten Beichte ein-, dann zweimal und dann so oft gelesen hat, bis sich die Sätze bei ihm eingebrannt haben, ist sein Bild von Maggie ins Wanken geraten.

Er hat keine Zeit mehr. Frank richtet sich auf und geht zur Spüle. Er schiebt den Kopf so weit wie möglich unter den Hahn, das kalte Wasser ist ein wenig abgestanden, nachdem es länger nicht lief, anschließend schüttelt er sich wie ein struppiger Schäferhund, aber einer mit Tinnitus und stechenden Kopfschmerzen.

Danach fühlt er sich ein wenig besser. Er tastet sich ab, wie immer, bevor er geht: Geldbörse, Hausschlüssel? Er ist erleichtert, dass er beides findet, und steigt an der Tür in seine Schuhe, wischt sich am Anorak, der über dem Treppengeländer hängt, Gesicht und Hände trocken. Er schnappt sich die Autoschlüssel vom Haken, schmeißt die Tür hinter sich zu und rennt zu seinem Wagen in der Einfahrt.

Er dreht den Zündschlüssel. Nichts. Er versucht es erneut. Wieder nichts. Die Batterie ist leer. Frank glaubt es einfach nicht. Murphys Gesetz. Wie lange braucht er zu Fuß? Eine Stunde? Länger? Diese Zeit hat er nicht. Aus den Augenwinkeln sieht er sein Fahrrad. Seit sechs Monaten rostet es vor sich hin. Ohne Plane, ohne Schloss. Kein Wunder, dass es niemand geklaut hat mit dem Steinchen im Hinterrad, das die Luft immer wieder entweichen ließ.

Was sein muss, muss sein. Er schwingt das rechte Bein über den Sattel. Er fühlt sich sehr wacklig, als er mit dem Oberkörper über dem Lenker kauert, zumal er sich noch das Notizbuch unter den rechten Arm geklemmt hat. Frank stößt sich mit dem Fuß einige Male ab. Er bereut, seinen Helm nicht mitgenommen zu haben. Während er unsicher über jeden Hubbel und jede Unebenheit fährt, versucht er, ruhig zu bleiben und an Maggie zu denken.

Die erste rote Ampel überfährt er. Die Bremskabel hätten wohl auch eine Reparatur nötig gehabt. Der Bus Nummer 4 bremst quietschend kurz vor seinem Hinterrad, und Frank ist so erschrocken, dass er nicht einmal entschuldigend die Hand heben oder sich bedanken oder ein beschämtes Gesicht machen kann.

Er wusste nicht mehr, dass sich Milchsäure so schnell in den Oberschenkeln aufbaut. Es ist viel zu heiß für so viel Bewegung, und er strengt sich so sehr an, dass seine Füße ganz taub sind. Er ist kurzatmig, und das Hemd klebt ihm mit jedem schwitzenden Tritt in die Pedalen mehr am Rücken. »Maggie. Maggie. Maggie«, singt er leise vor sich hin. Er wird sie doch nicht auch noch verlieren.

In einem Anfall wahnsinniger Sportlichkeit oder schierer Verzweiflung (oder einer Mischung aus beidem) legt er drei Viertel des Weges zum Krankenhaus zurück. Dann liegt noch ein steiler Berg zwischen ihm und seinem Ziel. Er verärgert den protzigen Volvo hinter sich, indem er vom Rad fast in den laufenden Verkehr springt.

Frank schafft es, das Fahrrad auf den Bordstein zu wuchten, und wirft es, ohne nachzudenken, in die angrenzende Hecke.

»Hey, Mister, woll'n Sie das nich mehr?« Ein kleines Männlein lässt gleich die Hand seiner Freundin los, weil er einen verlassenen Schatz wittert.

»Nehmen Sie es sich!«, ruft Frank über den Verkehrslärm hinweg.

Er blickt zu seinen Füßen und bemerkt erst jetzt, dass er zwei unterschiedliche Schuhe trägt; links seinen Gartenslipper, rechts seinen Bootsschuh, der noch nie ein Schiff betreten hat. Keiner der beiden ist ein besonders geeigneter Laufschuh. Frank versucht, sich an seinen letzten Lauf zu erinnern – Cross Country in der Schule? Er erinnert sich daran, dass er den Weg verlassen und sich auf die Suche nach Scones gemacht hatte.

Dann rennt er los. Zunächst fühlt es sich ganz leicht an. Er macht große Schritte, er ist schlank, wie ein Windhund. Aber das war es auch schon mit den Ähnlichkeiten. Nach knapp fünfzig Metern ist er erschöpft. Er keucht wie ein Kettenraucher, hat aber in seinem Leben höchstens mal gepafft, weil er doch so ein biederer Langweiler ist.

Die Steigung ist trügerisch. Von weitem sieht sie recht harmlos aus, wenn man aber mittendrin ist, ist sie teuflisch – sie ist lang und zieht sich und bringt selbst einen ernsthaften Läufer an seine Grenzen. Der Asphalt gibt nicht nach, und mit jedem Schritt wird der Schmerz in seinem linken Knie schlimmer. Im Leben gibt es so viele Dinge, um die wir uns irgendwann einmal kümmern wollen – das winzige Loch im Hinterrad des Autos, der nagende Schmerz, eine zerbrochene Beziehung. Wenn Frank die letzte Woche eins gelehrt hat, dann das: Du kannst dich nie darauf verlassen, dass die Zeit auf deiner Seite ist.

Er versucht, sich von dem Schmerz abzulenken, indem er sich darauf konzentriert, was er Maggie zu sagen hat. Maggie hat ihn in ihr Innerstes blicken lassen, all ihre Geheimnisse hatte sie in vielen, vielen Zeilen auf dem dünnen Papier niedergeschrieben. Sie hatte sich die Arbeit gemacht, um ihn mit reinem Gewissen zu verlassen, und er konnte sich noch nicht einmal dazu durchringen, ihr dieses eine Geständnis zu machen. Nur seine Frustration kann ihn auf den letzten zweihundert Metern noch antreiben.

Er hört bloß noch sein eigenes Keuchen. Es muss laut sein, weil ihm jeder entgegenkommende Fußgänger ausweicht. Frank bemerkt es nicht. Er ist ein Mann mit einer Aufgabe, und sein Blick ist auf die Drehtür des Gebäudes oben auf dem Berg gerichtet, das wie eine Fata Morgana vor ihm hin und her schwankt.

Kurz bevor er die Krankenhausauffahrt erreicht, glaubt er, er schaffe es nicht. Ihm ist so schwindelig vor Erschöpfung, sein Magen ist leer bis auf ein paar klebrige Fruchtgummis, er hetzt weiter. Um ihn herum Verkehrslärm, wuselige Angehörige, schwindelerregende Eile in einer Welt, in der er nur mehr einen Funken Hoffnung hat.

Er stürzt durch die Drehtür. Eine Krankenschwester ruft ihn beim Namen, während er wie der Wind zur Intensivstation eilt, dabei kaum den Krankentragen ausweichen kann. Er schlägt beim Rennen unabsichtlich einer Frau den Eiskaffee aus der Hand, der sich auf ihre weiße Bluse ergießt, und murmelt etwas Unverständliches über »Bezahlen« vor sich hin.

Frank schafft es, an einer Putzfrau vorbeizukommen, die den Eingang zur Intensivstation mit einer Hüfte offen hält. Er ist so konzentriert darauf, sein Ziel zu erreichen, dass er nicht bemerkt, dass er die Aufmerksamkeit von allen am Empfang auf sich gezogen hat, ihre Münder stehen offen. Sobald er in Reichweite von Maggies Tür ist, greift er nach der Klinke, nur sind seine Handflächen feucht vor Schweiß und gleiten vom Metall ab. Ohne nachzudenken, wirft er seinen Oberkörper gegen die Tür, die dem Druck nachgibt. Oder es sind die Knochen in seiner Schulter. Es folgt ein Zittern, dann geben beide nach. Frank landet auf Maggies Bett. Für einen Außenstehenden mag es ungehörig aussehen. Er spuckt einen schleimigen Klumpen auf den Boden neben ihrem Bett und richtet sich langsam auf, um in den Stand zu gelangen. Dabei versucht er, sich nicht auf Maggie abzustützen.

»Maggie«, keucht er. »Ich bin wieder da.«

9

Im ersten Moment denkt Frank, sie hätten Maggie aufgesetzt, und er verspürt Hoffnung. Er hebt das Notizbuch auf, das hinuntergefallen ist, und wischt den roten Ledereinband an seinem nassgeschwitzten Hemd ab. Mit dem Unterarm fährt er sich über die Stirn, und dann nimmt er sich den Stuhl neben der Tür und schiebt ihn unter die Türklinke, damit sie ein wenig Privatsphäre haben. Damit er ein wenig mehr Zeit hat. Gott weiß, dass er sie braucht.

Frank schlurft um das Bett herum, bis er Maggie nun direkt anblicken kann. Schließlich haben sie nichts mehr voreinander zu verstecken.

Er bemerkt jetzt, dass er sich getäuscht hat, dass sie nicht sitzt, hinter ihrem Rücken stecken vier Kissen, um sie aufzurichten, und ihre Augen sind geschlossen. Sie scheint seine Anwesenheit nicht bemerkt zu haben.

»Maggie? Hörst du mich?« Frank schiebt eine Hand unter ihre. »Drück meine Hand, wenn du mich hörst.«

Nichts.

»Maggie, bitte, Darling. Mehr verlange ich doch gar nicht. Ich weiß, dass ich es nicht verdiene. Ich habe dich nie verdient, und ich verdiene dich ganz sicher nicht mehr nach alldem, was ich dir angetan habe. Es tut mir leid, dass ich nicht mehr mit dir geredet habe. Es tut mir leid, dass ich gestern gehen musste, bevor ich dir sagen konnte, warum ich so lange geschwiegen habe. Aber wenn du nur meine Hand drücken würdest, dann verspreche ich, ich werde dich nie wieder um etwas anderes bitten.«

Die Worte sprudeln aus Frank heraus wie Wasser aus einem voll aufgedrehten Gartenschlauch. Ein langer Winter, in dem alles festgefroren war, und nun das – nur wenige Minuten, in denen er alles ausspucken kann, was er muss. Ohne drum herumzureden, ohne Beschönigung.

Frank wartet. Er misst die Zeit an seinem harten, schmerzhaften Herzschlag. Eins, zwei. Maggie ist ebenso still wie zuvor. Davon wird er sich nicht wieder beirren lassen.

»Ich habe das gelesen.« Frank wedelt mit dem roten Notizbuch in Maggies Richtung. Einige Bilder, die sie hineingelegt hatte, fallen auf das Laken, er hatte weder Zeit noch Lust gehabt, sie wieder festzuklipsen. »Ich habe alles gelesen, Maggie. Auch dass du meinst, du seist der letzte Mensch gewesen, der sie gesehen hat. Aber auch da saßen wir in einem Boot. Wie immer.«

Dann spürt er es. Einen Händedruck.

»Maggie? O Gott ... ja ...«

Sanft flattern Maggies Augenlider. Ein Auge geht auf, dann das andere. Es erinnert Frank an die Schmetterlinge, die Eleanor und er im Gewächshaus im Botanischen Garten beobachtet haben, als sie erst neun Jahre alt war. Das Flattern vor dem Flug.

Bevor Frank herausfinden kann, ob Maggie wach ist, klopft es an der Tür. Der Türgriff bewegt sich, aber der Stuhl hält dem Andrang stand. Die Tür bewegt sich nicht, man müsste Gewalt anwenden. Durch die kleine Glasscheibe sieht Frank, dass Dr. Singh ein wenig zu breit lächelt, so wie man einen Verrückten anlächelt. Er will, dass Frank die Tür öffnet.

Frank schüttelt den Kopf und wendet sich wieder Maggie zu, ihr Blick ist verschleiert, doch ihre Augen sind inzwischen ganz eindeutig geöffnet. Sie guckt ihn an. Guckt ihn an, und nicht die Bilder. Nicht auf das Buch. Und ganz sicher nicht zu dem Trubel vor ihrem Zimmer.

Er atmet so tief ein, wie es seine schmerzenden Lungen erlauben, und blickt Maggie direkt ins Gesicht. »Du warst nicht die Einzige, die sie gesehen hat, Mags. An diesem Abend. Ich habe sie auch gesehen.«

Maggie kneift ihm in die Hand. Er hat nicht genug Zeit, darüber nachzudenken, ob das ein gutes oder schlechtes Zeichen ist. Er hat dieses Geheimnis sechs Monate lang mit sich herumgeschleppt, und es hat ihn zerstört. Es hat ihm nicht nur die Stimme genommen, sondern auch jede Sekunde vergiftet, jede Minute, jeden Tag, den er überlebt hat, und alles zersetzt.

»Ich dachte auch, ich wäre der Letzte gewesen, der Eleanor gesehen hat. Ich wusste nicht, dass es das letzte Mal sein würde, wie auch? Aber sie war es ganz sicher mit ihrem Seesack und dem unordentlichen Dutt – ich hätte sie überall erkannt. Ich war gerade aus dem Bus gestiegen, es war dunkel, doch ich wusste, dass sie es ist. Ich stand an der Bushaltestelle und sie am Ende der Straße, aufgewühlt wie immer, wenn sie mit den Gedanken woanders war …

Sie hat mich nicht gesehen. Da bin ich mir fast sicher. Aber ich habe sie ignoriert, Mags. Ich hatte Angst. Angst davor, dass sie nach Hause kommt, Angst davor, wie es sein würde. Das ist keine Rechtfertigung, ich weiß. Aber deswegen ... deswegen habe ich sie ignoriert. Als sie mich am dringendsten gebraucht hätte, habe ich sie im Stich gelassen.«

Noch ein Klopfen an der Tür. Zwei weitere Männer sind hinzugekommen, einer mit einem Walkie-Talkie. Sicherheitsleute? Sie müssten Frank gewaltsam hinausschleppen, sonst geht er nicht.

Er hockt sich hin, damit er mit Maggie auf Augenhöhe ist. Seine Hand liegt immer noch unter ihrer.

»Ich konnte es dir einfach nicht sagen, Mags. Ich wollte dich nicht verlieren. Ich habe mich so geschämt. Das war nicht der Mann, den du geheiratet hast, der Vater, der ich bin ...«

Ihm kommen die Tränen, Schluchzer und Schluckauf steigen in seiner Kehle hinauf. Er schluckt sie hinunter. Jetzt nicht, hier geht es nicht um ihn. Das hier ist seine letzte Chance.

»Als man mich zu ihr geführt hat, Maggie, lag sie allein in einem kleinen Nebenraum, und weißt du, was mein erster Gedanke war? Ich habe gehofft, dass sie nicht einsam ist. Ich wurde den Flur entlang zu ihr geführt, außer mir vor Entsetzen. Wir erreichten den Raum, wo sie lag, und mein Begleiter trat einen Schritt zur Seite. Er wollte mir Platz lassen, aber ich hätte eher jemanden gebraucht, der mich hineinstößt. Ich weiß nicht, wie ich über die Türschwelle gekommen bin, aber irgendwie gingen meine Füße wie von selbst.

Ich hatte keine Ahnung, was mich erwartete. *Eine aus dem Kanal geborgene Leiche.* Das hatte die Polizei gesagt, als wäre sie ein Turnschuh oder ein Koffer. Sie sah so winzig aus auf dieser Liege, eine tote Puppe. Sie hatte die Augen geschlossen, doch ich öffnete sie, ich wollte sie richtig sehen, damit wir noch ein letztes Mal als Vater und Tochter zusammen hatten.

Ich dachte an die ersten Augenblicke, als ich sie als Baby auf dem Arm gehabt hatte und mir sagte, ich würde alles tun, um sie zu beschützen.

Ich bin dort vielleicht eine Stunde oder länger geblieben und hab sie betrachtet. Ich ging erst, als der arme Mann, der mich in der Leichenhalle beaufsichtigen musste, sich räusperte und sagte, er müsse bald abschließen.

Als ich an dem Abend nach Hause kam, hattest du dich noch keinen Zentimeter bewegt.

Und dann begann es, Mags. Mein Schweigen. Ich war für ihren Tod verantwortlich, Maggie, hatte sie ignoriert, und ich wusste, dass du – falls ich es dir gesagt hätte – obwohl du ein herzensguter Mensch bist – mir nicht würdest vergeben können. Ich habe recht, nicht wahr? Das konnte ich nicht riskieren. Ich konnte dich nicht auch noch verlieren.«

Nun kann Frank die Schluchzer nicht mehr zurückhalten. Sie steigen in ihm auf wie ein Würgereiz und bahnen sich ihren Weg aus seinem Rachen. Eine Träne tropft von seiner Nasenspitze auf Maggies Hand.

»Es tut mir leid, Maggie. Es tut mir in jedem wachen Augenblick leid. Ich vermisse sie, und ich werde sie immer vermissen –«

Mit einem lauten Poltern fliegt der Stuhl durchs Zimmer – der Sicherheitsmann hat die Tür aufgestoßen. Maggie erbebt, als habe sie der Lärm erschreckt. Noch eine Sekunde, und der Arzt stürzt, flaniert vom Sicherheitspersonal, herein.

Alle Blicke sind auf Frank gerichtet. Niemand bewegt sich. Niemand sagt einen Ton.

Frank spricht selbstvergessen weiter.

»Es tut mir leid, dass ich es dir nicht sagen konnte. Es tut mir leid, dass du auch noch unter meinem Schweigen leiden musstest. Es tut mir leid, dass ich dich im Stich gelassen habe. So vieles tut mir leid, Maggie, aber meine Liebe zu dir habe ich *nie* bereut und werde ich nie bereuen.«

Mit diesem Satz geben Franks Knie nach, und er kippt aus der Hocke nach vorne, mit der Stirn auf die Matratze, seine Bartstoppel kitzeln Maggies Oberschenkel durch das Laken.

Maggie muss all ihre Kraft zusammennehmen, um Frank die Hand auf den Rücken zu legen, zwischen die angespannten Schulterblätter.

»Ruhig jetzt, Frank«, sagt sie.

Epilog

Ein Jahr später

Von oben betrachtet sieht Maggie wie ein Filmsternchen der fünfziger Jahre aus. Sie liegt auf einem Ruhebett, und neben ihr steht ein leuchtend orangefarbener Drink. Im Radio wird Jazz gespielt, ein voller, weicher Klang komplexer Trompetenläufe. Maggies *Reiseführer für die Schottischen Highlands & Inseln* liegt auf ihren Oberschenkeln, und am rissigen Buchrücken klemmt ein Stift. Vor ihr und halb von der Ottomane verdeckt, wühlt ihr nicht ganz so glamouröser Assistent im Kleiderschrank.

Geht man ein wenig näher heran, sieht man, dass Maggie das Kissen in ihrem Rücken nicht besonders hilfreich findet. Man sieht, dass sie Schwierigkeiten hat, sich bequemer hinzusetzen, ihr Bizeps ist angespannt, doch sie kann sich nicht so bewegen, wie sie möchte. Frank blickt alle paar Minuten zu ihr (inzwischen weniger oft als früher), nur um sich zu beruhigen. Er macht es so unauffällig wie möglich, während er bis zu den Knöcheln in ausrangierten Klamotten steht: Ihr ist es zuwider, wenn er ihre Selbständigkeit in Frage stellt.

Es waren lange, schmerzhafte Tage, als sie aus dem Koma

aufgeweckt wurde und ihre Organe sich stur weigerten, den Stand-by-Modus zu verlassen; dann die endlose Physiotherapie, wo ein hübsches junges Ding Maggie aus dem Rollstuhl hob, wo sie sich dann über einen Rollator beugte – jeder einzelne Schritt ein harter Kampf.

Es war auch hart für Frank zu beobachten, aber er weigerte sich, von ihrer Seite zu weichen, außer wenn er mit dem Arzt sprechen musste. Niemand hatte je einen Mann so entschlossen erlebt. Sie werde wieder gesund, erklärte er dem Arzt und schlug dabei mit dem Zeigefinger so fest auf den Schreibtisch, dass der erbebte. Jeden Tag gab es Menschen, die sich von so etwas erholten. Und was noch viel wichtiger war: Maggie *wollte* gesund werden.

Frank hatte recht. Maggie ist enorm stur, sie wurde eine Woche früher als geplant entlassen, aber noch ist viel zu tun. Als sie nach Hause kamen, erstrahlte dort alles in neuem Glanz. Edie war im Haus gewesen und hatte das Wohnzimmer in ein vorübergehendes Schlafzimmer verwandelt. Alles war frisch gestrichen, und überall standen Blumen. Wenn Besuch käme, könnten sie stolz darauf sein.

Die Krankenschwester Daisy war nach etwa einer Woche eine der ersten Besucherinnen. Sie kam nicht im Auftrag des Krankenhauses, das erledigte jemand anders. Bezeichnen wir es einmal als Höflichkeitsbesuch, doch Frank brachte diese neue Konstellation dermaßen durcheinander, dass es ihm nicht in den Sinn kam, ihr eine Tasse Tee anzubieten oder andere grundlegende Gebote der Gastfreundschaft zu beachten. Maggie bellte etwas von »Kessel«, doch sie sprach so undeutlich, dass Frank sie nicht verstand, woraufhin sie in bittere Tränen ausbrach, was ihm wiederum das Herz brach.

Seitdem hat es einige Hürden gegeben. Weihnachten war schwer, trotz Edie und ihrer Kinderschar, die den Laden am Laufen hielten. Nun ist es vorbei (auch so etwas geht vorüber), ebenso wie Silvester. Im Frühling wurde alles leichter, und nun, im Hochsommer, mit den langen Tagen, an denen die Sonne erst gegen zehn Uhr abends untergeht, fühlt es sich an, als würde eine neue Zukunft langsam vor ihren Augen Gestalt annehmen.

»Hab sie!« Frank hält zwei Strohhüte hoch, einen mit einer breiten Krempe und einer grünen Samtschleife, der andere ist ein schmalkrempiger eleganter Herrenhut, oder war es zumindest, als sie ihn vor fünfzehn Jahren in Spanien gekauft haben, bevor er unter etlichen Kilos vergessenen Schrankinhalts sein Dasein fristen musste.

»Jetzt sprühen wir uns damit ein!« Frank verschmiert Sonnencreme auf Maggies nackten Armen, und sie muss ihn wegscheuchen, damit er ihr nicht auch noch das Gesicht vollschmiert.

»Es ist fast Tea-Time!«, protestiert sie. »Da verbrennt man sich nicht mehr.« Frank fährt sich durchs Haar. Zwischen den grauen Haaren sind noch einige rote zu erkennen. »Du cremst dich besser selbst ein. Vorsicht ist besser als Nachsicht«, fügt sie nach einer kurzen Pause hinzu.

Frank schmiert auch sich ein wenig Creme auf Nase und Wangen und verreibt sie nur wenig. Er wartet darauf, dass Maggie sich erbarmt. Genau rechtzeitig seufzt sie mit geschlossenen Lippen, wie ein in die Gänge kommender Rasenmäher. Frank hockt sich vor sie und lässt sich von ihr einreiben. Er hätte es selbst machen können, aber er liebt diese Zärtlichkeit, mit der sie ihn immer berührt, auch wenn sie ihm Lichtschutzfaktor 50 aufträgt. Als sie fertig ist, erschleicht er sich einen Kuss und steht auf, um die Tasche, die er gepackt hat, zu ergreifen.

»Wir gehen heute etwas länger aus. Ich glaube, wir sollten den Rollstuhl nehmen. Dann kann ich die Sachen auf deinen Schoß legen.«

Maggie sträubt sich inzwischen weniger dagegen. Sie nickt und zeigt auf ihre Sandalen in der Ecke des Zimmers. Es ist ein wunderschöner Abend im August, der sich perfekt für einen Ausflug eignet. Sie will unbedingt nach draußen, raus aus dem Haus, ein wenig Ablenkung genießen, und sie steht schon gestiefelt und gespornt vor der Haustür, bevor Frank ihr helfen kann. Wenn Frank heute etwas zerstreut war, hat Maggie nichts dazu gesagt. Sie hatte selbst immer den Kopf so voll, und der heutige Tag würde für sie beide nicht leicht sein.

Um sechs kommen sie beim Eingang zum Port Meadows an. Frank hört die Glocken von St. Giles, die aus der Entfernung dumpf klingen. Maggie scheint es nicht zu bemerken. Sie konzentriert sich aufs Aufstehen, damit sie allein durch das enge Tor gehen kann. Maggie braucht eine Weile, und Frank nutzt natürlich ihre Ablenkung, um ihr einen Kuss aufzudrücken.

»Einfach unverbesserlich«, spöttelt Maggie, als sie auf der anderen Seite angekommen ist. Ich sehe, wie sehr sie strahlt, sogar von hier aus.

Sie hat beschlossen, dass sie den Rollstuhl für diesen Teil nicht braucht, und nachdem er ihn über das Tor gehoben hat, lässt Maggie ihn von Frank mit der linken Hand schieben, die rechte nimmt sie. Sie ist nicht mehr so gut zu Fuß wie vor dem Krankenhaus, doch sie wird auf jeden Fall an ihrem Ziel ankommen. Vor einigen Monaten war es unvorstellbar, dass Maggie je wieder laufen würde. Die Ärzte hatten zahllose Tabellen, um den Fortschritt zu messen und Erwartungen zu dämpfen. Maggie hat sie eines Besseren belehrt. Es hilft, wenn man einen Fokus hat, der einen antreibt. Frank hat alles getan, um Maggie zu zeigen, dass es noch unendlich viel Schönes zu erleben gibt. Was sie beide machen können, gemeinsam.

Sie halten bei der Bank an der Themse an. Für einen Laien ist es einfach ein Stück Gras auf einem von der Sonne ausgedorrten Feld. Für uns ist es der allererste Spaziergang, der Ort, an dem man Fahrradfahren lernte und hundert Mal als Familie picknickte. Ein Kanufahrer gleitet zwischen den Segelbooten an beiden Seiten des Ufers vorbei und hebt eine Hand zum Gruß. Frank nickt ihm zu, doch Maggie ist zu sehr in Erinnerungen versunken, als dass sie es bemerkt.

Er will Maggie nicht aus ihren Gedanken reißen. Er weiß selbst nur zu gut, dass die Vergangenheit auf immer ihrer beider Gegenwart beeinflussen wird. Aber so ist das eben, die Vergangenheit bildet den Rahmen für jeden neuen Tag: Hand in Hand stellen sie einen Fuß vor den anderen. Sie haben unvorstellbar viel gelitten. Sie werden es niemals vergessen können. Aber sie haben noch so viel vor. Wie wird es werden? Das kann niemand mit Sicherheit sagen, nur eines ist sicher: Man kann den Lauf der Dinge immer verändern.

»Hier, Mags. Probier das mal.« Frank reicht ihr ein Päckchen in Alufolie. Der Löffel ist bereits in den Inhalt eingesunken – einen Banoffee Pie.

»Ich wusste gar nicht, dass wir etwas feiern würden.«

Früher hat Maggie einmal im Jahr einen Banoffee Pie zu Eleanors Geburtstag gebacken. Aber heute? Am ersten Geburtstag, nachdem sie Eleanor verloren haben? Frank hatte den Eindruck, nun sei er dran. Während Maggie heute Morgen gebadet hat, ist er aktiv geworden. Am längsten hat das Schlagen der Sahne gedauert, viel ist außerhalb der Schüssel gelandet. Gut, dass Maggie seitdem nicht in der Küche war.

»Wir denken an sie und feiern«, sagt Frank. Er sieht, wie Maggies Kinn ganz leicht bebt, und streichelt es sanft. »Das sind wir Eleanor schuldig. Und uns selbst.«

Maggie dreht sich behutsam um und starrt auf den Fluss. Sie steckt sich etwas vom Keksboden in den Mund. Sie hat Krümel im Mundwinkel.

»Erinnerst du dich noch an die Radtour, als sie fast ins Wasser gefallen wäre?«, fragt Maggie und wischt sich mit dem Schal einige Krümel weg.

»Als wäre es gestern gewesen.« Frank lacht kurz auf. »Wen wollte sie da gleich noch nachmachen? Katies Mom?«

Maggie nickt. Sie sieht Eleanor vor sich wie eine Fata Morgana, beide Hände am Fahrradlenker, sie fährt besorgniserregend schnell in einer Zickzacklinie. Eleanor ignorierte Maggies Ermahnungen etwa zehn Meter hinter ihr. Als Eleanor durch ein Schlagloch fuhr, waren sie und Frank beide darauf gefasst, dass sie seitlich in den Fluss fallen würde.

»Sie hat im letzten Moment die Kurve gekriegt!«

Es entsteht eine Pause, und beide wissen, dass sie jetzt an dasselbe denken – an dasselbe Geheimnis, das sie bewahrt hatten, jeder für sich: dass sie beide Eleanor allein zum letzten Mal gesehen haben, dass niemand sie retten konnte.

Maggie blickt zu Frank auf. »Glaubst du ... glaubst du, dass sie es wusste?«

»Was, Darling?«

»Dass wir sie geliebt haben.« Sie spricht leise, der Wind trägt ihre Worte fast davon.

»Natürlich, Mags. Das hat sie immer gewusst.«

Frank neigt den Kopf, um Maggie zu küssen. Ich sehe, dass Maggie sich ihm entgegenstreckt und sich lange nicht lösen mag. Franks Berührungen hatten ihr immer schon so viel Hoffnung verliehen, und das hat sich seit dem ersten Mal vor vierzig Jahren nicht geändert.

»Sie würde wollen, dass es uns gutgeht, das weißt du doch, oder?«, fragt Frank. Er drückt seine Stirn weiterhin an Maggies und stellt sich vor, dass er ihr diese Überzeugung durch die Haut in den Schädel presst.

Maggie öffnet blinzelnd die Augen und blickt Frank an. Er ist ihr so nah, dass sich ihre Wimpern berühren. Und als er ihr tief in die Pupillen blickt – was sieht er? Vierzig Jahre Höhen und Tiefen, die Kämpfe und die Freude und das Licht, auf dem sie ein Leben aufgebaut haben. Er sieht alles, was sie gewesen sind. Er sieht alles, was sie sind. Er sieht auch alles, was sie noch werden können.

Kieselsteine purzeln ihnen vor die Füße, es folgt eine Staubwolke, sie lösen sich voneinander, und Maggie hustet. Ein kleines Mädchen, nicht älter als drei, rast auf einem Rad vorbei. Nur ein Stützrad ist am Boden. Ihre Oberschenkel treten und treten, der orangefarbene Plastikrahmen reflektiert das Sonnenlicht, deswegen ist sie von einem bernsteinfarbenen Heiligenschein umgeben.

»Tessa! Pass auf die Leute auf der Bank auf!« Ihre Eltern joggen hinter ihr her. Tessas Mutter hat die Arme in Hüfthöhe weit ausgebreitet, die Handflächen nach oben gestreckt – diese Geste bedeutet, sie würde ihre Tochter bei jedem Fall auffangen, wenn sie es nur könnte. »Sorry!«, sagt sie beim Vorbeirennen. »Ich kann nicht mit ihr Schritt halten!«

Frank und Maggie lächeln beide. Ein wissendes Kräuseln der Mundwinkel, das sie mehr als zwanzig Jahre zurückwirft und jede Sekunde genießen lässt.

»Sie würde es wirklich wollen, nicht wahr?«, sagt Maggie, als Tessa und ihre entnervten Eltern außer Sichtweite sind. Dann fügt sie bestimmter und lauter hinzu: »Sie würde wollen, dass es uns gutgeht.«

Frank legt seine Hand auf Maggies. Sie spürt das Holz der Bank, rau und splittrig, das sich in ihre Handflächen drückt, während sie sich zusammennimmt, um weiterzusprechen: »Ich vermisse sie und werde sie immer vermissen, aber wir müssen weitermachen, ihretwegen. Ich wollte nur, sie wäre noch da.«

»Ich auch. Aber sie ist noch irgendwo.«

Frank drückt Maggies Hand ganz sachte und zieht ein Foto aus der Hosentasche. Er faltet es auf, es zeigt uns drei. Es wurde aufgenommen, bevor alles auseinanderfiel. Bevor die Dunkelheit sich über alles gelegt hatte und sie verzweifelt versuchten, das Dunkel zu vertreiben, und ihre Bemühungen doch nie ausreichten. Es ist menschlich, dass man jemandem oder etwas die Schuld geben will. Aber manchmal ist das einfach nicht möglich.

Ich bin dreizehn, bin noch nicht ganz ausgewachsen, und bin zwischen beide gequetscht, auf der wackeligen Bank eines Fischerboots vor der Küste von Cornwall. Beide haben die Arme fest um mich gelegt, und unsere Schals hängen fast ins Meer. Sie können nicht loslassen. Sie haben alles getan, um festzuhalten. An mir. Nun müssen sie sich gegenseitig festhalten.

Nacheinander küssen beide mein Gesicht. Frank lässt seine Stirn gegen Maggies plumpsen.

Keiner von beiden sagt etwas.

Danksagung

Danke an meine Agentin Madeleine Milburn für ihre entschlossene Unterstützung meines Schreibens, ihren Einsatz und all ihre unermüdliche Arbeit. Danke an Giles Milburn, Hayley Steed, Alice Sutherland-Hawes, Anna Hogarty, Liane-Louise Smith und Georgia McVeigh für das herzliche Willkommen. Ihr seid die Besten.

Ich bin sehr glücklich darüber, nicht nur eine, sondern gleich zwei außergewöhnliche Emilys in meinem Leben zu haben – Emily Griffin bei Cornerstone in England und Emily Krump bei William Morrow in den USA. Eure Lektoratshinweise waren von unschätzbarem Wert. Es gab Momente, in denen ich den Eindruck hatte, ihr habt besser verstanden, was ich sagen wollte, als ich selbst! Dieses Buch ist durch euren Beitrag unermesslich besser geworden, und ich bin sehr dankbar für euren Willen, es zum Erfolg zu führen.

Danke auch an Cassandra Di Bello, Charlotte Bush, Katie Sheldrake, Sarah Ridley, Elle Gibbons, Mat Watterson, Claire Simmonds, Cara Conquest, Barbora Sabolova, Ceara Elliot und Linda Hodgson beim Verlag Cornerstone. Es ist ein Vergnügen und ein Privileg, mit einer so talentierten Gruppe von Menschen zu arbeiten.

Vielen Dank an alle Freunde und die ganze Familie, die meine Geschichten lange genug ertragen mussten und nicht allzu überrascht waren, als ich aus heiterem Himmel verkündete, dass ich einen Roman geschrieben hatte. Nicht zuletzt gebührt großer Dank Sheila Crowley für ihren grenzenlosen Glauben daran, dass sie in nicht allzu ferner Zeit meinen Namen in Buchläden sehen würde.

Ein besonderer Dank an meine Mum und meinen Dad, Stephanie und David Greaves, für eure Großzügigkeit und Gutmütigkeit. Ich könnte mir nicht mehr Unterstützung von meinen Eltern gewünscht haben, und ich glaube, ich spreche auch für meinen Bruder Nathan, wenn ich sage: Wir wären nicht da, wo wir jetzt sind, ohne alles, was ihr für uns beide getan habt. Danke dafür, dass es immer nur die Frage gab, wann und nicht ob ihr meinen ersten Roman lesen würdet. Euer Vertrauen in meine Fähigkeiten bedeutet mir mehr, als ich sagen kann.

Schließlich, mein Dank an John Russell, der sich nicht zu sehr über meinen Arbeitsbeginn im frühen Morgengrauen beklagte und zuverlässig Porridge lieferte, um die Frühstarts zu ermöglichen. Danke für deine Zuversicht, dass die Zukunft strahlend aussieht, und dafür, dass du mich daran erinnert hast, den Computer hin und wieder zu verlassen, um ein wenig Frischluft zu schnappen. Vor allem: danke für eine Liebe, die mehr sagt als tausend Worte.

Der nächste große Liebesroman von
Abbie Greaves
erscheint schon im Frühjahr 2022

Abbie Greaves

Jeder Tag für dich

Aus dem Englischen von
Pauline Kurbasik

Eine Leseprobe daraus finden Sie
auf den folgenden Seiten.

Am Bahnhof Ealing Broadway gehört Mary O'Connor inzwischen zum Inventar. Sie wird übersehen und unterschätzt, wie so viele achtlos am Straßenrand abgestellte Dinge. Doch da enden die Gemeinsamkeiten auch schon. Mary sieht nicht schmuddelig aus – ganz im Gegenteil.

Sie trägt ihr Haar am Hinterkopf zu einem Knoten gesteckt, mit kastanienbraun schimmernden dunklen Strähnen. Mary ist seit Jahren nicht mehr beim Friseur gewesen, weil das für sie ein Luxus ist, den sie sich nicht gönnt, aber dank ihrer guten Gene ist ihr Haar dennoch in bestem Zustand. Diesen Genen hat sie auch ihre symmetrischen Gesichtszüge, die hohen Wangenknochen und eine hübsche, markante Nase zu verdanken. Mit ihren großen Augen, die völlig ungeschminkt sind, schaut sie suchend umher, so könnte ein Beobachter meinen. Suchend oder heimgesucht.

Mary kommt jeden Abend hierher, gleich nach der Arbeit in einem nahen Supermarkt, wo sie Regale eingeräumt hat. Sie hat keine Zeit, nach Hause zu gehen, um sich umzuziehen, weil ihre Schicht um fünf Uhr dreißig endet und sie sich beeilen muss, um den Strom der Feierabendheimkehrer am Bahnhof nicht zu verpassen. Sie zieht sich stattdessen einfach eine

Strickjacke über das gelbe Polo-Shirt mit dem Logo ihres Arbeitgebers. Das mag nicht sonderlich schick sein, aber Marys Schönheit überstrahlt jede Modesünde.

Sobald sie am Bahnhof ankommt, schaltet ihr Körper auf Autopilot. Sie sucht sich ihren Platz unter dem Vordach aus Beton, wenige Meter vor den Bahnsteigsperren und links von einem Kiosk, der wässrigen Kaffee anbietet. Wenn sie den richtigen Ort gefunden hat, greift sie nach ihrem Schild. Sie hat es immer dabei, es steckt in einer Seitentasche ihres Wanderrucksacks und hat in der Mitte vom vielen Auf- und Zuklappen einen Knick, der mit der Zeit immer poröser wird. *Nicht nur der Knick*, denkt sie und verzieht das Gesicht, als ein Schmerz wie von einem Messerstich in ihr linkes Schulterblatt fährt. Und dabei ist sie doch vorige Woche erst vierzig geworden ... Der emotionale Tribut der letzten Jahre hat dafür gesorgt, dass sie sich mindestens zwanzig Jahre älter fühlt.

Sie ist groß, fast einen Meter achtzig, deswegen überprüft sie kurz, ob sie das Schild auf Augenhöhe der Passanten hält. Dann klappt sie den Karton auf und zeigt der Welt ihre Nachricht. Wenn ihre Finger anfangen zu krampfen, bewegt sie sie ein wenig, achtet aber darauf, keinen einzigen Zentimeter der Beschriftung zu verdecken: KOMM NACH HAUSE JIM. Jedes Wort ist wichtig, und jede Silbe ist in ihrem Herzen eingebrannt.

»Jim?«, fragt sie die vorbeiziehenden Pendler, die auf ihre Handys oder eine Gratis-Lokalzeitung starren, die irgendwann vor ihren Füßen landen. In den letzten beiden Jahren ist die Anzahl jener Menschen, die bloß vermeintlich auf Mary reagieren, auf besorgniserregende Weise angestiegen. Tatsächlich sprechen sie in kabellose kleine Kopfhörer, diese winzigen, fast unsichtbaren weißen Apostrophe in den Ohrmuscheln. Sehr befremdlich. Und diese Menschen schauen sie so an, als würde bei *ihr* etwas nicht stimmen.

Wenn viel los ist, fragen vielleicht ein oder zwei Personen nach, was mit ihr oder Jim los sei. Zuerst meistens ein besorgter Gutmensch, jemand, der annimmt, sie würde gerade schwere Zeiten durchmachen und bräuchte ein offenes Ohr. Einige wollen ihr immer etwas Geld zustecken, trotz ihres gepflegten Äußeren. Wie kann sie jemandem begreiflich machen, dass ihr nicht etwa ein Zuhause fehlt, sondern der Mensch, der ihr Zuhause sein sollte? Immer gehen die Leute schon weiter, bevor Mary noch die richtigen Worte gefunden hat.

Im Winter packt sie zusammen, wenn ihre Hände so taub sind, dass ihr das Schild zu entgleiten droht – nachdem sie es etwa zwei Stunden lang in ihren dünnen Wollhandschuhen hochgehalten hat. Und jedes Mal aufs Neue fühlt sie sich schuldig. Gibt sie zu früh auf? Was, wenn Jim gerade in dem Moment hier ankommt, wenn sie ihren Schlüssel in die Wohnungstür steckt? Nach fast sieben Jahren in diesem Rhythmus, sechs Mal durch alle Jahreszeiten, hat sie sich an das nagende Gefühl der Unzulänglichkeit gewöhnt, das mit der winterlichen Zeitumstellung einhergeht.

Aber nun, Anfang August, kann sie bis zehn Uhr abends draußen stehen bleiben. Das verschafft ihr eine weitere Stunde, ablesbar auf ihrer Uhr – der silbernen Uhr am schmalen Gliederarmband, ein kostbares Geschenk von ihm. Den Schmerz in den Füßen, in der Schulter und im Herzen wird sie ertragen, weil sie nicht weiß, wohin sie sonst soll und sie keine Lust auf die erdrückende Stille in ihrer Wohnung hat.

Diese eine Stunde wird sie noch ausharren, und selbst dann,

weiß sie, wird sie sich noch wünschen, sie könnte für immer hier am Bahnhof stehen bleiben. Sie wird ausharren, bis ihre Knie einknicken und ihre Knöchel nachgeben. Sie wird sich nicht abfinden, keinen Schlussstrich ziehen. Sie wird nicht aufgeben. Nein. Sie wird warten und warten und weiter warten. Hatte sie das nicht Jim versprochen?

Bis ans Ende der Welt oder bis nach Ealing. Für Immer.

Kapitel 1

2018

Zehn Uhr abends. Mary dreht vorsichtig den Kopf von links nach rechts. Erst knackt es, dann knirscht es, als würde man auf trockenes Laub treten. Wer auch immer gesagt hat, dass Stehen gesund sei, war selbst noch nicht täglich zwölf Stunden auf den Beinen. Mary faltet das Schild zusammen und steckt es in den Rucksack zurück, dann lässt sie ein letztes Mal den Blick schweifen. Obwohl sie sich inzwischen an die Enttäuschung gewöhnt haben sollte, schmerzt der Anblick der Bahnhofshalle ohne das eine Gesicht, nach dem sie sich sehnt.

Weil es Dienstag ist, hat Mary keine Zeit, vor ihrer Schicht von 23 bis 3 Uhr früh bei Nightline, der lokalen Krisenhotline, nach Hause zu gehen. Donnerstagnachts hat sie die gleiche Schicht, und sie hätte auch noch weitere übernommen, wenn nicht Ted, der Dienstplanschreiber, das verhindert hätte in der Befürchtung, Mary könnte sich überarbeiten. Tatsächlich ist sie dermaßen erschöpft – psychisch und physisch –, dass sie gar nicht mehr weiß, wie es ist, sich anders zu fühlen. Sie hofft, sich auf dem fünfzehnminütigen Spaziergang vom Bahnhof zur Grundschule St. Katherinen – wo sich die Räume der Krisenhotline befinden – etwas zu erholen, einen klaren Kopf zu bekommen für die Nacht am Telefon.

Als Mary bei NightLine angefangen hatte, war das, was mit Jim passiert war, gerade drei Monate her, und sie hatte zwar schon ihre Wache am Bahnhof aufgenommen, aber irgendwie reichte das nicht. Jims Verlust hatte eine Leere in ihrem Leben hinterlassen, wie ein großer klaffender Krater, der sie zu verschlucken drohte. Auch wenn Mary das Gefühl hatte, diese Leere würde nie wieder ausgefüllt werden, wusste sie doch, dass sie zumindest *versuchen* musste, etwas zu tun, um sich an die Fetzen einer Zukunft zu klammern, die ihr noch geblieben war.

Als an einem ihrer ersten Arbeitstage beim SuperShop ein Anschlag am schwarzen Brett verkündete, dass man neue Ehrenamtliche für NightLine suche, riss sie instinktiv einen der Zettel ab. Sie steckte ihn in die Hosentasche. Einen Tag oder zwei beließ sie es dabei. Jedes Mal, wenn sie an die E-Mail-Adresse schreiben wollte, kam ihr, ehe sie auf Senden klicken konnte, ein Lieblingsspruch ihrer Mam in den Sinn: *Bevor du anderen helfen kannst, musst du dir selbst helfen.*

Dieser Aphorismus entbehrte nicht einer gewissen Logik. Wenn aber nur Menschen anderen helfen würden, die selbst keine Hilfe benötigen, würde dann überhaupt noch jemand ehrenamtlich tätig sein? Außerdem passte Marys Profil zu den meisten Anforderungen der Ausschreibung. Nur bei dem Punkt »souverän in Krisensituationen«, war sie sich nicht ganz sicher, aber Mary sagte sich, dass sie das doch ebenso gut bei NightLine lernen könne.

Noch nie war sie dermaßen mit Informationen bombardiert worden wie bei ihren ersten Schulungseinheiten. Anfangs markierte Ted ihr die wichtigsten Passagen in dem dicken Handbuch, aber damit hörte er bald wieder auf. Vielleicht spürte er

Marys Gewissenhaftigkeit – sie würde das Handbuch ohnehin komplett durcharbeiten. Nach all der Lektüre, gab es nur einen Satz, den sich Mary zu Herzen nahm, und der prangte als Slogan auf dem Handbuch der Organisation: Raum zum Reden.

Dabei musste sie an Jim denken, was an sich nicht ungewöhnlich war, doch dieser Satz verlieh ihrem Denken eine neue Richtung. Sie hatte lange jedes Gespräch mit ihm im Kopf immer wieder durchgespielt. Doch nun wurde ihr klar, dass all die aneinandergereihten Worte – selbst wenn sie sich ganz genau erinnerte – nicht die ganze Wahrheit enthielten. Mary schwor sich, dass sie ihren Anrufern bei NightLine allen Raum geben würde, den sie aufbringen konnte.

Obwohl ihr Selbstwertgefühl seit Jahren am Boden liegt, weiß sie, dass sie eine gute Freiwillige ist. Und trotz ihrer kräftezehrenden Rolle bei NightLine, hat sie festgestellt, dass sie sich dort wohler fühlt als an fast jedem anderen Ort der Welt. Das Gefühl, gebraucht zu werden, erdet sie nach den emotional anstrengenden Wachen am Bahnhof. Die Wände der Klassenzimmer haben etwas Tröstliches. Und dann ist da noch die Gesellschaft der anderen Freiwilligen, die ihr tatsächlich sehr ans Herz gewachsen sind.

Von allen kennt sie Ted am längsten, er ist allerdings strenggenommen kein Freiwilliger, vor zwei Jahren nach dem Tod seiner Frau, der Gründerin von NightLine, hat er sich für die Trauerzeit vom Telefondienst zurückgezogen. Nun hat er eine ›leitende‹ Funktion inne, kümmert sich um die Dienstpläne, die Technik, eben die langweiligen Stellschrauben eines solchen Unternehmens. Ted und sie hatten nebeneinander her gearbeitet, bis seine jüngste Tochter letztes Jahr ihr Studium begann und er Mary gestand, dass er nicht mehr weiter wisse.

Dann sind wir schon zu zweit, dachte Mary, und sprang über ihren Schatten, um ihm einen gemeinsamen Spaziergang vorzuschlagen. Inzwischen gehen sie regelmäßig sonntagsnachmittags spazieren. Vor einigen Wochen sind sie in Kew eingekehrt und haben seinen Fünfzigsten gefeiert – wenn man bei zwei Scones in einem Café von einer ›Feier‹ sprechen kann.

»n'Abend!«, ruft Mary, als sie das Klassenzimmer betritt.

Ted hat ihr den Rücken zugewandt. Er trägt wie immer Polo-Shirt mit Khaki-Shorts und steht unter der Lichtleiste, sein rasierter Kopf leuchtet wie eine Glühbirne. Mary sieht, dass er gerade die Teemaschine füllt. Allerdings gehorcht ihm das Ding nicht. Der Behälter aus Edelstahl wackelt gefährlich nah an der Tischkante.

»Mary!«

In seiner Begeisterung, sie zu begrüßen, hebt Ted die Hand, die das Metallgefäß hielt, und es fällt krachend zu Boden. Beide zucken zusammen.

»Dieses Ding ist ein verdammter Albtraum«, sagt er, während der Behälter unter den Tisch rollt. Es überrascht Mary immer wieder, wie neutral seine Stimme in ihren irischen Ohren klingt. Er hat das Temperament eines Ganoven aus dem East End, aber keine Spur eines Akzents.

»War der Urlaub schön?«, fragt Mary.

Ted nickt, und Mary bemerkt, wie braun er geworden ist. Er ist zwar nie blass – ein Vorteil des Gärtnerberufs, vermutet sie –, nach den zweieinhalb Wochen bei seinen alten Eltern in Dorset ist er jedoch richtig braungebrannt. Das macht ihn zehn Jahre jünger. »Gut, danke. Aber es ist nicht leicht, mitanzusehen, wie sie immer gebrechlicher werden.«

Mary versucht, nicht an ihre eigene Mam zu denken, wie

es ihr wohl gehen mag, mit ihren geschwollenen Fußgelenken über den Filzpantoffeln. Eine gute Tochter würde ihr abends zur Hand gehen statt sich fünfhundert Meilen entfernt vor einen Bahnhof zu stellen. Sie schiebt den Gedanken weg.

»Ich muss los«, sagt Ted und reißt Mary damit aus ihrem Tagtraum. Sie hatte wohl zu lange geschwiegen, denn nun sieht sie, wie Ted zögert, er weiß nicht, ob er sie zum Abschied umarmen soll oder nicht. Mary lächelt ihn stattdessen sehr überzeugend an.

Als er weg ist, setzt sie sich und wickelt sich das Telefonkabel um den Zeigefinger, während sie auf die anderen beiden Freiwilligen wartet.

Kurz darauf sieht sie durchs Fenster, wie Kit und Olive die Straße überqueren. Kit – ein Mann in den Zwanzigern mit der unerschöpflichen Energie eines Schuljungen – erzählt gerade etwas. Er streicht sich immer wieder das strohblonde Haar aus den Augen, und Mary kann sich vorstellen, dass Olive – sie ist Chiropraktikerin im Ruhestand – sich verkneifen muss, ihm ein Zopfgummi anzubieten. Kit ist so makellos schön wie ein Boy-Band-Sänger, allerdings legt er nicht viel Wert auf sein Äußeres, was bedeutet, dass er immer so aussieht, als wäre er gerade von einem Festival gekommen. Kaum zu glauben, dass er tagsüber bei einer Investmentbank arbeitet.

»Für mich hört sich das ein bisschen weit hergeholt an…«, sagt Olive gerade, als sie hereinkommen.

Sie winkt Mary zu, dann schnappt sie sich den Drehstuhl vom Lehrerpult. Sie öffnet den Klettverschluss ihrer Sandalen und streift sie ab. Olive ist eine alte Freundin von Ted und arbeitet schon seit der Gründung bei NightLine. Das erklärt, warum sie sich hier wie zu Hause fühlt.

»Wie geht es dir, Amigo?«

Kit hatte allen anderen Freiwilligen erzählt, dass er mit einer App Spanisch lerne. Nun gibt es für ihn anscheinend kein anderes Thema mehr.

Kurz herrscht Stille, dann bemerkt Mary, dass er sie meint. »Mir?«

»Was gibt's Neues?«, hilft Kit ihr auf die Sprünge.

»Nicht viel.« Oder eher gesagt: *nichts*. Aber wie könnte sie Kit begreiflich machen, dass ihr Leben immer nur aus Supermarktschichten, Bahnhofswachen und an zwei Abenden pro Woche der Freiwilligenarbeit bei NightLine besteht? Nur vage kann sie sich sein Leben als hart arbeitender und noch härter Party machender Stadtmensch vorstellen. Um nichts in der Welt will sie sein Mitleid.

»Hast du einen Sommerurlaub geplant?«

Bevor sich Mary zu einer Antwort aufraffen kann, klingelt das Telefon neben Olive.

»Setz dich!«, herrscht Olive Kit an. »Es geht los.«

Stille legt sich über den Raum, als alle drei nacheinander Anrufe entgegennehmen. Marys erster dauert lange, über zwei Stunden: ein junger Mann, seine Frau hat ihn verlassen, die Zwillinge im Kleinkindalter hat sie mitgenommen. Es wird niemals leichter, zu hören, dass jemand nicht mehr weiß, wofür es sich lohnt, morgens aufzustehen, doch Mary kann das zweifelsohne besser nachfühlen als die meisten anderen. Aber das darf sie sich nicht anmerken lassen. Die Freiwilligen sind anonym und dürfen Informationen aus ihrem eigenen Leben nur kurz aufblitzen lassen. Mary findet es tröstlich, sich als Leerstelle zu präsentieren. Das liegt ihr mehr als eigentlich gesund wäre, denkt sie.

Nachdem er aufgelegt hat, kann sie kurz durchatmen. Sie beißt einmal in das Twix, das Ted ihr hingelegt hat, und brüht eine frische Tasse Tee auf. Wenn sie später an diese Szene zurückdenkt, wird sie staunen, wie die außergewöhnlichsten Ereignisse stets in den gewöhnlichsten Momenten geschehen. Doch nun schluckt sie erst einmal den Bissen vom Schokoladenkeks hinunter und greift dann wieder zum Telefon.

»Guten Abend, Sie haben die Rufnummer von NightLine gewählt. Bevor wir anfangen können, habe ich ...«

»Hallo?« Die männliche Stimme am anderen Ende der Leitung klingt brüchig, als läge eine unruhige Hand auf dem Mikrophon.

»Hallo, guten Abend, hier ist NightLine. Ich muss Ihnen zunächst einige Fragen ...«

»Ich wollte sagen, dass ich dich vermisst habe.«

Erst traut Mary ihren Ohren nicht. Sie arbeitet so lange hier, dass sie glaubt, schon alles gehört zu haben.

»Bist du noch da?«, fragt die Stimme. Sie hört sich dumpf an, aber man vernimmt deutlich ein Lallen.

»Ja, ja ...« Mary legt ihre freie Hand auf den Schreibtisch, aber sie zittert, egal wie stark sie ihren Bizeps anspannt. Eine Sekunde lang versucht sie, sich auf das Hier und Jetzt zu fokussieren. Doch vergeblich, schon wird sie Jahre zurückkatapultiert, zurück zu dem Augenblick, als sie sich kennengelernt haben. Das kann doch nicht wahr sein, oder?

»Hast du gehört, was ich gesagt habe?« Die Worte des Mannes scheinen aufeinander zu plumpsen, dahinter steckt mindestens eine halbe Flasche Whisky, vielleicht sogar noch mehr. Ihr Herz rast.

»Ja, hab ich. Danke. Du, ähm, hast mich vermisst ...« Bei

den letzten Worten stockt sie. Erst war es nur ein Funken Hoffnung gewesen – nun steht ihr ganzer Körper lichterloh in Flammen.

»Ich habe dich vermisst.«

Mary blickt über ihre linke Schulter, um sicher zu gehen, dass weder Olive noch Kit lauschen. Sie spürt plötzlich den Beschützerinstinkt einer Löwin, und zugleich fühlt sie sich so verletzlich wie die Beute, die gleich erlegt wird.

»Heute ist mein schlimmster Tag seit Jahren. Ich habe mich so allein gefühlt, ich hatte niemanden zum Reden. Es ist schwer, weiterzumachen, wenn man sich an niemanden wenden kann. Außer an dich. Du warst immer für mich da. Du hast mich nie im Stich gelassen. Du bist mein sicherer ...« Die Verbindung knackt. Mary hört das letzte Wort nicht, aber sie formt mit ihrem Mund die Silbe, derer sie sich sicher ist:

Hafen.

Sie legt sich eine Hand auf die Stirn, sie ist klebrig – von dieser Art feuchten Wärme, bevor man eine Grippe bekommt. Ein weiteres Knacken bringt ihr fiebriges Gehirn auf Trab.

»Wo bist du?«, bringt Mary heraus. Sie braucht eine Antwort. Auch wenn sie weder Ort noch Koordinaten oder irgendetwas Zurückverfolgbares bekommt, ein einziges Wort würde ausreichen. Ein Wort, mehr braucht sie nicht. Okay. Wenn er nach so langer Zeit anruft, muss es einen Grund dafür geben. Denn, o Gott, was ist, wenn er in Gefahr ist, oder krank oder ...

»Das kann ich dir nicht sagen. Nicht jetzt. Ich wollte, dass du meine Stimme hörst, Mary.«

Ihr stockt der Atem.

»Du weißt, wie ich heiße«, flüstert sie, mehr zu sich selbst.

»Was?« Da ist es wieder, das weiße Rauschen am anderen Ende der Leitung, das die Stimme verzerrt.

»Bist du noch da? Hallo?« Mary will sichergehen, dass ihre eigene Stimme trotz der schlechten Verbindung durchdringt. Verzweifelt kämpft sie gegen die technische Störung an. »Hallo?« Sie hat das schreckliche Gefühl, etwas Falsches gesagt zu haben. Sie darf ihn jetzt einfach nicht verlieren. »Hallo?« Ehe sie noch ein Wort sagen kann, ist die Leitung tot.

Mary taumelt zur Tür. Sie sieht kaum etwas, weiß nicht, wo sie hintritt, in ihrem Kopf spielen sich Horrorszenarien ab. Sieben Jahre Nichts sind innerhalb von einer Minute in sich zusammengefallen. Warum? Warum jetzt? Sie lehnt sich mit der brennenden Stirn gegen die Glasscheibe, der Fenstergriff drückt sich in ihren weichen Bauch. Was hat das alles zu bedeuten?

Sie starrt ihrem Spiegelbild tief in die Augen, als wäre dort etwas, was ihr Halt geben könnte.

Aber sie sieht nur Jim und ihre erste gemeinsame Nacht: seine kehlige Stimme und sein Gesicht, das wie ein Zuhause ist.

Kapitel 2

2005

Mary kann sich noch genau erinnern, wo sie gestanden hat, als sie James zum ersten Mal sah. Nicht weil es Schicksal war, Amors berühmter Pfeil, oder wegen sonst irgendwelchen Unsinns, für den sie weder die Zeit noch den Kopf hatte. Nein, sie erinnert sich daran, weil es genau da war, wo sie Sekunden zuvor eine halbvolle Auflaufform mit Coq au Vin über ihr bestes weißes Shirt geschüttet hatte.

Der Zeitpunkt hätte nicht schlechter sein können. In weniger als einer Stunde würden Braut und Bräutigam zu dem Empfang erscheinen, und sie hatten mehr als genug bezahlt, um verlangen zu können, dass ihre Oberkellnerin sich nicht mit dem Hochzeitsmahl bekleckerte. Außerdem war die Sauce brühend heiß. Es war schon schlimm genug, im Juli in voller Montur zu arbeiten – eine Verbrennung konnte man da gar nicht gebrauchen.

Mary schob das Baumwolltop hoch, das am BH klebte, um ihre Haut zu kühlen, und war sich bewusst, dass man nun freien Blick auf ihre Brüste hatte – sie trug einen absurd knappen Balconette-BH, zu dessen Kauf Moira sie überredet hatte. Sie blickte sich kurz um, um sicherzugehen, dass sie allein war.

»Alles in Ordnung dort drüben?«, rief der Mann im Türrahmen.

Wer zum Teufel war das? Keiner von den Caterern. Mary wäre es aufgefallen, wenn einer von ihnen wie ein Model ausgesehen hätte. Ein Hochzeitsgast? Nein – es war viel zu früh, und dafür war er nicht passend angezogen, mit seiner legeren Hose und dem kragenlosen Hemd. Wer hätte so topmodische Männerklamotten im Stormont-Hotel in Belfast erwartet? Mary ganz sicher nicht.

Plump platschte eine Kirschtomate von Marys linker Brust auf den Teppich.

Der Mann unterdrückte ein Lachen und schnalzte mit der Zunge. Seine Stoppeln im Gesicht hatten die Länge, die die Mädchen an der Rezeption flüsternd als »Dreitagebart« bezeichneten, wenn die gutbetuchten Gäste der Junggesellenabschiede eincheckten. Sie hatte nie verstanden, was daran anziehend sein sollte – bis gerade eben.

»Kann ich Ihnen helfen?«, fragte sie. Die Situation war ihr peinlich, ja, aber eine ungestüme Neugier auf den Fremden, der gerade auf sie zuging, überwog. Er hatte den Blick nicht ein einziges Mal von ihr abgewendet.

»Mir?«

»Ja, Ihnen. Oder warum starren Sie mich an und sagen nichts?«

Wieder lächelte er, diesmal breiter und mit einem Selbstbewusstsein, das vermuten ließ: Er hatte schon etliche Frauen mit nassem T-Shirt gesehen.

»Damit wollte ich nicht sagen, dass *Sie mir* helfen müssen.« Mary bemerkte plötzlich, dass sie den Bogen überspannt hatte – wie um alles in der Welt konnte sie bloß einen Gast bitten, sauberzumachen?« »Ich bin sowieso selbst schuld.«

»Nun, ich bin früh dran.«

Auch noch ein Engländer.

»Für die Hochzeit?« Mary machte eine Kopfbewegung in Richtung Sitzordnung, die auf einer Staffelei in einer Ecke des Veranstaltungsraums stand.

»Schön wär's! Ich bin zu einer Konferenz hier. Für Chirurgen. Fachrichtung Hals-Nasen-Ohren-Heilkunde.«

Tatsächlich? Er sah ein wenig älter aus als Mary, die mit ihren siebenundzwanzig Jahren dachte, sie hätte mehr als genug Lebenserfahrung, um das Alter des Mannes genau einschätzen zu können. Er war doch allerhöchstens Mitte dreißig? Das könnte auch das Selbstbewusstsein erklären. Vielleicht auch den wissenden Blick, die Fältchen in den Augenwinkeln. Er starrte sie immer noch hungrig, fast schon wild an.

»Tut mir leid, da kann ich Ihnen nicht weiterhelfen …«, sagte Mary leiser. Ihr Gehirn hatte alle Funktionen eingestellt. »Sie könnten es, ähm, an der Rezeption versuchen.«

»Aber mir gefällt der Anblick hier.«

Was hatte er da gesagt?

Erscheint bei FISCHER Krüger

Die englische Originalausgabe erschien unter dem Titel
»The Ends of the Earth« bei Century, London.
Copyright 2021 by Abbie Greaves

Für die deutschsprachige Ausgabe
© 2022 S.Fischer Verlag GmbH,
Hedderichstraße 114, D-60596 Frankfurt am Main